福山泰男著

建安文學の研究

汲古書院

建安文學の研究

目　次

建安文學の研究

序章　小著の目的と對象・方法および概略

一　目的と對象・方法

漢末魏晉の王朝交代期、およそ百年にわたる政治社會の激變期は、文學が大きく變貌を遂げた時代であった。後漢末建安年間を中心に展開された建安文學は、それ自體のみならず、その前後の漢・魏晉文學を、受容・形成という觀點から理解する上においても、なお檢討の餘地を樣々に殘している。

建安文學に關する論及や論著は多々ある。にもかかわらず、以下の基本的な二點についてすら、いまだ曖昧な部分が多い。まず、建安文學の時代區分には、十分な論據にもとづく通說がない。また、「建安の風骨」のような建安文學を性格づける樣々な概念の定義あるいは是非について、個々に解釋・理解が別れ定論がない。

一點目について例示すれば、黃巾の亂の始まる靈帝の中平元年（一八四）から、魏の明帝、景初年間の終わり（二四〇）まで、[1] 董卓による長安遷都の獻帝、初平元年（一九〇）から魏の太和年間（〜二三三）まで、[2] とする兩說は、社會の大變動期を文學史區分の基準にしている。またそれぞれ、曹叡（二三九）、曹植の死沒（二三二）を、およそ建安文學の終幕と位置づける。しかし、そもそも文學史の區分は政治社會史と必ずしも一致しない。文學現象の變化と時代性の關係はどうか。

その他、建安文學の上限を曹操（桓帝、永壽元年〈一五五〉出生）二十歲の頃、靈帝、熹平四年（一七五）前後とする說。

これは「一般的な情理」にもとづき、二十歳で曹操が文學活動に從事し始めたであろうという假定に依據する。(3) しかし熹平四年（一七五）前後における曹操の文學活動を示す史料はない。曹操とほぼ同年齡の靈帝が在位した時期を建安文學の範圍に含むのであれば、光和元年（一七八）に「鴻都門學」を設置し、俗文學を重視・保護した、靈帝の文學政策と建安文學との關係はどう說明するか。以上のような文學史區分は、いずれも根據に缺け作業假說の域を出ない。

建安文學の時代範圍に關する樣々な習慣的・便宜的、もしくは暗默の理解を前提に、建安文學相當時期を、前後二期に分ける論著もある。獻帝卽位後の動亂期に「白骨縱橫、生民塗炭。」を反映した作品中心の第一期と、建安末以後、社會が相對的に安定し、「怜風月、狎池苑、述恩愛、敍酣宴。」（『文心雕龍』明詩）という詩文をもたらした第二期という區分である。(4) しかし、このような建安文學內部の區分も、その前後の時代との關連性に對する說明が必要とされる。

さらに、その目次に建安文學ということばすら見いだせない文學史書も登場している。そこでは新たに「三國文學」という枠組みを設定し、「習慣的に稱する所」の建安文學を「三國前期文學」に、正始文學を「三國後期文學」に位置づけている。(5) 確かに漢末建安から魏の黃初・太和年閒まで建安文學の範圍と考えるならば、吳蜀の文學や三國閒の政治・文化に關わる相互作用を無視できないことも事實である。吳蜀の文學に對し何らかの論及が備われば、建安文學に加え、文學史用語として「三國文學」という枠組みを揭げることも不可能ではない。

その他、建安文學を、建安年閒とその後の若干年を含む時期の文學を指す「習慣上の呼稱」と說く、(6) あるいは、その時代範圍にふれない文學史書等々、(7) その時代區分には通說すら認めにくい。建安文學の時代措定について定說がなく、それに關する目立った論爭もないのは、むしろ、そのような建安の文學史區分の違いが、餘り問題視されなかったことをものがたっている。このことは、なお建安文學を、從前とは異なる射程・時代範圍の中で捉えうる可能性を示唆している。一例を擧げれば、前述の「三國文學」という文學史區分は、今後なお論及に値するのではないか。

小著は、建安の文學史區分について論ずるものではない。しかし、建安文學を新たな射程で捉うべき可能性、必然性を確認するため、その時代區分に通説がないことを右に例示した。ただし、小著を述べ進める上で、建安文學の時代區分について、一定の見方を示しておきたい。先述したように、建安文學を「習慣上」の呼稱であると明言する文學史書があるが、それは逆に一つの見識であろう。そして、一定の論據にもとづきつつ、あくまでも便宜上の文學史區分として、時代年代の措定がなされるべきであろう。それらを前提に、羅宗强の説を參照したい(8)。同氏は、曹操が獻帝を洛陽に迎え許に遷都した年で、政治が實質的に曹氏に歸したこと、趙壹や蔡邕、盧植等、東漢後期の重要な作家が建安年間以前に沒し、建安以後は、新たな世代の曹魏政權と關係のある詩人が集結していったという二點から、建安文學の上限を建安元年（一九六）とする。さらに、その下限は、曹植が沒した太和六年（二三二）と說くが、その論據は比較的穩當と言えよう。ただし、繰り返しになるが、建安文學は便宜上の區分であり、年代により前後と切斷されるものではない。

小著は、右のような、時代範圍に關する論議とその意義をふまえた上で、以下に述べるように、建安文學を形成・展開・受容という生成變化の過程において捉えてみたい。

建安文學を漢代文學の範疇に屬さず、魏晉文學の起點と捉える見方は、多くの文學史概說の目次を見ても一目瞭然であり、いずれも魏晉南北朝部分の冒頭に建安文學を位置づけている。從來、このように建安文學を魏晉南北朝文學の起點と捉える立場に比して、漢代、特に後漢文學との連續性・連關性に注目する觀點や考察は必ずしも十分とは言い難い。もとより建安文學は、漢代の樂府・民歌や辭賦等、樣々な傳統の繼承上に誕生する。だが、そのような漢代の文學規範の繼承とともに、それからの脫却こそが建安文學を創り出したと言えよう。しかし、建安文學が備える逸脫性は、連接する後漢時代にすでにその確かな萌芽・形成が見られるのではないか。建安文學は、前後の時代との分節のみでは理解できない部分が多いのである。建安文學を後漢、特に中後期からの連續性・繼承性から、言い換えれば形成という觀點から再考察する試みは、今なお不十分と言えよう。

建安文學と東漢中後期の文學とが、「時間上」「文學創作の精神上」、「緊密に相連なる」と說く論著も近年登場している。胡旭『漢魏文學嬗變研究』(9)は、「政教から獨立して藝術的に人間を表現する『自覺的文學』」の來源を、東漢中後期の文學に見、具體的指標として、張衡「歸田賦」や「古詩十九首」の出現を擧げる。同書は、鈴木虎雄・魯迅が魏代に見た「文學の自覺時代」について、その始まりを東漢中後期に求めている。漢魏の文學的變化に關する著作には、他に孫明君『漢魏文學與政治』(10)等がある。しかしながら、漢から魏への文學的變移について、直接、作品テクストに加えるべき考察、それにより建安文學形成の足跡を見る作業は、なお多くが殘されているのである。

冒頭に擧げた二點目の問題について、孫明君が、次のように興味深い論及を行っている。(11)〈二十世紀以來、學界において、慣習的に「建安風骨」という用語により、建安文學全體にわたる特徵を理解してきたが、その定義は、游國恩等主編『中國文學史』(12)に來源をもつ。すなわち同書において、社會現實と民衆の困苦の描寫、理想・壯志の抒情表現として强調される「建安風骨」は、じつは古人の言うそれとは內容が異なる。劉勰『文心雕龍』の「風骨」は、廣い範圍に及ぶ概念で、必ずしも建安詩歌にのみ適用されるものではなく、鍾嶸『詩品』の言う「建安風力」は、晉代の玄言詩に對する批判として提出され、必ずしも詩歌に現實政治の反映を求めるものではない。また初めて、文學批評に「建安風骨」を用いた嚴羽『滄浪詩話』は、その特徵を「高古」に見る等々、古人の理解は盡く異なる。また近代中國以後の「風骨」に對する研究も多岐にわたるが、いずれも定論がない。〉

孫明君は、以上のような論及を通して、古代文論の術語とその範疇は、それがもたらされた時代の特殊性、また曖昧性を有し、その定義についてそれぞれ異なる解釋・理解が後に施されてきたが、概念の模糊とした術語による文學批評は、もはやその妥當性を缺くと主張する。

建安文學に關わる固有の批評語や概念に再檢討を迫る主張であるが、同樣のことは「慷慨」「清峻」「通脱」等々についても言えるのではないか。（小著、第五・九章は、この點にやゝふれている。）このような建安文學の特質を考える際の問題點について、次のような意見を參照したい。「魏晉南北朝は文學理論批評が十分に發達した時期であるが、もし當時の創作の實際を離れるならば、文學思想の眞實の姿を了解できないばかりか、文學理論と文學批評に對しても歷史眞實に符合した解釋を施すことは難しい。……文學思想は創作に反映され、その理論形態は創作に反映されるところの文學の思想傾向と文學觀念の昇華に過ぎない。……」(13)

羅宗强のこの主張は反論の餘地がないように思う。敷衍すれば、建安文學を特徵付ける樣々な側面もまた、「創作の實際」を具體的に考察することから、その面貌が漸く見え始めることは言うまでもない(14)。その際、小著は、後漢中後期からの形成という觀點から、建安文學以前の文學テクストを視野に入れ個別に見ていきたい。さらに、建安文學を前代からの繼承・形成だけでなく、その後の受容という觀點からも何らかの檢討を加えるべきであろう。ある時期の文學を理解する、それは後の文學においてどう受容されたか、ということにも結びついている。

以上、小著は、建安文學を、後漢中後期から魏晉へと文學が變貌を遂げていく、その通過點・結節點として捉えるものである。その際、詩人群が作品の應酬を行ういわゆる「建安詩壇」を、建安文學の象徵もしくは頂點と見なすことはできない。

建安十三年（二〇八）、赤壁戰後は、三國分立という膠着狀況が進む。曹操は、建安十六年（二一一）、漢中を併呑し、以後、漢魏禪讓の政治工作に腐心する。このように三國拮抗と、魏政權の確立という政治背景のもと、建安十六年（二一一）、曹丕と建安文人による南皮の遊が催された。また建安詩人グループは、鄴下において、贈答詩や會詠により直接詩文の交流をはかる文學空間を形成した。曹操幕下の文人は、それ以前は一堂に會することなく、從軍等の共通體驗をテーマとし、個々に詩を應酬していた。建安の詩人集團が確立するのは、曹丕が五官中郎將につき、曹植が平原侯に封ぜられた建安十六年（二一一）から、王粲、徐幹等の逝去により建安七子の全員が沒する建安二十二年（二一七）までの、六、七年間である。

先述したように、建安文學の時代範圍の認識に定說はないが、その範圍内を、①建安十三年（二〇八）以前、②建安十三年（二〇八）～建安二十四年（二一九）、③黃初元年（二二〇）～太和六年（二三二）の三期に分ける文學史書[15]がある。およそ第一期は、建安文士が分散から集合へ向かう過程、第二期は、「鄴下文人集團」の形成時期、第三期は曹植が詩人として大成していく段階として區分される。同書は文學史概說であるが、いわゆる「建安詩壇」の形成される第二期について、建安文學の頂點と見なしていない。むしろ「功名の追求」と「貴游の風氣」が發生し「文學の思想傾向と深度」が低下した時代と見なすが、同書のような指摘は、他の論著においても散見される[16]。

このように、いわゆる「建安詩壇」に對し、他の建安文學時期と相對化しつつ見る觀點を、小著においても取りたい。そのことは、以下、小著、第四章（建安の「寡婦賦」について――無名婦人の創作と詩壇――）においていささかふれている。卑近な喩えで言えば、建安文學は、建安詩壇を頂點とした急峻な山ではない。幾ばくかの大小の山巓をもつ、なだらかな山塊であり、その山稜は後漢中後期から魏晉まで續くと見るのが小著全體の射程である。

小著は、網羅的に建安文學の形成過程をトレースしうるものではない。後漢中後期から魏晉へと文學が變貌を遂げていく、その通過點として建安文學を捉え、その射程において幾人かの重要な詩人に着目し、全體として建安文學の山容を把握することに小著の意圖がある。

以上の趣旨をふまえ、小著が言及する範圍は、後漢中後期の張衡、漢末靈帝期の趙壹から、建安詩人を經て魏末正始の嵇康にいたる。取り扱う様式はおおむね詩賦作品に傾くが、それはそれらの變容過程に建安文學を形作る様々な特質が見られるからである。その他、曹操については、魯迅以來その文學性が注目される公的散文に視點を移した。

右にやや抽象的に述べた小著の意圖・對象範圍・方法に、もう少し具體的な姿を與えるため、以下、各章の內容についても多少ふれておきたい。

二　各章の概略

張衡は建安文學の形成を捉える上で、後漢中後期において、まず第一に注目すべき作家であり、小著の第一章に位置づけた。張衡は、學術・政治・著述等に多才な業績を殘した、東漢時代中後期を代表する文人であり、漢魏六朝における張衡文學の存在は大きい。それはその作品が、六朝時代の文學基準となる『文選』に掲載されただけでなく、李善注に、歷代作家中、最も多く引用されている事實からもうかがえる。張衡の文學は、その『七略』的學術世界を網羅するような多樣な活動の一つにすぎない。したがって張衡を通し、後漢中後期の學術・文化・政治社會における文學の機能・位置の一端をうかがい知ることができよう。張衡の文學は、その幅廣い足跡の中で、また東漢中後期の文學において、どのような位置をしめ、それは後漢末・建安文學とどのように連接しうるのか。

第一章では、はじめに張衡の七言體「四愁詩」を取り上げた。まず、「四愁詩」について、張衡の官界における挫折と憂愁の表現と說明する「序」が、後に付加された僞作であることを檢證した。從來、張衡の文學制作の動因に政治上の挫折を念頭に置く論及が多いが、その際、「四愁詩」序が梃子とされてきた。しかし張衡の生涯から、讒邪・忠誠という單純な圖式を見いだすことは難しい。それは張衡の文學活動においても言いうる。「思玄賦」や「歸田賦」が詠い上げるのは、俗・反俗の對立圖を超越し、朝廷から離れた個人の內面的精神生活や隱逸・自適の生き方である。「四愁詩」序は僞作であり、したがってその本文は「思賢」の詩と讀めないのである。むしろ「四愁詩」は、古代歌謠に連なる情詩としての性格が濃厚である。そのことは西晉以後の傅玄「擬四愁詩」等の模擬作品における受容のされ方を見ても明らかであろう。傅玄の「擬四愁詩」序も示すように、「四愁詩」は、俗體の漢代歌謠に接近した作品ともみなしうる。

さらに、情歌として五言詩「同聲歌」を見、その性愛表現の斬新さに注目した。『漢書』藝文志の方技略に「房中」の類があるが、「同聲歌」は、性のタブーを超える作者の合理精神がつよく滲む。また早期の五言詩作品としても文學史上意義がある。張衡には豔情を詠む作品が多いが、それらが宴席等で披露され受容される漢代歌謠に連なる點、また宴席における女性を描寫することと無關係ではあるまい。

しかし、張衡という一士人が、戀愛・情愛の歌を制作する、その根底にある思念は何か。小著は、張衡の世界觀の根底に『易』の生々の思想があり、男（乾道）女（坤道）の交情を描く詩賦は、彼にとって陰陽觀に連なる合理的な表現活動の一部であることに言及した。また、張衡は、『易』の陰陽思想の具體的顯現を自然に見、それを詩賦という表現樣式によって詠い示した。このことは、張衡にとっての詩賦が、『易』を中心として構想された『七略』的全體、漢代の學術體系の中で缺くべからざる位置をしめることを意味する。

文學創作が、張衡の諸活動にしめる樞要な位置、そして建安文學以前において士人が戀情・女性を描く、その先驅性は注目に値する。張衡の文學は、社會的・儒敎的因襲やタブーから自由な點において、小著の各章で個別に見る建安文學の性質をすでに備えている。五言詩・七言詩・抒情小賦の制作、政治を離れた個人的・內面的な生活の重視や、自然の欣賞とその表現においても、張衡の文學は、建安文學の先蹤と位置づけられよう。

第一章の補說として、張衡當時の文學環境を簡單に考察した。『通典』を出典とし、諸輯本に收錄される、張衡「論貢擧疏」は、半世紀ほど後の文人、蔡邕の「宜所施行七事」中の「五事」として掲げられる上表文と同一の文章である。同書は、選擧制度の缺陷を論じるものであり、「書畫辭賦」「當代の博奕」の才藝は政治能力と關係がないと主張する。そこには、そのような才藝をもつ者が逆に登用されていく當時の官僚人事の實態がうかがえる。

小著は、兩者の時代・政治的背景から、同書が、張衡ではなく、蔡邕の著作であることを論證した。蔡邕の資料は、「諸生の能く文賦を爲る者」、「尺牘及び工書鳥篆を爲る者」を宮中に招き入れ、あるいはそれらの徒輩から「方俗閭里の小事」を聽くことを喜ぶ、靈帝の人材登用政策に對する反對意見である。

それは當時の文學が俗語を重視し、輕薄に傾くことへの批判を述べている。だが、類似の主張を、張衡と交友のあった王符の「潛夫論」務本に見ることができる。王符の論から、張衡の當時、すでに衆人受けをねらう詩賦の作家が目立っていたことがわかるが、そのような傾向は、蔡邕の頃には宮廷の中まで浸透していったと言えよう。王符が問題視した、「學問の士」「賦頌の徒」の著述が目指す「異」「怪」「奇」という方向性と、蔡邕が批判した「俗語を連偶し、俳優に類たる有り」という風潮から、東漢後期の文學がもつ、既成の因襲からの逸脱への傾きをうかがうことができる。その逸脱の一つのかたちが、漢末靈帝の俗文學重視であろう。

張衡當時、すでにそのような逸脱の方向へと進む文藝制作者の增加と、それを支持する受容層の擴大という傾向が生じていることは看過できない。張衡の詩賦は、そのような東漢中後期の文學環境に取り圍まれていたのである。

第二章は、鍾嶸『詩品』下品に選定される趙壹について考察した。趙壹は、東漢後末期という、士人による抒情小賦や五言詩の制作が目立ち始める韻文史の轉機において、見落し難い作家の一人である。しかし趙壹は、現存作品の乏しさも手傳って、從來その文學史上の位置づけが正當に行われていなかった。小著はまず、『後漢書』趙壹傳の記載に誤りがあることを檢證し、訂正を加えた結果、趙壹は酈炎や孔融より年長の、おおむね蔡邕と同時代の人物であると推定した。

次に「窮鳥賦」を引き、士人自らの姿が鳥のアレゴリーにより示されている點に、後漢末文學における劃期性を見た。趙壹の「窮鳥」は、魏晉の詩人達の描き出した飛翔のメタファーにも連なるという點で意義がある。漢末魏晉の作品に多くみられる鳥のモチーフは、この時期の文人がとらわれた共通の形象であるが、趙壹は、新たにそのようなイメージを自身に見出した詩人であった。

さらに、「刺世疾邪賦」を取り上げ、その最後に詠まれる二編の五言詩に着目した。詩を含む「刺世疾邪賦」全體は、世俗との對立の構圖や、政治社會の體制から排除された身の不遇を言うにとどまらず、外戚・宦官への刺譏と體制の峻拒を述べ、廣く公憤に及んでいる。その激しい言辭は、當時の賦の通例から大きく外れている。しかしさらに、この韻文作品の逸脱性は、「秦客」「魯生」二首の五言詩が、全體で一篇の賦という枠の中で詠まれるという、その形式にある。建安以前の後漢士人は、五言詩を自己表現の形式として選擇していなかった。「刺世疾邪賦」という、「賢人失志之賦」の傳統に沿う賦の中で五言詩が書かれたこと、それは、五言詩が賦と同じように士人一個の內面を表白するエクリチュールとなりえたことを端的に示している。そこに趙壹の五言詩がもつ詩史上の意義があると言ってよい。

この「刺世疾邪賦」の賦中の五言詩二首は、張衡・秦嘉等の詩人や樂府が詠むような、男女の戀情をめぐる抒情詩とは內容を異にし、士人の出處進退や政治社會に關わる感懷、公憤が詠われているのである。士大夫としての個人の感懷を述べる趙壹詩は、後漢時代において先驅的と言えよう。

五言詩の形成過程に關して言えば、士人としての様々な感懷を詠む抒情的な五言徒詩は、必ずしも樂府歌謠のみを淵源としているわけではない。小著は、趙壹の詩賦を通し、士人個人の五言詩が形成・確立する道筋を、抒情小賦から抒情詩への變移・派生という新たな方向から考えた。

第三章は、漢末・建安文學を形成する要因としての「女性」の存在に着目した。女性の様々な境遇・姿態は、建安文學が特に關心を寄せる表現對象である。それとともに、女性の名を冠した創作が、後漢中期から目立ち始める。小著は、はじめに歴代の圖書目錄に收錄されている女性作家の作品集を概觀した。唐宋以前では女性作家の絕對數が少ないが、その中で、漢末魏晉は女性作家の存在が目立つとともに、女性の表現・言說が女訓書の傳統を含め次第に注目されはじめた時代とも言えよう。特に文學史上重要な節目となる後漢末・建安文學の中で、女性はみずから著述を殘す他、文學の形成にいかなる役割を果たしたか。

まず後漢中期の班昭。彼女は、「女誡」や『列女傳注』に見られるように、男性を中心とした社會規範を積極的に繼承、補完する仕事をする。しかし女性が知的生産に參與し、文學にも功績を殘した班昭の足跡は注目に値する。

鍾嶸は、五言詩の制作者が少ない漢代詩史において女性詩人のしめる比重を評價しているが、その一人が後漢後末期の女性とされる徐淑である。徐淑が詩と書簡のやりとりをした相手である夫の秦嘉も、すぐれた五言詩三首を殘す。秦嘉が、建安文學以前に先驅的な贈答詩の作品を殘すことができたのは、妻徐淑がそれを受容しうる對等の讀者であり、また鍾嶸の評にしたがえば、漢代五言詩史に名を刻む作品制作者であったことに大きく負っている。五言の贈答詩が形成される後漢後末期の文學史の中で果たした徐淑の役割は大きいと言えよう。

女性の悲遇は、建安文學の大きな關心事の一つである。蔡琰を詠む曹丕・丁廙の「蔡伯喈女賦」や、阮瑀の妻を詠んだ「寡婦賦」、劉勳の妻を取り上げた「出婦賦」「棄婦篇」と題される詩賦作品からも明らかなように、具體的な個としての女性が建安詩の會詠對象となっている事實がある。秦嘉の五言詩が、妻徐淑という個別の對象に向けて個人の具體的な感情を詠み表したのも、それに連なる先例ととらえることができよう。

漢末建安詩の描く女性は、身近な對象を描こうとしている點で、樂府や古詩の一般化・抽象化された女性像と隔りがある。蔡琰という同時代に實在した女性の數奇な一生も、女性題材に關心をもつ丁廙等の建安詩人に大きな觸發を與えたのであろう。蔡琰「悲憤詩」はまた、建安文學の作品として卓越している。無記名性の樂府と異なり、女性の一人稱による自傳的形式をとるという點で、後漢文學に見られない異質性がある。「悲憤詩」が建安文學に突出するゆえんは、たとえば母子の情愛表現に見られるように、女性の視點による女性描寫にすぐれた文學テクストだった點にあろう。その展望をまず示したが、第十・十一章では、「悲憤詩」の眞僞論を檢證するとともに、その受容を含め蔡琰の文學に言及した。

また、「蔡伯喈女賦」の作者、丁廙については、その妻も「寡婦賦」という作品を製作したと傳えられる。「寡婦賦」には、他に曹丕・王粲作の佚文が殘るが、特に丁廙の妻の作品水準が卓越している。その眞僞および丁廙の妻をめぐる文學環境については、第四章で考察した。

建安の文學形成における「女性」は、創作を觸發するテーマとして重要なだけでなく、新たな文學制作者として建安文學に果たした役割も大きい。建安文學は、「女性」がその樞要な部分を形成したとも言えよう。

第四章は、建安詩壇において會詠された「寡婦賦」を考察した。それを通して、建安の文學における「女性」は、表現對象としてだけでなく創作の擔い手として文學史に位置づけることが可能か、という前章で掲げた課題をさらに検討した。

「寡婦賦」は、寡婦に成り代わり、一人稱の語りをとる（阮瑀の妻を語り手として僞裝する）という約束をふまえ題詠された。注目すべきは、丁廙の妻という無名詩人の作品である。特に丁廙の妻の「寡婦賦」は他の建安詩人と比較し作品の水準・完成度が高い。他の男性詩人による「寡婦賦」に、丁廙の妻の作品ほど新しさが見られないのは、「寡婦」の會詠が卽興的に行われたことを推測させる。他の作品を見渡しても、水準の追求より詩人集團の會詠そのものに意義を見るのが、建安詩壇確立期における詩賦競作の一實態であろう。

では「女性」を主題とした作品の多い建安文學の中でも、女性自ら「女性」を表現對象とし、文學制作を行ったとすれば、その背景・要因は何か。小著はまず、曹丕・王粲の作と比較し、丁廙の妻「寡婦賦」の突出性を具體的に例示した。また、西晉の潘岳「寡婦賦」は、建安の同賦をふまえているが、丁廙の妻による「寡婦賦」の大半部分を下敷きとしている。このように、丁廙の妻の創作は、後代の作家が依據する建安文學の規範の一つになっていることがわかる。

さらに「寡婦賦」の作者の經歷・人間關係を考察し、丁廙の妻の作品が眞作である蓋然性を檢討した。しかしなお、一婦人が、建安の文學活動に參與する動因は何か。小著はそれを探るため、先行研究を批判的に繼承しつつ、建安詩壇において、儒教に對抗しうる文學の價値がもたらされていたことに言及した。儒教テクストは、「寡婦」＝抑壓される者という觀念をもつ。建安の詩人が、儒教において忌避され負の價値を帶びていた「寡婦」に成り代わり、「寡婦」の目線からその心情を詠うという試みは、儒教的價値の桎梏を外れてこそ可能になったのである。

建安の詩人集團は、文學に舊習を突破する新たな生命を見い出した。そこに生じる比較的自由な價値觀、開放的文學空間こそが、女性による詩壇活動への關與を可能にした大きな要因の一つであると言える。

第五章で檢討に及ぶ曹操の文章は、ほとんどが政治的散文であるが、二十世紀に入り魯迅によって（劉師培の說を下敷きにしつつ）その文學性が示唆されはじめた。しかし、おおむね政治的言說として受容されてきた曹操の散文テクストについて、その文學性は具體的にどう指摘しうるか。それは、後漢末・建安文學の中でどのように位置づけられるか。そのような課題は今なお殘る。

小著は、曹操散文の大半をしめ、主要なジャンルと言える令について取り上げた。はじめに「求才三令」が、新たな選擧基準の發令という政令の指示傳達文というより、反儒敎的價値觀をうたった「挑戰狀」であり、その書き方も一定の格式を逸脫していることにふれた。曹操は、書きたいこと（＝內容）を書きたいように（＝書き方）書いているのである。

次に「十二月己亥令」を擧げ、內外の曹操批判層に對する辯明のための政治的文章と見られてきたテクストに對し、その文學性を見た。「十二月己亥令」は、簡潔な物語性、私的感慨や告白スタイルをもち、政治史料以上に作品テクストとして讀者に開かれている。

後漢末より三國時代にかけて、廣範な言論の交流、流通がなされていたが、曹操は、このような時代環境において言論鬪爭を展開している。「十二月己亥令」は、そのような背景の中で生み出された論爭的テクストでもあり、受け手の多重性を意識しつつ、隨意に書き方を變えている。また、令という命令的・權力的な政治樣式が自傳的表現を有するのは、等身大の個人を回復しようとする文學の役割がそこに果たされているからであろう。

文壇サークル內での作品應酬や文學批評の登場という、政治とへだたる新たな文學は、曹丕・曹植らを中心とした建安文壇が進めることになる。だが、令という散文テクストを含め、曹操の文學的營爲は建安文壇の活動とは離れた位置にあった。建安文壇の外、後漢末の言論闘争において曹操が發信した令という政治的テクストは、多様な文學性を帯びる。基本的に見られるのは、既成の文學様式と異なり、様式規範をもたない政治的通達文に自由な書き方を施そうとする、曹操の新奇な表現方法であろう。

曹操が開いた、「書きたいことを書きたいように書く」文學は、曹植という後繼者を得た。しかし、曹操が因襲の破壞者という一面をもつのに對し、曹植は漢代の様々な文學因襲・文化的傳統の創造的繼承者として、魏朝成立後もさらに建安文學を推進していく。

第六章から第九章まで、曹植の文學に考察を進めた。

第六章は、曹植の四言詩を論題に取り上げ、漢代にいたる傳統を繼承發展させた、建安文學における創造性の一端を垣間見た。曹植の四言詩は、手法・題材が多彩であり、『詩經』の傳統をふまえた上で曹植獨自の創造が施されているのである。

はじめに、魏の黄初四年（二二三）に、文帝曹丕へ獻呈された四言詩二篇「躬を責むる詩（責躬詩）」、「詔に應ずる詩（應詔詩）」を考察した。「責躬詩」は、漢代の敍事的四言長編の枠組みに沿い、特に前漢末の韋玄成「自劾詩」を先行作品としてふまえる。しかし、「責躬詩」は、敎訓性のつよい公的作品であった漢代長編四言詩の傳統を受けつつ、そこに曹植という個における葛藤を詠い込めた。既存の文學因襲に創造の手を加える、曹植の試みの一端をうかがうことができる。

同時に作られた「應詔詩」は、頌詞的四言詩とは異なる作品である。「應詔詩」は、連綿と描寫される場面の展開によって、四言という單調なリズムに快速感や躍動性をもたらし斬新である。手法において對照的な、「責躬詩」「應詔詩」兩篇の考察からも、曹植の四言詩の多彩さ、創造性をうかがい知ることができる。

さらに「應詔詩」の簡單な分析を通して、曹植は、『詩經』の語句を踏襲する際、元の語句の意味を變改しつつ新しい文脈に組み入れる、ひねりをきかせる、洗練された詩語に仕立て上げる等の興味深い引用法を施していることを見た。

最後に、曹植晩年の偶感を述べ連ねた四言作品、「朔風詩」に言及した。「朔風詩」は、四言獨特の簡直な言い回しや文脈の屈曲、抽象的・象徴的な敍述が見られる。このような書き方は、先述した兩篇の獻呈四言詩とは大きく異なり、「朔風詩」の意圖的手法であった。しかし「朔風詩」においても、『詩經』は、文學的創造を施すための規範・因襲として消化されている。曹植は、「朔風詩」において、四言という生動感に缺ける詩型を逆手にとり、晩年の錯綜とした感懷を淡々と詠っている。

多様な修辭・題材そして豊かな文釆をもたらした曹植の四言詩は、この詩型の歴史にあって一つの頂點を成していると言えよう。

第七章は、曹植の作品における「少年」に着目した。「少年」は、他の建安詩には見えず、曹植の詩に獨自な詩語である。「少年」という言葉は、曹植以前のテクストでは『史記』『漢書』に多く見え、それらはおおむね游俠の少年を指す。兩書における「少年」は、「惡少年」「輕薄少年」という言葉が示すように負のイメージがつよい。曹植の詩歌は、そのようなイメージをもつ「少年」を、むしろ義俠・友情・新生・生命力等を示す美的形象として肯定的・共感的に描いている。

曹植詩中の「少年」は、正史および樂府中の「少年」という前代の因襲をふまえる。まず「名都篇」を取り上げ、都會の「少年」を詠む漢代樂府詩の傳統の上に、「少年」を新たな視點から描いていることを見た。「名都篇」は、都會の「少年」に焦點を絞り、永劫回歸するような「少年」の日々を詠い、その美的イメージを描出している。「野田黄雀行」は、「少年」が「雀」を相手に義俠・友情を示すという物語的アレゴリーに獨自性があるが、社會的・文化的因襲をふまえれば、「少年」の游俠性や友情を題材とし、それを美的形象として描いた作品として讀みうる。「送應氏」第一首の「少年」は、遠景・點景として用いられるが、荒廢・衰滅するものと對比される生命力や新生の象徵である。それは、「名都篇」や「野田黄雀行」が描く游俠「少年」の詩的形象と連關性をもつ、曹植獨自の詩語と言えよう。

さらに陶淵明にいたる文學上の「少年」を比較、瞥見した。それらは『史記』『漢書』の歴史テクストにおける游俠少年としてのイメージを基本に有しつつ、樣々な變容を遂げている。曹植の描く題材が、「少年」の今そのものだとすれば、阮籍・陸機の「少年」は、悔恨や嘆老を伴いつつ振り返る過去の存在である。陶淵明の「少年」は、詩語として、自己のアイデンティティーや友情を含意している。張華の「少年」は、曹植以後、游俠少年が樂府題に取り上げられた早い例であるが、阮籍の「詠懷詩」において、すでに曹植の「名都篇」等を意識し游俠を題材とする作品の繼承が見られる。

游俠少年は、秩序の維持者であり同時に破壞者であるという兩義性を宿している。曹植は、そのような兩義性をもつ「少年」の文學的原型を確立したと言える。

第八章は、「白馬篇」を考察對象とし、前章に引き續き、游俠少年の文學的意義を探るとともに、さらに關連して曹植の國家に關する意識・觀念にやや言及した。

「白馬篇」の前半は、「名都篇」と同じように游俠少年の武藝に遊ぶ姿が詠まれ、後半部分の游俠少年は、國家の難に身を挺する憂國者として描かれる。「白馬篇」の游俠少年は、武技に遊ぶ者という私的・遊興的側面と、「國難」に殉じる憂國者的性格の兩面を具有する。

しかし漢代にいたる游俠は、國家權力にとり秩序破壞者として彈壓の對象ともなる。游俠は、國家や社會秩序を超越し、個人の自立に立脚する存在であった。その逆に、父母や妻子を顧みず「國難」に殉じようとする「白馬篇」の「游俠兒」には、曹植の創意がある。小著はその背景に言及した。秦末漢三國時代を通じ、無數の「少年」たちが勢力集團に糾合・組織化され、あるいは自ら參入を志願する。「少年」は、時には豪俠勢力における强力な兵力・戰力ともなる。また、朝廷による征戰に徵發されることすらあった。さらに遊俠の「少年」は「惡少年」とも記され、集團組織のために家族すら顧みない。曹植の「白馬篇」はそのような因襲をふまえつつ、「游俠兒」を、さらに、私的勢力ではなく國家に進んで身を殉じるような者へと變容させているのである。

曹植は「白馬篇」において、國難に甘んじて一身を犧牲にすべき對象として、國家を意識し表現しているとも言える。さらに政治的散文のみならず、「白馬篇」以外の曹植の文學テクストにおいても、「國家の難に殉ずる」という曹植の國家・政治への意識がうかがわれる。そしてそれらには共通點がある。曹植は、ほとんど軍役に從事することはなく、その生涯を通じて戰役の體驗やその現實面を描く材料をもたなかった。また實際に、曹操政權や魏朝廷の中樞で國家經營に參畫することもほとんどなかった。したがって、曹植は虛構の文學世界の中で、體驗や現實よりは觀念や表象の上で、國家・政治に關わる自らの意識を示そうとする。

「白馬篇」の游俠の少年が「國難」に「軀を捐てる」と詠う背景には、個別より典型化に向かい、現實・寫實よりは理想・虛構、體驗よりはファンタジーの世界を創出する曹植の創作意識が働いているのである。しかし、曹植の文學における虚構への志向とは作爲ではない。曹植にとっては文學表現が現實であり、また假想現實であった。だが假想現實こそが、「白馬篇」を、南朝以後の樂府「少年行」が依據するような典型たらしめ、また、建安文學において卓越した曹植の詩空間を作りあげたと言えよう。

後代の游俠を題材とした戲曲等様々な文學ジャンルへの展開まで見わたせば、それらの源流の一つに「白馬篇」を位置づけることもまた可能であろう。

第九章は、前章でややふれた曹植の國家に關わる特徴的な觀念・意識に關し、檢討を重ねた。國家は、人々がそれに抱く目に見えない感情や觀念によっても形作られる。文學は古來、そのような國家に對する無形の意識や感情・觀念を表象してきた。漢魏の王朝交代期のように、國家というものの自明性や正當性が問われる時、文學はどのような情念や意識をそれに投影してきたか。このような問題意識から、古代・中世轉換期の國家像と文學の關わりを、曹植のテクストから探ってみた。

曹植を見る前に、上述の視點で先秦から漢代にいたる文學を概觀した。『詩經』『楚辭』のそれぞれからは、國家はもともと狹い領域で、本來人民が善政によって安樂に住むべき場所であるにも關わらず、實際は悪政に亂れているという批判意識と、その反對に身を捧げる對象と見る觀念がうかがえる。漢初の文學は「安世房中歌」や司馬相如の賦・頌、あるいは樂府の整備を通して國家の正當性や文化的統一感を高め、さらにはその神祕性・絕對性を讃えた。その一方、逆に國家の支配者が抱える一個の人間としての不安や焦燥を詠う高祖、劉邦「大風歌」のような詩歌も見いだせる。先秦にその芽生えが見られた國家をめぐる意識・觀念とその表象は、漢代帝國の成立にいたり様々な側面を示している。

國家を超えて天下の經營に向かう後漢末士人の行動・精神を背景に見た上で、建安文學の特徴を、「天下意識の流露」と捉える論及もすでになされているが、後漢後期から末期の文學に表れる國家意識の諸相は、さらに具體的な檢討を要する。曹操自身、漢朝末期に布告した「十二月己亥令」で、自己の政治的責任感から、漢末の混亂の中、天下を平定するにいたったと論じる。曹操にとっての「國家」とは、政治家としての責任倫理において新たに立て直すべきものとなっていた。漢末の陳琳や蔡琰・王粲等の文學テクストからは、漢家という既存の國家をもはや歸屬對象と見ないという、現實感覺を備えた國家意識が讀み取れる。國家を超越し新しい時代を模索する點に、建安文學の性質が垣間見えるのである。

そのような、曹操や建安詩人の新たな國家觀と全く異なる國家意識・漢家意識を有していたのが曹植である。たとえば「丹霞蔽日行」は、漢朝の傾覆を淡々と述べ、「送應氏」は洛陽の荒廢を詠っている。「情詩」は、分斷された男女の情愛と國家の衰亡・戰亂への嘆きを兩様に讀みうる意味の二重性をもつ。これらの詩歌から、曹植の傾頽・衰亡する國家＝漢家に對する哀惜や一種の挽歌の響きを讀み取ることは可能であろう。漢末から魏初の詩人における文學表象や言說において、戰亂への呪詛・批判は見られても、曹植のように國家＝漢家の衰滅じたいを主要な題材として詠み込むのは特異である。また、「贈丁儀王粲」と歷史人物論「漢二祖優劣論」を參照すると、後漢末の他の詩人に比し曹植の現實認識にある種のずれが見られることがわかる。小著はなお、政治的言說から假構の文學表象まで、「國憂」「憂國」「捐軀」「視死」「國難」「國讎」「慷慨」等々曹植の國家・政治に關わる意識・感情を瞥見した。

魏吳蜀の勢力集團に共通する紐帶として游俠・任俠的習俗がなお働いている。しかし、個人・集團を結ぶ任俠的な關係を經驗しない曹植は、自らの游俠の理想を「白馬篇」の「游俠兒」に託し、そこに國家への俠的な犧牲の精神を込めたと考えられる。歷史的な游俠の本質とは異なり、「白馬篇」の游俠は、自分と國家・皇家との間に一種の任俠的關係を假構した文學的表象であった。「白馬篇」のような樂府作品は虛構の文學空間を作るが、曹植はそこに國家政治へ參畫する自らの強い意志を投影させたのである。曹植の國家經營・政治參加への意志は、「游俠」に新たな文學的意味づけをすることによりその表現の場を得た。

曹植の文學における國家への義俠的な犧牲の精神は、他方で「慷慨」という言葉によって表される。李善は、「忼慨有悲心、興文自成篇。」（曹植「贈徐幹」）の部分に「說文曰、忼慨壯士不得志於心也。」と注しているが、政治上の不滿や失意のみを曹植の「慷慨」に讀み取るのは一面的に過ぎる。曹植の「慷慨」は、その用例から、悲憤の言葉や若年時から制作した賦の好尙、文筆表現に伴う心の昂ぶり、あるいは心の昂ぶりをもたらす音樂の響きを表している點に注意すべきであろう。曹植の「慷慨」は、言說あるいは虛構の表現活動に衝迫をもたらす動因になっていることがわかるのである。

曹植における「慷慨」の精神は、現實や體驗よりは理想と虛構を創出する表現活動へと突き動かす意志や動因の一つであったとも言える。曹植の國家意識もそれを一つの背景としているのである。

〈敵〉の表象も、曹植のテクストに顯著である。排外意識と國家意識は表裏一體であるが、前漢を經て後漢末、曹植に至り文學は〈敵〉を見いだし國家を贊美するべく作用したと言えよう。國家を犧牲の對象と捉える曹植の言說・表象は、國事に殉死する者を國の英靈として稱える『楚辭』九歌、國殤にその淵源を見ることができる。しかし、以上のような曹植の國家意識とその表象は、曹植以前には顯著ではなかった。漢初の頌歌的な賦や樂府も國家の絕對性・神祕化を稱揚しているが、士人個人の國家に對する意識や感情は十分に表現されていなかったのである。

最後に、曹植の國家意識、特に國家に對する「犧牲」の情念を、近代國民國家の形成と文學の關係に類比すると、曹植が時代を超えた國家像の一典型を描き出していることがわかると述べた。しかし曹植の政治や國家經營に關する發言、文學表象は、すべてが假構の世界ではない。曹植の言論活動は、太和年間の行動に照らしても、中央政界から疎外されたことに對する代償行爲ではない。國政へのあくなき參畫の志と言論の力への信頼、そして「國難」への義俠心、それこそが曹植の文筆表現の原動力として働いていたことを、小著は檢證した。

國家意識とその表象は、その後の文學・言說においてどのように繼承され、あるいは變容していくのか。そのごく一端について、第十一章で言及した。

第十章は、『後漢書』の蔡琰の傳に收載される「悲憤詩」を課題にあげた。「悲憤詩」について、眞僞も含めどう文學史に位置づけるか、『後漢書』列女傳に收載された歷史・思想的意義は何か、あるいは作品に內在する女性性の問題等、課題は多々殘されている。その考察の前に、「悲憤詩」に對する從來の研究をひとまずは通覽し、檢證する必要がある。小著は「悲憤詩」の研究史とその問題點について檢討を加えつつ、間々卑見を述べた。研究は作品受容の一形態とも言いうるが、その意味で、小著は「悲憤詩」の受容史を考察する試みでもある。

「悲憤詩」の理解には定論がなく、眞僞論と作品自體の捉え方の關係も複雜に絡み合っている。一九五〇年代以後本格化した、眞僞論を含む「悲憤詩」への論及は、必ずしも先行研究の批判的繼承の上に發展してきたとは言い難い。各論者の解釋や考察に重複が見られるのはそのためであろう。このように跛行的とも言いうる研究の狀況は、一九九〇年代に入り、舊來の考察の見直しや、テクストに內在する文學性の探求へと進展を見せ始めた。新たな研究の展望は今後に待たれるが、「悲憤詩」の基本的理解について從來の論及をふまえ、それが眞作である蓋然性、そして作品形成の歷史的背景について卑見を加えた。

ただし、「悲憤詩」を蔡琰の作と認めるならば、創作者としての女性の位置づけを含め、それを後漢末・建安時代の文學史に組み込み直す作業が必要である。その序論的試みの一つが、小著第三章（後漢末・建安文學の形成と「女性」）であった。また、假に僞作論を主張する場合は、前述したように、そのような僞作をもたらす晉宋の文學因襲まで廣く見渡すべきであろう。さらに「悲憤詩」及び「蔡琰」がどう受容されたかを究明していくことも課題である。「胡笳十八拍」はその中で理解しうるだろう。この課題については、第十一章でいささか檢討を進めた。

第十一章は、眞作・僞作を問わず蔡琰を詩的主體とするテクストを、假に一括して「蔡琰テクスト」とし、考察を進めた。「悲憤詩」と「胡笳十八拍」は、いずれも蔡琰が、一女性としての悲劇を詠んだ作品と傳えられている。しかしながら兩作品は傳承テクスト、樣式・表現、內容・思想等の樣々な面において隔たりが大きい。眞僞論に歸着させるだけでなく、兩作品が樣々な違いを示すその意義、所以を探る必要があろう。小著は、「悲憤詩」と「胡笳十八拍」の本質的な差異、「胡笳十八拍」の形成過程、『後漢書』列女傳に收載されるテクストとしての「悲憤詩」の特質について、卑見を加えた。

まず、兩作品の表現上の差異に關して言えば、「悲憤詩」二首には、蔡琰が經驗した精神的・肉體的苦痛を示す具體的感覺描寫・身體表現が少なくない。一方「胡笳十八拍」の方は、同樣の表現が一般的・說明的になっている。また、「悲憤詩」二首と、「胡笳十八拍」で歴然と異なるのは、兩作品の語彙の違いが示すような、漢朝や國家に對する意識である。「胡笳十八拍」に見える、「漢祚」「胡虜」「漢國」「胡城」「漢音」「胡風」「胡人」「漢家」「漢使」「胡兒」「胡笳」「胡」「漢」という用語は、いずれも漢・胡という對立の構圖を露わにする。この特徴は、「悲憤詩」と相反している。心身の痛苦を表す身體、母性の表現や、華・夷の二元的世界に示される國家意識という觀點から、「悲憤詩」と、蔡琰作とされる「胡笳十八拍」の相違點が把捉できる。

小著は、「胡笳十八拍」の形成・特徴を探る上で、唐、大暦の進士、劉商による「胡笳十八拍」、および北宋、王安石によるその踏襲作から、さらに南宋末、文天祥のそれにいたるまで檢證を試みた。それらの蔡琰作と傳えられるものを含む「胡笳十八拍」作品群が、じつは、華夷の對立と國家意識をつよく滲ませている點で、「悲憤詩」と大きく隔たることが理解できる。

さらに「悲憤詩」と本質的な差異をもつ「胡笳十八拍」作品群がどのように形成されていったのか、その過程で蔡琰作とされる作品の眞僞問題を整理した。六朝時代にはほとんど見られなかった蔡琰像の傳承・形成は、唐代に入り進むが、それらをふまえた上で、劉商は、漢家と夷狄の對立・抗爭のはざまで運命に翻弄される女性の姿を、「胡笳十八拍」として提出した。小著は、劉商「胡笳十八拍」を踏襲しつつ、より蔡琰という主體とその母子の情に立って變改を加えたのが、作者を蔡琰の名に假託した「胡笳十八拍」ではないかと結論づけた。

最後に、「悲憤詩」が、「父母」「骨肉」「兒」「家人」「新人」「宗族」「門戶」といった言葉に集約されるように、「家」に對する觀念を詠み込んでいることに注目し、『後漢書』列女傳の文脈において「悲憤詩」を再考した。蔡琰は、儒敎社會の中で、家や門戶、血族の繫がりを希求する女性の典型的姿をも描き出しているのである。

問題を蔡琰テクストの眞僞論に歸着させるだけでなく、テクストの閒に横たわる變容の跡を追うことが、小著の目的の一つである。蔡琰「悲憤詩」の中心テーマは、南匈奴への拉致・漢土への歸還という酷烈な體驗、そして母子離別の悲劇と言える。一方、「蔡琰」・劉商と王安石等の集句・摸擬作を含む「胡笳十八拍」作品群は、そのような一女性の痛苦以上に、排外的な蠻夷觀に基づく國家意識を詠いあげることの方に重點を置いている。

建安文學に端を發する「蔡琰テクスト」の變容は、蔡琰像が、一女性の悲境から國家の悲劇の象徵へと變わっていくことでもあった。「胡笳十八拍」のように、個人の悲劇にもまして華夷の對立や國家意識が喚起される作品は、他にどのように受容され流通していくのか。大きな課題であろう。小著は、建安文學の展開と受容を見る一試論でもあると同時に、そのような課題を射程に入れた考察の端緒にも位置づけられる。

附章は、建安文學の受容あるいはその集成という視點から、三國時代、魏の嵇康「述志詩」二首を考察した。この二首は、正始に連接する後漢末・建安文學の様々なテクストが織り込まれた作品である。第十一章まで、「女性」「少年」「國家」等のテーマを漸層的に論じてきたが、附章は、後漢末の詩人から嵇康に至る「言志」の問題を取り上げている。前章までの論述の方向からやや外れるが、建安文學の受容について言及しており、小著の末尾に附章として收載した。

「述志詩」第一首は、個々の意力にみちたメタファー、そして全體の構圖から、とりわけ峻烈な意志の力が喚起される。しかし小著は、嵇康個人の精神の問題とともに、文學テクストの形成における他の諸テクストとの連關性という觀點をとり、「述志詩」を、關連テクスト群とそれらを生み出した時代の流れの中において見た。

「述志詩」第一首は、曹丕「善哉行」の詩句を多く引用するが、内容に關連性はなく、曹植「言志」からは失志不遇のメタファーを繼承する。何晏「言志」とは、網羅のイメージや、俗間・權力による壓迫を表象する點で共通している。仲長統「述志詩」からは、何晏よりさらに理念的な出世觀を受けつぐ。また、仲長統「述志詩」が先行作品として意識したと思われる酈炎「見志詩」と、嵇康「述志詩」は、飛翔と失意のモチーフにおいて通底する。

これらの、直接・間接的に嗣承關係を想定できる先行の詩作品は、嵇康「述志詩」も含めていずれも世俗社會との對立・對決を様々なかたちで表しているという共通性がある。それとともに、酈炎・仲長統・曹植・何晏・嵇康の上記の詩篇が、すべて後漢末から三國魏代にわたる限られた時代、すなわち、およそ建安文學と重なる作品であることが特徴的である。さらにこれらは、「言志」「見志」「述志」という同様の詩題が傳えられ、あるいは「有志氣作詩二篇。」「作詩二篇以見其志。」「著五言詩以言志。」などの、詩題と關わるような史傳の記載が見える。作者の志を言う、もしくは作者の志氣によって詩を詠んだとする、このような史傳の記載や命名は、上記の作品以外、少なくとも六朝までほとんど見られないのである。

賦について言えば、「志」の字を含むタイトルや、作者の「志」を制作動機とするような作品への言及によって實際に觀念されるのは、賢人失志の賦とも稱される士人一個の窮通出處を述べるたぐいの賦である。上記の詩篇が、「述志」「見志」「言志」と題される際に、これらの賦との類比がなされたとも考えられよう。屈原以來の傳統をくむ、いわゆる賢人失志の賦は、政治社會における不遇、自己の正義の主張と對立する世俗の否定を述べるが、これは「述志詩」等の前記諸篇が、社會の不公正との對決や失志、超俗への志向を詠っていることと重なっている。

このように見ると、嵆康「述志詩」をはじめとする上記の詩作品を、賢人失志の賦にその淵源をもち、建安文學の時代とおおむね重なる後漢末期から三國時代に特有の一連の詩群としてくることができる。だとすれば、このような作品群が共有する性質は、建安文學のもつ特質の一部と言い換えることができよう。その意味では、嵆康の「述志詩」は建安文學の一集成とも言いうるのである。

さらに、「述志詩」を讀み解く上で參照される、南朝の梁代の江淹・劉勰・鍾嶸による「言志」「嵆志清峻」「峻切」という評語と、嵆康における「志」の意義についていささか言及した。

「述志詩」第二首では、嵆康の思想・精神の問題にもふれた。この詩にも、嵆康の一種のオプティミズムの精神が表象されているが、直截、峻烈に意志力が表現されていた第一首のもつ力感は、この第二首にはない。さらに末部では、第一首とは異なり、遊仙の志を述べてしめくくる。しかし、俗情に對する抵抗と失意を第一首と同じように詠む點で、

「述志詩」は、遊仙詩と稱される詩群とは分類が異なる。

後漢中後期の張衡以來、飛翔のかたちは詩人たちによって様々に表現された。特に、後漢末以來の知識人による飛翔のイメージを集成したのが、「述志詩」中の「焦鵬」や「鸞鳳」、「輕擧」である。飛翔のモチーフからも、後漢末三國時代という激變期における士人の精神がうかがえよう。「述志詩」もまた、この轉換の時代に、權力・體制の外に立ち、一個の人間を主張する知識人の先鋭な文學表現であった。

三　構成および配列

以上、小著は、建安文學の前史として、第一・二章に張衡・趙壹を取り上げた。建安文學における張衡の受容については、具體的な考察がさらに必要であるが、前述したように、その作品が『文選』李善注に最も多く典據として引かれる（引用數・四二九）事實からも、建安を含む後代の文學に與えた影響の大きさをうかがい知ることができる。建安直前の靈帝期に先驅的な詩賦を創作した趙壹の詩賦にも、建安文學に連なる既成の文學因襲からの逸脱が見られる。

第三～五章は、「女性」を描くことに腐心する文學の一般化、および女性作家の存在を、建安文學を形成する大きな要因として强調した。さらに、建安文壇を領導しつつ、その外で文學言説を廣く發信した曹操の政治散文を擧げ、そこに從前にはない建安文學の本質を探った。以上の三章は、建安文學を構成する特質の一端を見る試みである。

第六～九章は、魏の黄初・太和年間、すなわち漢末建安を終え建安文學がさらに新たな展開を示す、その主役たる作家、曹植に論をしぼった。曹植は、漢代にいたる文化・文學の繼承のみならず、漢家という國家そのものに思いを寄せ、それを文學として表象した作家である。建安年間にいたる建安文學形成の過程は、規範からの逸脱にその一方向を見いだしてきた。しかし、曹植は、因襲の繼承・學習の深度の大きさのゆえに、逆に新たな創造の道を切り開いたのである。漢から建安にいたる文學の形成・轉換・展開を見る上で最重要の詩人であろう。

第九〜十一章は、蔡琰「悲憤詩」の研究史、および唐宋にいたる蔡琰像とそのテクストの變容過程を見、展開からさらに受容へという視野の下、建安文學を考察した。

附章は、嵆康「述志詩」における建安文學の一集成を見、小著の末部に位置づけた。

以上、小著は、建安文學を形成・展開および受容という次第において把捉し、各章を配列した。

四　初出

初出は、以下の通りであるが、小著において一部改訂を加えた。ただし、第一章および補説は、左記の初出二篇を再編し、さらに若干の補訂（第一章第六節）を施した。

第一章　張衡「四愁詩」をめぐって――豔情の文學とその機能――
補　說　張衡「論貢擧疏」辨誤

「張衡『四愁詩』をめぐって――漢代情歌としての一面――」（『中國文人の思考と表現』汲古書院、二〇〇〇）
「張衡詩賦小考――東漢後期の文學狀況をめぐって――」（『山形大學紀要〈人文科學編〉』第一四卷第四號、二〇〇一）

第二章　趙壹の詩賦について

「趙壹の詩賦について」（『集刊東洋學』第六四號、一九九〇）

第三章　後漢末・建安文學の形成と「女性」

「後漢末・建安文學の形成と『女性』」（『山形大學紀要〈人文科學編〉』第一五巻第四號、二〇〇五）

第四章　建安の「寡婦賦」について――無名婦人の創作と詩壇――

「建安の『寡婦賦』について――無名婦人の創作と詩壇――」（『山形大學人文學部研究年報』第二號、二〇〇五）

第五章　曹操「十二月己亥令」をめぐって――文學テクストとしての「令」――

「曹操『十二月己亥令』をめぐって――文學テクストとしての『令』――」（『六朝學術學會報』第四集、二〇〇三）

第六章　曹植の四言詩について

「曹植の四言詩について」（『集刊東洋學』第五七號、一九八七）

第七章　曹植の「少年」

「曹植の『少年』」（『山形大學紀要〈人文科學編〉』第一六巻第二號、二〇〇七）

第八章　曹植「白馬篇」考――「遊俠兒」の誕生――

「曹植『白馬篇』考――『遊俠兒』の誕生――」（『山形大學人文學部研究年報』第四號、二〇〇七）

第九章　曹植と「國難」――先秦漢魏文學における國家意識の一面――

「曹植と『國難』――先秦漢魏文學における國家意識の一面――」（『山形大學人文學部研究年報』第六號、二〇〇九）

第十章　「悲憤詩」小考――研究史とその問題點――
「『悲憤詩』小考――研究史とその問題點――」（『山形大學大學院社會文化システム研究科紀要』創刊號、二〇〇五）
第十一章　「悲憤詩」と「胡笳十八拍」――蔡琰テクストの變容――
「『悲憤詩』と『胡笳十八拍』――蔡琰テクストの變容――」（『山形大學大學院社會文化システム研究科紀要』第二號、二〇〇五）
附　章　嵇康の「述志詩」――建安文學の集成として――
「嵇康の『述志詩』」（『山形大學紀要』〈人文科學〉第一二卷第一號、一九九〇）

注

（1）王魏『建安文學研究史論』（吉林大學出版社、一九九四）一「關於建安文學研究的幾個問題」一頁。
（2）李寶均『曹操父子和建安文學』（上海古籍出版社、一九七八）一「建安時代和建安文學」二頁。
（3）李景華『建安文學述評』（首都師範大學出版社、一九九四）一「建安文學的觀念」三頁。
（4）孫明君『漢魏文學與政治』（商務印書館、二〇〇三）附論篇「二〇世紀建安文學研究反思」二三二頁。
（5）中國社會科學院文學研究所總纂・徐公持編著『魏晉文學史』（人民文學出版社、一九九九）第一章「三國文學概說」第一節「三國前期文學發展概況」三頁。
（6）章培恆・駱玉明主編『中國文學史』（復旦大學出版社、一九九六）上卷、第三編「魏晉南北朝文學」第一章「魏晉詩文」三〇七頁。
（7）中國社會科學院文學研究所中國文學史編寫組『中國文學史』（人民文學出版社、一九八五）第一册、「魏晉南北朝文學」第一章「漢魏之際的社會變動和建安文學」二一六～二一九頁。

（8）羅宗强『魏晉南北朝文學思想史』（中華書局、一九九六）第一章「建安的文學思想」一頁。

（9）胡旭『漢魏文學嬗變研究』（廈門大學出版社、二〇〇四）序「導言　文學自覺的肇始與形成」一～七頁。

（10）注（4）前掲書。他に同著者『漢末詩風與建安詩風』（文津出版社、一九九五）。

（11）注（4）前掲書、「二〇世紀建安文學研究反思」二三八～二四二頁。

（12）游國恩等主編『中國文學史』（人民文學出版社、一九六三）第一册、第三編「魏晉南北朝文學」「概說」二一八頁。

（13）注（8）前掲書、「引言」三・四頁。

（14）小著は、文壇論、批評論に傾く從來の建安文學に對する研究・言説の枠組みを、一旦解體することを目指す、ささやかな試みである。しかし、建安文學個々の作品分析とは別に、當時の文論、文學批評から、建安三國時代に顯在化する文學思想に着目し論及する先行研究は、その價値を失っていない。古川末喜は、「作家個性への文學批評、個人的娯樂的な趣味的文藝觀、そして個の存在の永久の證を求める不朽論等々」の建安三國時代の文學思想が、「人間の個という問題と常に鄰り合わせていた」と論じている。古川末喜「建安・三國文學思想の新動向」（『初唐の文學思想と韻律論』〈知泉書館、二〇〇三〉所收、六二・六三頁。）

（15）注（5）前掲書、第一章「三國文學概說」第一節「三國前期文學發展概況」三～一二頁。

（16）注（9）前掲書、第一章「政治變遷與文學嬗變」第五節「建安風骨的失落與復歸」五三～五七頁、等。

（附記）小著は、引用原文を含め、表記をすべて舊字體に統一した。出典の出版社・年等は、各章それぞれ最初に引用する際にのみ示し、二度目以降は省略した。引用文の訓讀は舊假名遣いによる。また、書き下し文に合わせ、出典原文の標點・句讀點を一部變えた。

第一章　張衡「四愁詩」をめぐって――豔情の文學とその機能――

はじめに

後漢時代中・後期の張衡（字は平子、七八～一三九）は、學術・文藝の多方面に才をふるった、興味深い文人、科學者である。詩賦作家としての張衡は、「西京賦」「東京賦」「南都賦」「思玄賦」「歸田賦」「四愁詩」が、六朝時代の文學基準となる詞華集『文選』によって長く傳えられている。さらに、『文選』の李善注は、所收作品中の語句について典據を示す際に、歷代作家中、張衡の詩・賦・誄等を最も多く引いている（引用數四二九）が、この事實は、張衡の作品が、後代、依據される一定の文學規範となっていたことを端的にものがたっていよう(1)。

後代の規範となる張衡の文學は、その科學、技術、思想、政治等の多様な分野にわたる業績の一部であったにすぎない。漢代の詩賦は、「詩賦略」として『漢書』藝文志に繼承される、劉歆『七略』の漢代學術體系に組み込まれているが、張衡の詩賦もまた、その『七略』的學術世界を網羅するような様々な活動の一つの表れであった。

では張衡の文學は、その幅廣い足跡の中で、また東漢中後期の文學において、どのような位置をしめているのか。そしてそれは後漢末・建安文學とどのように連接しうるのか。

はじめに『文選』所收の「四愁詩」を取り上げ、さらに張衡の詩賦制作の全體像を見ていきたい。

一　「四愁詩」の序文について

『文選』は、「四愁詩」本文の前に次のような序文を附している。(2)

張衡不樂久處機密、陽嘉中出爲河閒相。時國王驕奢不遵法度、又多豪右幷兼之家。衡、下車治威嚴、能內察屬縣。姦猾行巧劫、皆密知名、下吏收捕、盡服擒。諸豪俠、遊客、悉惶懼、逃出境。郡中大治、爭訟息、獄無繫囚。時天下漸弊、鬱鬱不得志。爲四愁詩。(3)依屈原、以美人爲君子、以珍寶爲仁義、以水深雪雰爲小人。思以道術相報、貽於時君。而懼讒邪不得以通。其辭曰……。

張衡久しく機密に處るを樂しまず、陽嘉中出でて河閒の相と爲る。時に國王驕奢にして法度に遵はず、又豪右幷兼の家多し。衡、下車して威嚴を治め、能く內に屬縣を察す。姦滑の巧劫を行へば、皆密かに名を知り、吏に下して收め捕らへ、盡く擒に服さしむ。諸豪俠、遊客、悉く惶懼し、逃れて境を出づ。郡中大いに治まり、爭訟息んで、獄に繫囚無し。

時に天下漸く弊れ、鬱鬱として志を得ず。四愁詩を爲る。屈原に依り、美人を以て君子と爲し、珍寶を以て仁義と爲し、水深、雪雰を以て小人と爲す。道術を以て相報ひて、時君に貽らんことを思ふ。而れども讒邪の以て通ずるを得ざらしめんことを懼る。其の辭に曰く……。

この序は、『文選』に収められているが、たとえば、「四愁詩」を選入する『玉臺新詠』の「原本」には、序文がない。(4)この序については、僞作説がこれまでも出されているが、(5)ここでは、自作か他作かの問題より、序じたいの整合性にしぼって考えてみたい。

この序文が、じつはかなりの不自然さをはらんでいることは、張衡の經歷、處世を史書や彼みずからの言説に照らしてみれば明らかなように思う。右の引用は、便宜的に二段に分けておいた。一段目の、「機密に處るを樂しまず」という記述にあたる史實には、張衡が河閒の相になる前の侍中在職中に、東觀での校書整理に專念したい旨を、たびたび願い出たという『後漢書』本傳の記載がある。序文の「陽嘉中（一三二～一三五）出でて河閒の相と爲る」というくだりは、李善が指摘するように、(6)「永和（一三六～一四二）の初め」とする『後漢書』の記事と異なる。その後の、河閒の相となって風紀を正し治績をあげたという記載は、『後漢書』本傳の史實にほぼ符合しているようである。

本傳では、侍中職を經て河閒での三年の任務を辭した後、尙書となってまもなく卒したとあるから、序文の第二段は、最晩年の「鬱鬱として志を得」ない心境を四愁詩に託したと述べていることになる。だが、この第二段に大きな問題がある。「鬱鬱として志を得」ない張衡の具體的境遇とは何か。「四愁詩」の序文では、その心境を屈原の、「美人」＝「君子」、「珍寶」＝「仁義」、「水深雪雰」＝「小人」のたとえに託し、時君への報恩と忠誠が、「讒邪」によって阻まれるのを恐れたとしている。張衡に、時の政治・社會に對する批判、關心のあったことは、『後漢書』に「時に政事漸く損なひ、權は下に移る。衡因りて上疏して事を陳べて曰く……（時政事漸損、權移於下。衡因上疏陳事曰……）」(7)と記される上疏、そして同じ本傳に引かれる圖緯批判の上疏文からもよく知られよう。

しかし、この第二段にみられる、「鬱鬱として志を得」ない狀況もしくは心境は、史書からは、あまり明瞭に浮かび上がってこないようである。『後漢書』の記載によれば、張衡は「才は世に高しと雖も而も驕尙の情無し。常に從容淡靜、俗人と交接することを好まず。（雖才高於世、而無驕尙之情。常從容淡靜、不好交接俗人。）」(8)とあり、また官界への度重なる招きも斷っている。中央に出仕した後、順帝の初めに、以前勤めた天文・星曆に關わる太史令の職に再び遷されても、「衡、當世を慕はず、居る所の官は輒《すなは》ち積年徙らず。（衡不慕當世、所居之官、輒積年不徙。）」[9]というしだいで、ひたすら専門官としての學術的職務を望んでいるのである。

『後漢書』掲載の自著「應閒」において、張衡は、學術的才能は爲政には役立たず、官界での榮達に消極的だとする自身への批判に對し、「立事に三有り、言下列爲り。下列すら且つ庶ふべからず、奚んぞ其の二を冀はんや。（立事有三、言爲下列。下列且不可庶矣、奚冀其二哉。）」[10]云々と述べて、せいぜい「立言」を目途とし、またおのれの專門的知識・技能を生かす方途、「聊か柱史に朝隱」する老子的處世をとる決意を表明している。[11]「鬱鬱として志を得」ないという抽象的な張衡の心境を、具體的に裏付けるものは、「序」以外の史料に何も見いだせない。

序の「讒邪の以て通ずるを得ざらしめんことを懼る」に相應する史實は、『後漢書』の本傳に、侍中職に就いて皇帝から「天下の疾惡する所の者」を問われた時、「宦官其の己を毀《そし》るを懼れ、皆共に之を目す。衡乃ち詭《いつは》り對へて出づ。閹豎終に其の患ひと爲るを恐れ、遂に共に之を讒す。（宦官懼其毀己、皆共目之。衡乃詭對而出。閹豎恐終爲其患、遂共讒之。）」[12]と記される。また本傳は、「思玄賦」を收錄し、「吉凶は倚伏し、幽微は明らかにし難し」と考えた張衡が、「情志を宣寄」した作品と說いている。その說明の直前に、宦官の讒言を記載しているのは、『後漢書』が、そのことを「思玄賦」制作の契機と見たからであろう。しかし、「思玄賦」はおよそ、俗・反俗の對立圖を超越し、朝廷から離れた個人の內面的精神生活が詠われており、[13]宦官の壓迫による挫折は示されていない。宦官の反發をあらかじめ察して、僞りの答えを皇帝に述べたという本傳の記述は、むしろ張衡の處世の見事さを示したものと言えるだろう。

では、「四愁詩」序の「屈原に依り……」という楚辭の表現世界と、張衡とは無緣であろうか。たとえば、王逸と張衡に直接の交渉を示す史料は殘っていないけれども、『後漢書』の傳によれば、王逸は、安帝の元初中（一一四～一一九）に校書郎、順帝の時に侍中となっている。王逸が、『楚辭章句』を著したのは、校書郎の時であろう。[14]張衡は、安帝の時に郎中、その後、太史令に遷って以來、順帝の永和（一三六～一四一）の初めに河間相の任に赴くまで、一貫して宮中にいたはずである。安帝の永初中（一〇七～一一三）には、校書郎の劉駒駼等から、東觀における「漢記」（「漢家の禮儀を定むる」著作）の編纂事業へ張衡を參畫させたいという要望が上げられたが、劉駒駼等を含む事業推進者の死によって頓挫している。さらに張衡は、順帝の陽嘉（一三二～一三五）中に侍中に遷ると、東觀での文書整理の仕事に專念したい旨たびたび上書しているが、それも結局かなわなかった。

このような東觀での職務に對するつよい願望を鑑みれば、ほぼ同じ時期に宮中にいた王逸の『楚辭章句』完成という歷史的な事業は、張衡にとって印象深いものであったにちがいない。したがって、侍中職にあった時に制作した「思玄賦」が、完成間もない王逸注の「離騷經」を意識した作品であろうことは十分考えられよう。

しかしながら、「思玄賦」は「離騷」をふまえつつ、思想、表現においてそれと異なる獨自性・創造性をもたらした作品であった。このような、傳統に革新性を賦與する創作姿勢は、班固「兩都賦」を意識しつつ、それを乘り越えんと試みた「二京賦」の制作にもあらわれている。(15)『後漢書』本傳が、先にふれた「應閒」とこの「思玄賦」とを大部をさいて收載したのは、それらを張衡の人生を骨格づける重要な言說と考えたからであろう。

さらに、光武帝の舊都南陽を題材にした「南都賦」になると、中央の宮廷から離れた張衡の故郷南陽の美しい風物をたたえ賦しているし、「歸田賦」は、「思玄賦」に述べた隱逸・自適の生き方を、さらに凝縮し抒情小賦に表現している。

以上のように見てくると、性情、經歷、思想のどれをとってみても、張衡の生涯が經世へのあくなき欲求に固執していたようには讀みとれないようである。宦官によって讒言をこうむったという史實は『後漢書』に記されているが、それによって、張衡の人生が打擊を受けたり、進路が大きく變わったとは何も書いていない。(16)結論を言えば、張衡の生涯から、讒邪・忠誠という單純な圖式を見いだすことは難しい。

序文は、「鬱鬱として志を得」ないことに關して、「讒邪」によって、經世の願望が果たせない恐れをあげているが、じつは張衡にはそういう隱れた願望もあったであろうという穿鑿でもしない限り、そのような説明は成立しないのではないか。まして張衡自身が、このような自己矛盾をあらわにする序文を殘すことはありえない。序文は、後人の僞作であるとともに、序文の第一段で、張衡の人生に照らして詩を讀み解こうとする方向が、第二段で自家撞着に陷っていると言えよう。

南宋の王觀國は、『學林』において、この序が張衡の作ではないことを大要二點にわたって考證している。[17] 一つは、「國王驕奢」云々の尊大な言い回しや政治業績を誇るような我尊しとする記述は、一官僚張衡の發言として不自然であること。二つ目に、この序文は、『後漢書』張衡傳の記載に似ていることから、別の史家の撰になる「史辭」であり、後に張衡の詩文を編集した者が、この「史辭」を詩本文に序として付加したものであるとしている。先述した『文選』李善注の指摘と同樣に、王觀國も順序次第から見て、「陽嘉中出でて河閒の相と爲る」という序文は誤りで、『後漢書』張衡傳に「永和の初め」とするのが正しいと述べる。

また、後述するように、三國時代の傅玄（二一七〜二七八）は、「四愁詩」に模した「擬四愁詩」四首の序文で、「昔、張平子四愁詩を作る。體小にして俗、七言の類なり。聊か擬して之を作り、名づけて擬四愁詩と曰ふ。（昔、張平子作四愁詩、體小而俗、七言類也。聊擬而作之、名曰擬四愁詩。）」[18] と述べる。「體小にして俗」と言うからには、傅玄が、讒邪對忠誠という重いテーマを呈示した「四愁詩」の序文を目にしたとは考えにくい。

さらに、西晉、陸機が、「四愁詩」の一節をふまえて「敢へて忘れん桃李の陋、側《そば》めて想ふ瑤と瓊と。（敢忘桃李陋、側想瑤與瓊。）」[19]（「爲陸思遠婦作」）と詠むのも、張衡の「四愁詩」を夫婦の情詩と見ていた證據になる。

二　情詩としての「四愁詩」

讒邪の側と忠誠な自分との對立を創作の動機とする序文の解釋は、「四愁詩」[20]本文と切り離して考えるべきであり、詩の本文じたいを探っていきたい。『文選』では「四愁詩四首」と題されるが、全體で四章のリフレーンからなると見てよい。

一思曰　　　　一の思ひに曰く
我所思兮在太山　　我が思ふ所は太山に在り
欲往從之梁父艱　　往きて之に從はんと欲すれども　梁父艱し
側身東望涕霑翰　　身を側《そば》め　東を望むれば　涕翰を霑《うるほ》す
美人贈我金錯刀　　美人　我に贈る　金錯刀
何以報之英瓊瑤　　何を以て之に報いん　英瓊瑤
路遠莫致倚逍遙　　路遠くして致す莫く　倚りて逍遙す
何爲懷憂心煩勞　　何爲れぞ憂ひを懷きて　心煩勞する
二思曰　　　　二の思ひに曰く
我所思兮在桂林　　我が思ふ所は桂林に在り
欲往從之湘水深　　往きて之に從はんと欲すれども　湘水深し

側身南望涕沾襟
美人贈我金琅玕
何以報之雙玉盤
路遠莫致倚惆悵
何爲懷憂心煩傷

三思曰
我所思兮在漢陽
欲往從之隴阪長
側身西望涕沾裳
美人贈我貂襜褕
何以報之名月珠
路遠莫致倚踟躕
何爲懷憂心煩紆

四思曰
我所思兮在鴈門
欲往從之雪紛紛

身を側め　南を望むれば　涕襟を沾《うるほ》す
美人　我に贈る　金琅玕
何を以て之に報いん　雙玉盤
路遠くして致す莫く　倚りて惆悵す
何爲れぞ憂ひを懷きて　心煩傷する

三の思ひに曰く
我が思ふ所は漢陽に在り
往きて之に從はんと欲すれども　隴阪長し
身を側め　西を望むれば　涕裳を沾す
美人　我に贈る　貂襜褕
何を以て之に報いん　名月珠
路遠くして致す莫く　倚りて踟躕す
何爲れぞ憂ひを懷きて　心煩紆する

四の思ひに曰く
我が思ふ所は鴈門に在り
往きて之に從はんと欲すれども　雪紛紛

側身北望涕沾巾　　身を側め　北を望むれば　涕巾を沾す
美人贈我錦繡段　　美人　我に贈る　錦繡段
何以報之青玉案　　何を以て之に報いん　青玉案
路遠莫致倚增歎　　路遠くして致す莫く　倚りて歎を增す
何爲懷憂心煩惋　　何爲れぞ憂いを懷きて　心煩惋する

「我所思」は、漢代版圖の東南西北の端、「太山」「桂林」「漢陽」「鴈門」にある。李善は、「太山」を「時君」に、「梁父」を「小人」に喩えたと注し、二連目の「桂林」は舜帝ゆかりの地であり、「思ふ所は桂林に在り」とは、「明君を思ふ」のだと説明している。序文を含めた『文選』收載の「四愁詩」に注釋をつける以上、李善がこのような解釋の立場につくのは當然であろう。だが、第三・四章の「漢陽」「鴈門」に對しては、地名の説明をするばかりで、何に喩えているのかは述べず、李善注は、地名について「時君」「明君」を思慕する含意があるという説明を貫いていない。(21)

詩本文にもどれば、四方の果ての「我所思」に會いに行きたいが、險難・大河・降雪に阻まれてかなわず、「身を側めて」かなたを望み涙にくれると詠む。「側身」とは、李善が用例にあげる『楚辭』九章、惜誦にもあるように不安げに身をちぢめることで、そのようにして「我」と「所思」との絶望的な隔たりを述べた後、「所思」は「美人」と言い換えられている。

この「美人」は、序で「美人を以て君子と爲す」とすでに述べているから、李善は何も言及しない。序は、『楚辭』離騷の「草木の零落を惟ひ、美人の遲暮を恐る。（惟草木之零落兮、恐美人之遲暮。）」(22)にかかる王逸の注、「美人とは懷王を謂ふなり。人君は服飾美好なるが故に美人と言ふなり。（美人謂懷王也。人君服飾美好、故言美人也。）」にもとづく。その條の洪興祖の補注は、「屈原に美人を以て君に喩ふる者有り、美人の遲暮を恐る是なり。善人に喩ふる者有り、堂に滿つる美人是なり。自ら喩ふる者有り、美人を南浦に送る是なり。（屈原有以美人喩君者、恐美人之遲暮是也。有喩善人者、滿堂兮美人是也。有自喩者、送美人兮南浦是也。）」として、『楚辭』の中では「離騷」のほか、「九歌」中の「少司命」「河伯」の「美人」を樣々な「喩」の例としてあげている。

『楚辭』の「九歌」は、周知のとおり、「離騷」が屈原の自敍文學であるのに對して、王逸が「俗人祭祀之禮、歌舞之樂」に由來すると說くのにはじまり、民閒祭祀の歌曲を母胎とすると傳統的に見なされてきている。したがって、「九歌」中の「美人」は、「離騷」のそれと比べて、王逸、洪興祖のように屈原の政治上の立場を示す「喩」として讀解したとしても、もともとの祭祀歌曲における表面上の意味との落差が大きい。『楚辭』招魂になると、「美人既に醉ひ、朱顏酡《いろづ》けり。（美人既醉、朱顏酡些。）」とある「美人」は、王逸がわざわざ「美女」と注しているように、表面上の意味以外何の含意も讀みとれなくなる。

くだくだしくなるが、この表面上の意味と隱された含意との落差は、作品が何を母胎としているかで異なってくるだろう。「四愁詩」の「美人」を考える場合、どこまで含意を讀みとるかが問題になろうが、「美人我に贈る金琅玕、何を以て之に報いん英瓊瑤」という部分は、一つの鍵を與えそうだ。この部分の李善の注は、『詩經』(23)衞風、「木瓜」の「我に投ずるに木桃を以てし、之に報ゆるに瓊瑤を以てす。（投我以木桃、報之以瓊瑤。）」と齊風「著」の「之に尙《くは》ふるに瓊英を以てす。（尙之以瓊英乎而。）」の句に示されるような、戀の意思表示のため贈答品に寶玉が用いられるという『詩經』の例を、典據にあげている。

これと關連して、つとに、聞一多は、召南「摽有梅」にある、女性が相手の男に梅を投げつける描寫の分析で、右の「木瓜」や王風「丘中有麻」の「丘の中に李有り……彼《かし》こに留まるは之の子よ、我に佩玖を貽《おく》れ。（丘中有李……彼留之子、貽我佩玖。）」、鄭風「女曰鷄鳴」の「子の之に順ふを知れば、雜佩以て之に問はん。子の之を好むを知れば、雜佩以て之に報いん。（知子之順之、雜佩以問之。知子之好之、雜佩以報之。）」の句を例にあげて、婚姻の意思表示をするときに、寶玉は、男が女に對して贈られ、果物は女が男に對して投げつけるものであると説いていた。[24]聞一多はさらに續けて、このような古俗の存在は、漢末、秦嘉が妻に贈った「留郡贈婦詩」の「詩人の木瓜に感じ、乃ち瑤瓊もて答へんと欲す。（詩人感木瓜、乃欲答瑤瓊。）」や、西晉、陸機の「爲陸思遠婦作詩」の「敢へて忘れん桃李の陋、側《そば》めて想ふ瑤と瓊と。（敢忘桃李陋、側想瑤與瓊。）」、劉宋、何承天「木瓜賦」の「佳人の予に投ずるを願ひ、同に歸して以て好を託さんことを思ふ。（願佳人之予投、思同歸以託好。）」等の句、そして、『晉書』潘岳傳に記される、美男子潘岳の車が、道々女性の投じる果物で滿載になったという有名な故事、および『左傳』『禮記』中の記載等によっても證據づけられると考證している。

「四愁詩」に「投果」の描寫はないが、返しの品が四章すべて寶玉もしくは玉をあしらった器物となっていることも考えあわせると、このような『詩經』から見えはじめる男女應酬の習俗が、各章四・五句目の「美人我に贈る……、何を以て之に報いん……」に反映していると見なすことは十分に可能であろう。

各章末部の「路遠くして致す莫く倚りて……」以下は、報いの品を贈りたくてもかなわぬ煩悶を詠いあげる。これと關連する類句を、「四愁詩」の母胎を考える上で見渡してみたい。

『詩經』衛風の「竹竿」には、「豈に爾を思はざらんや、遠くして之を致すこと莫し。（豈不爾思、遠莫致之。）」と見え、それをふまえたとみられる「古詩十九首」第九首には、「條に攀《て》がけて其の榮を折り、將に以て思ふ所に遺らんとす。馨香懷袖に盈つれども、路遠くして之を致す莫し。（攀條折其榮、將以遺所思。馨香盈懷袖、路遠莫致之。）」[25]とある。「所思」ということばは、「古詩十九首」第六首では「之を采りて誰に遺らんと欲す、思ふ所は遠道に在り。（采之欲遺誰、所思在遠道。）[26]」とも詠まれる。相前後するが、これら「古詩十九首」中の句は、「四愁詩」の各章第一句「我思ふ所は……に在り」と關連性があろう。

「所思」は、『楚辭』の「九歌」山鬼、宋玉「高唐賦」にもすでに見え、その他『玉臺新詠』には、「古詩八首」第八首に「朝に登る津梁の上、裳を褰げて思ふ所を望む。（朝登津梁上、褰裳望所思。）[27]」、また枚乘作として引く「雜詩九首」第六首に「美人雲端に在り、長く歎じて思ふ所を戀ふ。（美人在雲端、長歎戀所思。）[28]」ともある。しかし、「四愁詩」が、詠いはじめから高い緊張度で「我」と「所思」との悲劇的隔たりを呈示するのに酷似するのは、『宋書』樂志所收の漢樂府「有所思曲」であろう。

　有所思、乃在大海南。何用問遺君、雙珠瑇瑁簪、用玉紹繚之。聞君有它心、拉雜摧燒之。……[29]

　思ふ所有り、乃ち大海の南に在り。何を用て君に問遺せん、雙珠の瑇瑁簪、玉を用て之を紹繚す。聞く君に它心有りと、拉雜して摧きて之を燒かん。……

このように見てくると、「四愁詩」の周邊が、男女の情愛を歌う古代歌謠、樂府、それに近接する一連の「古詩」によって圍繞されていることがよくわかる。このような漢代歌謠に連なる世界を母胎にしてこそ、「四愁詩」は生まれてきたのではないだろうか。このことは、形式の上からもよく理解できる。この四章のリフレーンの言い換え部分を見ると、第二、三、四章の三句目の「沾」は、足利本、四部叢刊本『文選』や『玉臺新詠』と比較すると、第一章と同じ「霑」に字を作っている本もあり統一性がない。それは、「霑」の言い換えに特に注意が拂われていない證據で、「我所思兮在○○、欲往從之○○○、側身○望涕○○、美人贈我○○○、何以報之○○○、路遠莫致倚○○、何爲懷憂心煩○」を四回繰り返す○部分も無造作な言い換えにすぎない。『詩經』のリフレーンにおける字句の變換は、細かいニュアンスの變移を表現しているが[30]、「四愁詩」にそのような配慮が見られないのは、傅玄が「體小而俗」と說くように、それが俗體で民間歌謠的性格を帯びているからであろう。

三 「四愁詩」の受容

「四愁詩」は、七言七句の四回くり返しというその結構からして、周到な詩の論理よりは、リズムの方にその特色が出ている。形式を見ると第一句にのみ「兮」を用いており、全體を楚辭風のスタイルとは見なせない。「四愁詩」の特徴は、楚辭體というよりは全體が一句七言でまとまる形にある。張衡は、七言のリズムに習熟していたようで、「思玄賦」の最後の「系」は、「兮」の字を含まない七言の十二句からなり、「定情賦」の「歎」以下の歌詞や、「舞賦」の中の「歌」は、「兮」字を含むが七言となっている。また、『後漢書』の傳には、張衡の著作として「著す所の詩、賦、銘、七言……凡そ三十二編」と記しているから、上記の詩、賦とは別に「七言」なるジャンルの作品を残していたはずである。

この「七言」がいかなるものか、今のところ知る由もないが、ささやかな手がかりは、本章第一節に引用したように、三國時代、傅玄（二一七～二七八）が、「四愁詩」を模擬した『玉臺新詠』巻九所收「擬四愁詩」四首の序文にある。

昔、張平子作四愁詩、體小而俗、七言類也。聊擬而作之、名曰擬四愁詩。其辭曰……。

昔、張平子四愁詩を作る。體小にして俗、七言の類なり。聊か擬して之を作り、名づけて擬四愁詩と曰ふ。其の辭に曰く……。

余冠英は「七言詩起源新論[31]」で、傅玄が張衡の「四愁詩」について「體小にして俗、七言の類なり。」と評していることに論及している。それによれば、『後漢書』の「七言」は「詩」と別のジャンル立てになっているが、傅玄は、「四愁詩」を「七言の類」と稱しているのだから、詩體の一種にちがいなく、また「體小にして俗」と述べるのは、漢代以後傅玄の當時も、七言の詩體を四言、五言より下級の俗體と見ていたあかしであると說いている。余冠英はさらに考察を展開し、七言詩は七言の民間歌謠にその來源をもつと結論づける。

事實、七言詩の制作は漢魏晉南北朝を通じて零細であり、士人の制作する五言詩にしても建安文學にいたり漸く一般化することを考えれば、後漢時代の「七言」が、依然、民間の歌謠に深く連なっていたであろうことは疑いえない。七言の「四愁詩」は、民間歌謠に近い「七言」のような作品群と密接に關連していると考えられるのである。傅玄は、「鍾律を解す」とも『晉書』の傳に記されているが、當時なお特殊であった「四愁詩」の七言七句四章という律動感に關心を寄せたのではないだろうか。

傅玄が俗體と見なした「四愁詩」に對して、それを模擬する作は、他に西晉の張載「擬四愁詩」四首等がある。いずれも、傅玄が、「聊か擬し」たのと同じように、張衡「四愁詩」の形式とモチーフを模した遊戲的作品である。傅玄・張載の兩模擬作は、張衡の「四愁詩」と同じく『玉臺新詠』巻九に掲載されている。巻九は、七言歌行もしくは七言句型を含む樂府を多數收めていることに注意を拂いたい。『四庫全書總目提要』は、『玉臺新詠』の巻九を歌行を集めたグループと說明しているが[32]、おおむね妥當な見解であろう。

「四愁詩」とその模擬作を歌行と見たであろう『玉臺新詠』は、本章第一節でもふれたが、その「古本」では「四愁詩」の序文を載せていない。このことについて淸、紀容舒『玉臺新詠考異』巻九は、「其の本序を存するが若きは則ち豔體と倫せずと爲す。故に刪去して以て此の書の例に就く。遺漏に非ざるなり。吳氏本の文選に從ひて補入するは殊に孝穆の本旨に非ず。（若存其本序則與豔體爲不倫。故刪去以就此書之例。非遺漏也。吳氏本從文選補入殊非孝穆之本旨。）」[33]と案じ、「四愁詩」の本文だけを掲載する舊に復している。そのことが、「豔體」もしくは「閨幃に涉る」ことを『玉臺新詠』編集の基準とした、徐陵の本意にかなうと考えたわけである。

唐、歐陽詢撰『藝文類聚』巻三十五は、「人部」の「美婦人」や「閨情」ではなく、「人部・愁」に「四愁詩」を序を付せずに引き、同じように、明、張之象撰『古詩類苑』巻八十九は、「人部・憂愁」の類目に、序文付きの「四愁詩」と傅玄、張載、釋玄逵の模擬作を収めている。(34)(35)『古詩類苑』は、別に「人部・閨情」の類もあるから、序文を前提とした「四愁詩」の「愁」は、張衡の政治上の「憂愁」と捉えたことになる。このような『文選』以來の解釋が脈々と續く一方で、『玉臺新詠』のように、「美人我に贈る……何を以て之に報いん……」等の詩句を、その表面の意味で男女の情詩と讀む立場が、早くから存在していたのである。(36)

さらに遠く近代にいたり、「四愁詩」は魯迅の手で摸擬作品が制作された。『野草』中の「我的失戀」がそれで、「擬古的新打油詩」という副題が付く。「我的所愛在山腰、想去尋她山太高、低頭無法涙沾袍、愛人贈我百蝶巾、……」と男女の別離を詠い、明らかに張衡「四愁詩」の句作りや四章構成を模倣している。「打油詩」と副題にあるように一種のパロディー、戯れ歌である。模擬行爲とは作品解釋の一つの表れであるが、西晉の「擬四愁詩」以來、「四愁詩」の摸擬作は魯迅にいたるまで一貫性を有すると言えよう。(37)

四　五言詩「同聲歌」の性愛表現

張衡には、「四愁詩」の他に「美人」の用例が幾篇かある。「定情賦」で、「歎に曰く……秋期を爲し時已に征く、美人を思ひて愁ひ屏營す。（歎曰……秋爲期兮時已征、思美人兮愁屏營。）」と詠み、他にも、歌姫の姿態を、「舞賦」で「美人興きて將に舞はんとし、乃ち容を脩め襲を改む。（美人興而將舞、乃脩容而改襲。）」、「七辯」で「美人妖《なま》めき服(38)(39)

し、變曲淸を爲す。（美人妖服、變曲爲淸。）[40]」と描寫している。「定情賦」は、『藝文類聚』人部「美婦人」に引かれ、陶淵明が「閑情賦」の序文でそれをふまえて賦したと述べているように、美女への思慕を詠う作品である。昭明太子が「閑情賦」について、「揚雄謂ふ所の百を勸めて一を諷する者、卒に諷諫無し。（揚雄所謂勸百而諷一者、卒無諷諫。）[41]」と評したのも、宋玉以來、賦の效用とは別に、女性を表現する文學的營爲が綿々と續けられていたことの表れであろう。

「美人」の語はないけれども、そのような營爲の一つに張衡作とされる「同聲歌[42]」がある。

1 邂逅承際會　　邂逅して際會するを承け
得充君後房　　君が後房に充《あ》たるを得たり
情好新交接　　情好新たに交接し
恐慄若探湯　　恐慄すること湯を探るが若し
不才勉自竭　　不才自ら竭くすに勉め
賤妾職所當　　賤妾當たる所に職《つと》む
綢繆主中饋　　綢繆として中饋を主《つかさど》り
奉禮助蒸嘗　　禮を奉りて蒸嘗を助く
9 思爲苑蒻席　　苑蒻の席《しきもの》と爲らんと思ひ
在下蔽匡牀　　下に在りて匡牀を蔽はん
願爲羅衾幬　　羅衾の幬《とばり》と爲らんと願ひ

在上衛風霜　　上に在りて風霜より衛らん
洒掃清枕席　　洒掃して枕席を清め
鞮芬以狄香　　鞮芬は狄香を以てす
重戸結金扃　　重戸は金の扃《かんぬき》を結び
高下華燈光　　高く下す華燈の光
17衣解巾粉御　　衣解き　巾粉御し
列圖陳枕張　　圖を列ねて枕の張《とばり》に陳ぶ
素女爲我師　　素女は我が師爲り
儀態盈萬方　　儀態萬方に盈つ
衆夫所希見　　衆夫の希に見る所
天老敎軒皇　　天老　軒皇に敎ふ
樂莫斯夜樂　　樂しみの斯の夜より樂しきは莫し
沒齡焉可忘　　齡を沒して焉くんぞ忘る可けん

『玉臺新詠』で傳えられるこの詩は、早期の文人による五言詩として記憶される必要があろう。女性の語り手で一貫し、しかも性愛を詠い上げて斬新な詩である。婚姻の喜び、衣食・祭禮の心構えを恭しく述べた後、九~十二句は、陶淵明が、戀しい女性の身に備わる物の一部になりたいと告白した「閑情賦」中の、「願はくは……に在りて……と爲らん……」という連綿たるリフレーン部分の下敷きになったであろう、新鮮な表現をとっている。女性に鄰接する景物が細やかに綴られ、十七句目からは夜のしとねの情景を描く。十八句目の「圖を列ぬ」とは、張衡の「七辯」にも、「明を蘭燈に假り、圖を指し列ぬるを觀る。（假明蘭燈、指圖觀列。）」[43]とある「圖」と同じで、房中書に附された插圖である。その中身が、次の十九句目〜二十二句で示されるが、「素女は我が師爲り」[44]と婦人が斷言するあたりには、タブーのかけらも感じられない。房中術そのものは、『漢書』藝文志の方技略に「房中」の類があり、劉歆『七略』の漢代學術體系に組み入れられている。そのことを考えても、詩的情緒はそれとして、この詩にはむしろ作者の合理精神がつよくにじんでいると言えよう。婦人にまつわる景物を述べ連ねながらその情緒を表わす方法にも、詩人張衡の知性がうかがえるように思う。[45]

五　豔情作品の制作と受容

張衡は、「四愁詩」の他、「定情賦」、「七辯」、「舞賦」、「怨篇」等において女性の豔情を描き、「同聲歌」では、女性の語り手が、婚姻をめぐる様々な感情や房中術を體した喜びを詠いあげている。このように、文人が男女の情愛を創作のテーマとするようになったのはなぜだろうか。

その一つの答えが詩歌が受容される場の問題であろう。たとえば、「舞賦」では、歌妓が宴席で、「清聲を展ばして長歌す。歌に曰く『雄の逝くに驚き孤雌翔る、歸風に臨みて故郷を思ふ。』と。（展淸聲而長歌、歌曰『驚雄逝兮孤雌翔、臨歸風兮思故鄕。』）」[46]と詠み、「南都賦」で、「九秋の傷みを增すを結び、……更に新聲を爲す。寡婦悲吟し、鵾雞哀鳴す。坐する者は悽欷し、魂を蕩《とろ》け精を傷ましむ。（結九秋之增傷、……更爲新聲。寡婦悲吟、鵾雞哀鳴。坐者悽欷、蕩魂傷精。）」[47]と賦している。これらの「歌」や「九秋」「寡婦」「鵾雞」等様々な歌曲は、中央地方を問わず宴會の席で歌われたであろう。

ここに引いた「南都賦」や「舞賦」の例に限らず、宴席に歌舞音曲は缺かせまい。「古詩十九首」第四首(48)ではこのように詠んでいる。

今日良宴會　　今日の良き宴會
歡樂難具陳　　歡樂具さには陳べ難し
彈箏奮逸響　　箏を彈じ逸響を奮ふ
新聲妙入神　　新聲　妙は神に入る
令徳唱高言　　令徳　高言を唱ひ
識曲聽其眞　　曲を識るもの其の眞を聽く
齊心同所願　　心を齊しくして願う所を同じくせん
含意倶未申　　意を含みて倶に未だ申べず
……　　……

「令徳は高言を唱ひ、曲を識るものは其の眞を聽く。心を齊しくして願う所を同じくせん、意を含みて倶に未だ申べず。」というのは、音曲の妙もさることながら、歌謡の文句が人々の心の琴線にふれ、座が靜まりかえるほどの共感と感動を與えたことを表している。このような、歌曲を共々に享受する場所の一つが、宴會の席であることは言うまでもないが、「古詩十九首」第五首(49)では次のように詠われる。

……　　……
上有絃歌聲　　上に弦歌の聲有り

音響一何悲　　　音響一に何ぞ悲しき
誰能爲此曲　　　誰か能く此の曲を爲さん
無乃杞梁妻　　　乃ち杞梁の妻なる無からんや
清商隨風發　　　清商風に隨ひて發し
中曲正徘徊　　　中曲正に徘徊す
一彈再三歎　　　一彈に再三歎じ
慷慨有餘哀　　　慷慨して餘哀有り
不惜歌者苦　　　歌う者の苦を惜しまず
但傷知音稀　　　但知音の稀なるを傷む
……　　　　　……

また、「古詩十九首」第十二首[50]に、

……　　　　　……
被服羅裳衣　　　被服す羅裳の衣
當戶理淸曲　　　戶に當たりて淸曲を理《ととの》ふ
音響一何悲　　　音響一に何ぞ悲しき
絃急知柱促　　　絃急にして柱促を知る
……　　　　　……

と詠まれるのは宴席ではないが、弦歌を奏で歌う女性とそれに共感する聴き手（ここでは詩の語り手）がいたことを

示している。歌謠は、歌い手・聽き手・作家が三者相俟って成り立つから、自然に傳承されるだけでなく、すぐれた作詩者が衆多の共感をよぶために工夫をこらし創作した作品も多かったはずである。

張衡が、個人的感懐とは別に「四愁詩」を制作したのだとすれば、それは以上に見たことと無關係ではあるまい。かりに、宴席等で披露され享受される歌謠との關連性を考えるならば、「四愁詩」を樂曲をともなう情歌と見ることは可能であろう。[51]文藝がより廣い場で享受されていたであろうこと、張衡當時の文學環境については、本章の後に掲げる補說「張衡『論貢擧疏』辨誤」で些か補足したい。

さてしかし、張衡という一士人が、戀愛・情愛の歌を制作する、その根底にある思念は何か。そのことについて、次節でふれてみたい。

六　張衡における豔情の文學と陰陽思想の關係

張衡は、詩と賦、兩様式において女性とその情愛を描いている。張衡の文學は、およそ『七略』の漢代學術世界を網羅するようなその幅廣い活動の中でどのような意味を持つのだろうか。その一端を瞥見してみたい。

張衡は「歸田賦」[52]で、次のように詠んでいる。

於是仲春令月、時和氣清。原隰鬱茂、百草滋榮。王雎鼓翼、鶬鶊哀鳴。交頸頡頏、關關嚶嚶。於焉逍遙、聊以娛情。爾乃龍吟方澤、虎嘯山丘……。

是に於いて仲春の令月、時和し氣清む。原隰鬱茂し、百草滋榮す。王雎翼を鼓し、鶬鶊哀しみ鳴く。頸を交へて頡頏し、關關嚶嚶たり。焉《ここ》に於いて逍遙し、聊か以て情を娛しましむ。爾して乃ち龍のごとく方澤に吟じ、虎のごとく山丘に嘯く……。

ふるさとの自然にひたる喜びが、生き生きと響く作品である。張衡は、このような生命感あふれる春の描寫を好んでいたようで、「浩浩として陽春發く、楊柳何ぞ依依たる。百鳥南より歸り、翱翔して我が枝に萃《あつ》まる。（浩浩陽春發、楊柳何依依。百鳥自南歸、翱翔萃我枝。）[53]」（「張衡歌」）、「陽春之月、百草萋萋[54]」（「溫泉賦」序）、「是において暮春の禊、元巳の辰。軌を方べ軫を齊しくして、陽瀨に祓ふ。（於是暮春之禊、元巳之辰。方軌齊軫、祓于陽瀨。）[55]」（「南都賦」）、「鳴鶴頸を交へ、雎鳩相和す。處子春を懷ひ、精魂回り移る。（鳴鶴交頸、雎鳩相和。處子懷春、精魂回移。）[56]」（「思玄賦」）とも詠っている。

塚墓の築かれるさまを賦した「冢賦」になると、「幽墓既に美たり、鬼神既に寧んず。之に降すに福を以てし、水の平らかなるが如し。春の卉の如く、日の升るが如し。（幽墓既美、鬼神既寧。降之以福、如水之平。如春之卉、如日之升。）[57]」と詠まれる。死を象徵する墳墓を描き出すのに、生命あふれる春の草木と太陽の輝きになぞらえ讃えあげるのは、獨特な表現である。このことについて中島千秋は、ここに、死も一個の陰陽の現れにすぎないと見る張衡の陰陽觀が反映しており、したがって死を描いても明るい健全な思想が生じていると說いている[58]。

張衡は、「中世の張衡は陰陽の宗爲り。（中世張衡爲陰陽之宗。）[59]」と評されていたが、中島千秋は、その世界觀の根底に『易』の生々の思想を有していたことを論證し、同時に、「この生々の思想は最も生命力のよく現れる自然現象を對象とするものを歌うことになる……。[60]」とも述べる。そのことをふまえつつ本章では、さらに以下のように考察したい。

本來、漢代の詩賦は、『易』を中心として構想された『七略』の學術體系に「詩賦略」として位置づけられるものであった。張衡が、『易』の陰陽思想の具體的顯現を自然に見、それを詩賦という表現様式によってこそ詠い示すことができたことは、言い換えれば、張衡にとっての詩賦が、『七略』的全體の中で缺くべからざる大きな位置をしめるものであったことを意味する。

さらに言えば、『易』の陰陽思想を張衡の世界觀の根底に見るとき、男（乾道）女（坤道）の交情を描く詩賦は、彼にとって陰陽觀に連なる合理的な表現活動の一部であったのではないだろうか。前掲の「思玄賦」では、春の描寫の中で「鳴鶴頸を交へ、睢鳩相和す。處子春を懷ひ、精魂回り移る。」と詠み、雌雄すなわち男女の交情、處子（＝處女）の戀情を描いている。すでに見たように張衡には、戀情・豔情を詠う作品が目立っているが、その根底には確たる思念があると考えられる。春と自然、戀情と女性、それらは張衡にとって、生命の現れとしての必然的な表現對象であった。「溫泉賦」で、「亂に曰く、天地の德は、生に若くは莫し……。（亂曰、天地之德、莫若生兮……。）[61]」と、生命の至高性を説くように、張衡は、政治上の出處進退や社會の樣々な枠組を超えた生の顯現（その一つの根本理念が陰陽觀）そのものを詠いあげる點に、詩賦の樞要な機能の一端を見ていたのであろう。

張衡のように、一士人が戀情・豔情を詠うのは[62]、建安文學以前の漢代では珍しい。張衡の文學は、桓帝時の人とされる秦嘉（「贈婦詩」）や獻帝時の繁欽（「定情詩」）のように、士人が男女の情愛を詩に詠みはじめる先蹤と言ってよい。本章では部分的かつ個別に論及したが、一般的に言っても、五言詩・七言詩・抒情小賦の制作、政治を離れた個人的・内面的な生活の重視や自然の欣賞及びその表現等からして、張衡の文學を建安文學の先驅と位置づけるべきことはもはや明らかである。

小　結

本章は、「四愁詩」をはじめ張衡の情詩・情歌についてやや冗漫な檢證を重ねたが、それはまさにそれらが他の政治的解釋を受け入れる餘地のない作品群であることを確認するためであった。そして最後に、そのような作品をもたらす基底に、上述のような張衡の陰陽觀・生命觀が潛んでいるであろうことを結論づけた。このような社會的・政治的因襲を離れ情性の解放に向かう文學觀こそ、じつは小著の以下各章で個別に見るような建安文學の特質に連接しているのである。

『宋書』天文志は、張衡の製作した天體觀測裝置「渾天儀」が、魏晉の後まで使われていたという興味深いエピソードを紹介しているが[63]、同じように張衡の文學が胚胎した樣々な種子もその後の文學に確かに引き繼がれ、開花・結實していくと言えよう。

注

（1）小尾郊一・富永一登・衣川賢次『文選李善注引書攷證』（研文出版、一九九六）解題、一三頁參照。張衡の作品は『後漢書』に、「凡三十二篇」。『隋書』經籍志、集部に「河閒張衡集十一卷」。子部、天文類に張衡撰「靈憲一卷」。集部、總集類に「薛綜張衡二京賦二卷」。

（2）胡本『李善注文選』（中華書局、一九七七）卷二十九、十一葉右・左。なお、上記胡克家覆宋本の原書、尤袤刻本が北京圖書館出版社等から影印されている。本來、それを參照あるいは引用すべきであろう。不明を恥じるが、拙稿初出の際に用いた胡本をそのまま引用する。以下、各章同じ。

（3）『文選』「胡氏考異」および足利本『文選』の注「五臣有依字」により「依」を加える。

（4）呉兆宜注（穆克宏點校『玉臺新詠箋注』〈中華書局、一九八五〉巻九、三九三頁）によれば、「序文原文不載、今采文選補入。」とあり、呉注本では、序をテクストに編入している。

（5）たとえば、錢鍾書は、詩の本文は男女の情愛を詠んでいるのに、序文の解説は不自然だとし、さらに詩中の主體「我」は必ずしも作者である必要はないと述べる。『管錐編』（中華書局、一九七九）第一册、狡童、一一〇頁。

（6）『文選』巻二十九、十一葉左。

（7）『後漢書』（中華書局、一九六五）巻五十九、張衡列傳、一九一〇頁。

（8）同右、一八九七頁。

（9）同右、一八九八頁。

（10）同右、一九〇四頁。

（11）南澤良彦「張衡の巧思と『應閒』——東漢中期における技術と禮教社會——」（『日本中國學會報』四八、一九九六）參照。

（12）『後漢書』巻五十九、張衡列傳、一九一四頁。

（13）中島千秋『賦の成立と展開』（關洋紙店印刷、一九六三）五五八、五五九頁參照。

（14）小南一郎「王逸『楚辭章句』をめぐって」（東方學報、一九九一）八四頁參照。

（15）岡村繁「班固と張衡——その創作態度の異質性——」（『小尾博士退休記念中國文學論集』一九七六）參照。

（16）金谷治「張衡の立場——張衡の自然觀序章——」（『入矢教授小川教授退休記念中國文學語學論集』一九七四）は、張衡の人生に大きな挫折をもたらす事件はなかったと説く。

（17）王觀國『學林』（百部叢書集成之四九『湖海樓叢書』〈藝文印書館、一九六六〉第三函所收）巻七、十二葉右〜十三葉右。

（18）『玉臺新詠箋注』巻九、四〇四頁。

（19）金濤聲『陸機集』（中華書局、一九八二）巻五、五三頁。

（20）『文選』巻二十九、十二葉右・十三葉右。

(21) 五臣の注は、李善注の不備を補うように、「漢陽」は、「謂西伯行化之所、故思之。」、「鴈門」は「在北帝顓頊之位也。」と説明を加えている。『和刻本文選』（慶安初印本影印、汲古書院、一九七五）巻二十九、二十二葉右。
(22) 『楚辭補注』（中文出版社、一九七九）。以下、『楚辭』の引用は同書により、引用頁は省略。
(23) 十三經注疏整理本『毛詩正義』（北京大學出版社。二〇〇〇）。本文、以下、『詩經』の引用は同書により、引用頁は省略。
(24) 『聞一多全集』（湖北人民出版社、一九九三）第三巻所收「詩經新義」十五、二七三～二七五頁。引用論文の初出は一九三七年一月。
(25) 『文選』巻二十九、五葉右。
(26) 『文選』巻二十九、四葉右。
(27) 『玉臺新詠箋注』巻一、五頁。
(28) 同右、巻一、二〇頁。
(29) 『宋書』（中華書局、一九七四）巻二十二、樂志四、六四二頁。
(30) 『詩經』全般に言える修辭法である。加納喜光の所論を引用すれば、例えば、周南、樛木の全三章は、以下のように、(a)(b)で語が變換されている。「南有樛木、葛藟(a)之。樂只君子、福履(b)之。」(a)は、纍・荒・縈、(b)は、綏・將・成という言い換えになる。このような語の入念な變換によって、二つの植物のからみ合いは、かさなる・おおう・めぐる、と部分から全體への連續した動作が示される。また、それと類比される男女の愛が、やすんず・おおいにす・なす、と次第に濃厚になっていく過程が表されている。加納喜光譯『詩經』（學習研究社、一九八三）上、三九頁參照。
(31) 『古代文學雜論』（中華書局、一九八七）所收。引用論文の初出は、一九四二年五月。
(32) 『四庫全書總目提要』（臺灣商務印書館、一九七一）集部、總集類、四一二三頁。
(33) 紀容舒『玉臺新詠考異』（百部叢書集成之九四『畿輔叢書』〈藝文印書館、一九六六〉第三三函所收）巻九、四葉左。
(34) 『藝文類聚』（中文出版社、一九八〇）巻三十五、人部十九「愁」、六一九頁。
(35) 『古詩類苑』（内閣文庫所藏本影印、汲古書院、一九九一）巻八十九、人部「憂愁」、一九三頁。

（36）たとえば、李白が「張相公出鎭荊州……余答以此詩」で、「張衡殊不樂、應有四愁詩……」（王琦注『李太白全集』〈中華書局、一九七七〉八九九頁）と詠むのも同様の解釋である。
（37）『魯迅全集』（人民文學出版社、一九八一）第二卷、一六九・一七〇頁。
（38）『藝文類聚』卷十八、人部二「美婦人」、三三一頁。
（39）『藝文類聚』卷四十三、樂部三「歌」、七七〇頁。
（40）『藝文類聚』卷五十七、雜文部三「七」、一〇二六頁。
（41）蕭統「陶淵明集序」（逯欽立校注『陶淵明集』〈中華書局、一九七九〉所收、一〇頁。）
（42）『玉臺新詠箋注』卷一、二八・二九頁。引用は同注に從い、四句目「嘌」を「慓」に、九句目「苑」を「莞」に改める。
（43）『藝文類聚』卷三十七、雜文部三「七」、一〇二六頁。
（44）『隋書』經籍志、子部・醫方類に『素女祕道經』一卷、『素女方』一卷を著錄。
（45）「同聲歌」を收載する『樂府詩集』卷七十六「雜曲歌辭」は、その前後を情詩で埋め盡くす。また、「同聲歌」について『樂府解題』の「同聲歌漢張衡所作也……以喩臣子之事君也。」という說明を引用するが、この詩の全體を君臣關係の比喩と一元的にとらえるには、女性の語るディテールが鮮明すぎよう。『玉臺新詠』のほか、『古詩類苑』では、「人部・閨情」に收める。
（46）『藝文類聚』卷四十三、樂部三「舞」、七七〇頁。
（47）『文選』卷四、八葉右・左。
（48）『文選』卷二十九、三葉右。
（49）『文選』卷二十九、三葉左。
（50）『文選』卷二十九、六葉右。
（51）王運熙「漢代的俗樂和民歌」（『樂府詩述論』〈上海古籍出版社、一九九六〉所收、初出は『復旦學報』一九五五―第二期。）は、中央の樂府以外で「豪富吏民」が私的娛樂のため俗樂や民歌を採集した、兩漢を通じて俗樂が廣く社會を風靡し、後漢の文人はしだいに樂府歌辭の制作（蔡邕等）に手を染めていった、また俗樂が上層社會で流行すると文人や「樂工」によってアレンジ・筆録・流傳されていった、と説いている。二三八～二四一頁。
(52)『文選』巻十五、二十葉左。
(53)『太平御覽』（中華書局、一九六〇）巻二十、時序部五、春下、九七頁。
(54)『藝文類聚』巻九、水部下、「泉」、一六六頁。
(55)『文選』巻四、七葉左。
(56)『後漢書』巻五十九、張衡列傳、一九三〇頁。
(57)『古文苑』（『墨海全壺』〈中文出版社、一九六九〉所收）巻五、十葉左。
(58)中島千秋「張衡の思想」（『愛媛大學紀要〈人文科學〉』一―一、一九五〇）五八頁。
(59)『後漢書』巻八十二上、方術列傳、二七〇六頁。
(60)注（58）前掲書、五七頁。
(61)『初學記』（中華書局、一九六二）巻七、驪山湯第三、一四六頁。
(62)『文選』李善注等に斷片が引かれる四言の「怨篇」も男女の情を詠んでいる。
(63)『宋書』巻二十三、天文志一、六七八頁。

補説　張衡「論貢舉疏」辨誤

小著第一章の行文上、その補説というかたちで、張衡をめぐる東漢中後期の文學的環境について若干言及したい。明、張溥『漢魏六朝百三名家集』(1)、清、嚴可均『全後漢文』(2)、近時では張震澤『張衡詩文集校注』(3)に、張衡の著述として「論貢舉疏」と題される文章が収録されている。この上奏文は、後漢時代中後期の文學觀や文學をめぐる狀況をうかがう資料として興味深い。上記諸輯本の出典は、『通典』に「張衡上疏曰……」(4)として掲載される以下の文章である。

古者以賢取士、諸侯歲貢。孝武之代、郡舉孝廉、又有賢良文學之選。於是名臣皆出、文武竝興。漢之得人數路而已。夫書畫辭賦才之小者、匡國理政未有能焉。陛下卽位之初、先訪經術、聽政餘日、觀省篇章、聊以游意。當代博弈非以敎化取士之本。而諸生競利、作者鼎沸。其高者頗引古訓風喩之言、下則連偶俗語、有類俳優。或竊成文虛冒名氏。……若乃小能小善雖有可觀、孔子以爲致遠則泥。君子故當志其大者遠者也。

古は賢を以て士を取るに、諸侯は歲貢す。孝武の代、郡は考廉を擧げ、又賢良文學の選有り。是に於て名臣皆出で、文武竝びに興る。漢の人を得たるは、數路なるのみ。夫れ書畫辭賦は才の小なる者、國を匡し政を理むるに未だ能有らず。陛下卽位の初めは、先に經術を訪《と》ひ、政を餘日に聽《おさ》め、篇章を觀省し、聊か以て意を游ばしむ。當代の博奕は敎化を以て士を取るの本に非ず。而るに諸生利を競ひ、作者鼎沸す。其の高き者は頗《や》や古訓風喩の言を引き、下は則ち俗語を連偶し、俳優に類《に》たる有り。或いは成文を竊《ぬす》み、名氏を虚《いつは》り冒す。……若し乃ち小能小善の觀るべき有りと雖も、孔子以爲らく「遠きを致せば則ち泥む」と。君子は故《もと》より當に其の大なる者遠なる者を志すべきなり。

諸輯本に「貢擧を論ずるの疏」と題するように、右のくだりは、選擧制度の缺陷を論じるものである。「書畫辭賦」「當代の博奕」の才藝は政治能力と關係がないと主張するのは、そのような才藝をもつ者が登用されていく當時の官僚人事の實態を逆に仄めかす。

ところが、右の『通典』が收載する「張衡上疏」、およびそれを襲った輯本や張衡集の「論貢擧疏」とほぼ同一の文章が、蔡邕（一三二～一九二）の上表文、すなわち『後漢書』蔡邕傳に、「宜しく施行すべき所の七事（宜所施行七事）」中の「五事」として掲げられている。(5) そこで、まず、右の『通典』に引く「張衡上疏」なる原文が、張衡と蔡邕いずれの作なのかについて判斷しなくてはならない。それによって、後漢後半期における文藝觀の推移をいささか理解することができよう。

『通典』については、『四庫提要』で、漢魏六朝の文集、奏疏を廣く取り上げていると評しているように、(6) その史料的價値は否定できない。そこで假に、張衡が「論貢擧疏」を上奏したとすれば、その背景に順帝、陽嘉年間（一三二～一三五）の官僚選擧制度改革とそれにまつわる論議という史實を重ね見ることができよう。(7) しかしながら、陽嘉年間の選擧改革に關連し、辭賦の才藝を官吏登用の手段とする云々の論議は見いだせないのである。(8)

次に、張衡ではなく蔡邕の作と假定してみたい。蔡邕が熹平六年（一七七）七月に、「宜しく施行すべき所の七事」において批判した事柄は、同じ蔡邕傳の前段に記載される靈帝の人材登用政策である。(9) それによれば、靈帝は、「諸生の能く文賦を爲る者」へ、「尺牘及び工書鳥篆を爲る者」を宮中に招き入れ、あるいはそれらの徒輩から「方俗閭里の小事」を聽くことを喜んだ。[10] さらに光和元年（一七八）に、靈帝が設置した「鴻都門學」には、「諸もろの能く尺牘詞賦及び工書鳥篆を爲る者數千人に至る。或ひは出でて州郡を典り、入りては尙書、侍中と爲り、封ぜられて侯爵を賜はる。（諸能爲尺牘詞賦及工書鳥篆者至數千人。或出典州郡、入爲尙書、侍中、封賜侯爵。）」[11]（袁宏『後漢紀』靈帝紀）こととなった。

このような事情を考えるならば、「宜しく施行すべき所の七事」の「五事」における「夫れ書畫辭賦は才の小なる者、國を匡し政を理むるに、未だ其の能有らず」という發言は、「鴻都門學」にまつわる靈帝の人材登用策に對し、それを憂慮して蔡邕が奏上した意見とみなすのが正しいであろう。蔡邕の「宜しく施行すべき所の七事」は『資治通鑑』熹平六年（一七七年）の條にも節錄されている。[12]

結論づければ、右に述べたような事實關係、『資治通鑑』の資料としての精度、『後漢書』が『通典』以前の史料であることから見て、『通典』・諸輯本・張衡集等に引かれる「論貢擧疏」は張衡ではなく、じつは蔡邕の著作であったと言いうる。「張衡上疏」は、『通典』における掲載じたいの誤りであり、張溥、嚴可均による輯本は、蔡邕の上表文を掲載する一方、『通典』に依據し、同一文章を「論貢擧疏」として重複收錄してしまったようである。

さて、蔡邕の「宜しく施行すべき所の七事」は、樣々な點で興味を引く資料である。後漢末の朝廷における文藝重視と、それが官吏登用策に影響を及ぼし、辭賦が獵官の具とすらなり「作者鼎沸」するほどであった事實、また「俗語を連偶し、俳優に類たる」者が顯著になったことは、漢末靈帝期の文學をめぐる狀況をよく示している。

以上のように、「論貢擧疏」から張衡およびその時代の文學的環境を讀み取ることは不可能であるが、張衡と交友のあった王符（生卒年不詳）の「潛夫論」務本に、次のような蔡邕の辭賦觀に類似する議論がある。[13]

今學問之士、好語虛無之事、爭著彫麗之文、以求見異於世。品人鮮識、從而高之。此傷道德之實、而惑矇夫之大者也。詩賦者所以頌善醜之德、洩哀樂之情也。故溫雅以廣文、興喩以盡意。今賦頌之徒、苟爲饒辯屈蹇之辭、競陳誣罔無然之事、以索見怪於世、愚夫戇士、從而奇之。此悖孩童之思、而長不誠之言者也。

今の學問の士は好みて虛無のことを語り、爭ひて彫麗の文を著し、以て世に異とせらるるを求む。品人識鮮なく、從ひて之を高しとす。此道德の實を傷め、而して矇夫を惑はすことの大なる者なり。詩賦は善醜の德を頌し、哀樂の情を洩らす所以なり。故に溫雅にして以て文を廣め、喩を興して以て意を盡くす。今の賦頌の徒は、苟も饒辯屈蹇の辭を爲り、競ひて誣罔無然の事を陳べ、以て世に怪とせらるるを索む。愚夫戇士、從ひて之を奇とす。此れ孩童の思ひに悖り、而も不誠の言に長ずる者なり。

「虛無」「彫麗」の文辭を盛んに述べる「學問の士」の風潮にあわせ、「賦頌の徒」が、ひねくれたおしゃべりや、うそいつわりを竝べて衆多の人氣を博していると說くこの論議は、先の蔡邕の上奏文と通底するところがある。王符の論から、張衡の當時すでに、外連味に走り衆人受けをねらう詩賦の作家が目立っていたことがわかるが、そのような傾向は、蔡邕の頃には宮廷の中まで浸透していったと言えよう。

王符が問題とした、「學問の士」「賦頌の徒」の著述が目指す「異」「怪」「奇」という評價あるいは方向。蔡邕が批判した「俗語を連偶し、俳優に類たる有り」という風潮。視點を變えれば、それらから、東漢後期の文學がもつ既成の因襲からの逸脫への傾きを見いだすことができよう。その逸脫の一つのかたちが、漢末靈帝の俗文學重視であった。また、以上の資料から、張衡の當時すでに、そのような逸脫の方向へと進む文藝制作者の增加と、それを支持する受容層の擴大という傾向が見られることがわかる。張衡の詩賦は、このような東漢中後期の文學環境に取り圍まれていたのである。

注

（1）『漢魏六朝百三名家集』（文津出版社、一九七九）「張河間集」巻二、五四四頁。
（2）『全上古三代秦漢三國六朝文』（中華書局、一九五八）「全後漢文」巻五十四、六葉左・七葉右。
（3）張震澤『張衡詩文集校注』（上海古籍出版社、一九八六）三五八頁。
（4）『通典』（中華書局、一九八八）巻十六、選擧四「雜議論上」、三八二頁。
（5）『後漢書』（中華書局、一九六五）巻六十下、蔡邕列傳、一九九六頁。
（6）『四庫全書總目提要』（臺灣商務印書館、一九七一）巻八十一、史部、政書類、一六九六頁。
（7）『後漢書』巻六、順帝紀、二六一頁。
（8）考廉に擧げられる年限引き上げに關し、選擧制度改革の議論がわき上がり、張衡もそれに參加したことを示す史料の出典は以下の通り。『後漢紀』（天津古籍出版社『後漢紀校注』、一九八七）巻十八、順帝紀上、五一二～五一四頁。『通典』巻十三、選擧一「歷代制上」、三一七頁。『資治通鑑』（中華書局、一九五六）巻五十一、順帝陽嘉二年、一六六九頁。
（9）『後漢書』巻六十下、蔡邕列傳、一九九一・一九九二頁。
（10）同様の史料は、『資治通鑑』（中華書局、一九五六）巻五十七、靈帝熹平六年、一八四〇頁。
（11）『後漢紀校注』（天津古籍出版社、一九八七）巻二十四、靈帝紀、中、六七四頁。
（12）『資治通鑑』巻五十七、靈帝熹平六年、一八四〇・一八四一頁。
（13）『諸子集成』（中華書局、一九五四）（八）所收、八頁。

補記

右「補說」の初出以後、[1]劉師培が、嚴可均『全後漢文』について「誤りの如きは蔡邕の封事第六事を以て、誤りて張衡文に列す是なり。（如誤以蔡邕封事第六事、誤列張衡文是也。）」と述べた一文と、[2]それを紹介する短い文章があることを知った。[3]劉師培の言う「蔡邕封事第六事」とは、『後漢書』蔡邕傳に掲載される「宜所施行七事」中の「五事」の誤引であるが、いわゆる「論貢擧疏」が張衡の著作ではないことが、この一文に示されている。劉志培說の紹介文の方は、『後漢書』の成書が「隋志」に著錄される「張衡集」より早いことを主たる根據に、劉師培の發言を是と認めたものである。論考というよりは、劉師培が記した一文の紹介・說明記事に近い。

小著の「補說」は、張衡・蔡邕當時における選擧制度の檢討と關連づけながら、『通典』等の史料批判を行い、それを端緒として東漢時代中後期の文學環境について、その一端に言及した。その點で「補說」は、右記、劉師培の一文およびその紹介文にはない考察にわたっていることを附言しておきたい。

補注

（1）「補說」は、拙稿「張衡詩賦小考―東漢後期の文學狀況をめぐって―」（『山形大學紀要〈人文科學編〉』第一四卷第四號、二〇〇一）から一部拔粹したものである。

（2）劉師培「蒐集文章志材料方法」（『中國近代文論選』〈人民文學出版社、一九八一〉所收、五八九頁。）

（3）一微「『論貢擧疏』非張衡文」（『安慶師範學院學報〈社會科學版〉』一九九二、〇四期、五〇頁。）

第二章　趙壹の詩賦について

はじめに

趙壹（字は元叔、生卒年不詳）は、『後漢書』文苑列傳にその名をつらねる東漢末の文人である。文苑列傳では、「賦、頌、箴、誄、書、論及雜文十六編」を著述したとされるが、この記述には「詩」が含まれていない。しかし、同じ傳に収載される「刺世疾邪賦」中に、「秦客」の詩と「魯生」の歌、兩篇の五言詩が詠みこまれている。現存する作品は、小賦樣式の「刺世疾邪賦」「窮鳥賦」、「報皇甫規書」、書法について論じた「非草書」のほか、佚文を含めて七篇にとどまる(1)。

詩人としての趙壹の名が、文學史上に定位されるのは、鍾嶸『詩品』によって漢代における七人の詩人の一人として下品に選定されてからであるが、おおむねは顧みられることの少ない作家であったと言ってよい(2)。しかしながら趙壹は、東漢後末期という、士人による抒情小賦や五言詩の制作が漸く目立ち始める韻文史の轉機にあって、決して見落とすことができない作家の一人である。

本章では、はじめに趙壹の活動時期を推定し、さらにその詩賦に見える先驅的側面について言及したい。

一　趙壹の活動時期――『後漢書』文苑列傳の訂正――

『後漢書』文苑列傳(3)によれば、趙壹は、漢陽（甘肅省甘谷縣南）西縣の人。「體貌魁梧、身長九尺、美須豪眉」という風貌とともに、「才を恃みて倨傲」であった。郷黨に擯けられて、「解擯」を作り、また、「後屢しば罪に抵たり、幾んど死に至らんとす」るが、友人に助けられ、その恩に謝して「窮鳥賦」を詠む。この賦の「昔我を南に濟け、今我を西に振《すく》ふ」という句が、友人に再三救われるような事件があったことを示している。さらに「又刺世疾邪の賦を作り、以て其の怨憤を紓べ」たと言う。「文苑列傳」には、「窮鳥賦」と「刺世疾邪賦」の全文が引かれる。

この二篇の賦のあとに、趙壹の具體的な事跡を示す記述が續く。

光和元年、舉郡上計到京師。是時司徒袁逢受計。計吏數百人皆拜伏庭中、莫敢仰視、壹獨長揖而已。逢望而異之。令左右往讓之曰、「下郡計吏而揖三公、何也。」對曰、「昔酈食其長揖漢王、今揖三公、何遽怪哉。」逢則斂衽下堂、執其手、延置上坐。因問西方事、大悅。顧謂坐中曰、「此人漢陽趙元叔也。朝臣莫有過之者、吾請爲諸君分坐。」坐者皆屬觀。

光和元年、郡の上計に擧げられ京師に到る。是の時司徒袁逢計を受く。計吏數百人皆庭中に拜伏し、敢へて仰ぎ視るもの莫し。壹獨り長揖するのみ。逢、望みてこれを異とす。左右をして往きて之を讓《せ》めしめて曰く、下郡の計吏にして三公に揖するは何ぞや、と。對へて曰く、昔酈食其漢王に長揖す。今三公に揖するに、何遽ぞ怪しまんや、と。逢則ち衽を斂め堂を下り、其の手を執り、延べて上坐に置く。因りて西方の事を問ひ、大いに悅ぶ。

顧みて坐中に謂ひて曰く、此の人、漢陽の趙元叔なり。朝臣の之に過ぐる者有る莫し。吾れ請ふ爲めに諸君坐を分かたんことを、と。坐する者皆觀《め》を屬《つ》く。

「才を恃みて倨傲」「後屢しば罪に抵たり、幾んど死に至る」という記載を裏づけるような右のエピソードから、趙壹の、權威に屈しない狷介な性格が看取できる。しかし、その人物を、時の三公であった袁逢に高く評價されることになり、さらに趙壹は、洛陽よりの歸途、「壹公卿の中陟に非ざれば以て名を託するに足る者無しと以ふ。（壹以公卿中非陟無足以託名者。）」と見込んで、河南の尹、羊陟に面會し、その偉才を認められる。そして、「陟乃ち袁逢と共に之を稱薦す。名は京師を動かし、士大夫其の風采を想ひ望む。（陟乃與袁逢共稱薦之。名動京師、士大夫想望其風采。）」とその聲望が高まる。その後、趙壹は西に歸る道すがら、弘農の太守皇甫規に會わんとして果たせなかった。「文苑傳」には、皇甫規の陳謝の手紙と、それに報いる趙壹の書信をまじえた兩者の交流の記録が載っている。羊陟は、『後漢書』黨錮列傳にその傳記が見える黨錮の禁に連座した黨人であり、皇甫規もまた黨錮に際し上奏し左遷されていることからも解るように、趙壹が頼ったのは、當時のいわゆる清流派士大夫であった。

『後漢書』の趙壹の傳は、「州郡爭ひて禮命を致し、十たび公府に辟さるるも、竝な就かず、家に終わる。初め袁逢、善く相する者をして壹を相せしむ。云はく、仕は郡吏に過ぎず、と。竟に其の言の如し。（州郡爭致禮命、十辟公府、竝不就、終於家。初袁逢使善相者相壹。云「仕不過郡吏」。竟如其言。）」と述べ、最後に十六編の著作があったことを紹介して終わっている。

　以上、趙壹自身の言說を考察する前に、『後漢書』文苑傳の記載を眺めると、趙壹の人物像がおよそ浮かび上がってくるかに見える。しかし、趙壹の傳には、事實關係の矛盾が目立つようである。特に光和元年の條の記載には、少なくとも三點の矛盾が露呈している。

その第一點については、清の洪頤煊がすでに指摘している。『後漢書』靈帝紀によれば、光和元年に司徒であったのは袁滂であり、袁逢はその冬十月、司空となっている。また、袁逢は司徒となった事がない。このことから洪頤煊は、趙壹が光和元年に上計として入洛した時に會計報告を受けたのは、袁逢ではないとして、「文苑傳」の記載の誤りを正している。(4)

本章でさらに指摘したい矛盾は以下の通りである。第二點、光和元年に洛陽からの歸還の途次、羊陟に會面したとあるが、『後漢書』羊陟傳によれば、これは有りえない。なぜならば羊陟は、「會《たま》たま黨事の起こり、免官禁錮せられて、家に卒（會黨事起、免官禁錮、卒於家）(5)」しており、少なくとも第二次黨錮の獄の建寧二年（一六九）以後、河南の尹として趙壹に出會うはずはない。ただし、『文選』行旅上に所收の謝靈運「富春渚」にかかる李善注において、趙壹の「報羊陟書」が引かれているように、兩者の閒には何らかの交流があったと見てよいであろう。

第三點は、皇甫規との關係である。『後漢書』の傳(6)によれば、皇甫規は熹平三年（一七四）に七十一歳で卒しており、それ以後の面會の可能性はない。しかしこの兩者のつながりも、やりとりされた手紙の本文が『後漢書』に載っているように事實であったろう。

したがって羊陟、皇甫規との交流關係について、光和元年（一七八）以後とする文苑傳の記述は矛盾がある。當時の名士であった羊陟の推奬があって、趙壹の聲譽が都にとどろいたというエピソードは、羊陟の「免官禁錮」以後はありえない。また、皇甫規が弘農の太守に遷されたのは、永康元年（一六七）に對奏し「黨事」を諫めたことに因り、その後皇甫規は、再び護羌校尉に轉じ、まもなく熹平三年（一七四）に死沒する。だとすれば、趙壹が、弘農の太守皇甫規と接近したというのは、永康元年よりほどない頃、およそ一七〇年前後の事であろう。また、皇甫規が、趙壹に追謝した書には「徳を企《のぞ》み風を懐ひ、心を虚しくして質《み》を委《ゆだ》ぬること、日びに久しと爲す。（企徳懷風、虚心委質、爲日久矣。）」[7]ともあり、趙壹の名聞はあらかじめ皇甫規の耳に届いていたと考えられる。

なお『文士傳』[8]では、『後漢書』の記述と異なり、光和元年と明示せずに袁逢がすでに趙壹の名望を知っていて招いたことになっているが、大事なことは兩書がともにあげる、三公に對し趙壹に非禮があったというエピソードの意味であろう。司徒が袁逢であったかどうかは、ここでは問題ではない。

まとめて言えば、趙壹は當時の清流派知識人と交流があり、その聲譽は黨錮の禁以前にすでに高かった。趙壹の事跡は黨錮の獄前後を一つの舞臺としていたのであり、郡の上計にあげられたか否かは別にして、『後漢書』文苑傳に言う光和元年以後の事跡については不明とすべきであろう。「文章を爲ることを善くす。（善爲文章。）」[9]と傳えられる范曄は、この趙壹傳をまとめあげる際に、羊陟や皇甫規との間にかわされた手紙、『文士傳』その他の資料を引き合わせて潤色をほどこしたのであろう。

光和元年（一七八年）といえば、たとえば蔡邕（一三二～一九二）四十六歳、孔融（一五三～二〇八）二十五歳。王粲（一七七～二一七）は前年に誕生、仲長統（一八〇～二二〇）はまだ生まれず、酈炎（一五〇～一七七）は、その前年二十八歳で獄死している。『後漢書』に示されるこの光和元年という年にこだわらず、さきに考察したような活動の時期から見れば、趙壹は、酈炎や孔融より年長で、おおむね蔡邕と同時代の人物であったと推定してよいと思う。

二　「窮鳥賦」と飛翔のメタファー

『後漢書』の本傳が收載する「窮鳥賦」は、その本辭の前に、友人に與えた書簡を竝べている。その書簡は、「後屢しば罪に抵たり、幾んど死に至らんとす。友人の救ひて免かるるを得たり。趙壹乃ち書を貽り恩に謝して曰く……（後屢抵罪、幾至死。友人救得免、壹乃貽書謝恩曰……）」という經緯で書かれ、命に關わる罪に問われたところを友人に救われ、感謝する内容であることを明かしている。末文には、「余禁を畏れ、敢へて班班として言を顯さず、竊かに窮鳥の賦一篇を爲る。（余畏禁、不敢班班顯言、竊爲窮鳥賦一篇。）」とあり、この手紙とともに「窮鳥賦」も、友人に示す私信の性質をもっていたのであろう。公開性の強い宮廷文學であった賦は、東漢の中葉ころから、賢人失志の賦の流れを襲い、個人的な感懷をもらす作品が主流になっていくが、[10]「窮鳥賦」は、個人的な窮狀を、私的應酬の場で賦として詠むようになったことを示す好例と言える。

趙壹がそのように意圖したか否かは明らかではないが、この書簡は體裁上、賦の本辭に對する序の役目も果たしている。賦序とも見うる書簡の後に、本辭が次のように續いている。

有一窮鳥、戢翼原野、畢網加上、機穽在下。前見蒼隼、後見驅者。繳彈張右、羿子彀左。飛丸激矢、交集于我。思飛不得、欲鳴不可。擧頭畏觸、搖足恐墮。内獨怖急、乍冰乍火。幸頼大賢、我矜我憐。昔濟我南、今振我西、鳥也雖頑、猶識密恩。内以書心、外用告天。天乎祚賢、歸賢永年。且公且侯、子子孫孫。

一窮鳥有り、翼を原野に戢む。畢網上に加り、機穽下に在り。前に蒼隼を見、後ろに驅者を見る。繳彈右に張り、羿子左に彀《は》り、飛丸激矢、交ごも我に集まる。飛ばんと思ふも得ず、鳴かんと欲するも可ならず。頭を擧げて觸るるを畏れ、足を搖らして墮つるを恐る。内に獨り怖れ急り、乍ち冰り乍ち火《も》える。幸ひに大賢の我を矜れみ我を憐れむに頼りぬ。昔我を南に濟け、今我を西に振《すく》ひ、鳥や頑なりと雖も、猶お密恩を識らん。内に以て心を書し、外に用て天に告げん。天や賢に祚ひし、賢に永年を歸せ。且つ公且つ侯、子子孫孫。

わずか二十八句の小賦である。書簡に「余禁を畏れ、敢へて班班として言を顯さず、竊かに爲る」とあるのは、友人に累の及ぶのを避けようとしたのであろう。趙壹は、死罪に問われた事件の説明を避け、窮地を脱しえた感恩の情を詠いあげるために、このような短い抒情小賦の形式を用いたと言えよう。

全體は四字句で一貫し、最後は『詩經』小雅の句でしめくくられ、規範性の強いスタイルをとっているが、その中身には新しさもうかがえる。それは、中島千秋がすでに「鳥に譬えて、その追いつめられた姿を描くということは、これまでになかった表現である。」[11]と述べていることであるが、現存する作品を見る限り妥當な指摘とすべきであろう。

小論は、趙壹の作品がもつ先驅性に着目したい。中島の考察の上に新たな補足發展を試みつつ、以下煩を厭わず他の作品と比較してみよう。前代では、前漢の賈誼「鵩鳥の賦」など、鳥にモチーフを借りるものはあるが、詩人みずからの窮状を示すような暗喩としてではない。同時代を見渡してみても、崔琦の「白鵠の賦」は中身が亡び、張升「白鳩の賦」は佚文で、內容はよく解らない。しかし、趙壹とほぼ同時代と思われる蔡邕の「翠鳥」[12]に次のような描寫がある。

庭陬有若榴　　庭陬に若榴有り
綠葉含丹榮　　綠葉は丹榮を含む
翠鳥時來集　　翠鳥時に來たり集ひ
振翼修形容　　翼を振ひて形容を修む
回顧生碧色　　回顧すれば碧色生じ

動搖揚縹靑　　動搖すれば縹靑を揚ぐ
幸脫虞人機　　幸ひに虞人の機を脫し
得親君子庭　　君子の庭に親しむを得たり
馴心託君素　　馴れし心は君が素に託し
雌雄保百齡　　雌雄百齡を保たん

「幸脫虞人機」から詩意が屈折する構成は、「窮鳥賦」が「幸賴大賢」の句から換韻し文脈を變えていくのと似ている。だが、『藝文類聚』には「幸脫……」以下の句が載せられていない[13]ことを勘案すると、この詩の功は翠鳥そのものの寫生にあり、寓意性は「窮鳥賦」ほど明確ではないように思う。

また、趙壹よりやや後の禰衡には、「鸚鵡の賦」がある。曹操から劉表へ、さらに江夏の太守黃祖へと不本意のままに送り廻される作者の不自由な境遇を鸚鵡のスケッチに託した作品である。しかしこの賦は、宴席で詠まれた一種の詠物賦であり、主君に對する儀禮性を多分に有している。後漢末の時代に士人自らの姿が、鳥のアレゴリーによって示されていることは留意すべきであろう。しかし窮地に陷った詩人の內心の震えを、粗描ながら窮鳥の形象に表現しえた趙壹の手法は、この時代にあって特記すべきと言えよう。

それとともに、趙壹の「窮鳥」は魏晉の詩人達の描き出した（自由を奪われる鳥の）飛翔のメタファー[14]に連なるという點で意義がある。たとえば、「窮鳥賦」では「有一窮鳥、戢翼原野。」と詠まれた怯える鳥は、三國時代の嵇康になると「雙鸞匿景曜、戢翼太山崖[15]。」（「兄秀才公穆入軍贈詩十九首」第一首）という神鳥として詠われる。嵇康や阮籍の詩に見える網羅に阻まれる鳥や大鳥のメタファーは、詩人の精神の自由とともにその不遇を表している。漢末魏晉の作品に多くみられる鳥のモチーフは、單なる暗合ではなく、この時期の文人がとらわれた共通の形象であろう。ただし、趙壹の「窮鳥」は、觀念として固定化していくそれらのイメージ以前に、創作者の目が新たに見出した自身の肖像だったのである。

三　「刺世疾邪賦」と賦中の「詩」「歌」——士人の感懷を詠む五言詩の登場——

「刺世疾邪賦」は、『後漢書』の傳に「又刺世疾邪の賦を作り、以て其の怨憤を舒ぶ」と前置きして引かれている。

伊五帝之不同禮、三王亦又不同樂。數極自然變化、非是故相反駮。德政不能救世溷亂、賞罰豈足懲時清濁。春秋時禍敗之始、戰國愈復增其荼毒。秦漢無以相踰越、乃更加其怨酷。寧計生民之命、唯利己而自足。

伊れ五帝の禮を同じうせず、三王亦又樂を同じうせず。數極まれば自然に變化し、非と是は故もと相反駮す。德政も世の溷亂を救ふ能はず、賞罰も豈に時の清濁を懲らすに足らんや。春秋の時禍敗の始め、戰國愈いよ復た其の荼毒を增す。秦漢以て相ひ逾越する無く、乃ち更に其の怨酷を加ふ。寧くんぞ生民の命を計らん、唯己を利して自ら足るのみ。

初めに趙壹は、變化は歷史の常であるとしながら、德政や賞罰も世の亂れを救うことができず、春秋以後當代まで時代が下るとともにいよいよ濁世の怨酷を增していると述べている。この史觀は、中島千秋が論じるように[16]、後漢の初めに馮衍が「顯志賦」の中ですでに示していた、春秋以後秦の統一王朝に至るまで「兵革の寖《ようや》く滋く」という認識を更に徹底したものである。また中島は、仲長統の「昌言」理亂編に、漢代を亂世の極みと見る史觀のあることをとりあげ、「刺世疾邪賦」がその先驅をなしていると指摘している。このように、趙壹の歴史觀は先驅的ながら、後漢時代において特に奇矯なわけではない。では、「刺世疾邪賦」が、當時の知識人の思想的文脈においてどう位置づけられるのか、またそれはどの樣に書かれているのか。それを瞥見するために、ここでは、「刺世疾邪賦」の最後に置かれた「詩」と「歌」の方に目を移してみることにする。

有秦客者、乃爲詩曰、
秦客なる者あり、乃ち詩を爲りて曰く、

河淸不可俟　　河淸は俟つべからず
人命不可延　　人命は延ぶべからず
順風激靡草　　順風は靡草を激《ふる》はせ
富貴者稱賢　　富貴なる者は賢と稱せらる
文籍雖滿腹　　文籍の腹に滿つと雖ども
不如一囊錢　　一囊の錢に如かず
伊優北堂上　　伊優《へつら》ふものは北堂の上
抗髒倚門邊　　抗髒《まつすぐ》なるは門邊に倚る

冒頭の二句は、『左氏傳』襄公八年の條に引かれる逸詩に「河の淸むを俟たば、人壽幾何ぞ。」とあるのをふまえる。

この逸詩の文句は、張衡がすでに「歸田賦」で、「河の清まんことを俟てども未だ期あらず。（俟河清乎未期。）(17)」、「思玄賦」に、「河の清まんことを俟ちて柢に憂ひを懷く。（俟河之清柢懷憂。）(18)」として引用していた。しかし、張衡の賦の方は時世の汚濁を認識しつつ、「默して無爲にして以て志を凝らし、仁義と與に逍遙せん。戶を出でずして天下を知る、何ぞ必ずしも遠きを歷て以て劬勞せん。（默無爲以凝志兮、與仁義乎逍遙。不出戶而知天下兮、何必歷遠以劬勞。）(19)」（「思玄賦」）と述べ、個人の精神生活に自適を見いだしている。それに對して秦客の詩では、「河清俟つべからざる」濁世、「伊優《へつらひ》」の徒の側と、「文籍の腹に滿つと雖ども、一囊の錢に如かざる」「抗髒《まつすぐ》」な自分を含む側との對立を詠う。このような世俗との對立の構圖は士人にとり珍しいことではないが、「刺世疾邪賦」は、政治社會の體制から排除された身の不遇を言うに終わるものではない。趙壹の「怨憤」が私憤にとどまらず、廣く公憤に及ぶことは、先に擧げた「寧くんぞ生民の命を計らん、唯己を利して自ら足るのみ。」という時世批判の句からもわかる。また、「刺世疾邪賦」では、具體的に外戚・宦官への刺譏を述べた上で、次のように體制そのものを峻拒する。

寧飢寒於堯舜之荒歲兮、不飽暖於當今之豐年。乘理雖死而非亡、違義雖生而匪存。
寧ろ堯舜の荒歲に飢寒すとも、當今の豐年に飽暖せず。理に乘ずれば死すと雖も亡きに非ず、義に違へば生くと雖も存するに匪ず。

そのように體制を彈劾しながら、現存するほかの著述を併せ見ても、趙壹はその內面に、理・義に悖る政治社會を超越した世界や理念を持ちえなかったようだ。

魯生聞此辭、繫而作歌曰、
　魯生此の辭を聞き、繫けて歌を作りて曰く、
埶家多所宜　　埶家は宜しとする所多く
欬唾自成珠　　欬唾も自ずから珠を成す
被褐懷金玉　　褐を被て金玉を懷くも
蘭蕙化爲芻　　蘭蕙は化して芻と爲る
賢者雖獨悟　　賢者は獨り悟ると雖も
所困在羣愚　　困しむ所は羣愚に在り
且各守爾分　　且《しばら》く各おの爾の分を守り
勿復空馳驅　　復た空しく馳驅する勿かれ
哀哉復哀哉　　哀しいかな復た哀しいかな
此是命矣夫　　此れは是れ命なるかな

権勢ある者は何をしても認められ、その一言一句がことごとく貴ばれる。その一方で貧賤の人は、香り草がまぐさと化してしまうように才があっても重んじられない。そう述べた後の句は、『楚辭』「漁父」の「世を擧げて皆濁り、我濁り清み、衆人皆醉ひ、我濁り醒む。」というくだりを思い起こさせる。しかし「漁父」では、「屈原」の「世俗の塵埃」への拒否が示されていたのに對して、「刺世疾邪賦」の最後の四句にみられる諦念は、たとえば、後漢末の趙岐が「漢に逸人有り、姓は趙、名は嘉、志有れども時無し、命や奈何せん。(漢有逸人、姓趙、名嘉、有志無時、命也奈

何。」[20]と歌うのに近い。

以上に見たように「刺世疾邪賦」は、「理」「義」のため命すら賭けると宣言した後、「詩」と「歌」で締めくくるが、現實を嚴しく告訴する趙壹の筆鋒は、この「魯生」の「歌」では、ついに時にかなわぬ一人の士人の不遇を「命なるかな」と悲嘆して終わるのである。

總じて、「刺世疾邪賦」からは、後漢時代の士大夫が共有した觀念のいくつかが認められるとはいえ、指摘されるように趙壹の激しい體制刺譏の表現は、當時の賦の通例を大きく踏み外しているといってよいであろう。[21]しかしさらに、この韻文作品に逸脱性を見るとすれば、それは形式の點においてである。

「秦客」「魯生」の二首の五言詩は、全體で一篇の賦という枠の中で詠まれている點に特色がある。明確な歴史觀にもとづく體制批判の言辭を激しく突きつけながら、最後は詩歌のかたちで自身の命を嘆いて終わるという作者の內面のドラマを視野に入れずに、詩のみを取り出し作品評價を下すのは適切ではない。

賦中に詩を詠む例は、班固や張衡にあるが、詩經型や楚辭型の詩であり五言詩ではない。建安時代以前の後漢士人は、賦と比べ現存する詩作品が少ないが、その數少ない士人の詩にあって、五言詩はまだ中心的な形式になっていなかった。士人の五言詩がようやく胎動し始めたこの時代に、賦のなかに五言詩を詠み込むというかたちは、中島千秋の指摘したとおり破格的といってよい。[22]

五言詩という形式に注目し、なお新たに考察を補足、展開させれば、「刺世疾邪賦」という賦の枠の中で「秦客」「魯生」の詩歌が書かれたことは、士人の五言詩が、賦と同じように士人一個の內面を表白する樣式となっていくことを端的に示しているという點で、詩史上の意義があると言ってよいであろう。

この「刺世疾邪賦」はその內容から言えば、いわゆる「賢人失志之賦」の系統にくくり入れることができよう。この賦中の二首の詩も、張衡等の詩人や樂府が詠むような男女の戀情をめぐる抒情詩とは內容を異にし、士人の出處進退や政治社會に關わる感懐が詠われているのである。

本章ではじめに見たように、趙壹は、黨錮の獄前後を活動の舞臺とし、仲長統はもとより、孔融、酈炎より早い世代で、蔡邕と同時代を共有していたと考えられる。趙壹以前は、士人の五言詩じたい數少ない上に、個人の窮通出處を詠うような現存作品は見あたらない。だとすれば、孔融、酈炎より上の世代による五言詩の作品として、士大夫個人の窮達にまつわる感慨を述べていた趙壹詩の、後漢時代における先驅的側面に注目すべきであろう(23)。

ともあれ、來歷不明の無名氏による古詩の問題も含め、趙壹の生きた時代から建安前後にかけては、五言詩の形成過程に關しまだ不明瞭な點が多い。しかし、抒情的な五言徒詩は、必ずしも樂府歌謠のみを淵源としているわけではない。本章は、士人の五言詩が形成・確立する道筋を、趙壹の詩賦を通し、抒情小賦から抒情詩へという別の方向から捉えてみたわけである。このような考え方は、小著全體のテーマである建安文學において、抒情様式としての賦がさかんに制作されていたことを思い起こせば理解しやすい。建安前後の文人・士人にとって、抒情的な賦と詩の間にそれほど大きな距離はなかったのである。

小　結

本章は以上のように、趙壹という人間とその活動舞臺を瞥見し、そこにもたらされた文學表現の畫期性に注目した。併せて、「刺世疾邪賦」を通じ、士人個人の抒情様式として五言詩が成立する、その一つの過程を探った。

趙壹の人間と文學に關し、最後に補足したい。鍾嶸『詩品』は、趙壹の五言詩を下品に取り上げて「元叔は憤りを蘭蕙に散じ、嚢錢を指斥す。苦言切句は、良に亦た勤めたり。（元叔散憤蘭蕙、指斥嚢錢。苦言切句、良亦勤矣。）[24]」と評している。「蘭蕙」「嚢錢」は、それぞれ「魯生」「秦客」の詩中の語句であり、この二首の詩が、『詩品』の具體的な批評對象であろう。[25]

鍾嶸は、續けて趙壹評を、「斯の人にして、而も斯の困しみ有り、悲しいかな。（斯人也、而有斯困、悲夫。）[26]」と異例の調子で結んでいる。[27]先のくだりが作品に對する寸評だとすれば、これは、趙壹の人間そのものへの共感の言である。趙壹は、『後漢書』の傳に「郷黨の擯く所と爲る」とあるごとく、郷黨の秩序から外れた人物であるとともに、「刺世疾邪賦」で單家の悲哀を詠うような一寒士であった。南朝の寒門士族であった鍾嶸が趙壹に寄せる思いには、格別なものがあったのではないだろうか。

『後漢書』の傳に「十たび公府に辟されるも、竝な就かず、家に終る。（十辟公府、竝不就、終於家。）」、また司馬彪『續漢書』に「趙壹關を閉じて却掃し、德に非ざれば交はらず。（趙壹閉關却掃、非德不交。）[28]」とある記載や、作品、また書簡からうかがえる交流關係などから考えて、趙壹は、外戚・宦官勢力はおろか、清流派知識人とも距離をおく後漢末の逸民的人士という類型に收めることができる。[29]

趙壹の文學と人間性を正當に捉えうるのは、この逸民的人士の問題とも併せて、後漢末時代の言說と人間類型を廣く見渡した後のことであろう。[30]ここでは不十分ながら、建安・正始文學の精華にいたる以前の、粗い原石のような趙壹の韻文の一面を眺めるにとどめておきたい。

注

（1）『隋書』經籍志、『舊唐書』經籍志、『新唐書』藝文志にそれぞれ、「趙壹集二卷」を著錄。

（2）その他『文心雕龍』才略に「趙壹之辭賦、意繁而體疎。」（范文瀾『文心雕龍註』〈商務印書館、一九六〇〉六九九頁）、『史通』載文に「至如詩有韋孟諷諫、賦有趙壹疾邪、……此皆言成軌則、爲世龜鏡。」（『史通通釋』〈上海古籍出版社、一九七八〉一二七頁）とあるのが趙壹に對する主たる評言。

（3）『後漢書』（中華書局、一九六五）卷八十下、文苑列傳、二六二八〜二六三五頁。本章に引用する趙壹の傳記及び作品テクストは同書により、以下、特に必要のない限り引用頁は逐一示さない。

（4）王先謙『後漢書集解』（中華書局、一九八四）卷八十下、三葉左、參照。

（5）『後漢書』卷六十七、黨錮列傳、二二〇九頁。

（6）『後漢書』卷六十五、皇甫列傳、二一三七頁。

（7）『後漢書』卷八十下、文苑列傳、二六三三頁。

（8）『北堂書鈔』（文海出版社、一九六二）卷八十五所引、張隱『文士傳』、四葉左。

（9）『宋書』（中華書局、一九七四）卷六十九、范曄傳、一八一九頁。

（10）中島千秋『賦の成立と展開』（關洋紙店印刷所、一九六三）五六九頁參照。

（11）中島千秋前掲書、五一九頁參照。

（12）『嘉靖本古詩記』（汲古書院、二〇〇五）卷三「漢三」、十一葉左・十二葉右。

（13）『藝文類聚』（中文出版社、一九八〇）卷九十二、鳥部下「翡翠」、一六〇九頁。

（14）飛翔のメタファーについては興膳宏「嵇康の飛翔」（『中國文學報』一六、一九六二）、川合康三「阮籍の飛翔」（『中國文學報』二九、一九七八）、林田愼之助「嵇康の飛翔詩篇」（『中國中世文學評論史』〈創文社、一九七九〉所收）參照。

（15）戴明揚『嵇康集校注』（人民文學出版社、一九六二）卷一、四頁。

（16）中島千秋前掲書、五二〇頁參照。

（17）『文選』（胡本『李善注文選』〈中華書局、一九七七〉）卷十五、二十葉右。

（18）『文選』卷十五、十九葉左。

(19) 同右、十九葉右。

(20) 『後漢書』巻六十四、趙岐傳、二一二二頁。趙岐は、建安六年（二〇一）九十餘歳で卒したが、『後漢書』の傳によれば、三十餘歳で病臥すること七年、墓前にこの詩を刻するように遺言した。これに從えば、「刺世疾邪賦」よりも早い時期のものであろう。なお補足すれば、ここに發せられる「命や奈何せん」という感慨は、特に後漢時代から士大夫が「命」を深く問題とし、運命觀について考察をめぐらしていたことと無關係ではない。中嶋隆藏『六朝思想の研究』（平樂寺書店、一九八五）第一章、第二節參照。趙壹の「命なるかな」という表現も、そのような後漢時代の思想狀況と連なると見ることができよう。

(21) 『中國大百科全書』〈中國文學〉（新華書店、一九八六）をはじめ、文學史書に多數指摘。

(22) 中島千秋は、「刺世疾邪賦」にその他いくつかの規格の打破を見ている。前掲書五二一～五二五頁參照。

(23) 「刺世疾邪賦」の制作年代を正確に特定しにくいという問題も殘る。中島千秋は、「刺世疾邪賦」を、黨錮の禍（一六六、一六八～一六九）以前の作とする。（注（10）前掲書五二一頁）また、小稿第三節にあげた蔡邕「翠鳥詩」の制作年代も不明。しかし、「翠鳥詩」に寓意性を求めれば、光和元年（一七八）に上奏したことがきっかけで、朔方に流され、翌年恩赦される事件が考えられるかもしれない。これらの詩に、明らかな影響關係を指摘することはむつかしい。趙壹を含め、酈炎、蔡邕等の五言詩を、およそ同時代にもたらされた典型的テクストとして捉えるのが穩當であろう。なお、酈炎、蔡邕の五言詩と「秦客」、「魯生」の詩は、士大夫一個人の窮通出處を述べる五言詩のもっとも早い例であろうという指摘は、葛曉音『八大詩史』（陝西人民出版社、一九八九）にもある。

(24) 曹旭『詩品集注』（上海古籍出版社、一九九四）下、三五七頁。

(25) このくだりの「切句」という言葉に注目すれば、鍾嶸は『詩品』で、左思にたいして「精切」、嵇康には「峻切」なる評言を與えている。趙壹、嵇康、左思ともに同時代において異端の詩人と言ってよく、いずれも表現に率直さ切迫感を有する點で共通する。三者の詩風を説明するものとして、この「切」という語は注目に値しよう。

(26) 『詩品集注』下、三五七頁。

(27) 他は、『詩品』上品の古詩評に「人代冥滅、而清音獨遠、悲夫。」とあるのみ。『詩品』の趙壹評がふまえるのは、以下。『論

語』雍也篇「命矣夫、斯人也、而有斯疾也。」『史記』伯夷列傳「類名煙滅而不稱、悲夫。」

（28）『文選』巻十六、江淹「恨賦」李善注所引、二十六葉右。

（29）增淵龍夫「後漢黨錮事件の史評について」（『中國古代の社會と國家』〈岩波書店、一九九六〉所收。初出は『一橋論叢』〈四四―六、一九六〇〉。）は、宦官勢力に反對する清流官僚と、それを支持する太學生等の知識階級の他に、それらに批判的な一群の知識層の存在を次のように指摘している。「かれらは、たびたびの徵召にも辭して、終身仕えないという逸民的生活態度を固く持することによって、宦官勢力に對しては勿論のこと、これを譏議する一般の知識階級の風潮にも、批判的な態度を暗默の中に示している。」三〇〇頁。

（30）羅宗强『魏晉南北朝文學思想史』（中華書局、一九九六）第一章「建安的文學思想」は、後漢末士人の意識について、政權とそれを支える儒教に對する「疏離的心理」と總括した。しかし士人は、「疏離」の後も共通の精神支柱をもつ集團を形成しえず、建安期にいたりさらに「動蕩不定」を增すとも說いている。四～八頁。そのような意識を有する士人の一類型であり、また先例が、趙壹という逸民的人物と言える。

補記

本章第一節は[1]、趙壹の活動時期に關し、三點にわたり『後漢書』文苑列傳に訂正を施した（内一點は清の洪頤煊がすでに指摘）。本章の初出は一九九〇年であるが、その後、管見の及ぶ限り二〇〇三年と二〇〇六年に、右三點の一部を取り上げ「文苑列傳」の誤りに及ぶ論著が公表された[2]。しかし兩書とも、初出拙稿に對し言及がない。以上、附言しておきたい。

補注

（1）「趙壹の詩賦について」（『集刊東洋學』第六四號、一九九〇）

（2）趙逵夫「趙壹生平著作考」（『文學遺產』二〇〇三、第一期）五・六頁。石觀海『中國文學編年史・漢魏卷』（湖南人民出版社、二〇〇六）三三二頁。

第三章　後漢末・建安文學の形成と「女性」

はじめに

　後漢末・建安文學を形づくる様々な要因を考える時に見落とせないのが、「女性」の存在である。女性の様々な姿・境遇は、建安文學が特に關心を寄せる表現對象の一つであった。それとともに注意を拂いたいのは、女性の作者名を冠した文學創作が、後漢中期、和帝（八九～一〇五）時に活躍した班昭の頃から目立ちはじめていることである。

　しかし、たとえば蔡琰の作品眞僞論や、作者を女性に擬する例がまま見られる『玉臺新詠』における訛傳[1]などを考えれば、女性の著作を文學史に正當に組み入れることは必ずしも容易ではない。また「女性」がどう描かれているかについて見る時、作者が女性か男性かはあまり意味をもたない場合もある[2]。本章では、そのような兩面の課題をもつ「女性」について、それが建安文學の形成とどのように關わっているのか、ごく大雜把な見通しを述べたい。

一　圖書目錄から見た漢末魏晉の女性作家の位置づけ

　胡文楷『歷代婦女著作考』[3]は、女性による著作活動の歷史を詳細にたどり、正史藝文志・各省通志・州縣志・藏書目錄・題跋・詩文總集・詩話筆記等から採錄した、漢魏から近代まで四千餘家の女性作家を著錄している。それによれば、その大部分をしめるのは清代以後の著作であり、正史の圖書目録や『四庫提要』に載せられる女性の著述は少ない。今、正史の圖書目録における女性の著述をあらためて概觀してみよう。女性の著作家は、「隋志」(4)から目録に見えはじめる。以下適宜列擧する。(〈　〉は男性の集。)

「漢成帝班婕妤集一巻」・同注「梁有班昭集三巻……亡。」・〈「後漢黄門郎丁廙集一巻」〉注「……梁又有後漢黄門郎秦嘉妻徐淑集一巻、後漢董祀妻蔡文姫集一巻、傅石甫妻孔氏集一巻、亡。」以上、漢代の集は、女性五家を著録。

「晉江州刺史王凝之妻謝道韞集二巻」・同注「梁有晉司徒王渾妻鍾夫人集五巻」・同注「晉武帝左九嬪集四巻」……(中略)……亡。」以上、晉代の女性作家は十二集著録。

〈「宋司徒袁粲集十一巻」〉注「……又有婦人牽氏集一巻、宋後宮司儀韓蘭英集四巻、亡。」・「梁太子洗馬徐悱妻劉令嫺集三巻」・「劉子政母祖氏集九巻」以上、宋以後は、女性四家の著録にとどまる。

この他、「隋志」總集類は、婦人の著作に關わると見なされる「婦人集二十巻」・同注「婦人集三十巻、殷淳撰」・同注「婦人集十一巻」・「雜文十六巻」を著録する。(5)

以上に比して、新舊の「唐志」に著録される女性別集は零細である。かつ、「隋志」に所收の「曹大家(班昭)集」・「鍾夫人集」はじめ六朝以前の作家を採録した七、八家にとどまり、唐代の女性作者は新舊「唐志」に一人も著録されていない。他に、「舊唐志」は、集部に「婦人詩集二巻」、「新唐志」の方は、總集類に「顏竣撰、婦人詩集二巻」・「殷淳撰、婦人詩集三十巻」を著録する。

「宋志」になると、別集類に載せられる女性の著作は「魚玄機詩集一巻」のみ。「宋志」では他に、子部道家類に「二女」・「南嶽夫人」・「玄女」等の道教の神女の名を冠した道家の著作も散見される。

以上とは對照的に、「明志」は、別集類に「閨秀」の項目を設け、「安福郡主桂華詩集」以下三十二家の女性の別集を著錄する。このことは、明代における出版文化の隆盛、文藝受容層の擴大と相俟って、女性による文藝作品の公表も次第に活發化していったことを示している。ただし、「閨秀」に女性作家を集めるのは、それらを男性の著作とは別の周緣的な枠組で捉えていた證とも言えよう。

『四庫提要』には女性の著作目錄は皆無に等しく、集部詞曲類に「漱玉詞一卷、宋、李淸照撰」(6)が唯一著錄されるにすぎない。

淸代以降の著作目錄では『販書偶記』(7)が參照可能である。そこには、集部別集類の「閨秀の屬」に百二十三家、總集類の「閨秀の屬」に十八家が著錄されており、當時の出版狀況の一端がうかがえよう。

以上のような圖書目錄のほか、『郡齋讀書志』等の私家藏書目錄においても、唐宋以前の女性の著作はきわめて少ない。すべてを網羅するものではないが、現存目錄を見る限り、唐宋以前では、漢末魏晉における女性の著作が比較的多いようである。特に、晉代は女性作家の存在が目立っている(8)。

圖書目錄の上から見ると、晉代の女性作家は、作家の數が比較的多い點、およびそれらが後代に繼承される度合から、女性の著作の歷史において留意すべき位置をしめていると言えよう。唐宋以前は、明代に比すれば女性作家の數が少なく、相對的に見れば六朝以前の女流の比重が大きい。

なおその事實と關連して補足したい。劉向『列女傳』が、曹大家注本を含めて六朝時代に傳えられていったことは、「隋志」から知ることができるが、その子部儒家類には、「女篇」・「婦人訓誡集」・曹大家「女誡」・「貞順志」・杜預「女記」等が著錄されている。このような女訓書は、漢代の「列女傳」・「女訓」以來の傳統的女性規範であり、新舊「唐志」でもそれが繼承されている。「舊唐志」は、史部雜傳類の「列女傳」以下十家の他、子部儒家類にも「女誡一卷」・「女則要錄十卷」等があり、「新唐志」は、史部雜傳記類に「劉向列女傳」・「曹植列女傳頌一卷」・「諸葛亮貞潔記一卷」

等の「女訓十七家」を著録する。(9)

一方、「宋志」史部、傳記類に著録される女訓書は、「劉向古列女傳九卷」・「班昭女戒一卷」にとどまる。「明志」は、經部小學類に「女學」の項を設け、「女誡一卷」等八家を收める。『四庫提要』を見ると、史部、傳記類に「古列女傳七卷古列女傳一卷」・「古今列女傳三卷」、子部、儒家類存目に「女考經一卷」・「女學六卷」・「女教經傳通纂二卷」、子部、雜家類存目に「女教書四卷」を記載する。『販書偶記』は、經部詩類に「詩學女爲二十六卷」、史部總集類に「古列女傳八卷」他七家を置く。

要するに、女訓書の著録は「隋志」に目立ちはじめ、新舊の「唐志」で最も多い。(10)女訓書の盛行を逆の面から推察すれば、敎訓書として受容されるのみならず、そこに描かれる女性の行動や感情・表現・言説が、（時には社會の規範から逸脱するものとして）注視されはじめたということではないだろうか。(11)女性を注視するそのようなまなざしと、劉向『列女傳』以來の女訓書の因襲とは密接に關連しているように思う。このような女訓書の浸透は、上記、班昭の「女誡」や『列女傳注』、曹植・諸葛亮の女訓書等、後漢時代に目立ち始めている。

以上、目錄から判斷する限り、唐宋以前において、後漢後期から魏晉は女性作家の存在が比較的目立つとともに、女性の表現・言説が、女訓書の傳統を含め次第に注目されはじめた時代とも言えよう。

では、漢末魏晉時代の中でも、特に文學史上重要な節目となる建安文學の中で、女性はみずから著述を殘す以外に、文學の形成にどのような役割を果たしていたのだろうか。

二　後漢中・後期における女性作家の概觀

建安文學の形成という本章の主旨に照らし、「隋志」に著錄される女性作家について、建安文學にいたるまでのあらましを順次見てみたい。「隋志」の最初にあげられる女性は前漢、成帝時の班婕妤だが、その作品は早くから眞僞を疑われてきた。[12] 鍾嶸『詩品』上品は、班婕妤の五言詩を李陵を繼承したものとして取り上げ、「匹婦の致を得たり。（得匹婦之致。）[13]」とし、婦人のおもむきを描寫しえたと批評する。班婕妤作か否かは別にし、あるいは詩的主體が誰であれ、その作品は女性を描く五言詩として注目されたと言えよう。

「隋志」で、班婕妤の次に記錄される女性作家、班昭は、後漢、和帝（在位八九～一〇五）にその才を尊重され、中央にあって多方面に活動した。その著作は多彩であり、『漢書』の未完部分の完成、劉向『列女傳』の注釋、「女誡」撰述等多くの業績を殘す。女訓書の注釋および著述が、班昭という女性によってなされた意義も大きい。前述したように、女性の行動・言說への注視と女訓書の流通とは表裏にあるとも推測されるが、女性自身がそれらに目を向けだしたのであろう。

班昭の著述の特徴を端的に示すのが、「大雀賦」である。「大雀賦」は、異國の獻呈物に對し皇帝が返禮として班昭に歌頌させた作品だが、國家を代表して女性が獻詞した希有の例として注目される。[14] 班昭の宮中における活躍は、他の著述活動に照らしても男女の區別と關係無く當代一流の文人の名にふさわしい。また班昭の場合、女性の側からの表現活動というよりも、「女誡」や『列女傳注』に見られるように、むしろ男性を中心とした社會規範を積極的に繼承、補完する仕事をしていたと言ってよい。女性が知的生產に參與し、文學にも功績を殘した班昭の軌跡は注目に値しよう。

班婕妤や班昭のように宮中・中央官界において女性の盛名が傳わる例が歷史上目立つが、それとは逆に、徐淑のように、地方にあって文學史にかすかな痕跡を殘す女性も後漢末時代に散見される。「隋志」は、「後漢黃門郎丁廙集」

注に、後漢末の「秦嘉妻徐淑」・「董祀妻蔡文姫」・「傅石甫妻孔氏」三家の女性別集を著錄する。このうち蔡琰は、『後漢書』にその名の見える當代一流の名家の出身であるが、他の二名は無名に近かった。

まず徐淑を見てみよう。鍾嶸『詩品』中品は、「漢上計秦嘉、妻徐淑詩」として徐淑をあげる中で、漢代の五言詩について「二漢五言を爲る者は數家に過ぎず。而して婦人二を居む。（二漢爲五言者、不過數家。而婦人居二。）」(15)と述べる。鍾嶸は、五言詩の制作者が少ない漢代詩史において女性のしめる比重に注目したのであろう。

ただし、現存作品を見る限り、鍾嶸の評を裏付けるような徐淑の五言詩は傳えられていないようだ。(16)ここではまず、徐淑が詩と書簡のやりとりをした相手である夫の秦嘉が、すぐれた五言詩三首を殘していることに留意したい。病床の妻と別れ、郡の上計として上洛するに際し贈ったその作品は、濃やかな夫婦の情愛に滿ちている。無記名性を特徴とする漢代の詩歌と比べると、秦嘉の五言詩は、個人的體驗を詩の題材にしそれを特定の相手に贈るという、後の建安詩に確立しはじめる贈答詩の先驅けとなる作品であろう。(17)

秦嘉は、五言形式を用い、妻徐淑という個別の對象に向けて個人の具體的な感情を詠み表しているのだが、ここで徐淑という女性の存在を考慮に入れるならば、秦嘉の贈詩の持つ意味はさらにふくらみを見せるのではないか。細やかな情愛は、男女がふつうに抱きうるが、それを文學作品として表現し受け止めることのできる者は限られてくる。今見ることのできる徐淑の書簡を讀めばわかるように、すぐれた教養をもつ女性の姿がそこに見て取れよう。だとすれば、秦嘉が、建安文學以前に先驅的な贈答詩の作品を殘すことができたのは、妻徐淑がそれを受容しうる對等の讀者であり、また（鍾嶸の評にしたがえば、漢代五言詩史に名を刻む）作品制作者であったことに大きく負っているのではないだろうか。

そのように見ると、五言の贈答詩が形成される後漢末文學史の中で果たした徐淑の役割は、鍾嶸『詩品』が評した意味以上に大きいと言えよう。

さらに後漢末・建安時代の文學環境を考える上で、見落とせない女性として、曹操の妻の一人であり、曹丕・曹植の母であった卞后にふれておくべきだろう。卞后は「本倡家」[18]であった。卞后が、「古詩十九首」第二首に「昔は倡家の女と爲り、今は蕩子の婦と爲る。（昔爲倡家女、今爲蕩子婦。[19]）」と述べられるような社會的に賤視される歌舞藝人の出身であったことは、建安文學の形成と決して無關係ではない。

前漢の頃から、中央の樂府以外でも、豪族・吏民が自分たちの娯樂のために俗樂や民歌を採集していたが[20]、後漢時代はさらに、有名・無名の文人が歌謠文藝や民歌的作品を手がけるにいたっている[21]。「古詩十九首」はそれらに連なる作品群であり、後漢末の無名士人や婦人の思念を代辯する。

その第四首には「今日の良き宴會、歡樂具さには陳べ難し。箏を彈じ逸響を奮ひ、新聲妙は神に入る。令德高言を唱ひ、曲を識るもの其の眞を聽く。（今日良宴會、歡樂難具陳。彈箏奮逸響、新聲妙入神。令德唱高言、識曲聽其眞。[22]）」とあり、歌曲を共々に享受する宴席の様が描かれる。

また、第五首で「上に弦歌の聲有り、音響一に何ぞ悲しき。誰か能く此の曲を爲さん、乃ち杞梁の妻なる無からんや。（上有弦歌聲、音響一何悲。誰能爲此曲、無乃杞梁妻。[23]）」、第十二首で「被服す羅裳の衣、戸に當たりて淸曲を理ふ。音響一に何ぞ悲しき、絃急にして柱促を知る。（被服羅裳衣、當戸理淸曲。音響一何悲、絃急知柱促。[24]）」と言うのは、弦歌を奏で歌う女性とそれに共感する聽き手の存在を表している。汴后の出自とされる「倡家」の女の仕事も、「古詩十九首」に描かれる歌姫のようなものであったろう。

曹操父子の最も身近にあって影響を及ぼしたであろう女性が、文藝の流通に關與していた歌妓の出身であった事實は、建安文學の形成・展開に關わる女性の役割を考える上で見落とせまい。

三　蔡琰と「悲憤詩」の展望

「隋志」所載の後漢末における女性の別集のうち、前章で述べた「後漢黃門郎秦嘉妻徐淑集一巻」以外に、「後漢董祀妻蔡文姫集一巻」・「傅石甫妻孔氏集一巻」があるが、傅石甫の妻孔氏は作品が現存せず、夫婦とも傳記がない。おそらく徐淑のように官界と距離をおいた場所で作品を制作し、それが六朝時代まで傳わったのであろう。

蔡琰については、その「悲憤詩」の眞僞が問われており、建安文學に位置づけるには異論もある。ここでは、漢末文學の形成に關わる女性の位置という觀點に絞って考察したい。蔡琰は、上記兩名の女性と異なり、『後漢書』に傳記がある他、様々な傳承が傳わっている。[25] 班昭とともに漢代有數の女性知識人であるが、兩者は多くの點で對照的である。班昭の「女誡」專心では、「夫に再娶の義有り、婦に二適の文無し。故に曰く夫は天なりと。天は固より逃るるべからず、夫は固より離るるべからざるなり。（夫有再娶之義、婦無二適之文。故曰夫者天也。天固不可逃、夫固不可離也。）」[26]と述べて、妻の再嫁をつよく戒める。一方蔡琰は、『後漢書』の本傳によれば、漢朝崩壞の混亂の中で胡地に略取され十二年をすごした後漢土へ歸還するが、婚姻を前後三たび重ね、「女誡」に述べるような規範的女性像を大きく逸脱した劇的な人生を送る。

蔡琰が歸漢したのは、建安十二年（二〇七）頃とも推察されている。[27]『後漢書』の傳によれば、曹操は、胡地から贖い戻した蔡琰に直接面會し、「蔡伯喈の女外に在り、今諸君の爲に之に見《まみ》えしめん。（蔡伯喈女在外、今爲諸君見之。）」[28]と述べている。蔡琰の存在は、曹操政權下でよく知られていたようだが、蔡琰を詠む現存作品は曹丕・丁廙の「蔡伯喈女賦」の二編にとどまり、話題性の大きさの割に、他の建安詩人の作品が傳わらない。そのことは、この賦が建安詩壇が確立する（後述するように、建安の詩人達が一堂に會し詩を競作し始める建安十六年〈二一一〉頃）以前の作であることを示唆するように思う。

この賦の制作は、蔡琰歸還の建安十二年（二〇七）以後であることが明らかである。後に曹操の後繼をめぐる對立で曹植派の中心人物となった丁廙は、丁儀とともに、建安十二年以後（詩壇確立以前）、建安の詩人グループに加わったのであろう。その際、グループ内で蔡琰の話題が大きく取り上げられた結果が、「蔡伯喈女賦」の會詠であったと考えられる。

建安文壇の形成は、赤壁戰以後の三國分立という政治的な拮抗狀況をもたらした建安十三年（二〇八）が、一つの節目になる。赤壁戰の以前、曹操幕下の文人は必ずしも一堂に會することなく、從軍等による共通の體驗を各々詩に詠み込んでいた。[29]建安十六年（二一一）にいたり、曹丕が五官中郎將・丞相副に、曹植が平原侯に任じられ、丕・植の下に、王粲・徐幹・陳琳・阮瑀・應瑒・劉楨の詩人グループが集結する。[30]また、同年の魏による漢中併呑後は、漢魏禪讓が日程にのぼりはじめ、魏の政權確立が進んだ。

このような相對的に安定した政治狀況のもと、建安詩人グループは、贈答詩や會詠によって直接詩文の交流をはかる開放的な文學空間を形成したと考えられる。建安十七年（二一二）の銅雀臺における曹操と曹丕・曹植等の諸子による詩賦の會詠は、魏政權の內部から建安文學の隆盛を示す行事と言えよう。[31]このような建安文壇形成史に照らして見ると、蔡琰の人生に觸發されて作られた曹丕・丁廙の「蔡伯喈女賦」は、建安詩人グループ早期の會詠作品として位置づけることができるのではないだろうか。

曹丕の作は序文の一部しか殘らないが、丁廙の作品は、蔡琰が胡地に拉致されるまでの悲境を、「伊れ太宗の令女、神惠の自然を稟く。華年の二八に在り、鄧林の曜鮮たるを拔く。……何ぞ大願の遂げずして、微軀を逆邊に飄へさん。

行くこと悠悠として日びに遠く、穹谷の寒山に入る。……（伊太宗之令女、稟神惠之自然。在華年之二八、披鄧林之曜鮮。……何大願之不遂、飄微軀於逆邊。行悠悠於日遠、入穹谷之寒山。……）[32]」云々と詠い、蔡琰をめぐる文學言說として注目に値する。この賦で注意したいことは、「終風の我をして萃《やつ》れしむるを恐れ、芳草を萬里に詠まん。……我が生何の辜《つみ》かあらん、神靈の棄つる所と爲る。……殊類の匹に非ざるを歎じ、我が躬の悅び無きを傷む。（恐終風之我萃、詠芳草於萬里。……我生之何辜、爲神靈之所棄。……歎殊類之非匹、傷我躬之無悅。）」と、女性の一人稱の語りによって敍述されている點である。丁廙の作品は、女性の語りを僞裝し女性の視點から創作されている點に特質がある。文壇確立（建安十六年（二一一））後の建安詩人たちは、「寡婦賦」や「棄婦篇」[33]等、女性を題材に取り上げつつ、女性の一人稱の語りを裝い詩賦を詠むことが多くなっているが、その點で丁廙の作品は先驅性をもつと言えよう。

女性の悲遇は、建安文學の大きな關心事の一つであったと言ってよいであろう[34]。そのことを考え合わせると、蔡琰という同時代に實在した女性の數奇な一生は、女性題材に關心をもつ丁廙等の建安詩人に大きな觸發を與えたのではあるまいか。具體的な個としての女性が建安詩の會詠對象となっている事實は、「蔡伯喈女賦」のほか、阮瑀の妻を詠んだ「寡婦賦」、劉勳の妻を取り上げた「出婦賦」・「棄婦篇」と題される詩賦作品からも明らかである。先述した秦嘉の五言詩が、妻徐淑という個別の對象に向けて個人の具體的な感情を詠み表したのも、それに連なる先例ととらえることができよう。漢末建安詩の描く女性は、身近な對象を描こうとしている點で、樂府や古詩の一般化・抽象化された女性像と隔たりがあると言える。

さて、『後漢書』に掲載される「悲憤詩」が假に僞作だとしても、蔡琰という女性の存在が建安文學に投じた波紋は、以上に述べた通りである。假に「悲憤詩」が蔡琰の眞作とすれば、蔡琰の建安文學にしめる比重は大きい。丁廙による「蔡伯喈女賦」には、「芳草を萬里に詠み、音塵の髣髴たるを想ふ。（詠芳草於萬里、想音塵之髣髴。）」と、蔡琰の詠詩する姿を描寫した一節がある。あるいは、蔡琰のすぐれた文才への關心も建安詩人にはあったのであろう。そうだとすれば、それは蔡琰の「悲憤詩」を意識したものではないだろうか。テクストに卽した考察は、小著、第十・十一章にゆずり、作者が蔡琰か否かという問題を一旦おいて、ここでは「悲憤詩」についてごく控えめにふれておきたい。

「悲憤詩」(35)は女性が語る敍事詩であるが、詩の出だしを見ると、班昭が『漢書』を記述したように、男性の歴史家と同じ目線で述べはじめている。「漢の季《すえ》權柄を失ひ、董卓天常を亂す。……（漢季失權柄、董卓亂天常。……）」と詠む十八句目までは、漢末の董卓の亂とそれに關連する南匈奴の漢土荒掠を、歴史家の目で語っているのである。それに對し、「長驅して西の關に入り、迴路險しく且つ阻む。……（長驅入西關、迴路險且阻。……）」と詠う十九句目以降は同じく時間軸にそって描寫される敍事であるが、明らかに女性である自分の體驗を語る。その中から、母子が離別する部分をひろってみよう。

　兒前我頸抱、問母欲何之。人言母當去、豈復有還時。阿母常仁惻、今何更不慈。我尙未成人、奈何不顧思。見此崩五內、恍惚生狂癡。號泣手撫摩、當發復回疑。

　兒は前みて我が頸を抱き、問ふ「母は何くにか之かんと欲する。人は言ふ『母は當に去るべし、豈に復た還る時有らんや』と。阿母は常に仁惻なりしに、今は何ぞ更に慈ならざる。我尙ほ未だ人と成らざるに、奈何ぞ顧思せざるや」と。此を見て五內崩れ、恍惚として狂癡を生ず。號泣して手にて撫で摩り、發するに當たりて回り疑《ためら》ふ。

以上は「悲憤詩」の一部にすぎないが、「此を見て五內崩れ、恍惚として狂癡を生ず。」という句に集約されるように、母親の感情が濃密に表されている。「悲憤詩」は女性の語りによる敍事詩であるが、男性と同じ目線をもつとともにに女性の目線と感性が表現されている。蘇軾が、「東京にこの格無きなり。（東京無此格也。）」[36]と述べて、「悲憤詩」僞作説を示したのは、建安文學における「悲憤詩」の作品としての卓越性に疑問を呈したからに他ならない。比較して考えると、「悲憤詩」は女性を題材にした物語詩とも見なせるが、「孔雀東南飛」等の長編樂府とは懸隔がある。蔡琰という名を冠し記名性をもつ徒詩であり、かつ一人稱による自己告白という點では、むしろ曹植「吁嗟篇」や嵆康「幽憤詩」に近い。「悲憤詩」は、無記名性の樂府と異なり、女性の一人稱による自傳的形式をとるという點で、後漢文學に見られない異質性を有している。蘇軾の「東京にこの格無きなり」という評はそのことにも由來するだろう。しかしそれだけでなく、「悲憤詩」が建安文學に突出するゆえんは、たとえば母子の情愛表現に見られるように、女性の視點による女性描寫にすぐれた文學テクストだった點にあるのではないだろうか。そのことを考える上で、少し建安以前のテクストを見渡してみたい。

そもそも母の情愛が、親子の自然本來の姿であることは、經書・史書のテクストでしばしば說かれるところである。[37]『禮記』表記には、「今父の子を親しむや、賢を親しみて無能を下す。母の子を親しむや、賢なれば則ち之を親しみ、無能なれば則ち之を憐れむ。（今父之親子也、親賢而下無能。母之親子也、賢則親之、無能則憐之。）」[38]と見え、父とは異なり、賢愚によって差別しない母親の子への情愛を述べている。

また、『後漢書』馮衍傳には、「夫れ人道の本、恩有り義有り、義は宜しくすべき所有り、恩は施す所有り。君臣は大義、母子は至恩なり。（夫人道之本、有恩有義、義有所宜、恩有所施。君臣大義、母子至恩。）」[39]とあり、君臣の大義と竝稱しうる母子の至高の愛を表している。このように、母子の情を抽象的に說くテクストは多數存在するが、作品テクストの上で、必ずしもそれが具體的に表現されているわけではない。

『詩經』では、周南「葛覃」、邶風「凱風」、鄘風「柏舟」、唐風「鴇羽」等の詩篇で母子の情にふれているが、いずれも子の側からの「孝」を述べている。また、『楚辭』のテクストには、母の側からの子への情愛表現は見あたらない。建安にいたるまでの詩歌を瞥見してみても、たとえば孔融の「雜詩」は、夭死した子を傷む父親の方の眞情を詠っている。ただ、王粲の「七哀詩」が、戰亂の中、愛子すら捨てて行かざるをえない婦人の姿を寫し、子供に對する痛切な感情を暗示するのは目立った例であろう。

賦を見ると、禰衡の「鸚鵡賦」が、「母子の永く隔たるるを痛む。（痛母子之永隔。）[40]」と述べ、鸚鵡に假託して母子の情にややふれている。禰衡・蔡琰とほぼ同時代の、曹丕・王粲・丁廙の妻に、「寡婦賦」という作品がある。夫、阮瑀に先立たれた妻を詠む賦であるが、それぞれ、寡婦が遺兒（＝阮籍、三歳）に寄り添う場面が描寫されている。「遺孤を撫して太息し、哀傷を挽きて誰にか告げん。（撫遺孤兮太息、挽哀傷兮告誰。）[41]」（曹丕）。「孤孩を提《たずさ》えて戶を出で、之と東廂に歩む。（提孤孩兮出戶、與之步兮東廂。）[42]」、「刃を引きて以て自裁せんと欲すれども、弱子を顧みて復た停む。（欲引刃以自裁、顧弱子而復停。）[43]」（王粲）。「慘悴を含みて以て何をか訴へん、弱子を抱きて以て自ら慰めん。（含慘悴以何訴、抱弱子以自慰。）[44]」（丁廙妻）。

「寡婦賦」から引用した句は、いずれも子への情を支えとする母の感情を述べているが、斷片的な表現にとどまっている。このように、建安を含むそれ以前の文學テクストにおいて、母子の情愛表現は、子から母への「孝」を表す以外、母性の表象はきわめて少なく、母自身による語りもほとんど無い。このように見てくると、「孝」や「至恩」という抽象觀念の枠を越えて、母子の痛切な情愛、特に母親のそれを眞率かつ巧妙に表現した「悲憤詩」の、後漢末・建安文學における獨自性は否定できないのではないだろうか。

本章は大まかな見通しを示すにすぎないが、要するに、「悲憤詩」が眞作とすれば蔡琰という女性作家は建安文學上重い位置をしめる。百歩讓り、[45]假に僞作であったとしても、蔡琰という女性の存在そのものが女性を表現對象とする建安詩に觸發を與え、さらに「悲憤詩」という母性・女性性を表現し得たテクストが登場したことに意義を認めるべきだろう。

四　丁廙の妻「寡婦賦」の展望

蔡琰が生きた建安時代の文學環境は、もう一人の注目すべき女性詩人をもたらした。「蔡伯喈女賦」の作者、丁廙については、その妻も「寡婦賦」という作品を製作したと傳えられている。「寡婦賦」には、他に曹丕・王粲作の佚文が殘る。曹丕「寡婦賦」には次のような序文がある。「陳留の阮元瑜、余と舊有り。薄命にして早に亡し。故に斯の賦を作り、以て其の妻子悲苦の情を敍ぶ。王粲等に命じ竝びに之を作らしむ。（陳留阮元瑜、與余有舊。薄命早亡。故作斯賦、以敍其妻子悲苦之情。命王粲等竝作之。）」[46]

「妻子悲苦の情」の會詠に、女性である丁廙の妻が參畫したという事態はふつうには理解しがたい。ただ、丁廙の妻の場合、曹操父子と政治的・文學的に親しい關係にあった丁廙の配偶者であったために、「寡婦賦」の會詠に與る機會が得られた可能性はある。また「寡婦賦」の制作時期は、曹丕と曹植の政治グループの對立が激化する建安十九年（二一四）以前と考えられ、丁儀・丁廙も曹丕を中心とする詩賦の會詠に加わっていたと想像される。作品は傳存しないが、丁廙自身も「寡婦賦」の製作に關與した可能性もあり、その關係上、自分の妻が何らかのかたちで作品の競作に加わることになったと考えておくほかないだろう。

さらに、丁廙の妻の場合、蔡琰と違い無名であり「隋志」にも著錄されない。たとえば、名高い才女蔡琰に假託して「悲憤詩」が作られた可能性はありうるが、「寡婦賦」を、あえて無名の婦人、丁廙の妻に名を借りた僞作とみなす積極的理由は見いだし難いように思う。

西晉の潘岳は、建安の「寡婦賦」を踏襲した作品を残している。その序文には、「昔阮瑀既に歿し、魏文之を悼む。竝びに知舊に命じて寡婦の賦を作らしむ。余遂に之に擬し、以て其の孤寡の心を敍す。（昔阮瑀既歿、魏文悼之。竝命知舊作寡婦之賦。余遂擬之、以敍其孤寡心焉。）」[47]とあり、曹丕とその「知舊」の會詠作品を模擬したと述べている。しかし、潘岳の「寡婦賦」を見てみると、本文のかなりの部分が、丁廙の妻の作とされる「寡婦賦」を下敷きにしていることがわかる。潘岳「寡婦賦」の李善注を見ると、じつに三十四句にわたって丁廙の妻「寡婦賦」の句が引用されている。[48]李善が指摘しない句とあわせれば、丁廙の妻「寡婦賦」の現存する六十句中、三十六句におよぶ部分が、潘岳「寡婦賦」の下敷きとされているのである。潘岳は、曹丕とその「知舊」の題詠に倣ったと述べながら、實際は、丁廙の妻「寡婦賦」を意識しそれをふまえることによって、「寡婦賦」を書き上げたと言える。

このことは、個々の表現における考察は別にして、丁廙の妻「寡婦賦」の作品としての價値を示唆している。「寡婦賦」は、建安文學に顯著な「女性の悲境」というテーマで詠われる作品であるが、それを女性みずからが取り上げたとすれば、蔡琰の場合と同じく注目に値すると思う。

小　結

本章では、まず圖書目錄から、女性の著作集が著錄される推移を概觀した。唐宋以前は、明代に比べて女性作家の數が少ないが、その中でも漢末魏晉は女性作家の存在が比較的目立つ。漢末・建安時代にいたる女性の創作活動は、そのような流れの端緒にあり、文學史上意義をもつと言えよう。さらに、後漢中期の班昭から建安の蔡琰・丁廙の妻まで、「女性」が文學史に果たした機能について瞥見してみた。建安の文學形成における「女性」は、既述したように創作を觸發するテーマとして重要なだけでなく、新たな文學制作者としても建安文學に果たした役割は小さくないと考えられる。

そのように見てくると、建安文學を支える樞要な柱の一つは「女性」が形成したと言うことができよう。從來の建安文學研究では、こうした點について十分に論及がなされてきたとは言い難い。しかしながら、本章もまた、掲げた題目に十全に答えうるものではなく、建安文學を形づくる一側面を概觀したにすぎない。

蔡琰・丁廙の妻等の建安文學における個々の「女性」は、小著、第四・十・十一章で取り上げ、さらに本章で示した課題について考察を進めていくことにする。建安文學は、これまで看過され、なお解明を要する様々な側面を殘している。「女性」を含め、そのような建安文學を形成する「多樣性」については、次章以後、順次檢討を重ねていく必要があろう。

注

（1）　建安に限ってみても、『玉臺新詠』巻二の甄皇后「樂府塘上行」・劉勳妻王宋「雜詩二首」等疑わしい。『四庫全書簡明目錄』（上海古籍出版社、一九八五）集部、總集類は、「或以爲選錄女子之詩、則尤未睹而臆說矣。」（八二八頁）と說く。

（2）　例えば、エレーヌ・シクスー『メデューサの笑い』（松本伊瑳子編譯、紀伊國屋書店、一九九三）は女性的エクリチュールという概念を提示する。シクスーは、女性的エクリチュールは、女性の名で署名されていることではない、女性の名で署名された男性的エクリチュールも十分ありうるとし、作者の性差に關係なく女性の視點・女性性を表現する女性的エクリチュールに注目した（七一・七二頁）。參照に値する理論だが、小著は女性的エクリチュールの觀點は特にとらず、建安文學形成に關わる「女性」の樞要な位置を探ることを目的とする。

(3) 上海古籍出版社、一九八五。
(4) 中華書局、一九八二。以下、本文第一節に用いる正史の經籍・藝文志は中華書局校點本に依り、引用頁は逐一示さない。
(5) 婦人の著作を集めたものか明確ではないが、「隋志」に「爲婦人作」(一〇八二頁)と注記される。
(6) 『四庫全書總目提要』(臺灣商務印書館、一九七一)集部、詞曲類が「清照以一婦人、而詞格乃抗軼周柳。」(四四三五頁)と述べるのは、そもそも女性の著述が公に認知されにくかった背景を示す。
(7) 上海古籍出版社、一九八二。
(8) 嚴可均『全上古三代秦漢三國六朝文』(中華書局、一九八五)に依れば、列女・皇后の項目それぞれ、「全漢文」六名・一〇名、「全後漢文」一〇名・六名、「全三國文」二名・四名、「全晉文」一七名・五名を記載。
(9) 「新唐志」史部、儀注類に「唐瑾婦人書儀八卷」等。
(10) 譚正璧『中國女性的文學生活』(江蘇廣陵古籍刻印社、一九九八)は、漢代社會では、貞節が提唱・奬勵されながらも實際はそれほど重要視されなかったのに對し、宋代以後、貞節が重んじられるようになると説く。七〇頁。
(11) 中島みどり譯注『列女傳』(平凡社、二〇〇一)解説は、「列女傳」が、「面白い歴史物語」「女英雄の活躍する痛快な冒險物語」としても讀まれていた、と考察している。三二〇頁。
(12) 『文心彫龍』(范文瀾『文心彫龍註』商務印書館、一九八六)明詩篇は、「而辭人遺翰、莫見五言、所以李陵班婕妤、見疑於後代也。」(六六頁)と述べる。また、『文選』(胡本『李善注文選』〈藝文印書館、一九七九〉)卷二十七、班婕妤「怨歌行」の李善注は、「歌錄曰、怨歌行古辭、然言古者有此曲而班婕妤擬之。」(十七葉右)と説く。
(13) 曹旭『詩品集注』(上海古籍出版社、一九九四)上、九四頁。
(14) 黄嫣梨『漢代婦女文學五家研究』(河南大學出版社、一九九三)第四章「班昭」八七頁參照。
(15) 『詩品集注』中、一九七頁。
(16) 徐淑の作品は、『玉臺新詠』に收められる五言の楚體作品以外、『文選』卷五十五、劉峻「廣絶交論」の李善注に、「秦嘉婦詩曰、何用敍我心、惟思致款誠」(六葉左)と五言句が引かれる。だがこの部分は、『玉臺新詠』(吳兆宜注、穆克宏點校『玉臺新詠箋注』〈中華書局、一九八五〉）巻一に、「秦嘉贈婦詩」其三の句（惟は遺に作る）として載せられている（三一頁）。『文選』「胡氏考異」巻十は、「案婦上當有贈字、各本皆脱。」（一葉左）と指摘する。鍾嶸の評價對象とした徐淑の五言詩は、すでに佚した可能性もあろう。

(17) 龜山朗「秦嘉『贈婦詩』の漢代詩としての新しさ」（『高知大國文』一九、一九八八）七頁參照。

(18) 『三國志』（中華書局、一九五九）巻五、魏書、武宣卞皇后傳、一五六頁。

(19) 『文選』巻二十九、一葉左〜八葉左。

(20) 王運熙『樂府詩述論』（上海古籍出版社、一九九六）「漢代的俗樂和民歌」（初出、一九五五）二三八頁參照。

(21) 張衡はその先例であろう。小著第一章參照。

(22) 『文選』巻二十九、三葉右。

(23) 同右、三葉左。

(24) 同右、六葉右。

(25) 『後漢書』（中華書局、一九六五）巻八十四、董祀妻傳の注（二八〇〇頁）所引「列女後傳」・劉昭「幼童傳」、『樂府詩集』（中華書局、一九七九）巻五十九、「胡笳十八拍」解題（八六〇頁）所引「蔡琰別傳」・「胡笳曲序」等。

(26) 『後漢書』巻八十四、曹世叔妻傳、二七九〇頁。

(27) 松本幸男『魏晉詩壇の研究』（中國藝文研究會、一九九五）第二章「五言詩成立の諸問題」一一六頁參照。

(28) 『後漢書』巻八十四、董祀妻傳、二八〇〇頁。

(29) たとえば陳琳・王粲が從軍の道程において「神女賦」を詠んだのは建安十三年（二〇八）、曹丕が王粲に制作を命じた早い時期の作品「浮淮賦」は建安十四年（二〇九）の作、劉楨が曹丕に詩を贈ったのは、建安十三年（二〇八）に劉楨が曹操軍に歸屬して以後のことである。松本前掲書、第三章「曹氏詩壇の成立」第三項參照。

(30) 「十六年春正月、天子命公世子丕爲五官中郎將、置官屬、爲丞相副。」（『三國志』巻一、魏書、武帝紀、三四頁。）「始文帝爲五官將、及平原侯植皆好文學。粲與北海徐幹字偉長、廣陵陳琳字孔璋、陳留阮瑀字元瑜、汝南應瑒字德璉、東平劉楨字公幹竝見友善。」（『三國志』卷二十一、魏書、王粲傳、五九九頁。）

（31）曹丕「登臺賦」序、「建安十七年、春遊西園、登銅雀臺、命余兄弟竝作。」（『藝文類聚』〈中文出版社、一九八〇〉卷六十二、居處部二「臺」、一一二〇頁。）『三國志』卷十九、魏書、陳思王植傳、「時鄴銅爵臺新成、太祖悉將諸子登臺、使各爲賦。」五五七頁。

（32）『藝文類聚』卷三十、人部十四「怨」、五四二頁。

（33）「寡婦賦」は、阮瑀沒の建安十七年（二一二）頃の作。「棄婦篇」も同じ頃の會詠と思われる。注（27）松本前掲書、第三章「曹氏詩壇の成立」一四七・一四八頁參照。

（34）廖國棟『建安辭賦之傳承與拓新』（文津出版社、二〇〇〇）第三章は、婦女を題材とする賦を比較し、建安時代の作品が兩漢に比べ激增していることを數值をあげて指摘する。

（35）『後漢書』卷八十四、董祀妻傳、二八〇一～二八〇三頁。

（36）『仇池筆記』（百部叢書集成之三二『龍威祕書』〈藝文印書館、一九六八〉第四函所收）「僞作」六葉左。

（37）下見隆雄『孝と母性のメカニズム――中國女性史の視座――』（研文出版、一九九七）Ⅱ「孝と母性」參照。

（38）『禮記正義』（『十三經注疏整理本』〈北京大學出版社、二〇〇〇〉所收）一七三二頁。

（39）『後漢書』卷二十八上、馮衍傳、九七四頁。

（40）『文選』卷十三、禰衡「鸚鵡賦」、二十二葉右。

（41）『藝文類聚』卷三十四、人部十八「哀傷」、六〇〇頁。

（42）『藝文類聚』卷三十四、人部十八「哀傷」、六〇一頁。

（43）『文選』卷十六、潘岳「寡婦賦」李善注、二十三葉右。

（44）『藝文類聚』卷三十四、人部十八「哀傷」、六〇一頁。

（45）小著、第十章（「悲憤詩」小考――研究史とその問題點――）は、「悲憤詩」の先行研究に檢討を加え、この詩が眞作である蓋然性が高いことを結論づけた。

(46)『文選』巻十六、潘岳「寡婦賦」李善注、十九葉左。
(47)『文選』巻十六、十九葉左。
(48)ただし、李善は、『藝文類聚』が「魏丁廙妻寡婦賦曰……」と引くのと異なり、「丁儀妻寡婦賦曰……」としている。

第四章　建安の「寡婦賦」について――無名婦人の創作と詩壇――

はじめに

後漢末・建安時代は、詩壇[1]と稱すべき詩人集團が史上はじめて形成され、曹操政權の下に集った詩人たちは、題詠・應酬等の組織的文學活動を活發に行なった。

「寡婦賦」はそのような詩壇における作品群であり、曹丕・王粲・丁廙の妻の作とされるものが現存する。曹丕は他に「寡婦詩」を作り、曹植にも同題の詩が殘っている。曹丕の「寡婦賦」と「寡婦詩」を見比べると、制作の背景を述べた序文が同じ趣旨であり、本文の內容・形式にほとんど差異はない。したがって、曹丕・曹植の「寡婦詩」も、「寡婦賦」と同じ題材の作品であり、「寡婦」をテーマにした一連の詩賦作品が一時に會詠されたと推察できる。

「寡婦賦」で特筆すべきことは、丁廙の妻という、史傳に記載がない無名婦人の作とされる作品が殘っている點である。もしそれが婦人の手になる作品だとすれば、建安文學にしめる女性作家の位置がうかがわれ興味深い。

しかも、一無名婦人の制作と傳えられる「寡婦賦」の作品水準は、同題の諸作と比べ出色である。そのことは、次の二點、曹丕・王粲の「寡婦賦」本文が斷片的にしか殘っていないのに對し、丁廙の妻作とされる作品は、亡佚が少なく原形に近いかたちで傳えられていること、また、西晉時代の潘岳は、特に丁廙の妻の作品とされる「寡婦賦」を意識し、それを下敷きにしたと見なしうる同題の賦を制作しているという事實からも判斷できよう。

「寡婦賦」は、建安文學に多く詠われる、「女性」を主題とした作品の一つである。だが、それを女性みずからが制作對象として取り上げたとすれば、いかなる經緯によるのか。またそれは、どのような意義を持ちうるのか。建安の文學における「女性」は、表現對象としてだけでなく、創作の擔い手として文學史に位置づけることが可能であろうか。

本章は、丁廙の妻の制作とされる作品を中心に建安の「寡婦賦」を取り上げ、建安文學の形成に關わる「女性」について考察したい。

一 「寡婦賦」制作の背景

曹丕「寡婦賦」には、次のような序文がある。(2)

陳留阮元瑜、與余有舊。薄命早亡。每感存其遺孤、未嘗不愴然傷心。故作斯賦、以敘其妻子悲苦之情。命王粲等竝作之。

陳留の阮元瑜余と舊有り。薄命早に亡し。其の遺孤を存するに感ずる每に、未だ嘗て愴然として心を傷めずんばあらず。故に斯の賦を作り、以て其の妻子悲苦の情を敘ぶ。王粲等に命じ竝びに之を作らしむ。

「寡婦賦」は、建安七子の一人、阮瑀の沒後、曹丕がその妻子の悲嘆を思いやってみずから作り、王粲等の建安詩人グループにも制作させた作品である。會詠者として名が殘るのは、前述したとおり、詩を含めると曹丕・曹植・王粲・丁廙の妻の四人である。

阮瑀が死沒したのは、建安十七年（二一二）、曹丕と丁廙の妻兩作品の季節描寫から見れば、同年の暮れ、冬頃と思われる。「寡婦賦」の會詠は、建安十七年（二一二）の冬以後であろう。この時、曹丕二十六歳、曹植二十一歳、王粲三十六歳。曹丕「寡婦賦」序にいう、「其の遺孤」とは、當時三歳の阮籍を指す。

阮瑀死沒の前年、建安十六年（二一一）は、曹丕が五官中郎將・丞相副に、曹植が平原侯に任じられ、丕・植の下に、王粲・徐幹・陳琳・阮瑀・應瑒・劉楨の詩人グループが集結している。(3)

「寡婦賦」の會詠が行われる時代背景を概觀したい。建安十三年（二〇八）、赤壁戰の後は、三國分立という膠着狀況が進む。曹操は、建安十六年（二一一）、漢中を併吞し、以後、漢魏禪讓の政治工作に腐心する。このように三國拮抗と、魏政權の確立という政治背景のもと、建安十六年（二一一）、曹丕と建安文人による南皮の遊が催される。また建安詩人グループは、鄴下において、贈答詩や會詠により直接詩文の交流をはかる文學空間を形成した。曹操幕下の文人は、それ以前は一堂に會することなく、從軍等の共通體驗をテーマとし、個々に詩を應酬していた。建安の詩人集團が確立するのは、曹丕が五官中郎將につき、曹植が平原侯に封ぜられた建安十六年（二一一）から、王粲、徐幹等の逝去により建安七子の全員が沒する建安二十二年（二一七）までの六、七年間と考えられる。（以後、本章は、この期間を「建安詩壇確立期」と呼稱。）

阮瑀の沒した建安十七年（二一二）というと、曹操がその春、銅雀臺において諸子に賦を競作させ、建安詩人グループの關係がより緊密化した年にあたる。「寡婦賦」は、建安詩壇確立期に會詠されたと考えられる。

以上のような制作背景をもつ「寡婦賦」に、丁廙の妻の作とされるものがあると述べたが、その作者については異論がある。建安時代の「寡婦賦」は、『藝文類聚』巻三十四、人部十八「哀傷」に、曹丕・王粲とともに、丁廙の妻の作品が收錄されている。しかし、『文選』巻十六、潘岳「寡婦賦」に付された李善の注釋を見ると、『藝文類聚』で「丁廙妻寡婦賦」と題されるものが、すべて「丁儀妻寡婦賦」として引用されている。(4)

また、『初學記』巻十四、「婚姻」は、以上、作者を「丁廙妻」「丁儀妻」とするテクストと異なり、「丁儀婦賦」つまり、丁儀を作者とした「婦賦」として引用している。(5) 嚴可均『全上古三代秦漢三國六朝文』「全後漢文」は、『藝文類聚』にしたがって「寡婦賦」の作者を丁廙の妻とする立場をとり、その本文を各書から輯佚する。(6)

陸侃如『中古文學繫年』は、作者を、丁廙の妻・丁儀の妻・丁儀とする三説の中で、丁儀の作である可能性が大きいと説いている。(7) だが陸説は、作者が丁廙の妻・丁儀の妻のいずれでもなく、丁儀であるという根據を示していない。

上記の三説は、丁廙の妻もしくは丁儀の妻による作品とするか、あるいは丁儀の作と考えるかに大きな違いがある。丁廙の妻・丁儀の妻はいずれも史料が殘らない無名の婦人であり、どちらの制作かを問うことにあまり意味はない。かつ、丁廙・丁儀は兄弟であり、政治的・文學的にもほぼ同一の行動をとっている。兩者いずれの妻であっても、それを取り巻く社會的・文學的環境に大差はなかったであろう。

一方、「寡婦賦」を、丁儀の作品と見なすための史料は、『初學記』以外存在しないし、これより以前の史料、『藝文類聚』・『文選』李善注の記載を無視することは難しい。

「寡婦賦」の作者を考えるときに問題にすべきは、それが無名婦人による制作か、史書に記載されるような文人の作品かという點であろう。そこには、建安の詩人集團が、詩文の競作を行う中に、女性の創作者が參與しうるのかという課題も浮かび上がる。そのことは、建安文學の特質をうかがう上で大きな意味をもっていよう。

婦人の著述活動について言えば、「隋志」(8) には、「漢成帝班婕妤集一巻」・同注「班昭集三巻」以後、後漢末・建安時代では、「後漢黄門郎丁廙集一巻」注に、「後漢黄門郎秦嘉妻徐淑集一巻」・「後漢董祀妻蔡文姬集一巻」・「傅石甫妻孔氏集一巻」が著録される。

このうち蔡琰は、『後漢書』の「列女傳」に記載される當代一流の名家の出身であるが、徐淑は、夫秦嘉と詩の應酬をしたことが傳えられている以外史料は殘らず、孔氏は、史料・作品のいずれも殘存しない無名の婦人である。丁廙の妻・丁儀の妻の別集は、いずれも「隋志」に著錄されていない。しかし、「隋志」は、後漢末・建安時代に、有名な才女のみならず、少數ではあれ無名の婦人が著述活動を行っていた史實を示している。丁廙の妻もしくは丁儀の妻のように、名前すらわからない女性ではあっても文學の制作に關わっていた可能性はある。

したがって本章は、「寡婦賦」を丁儀の作品であるとする積極的根據を見出せない以上、『藝文類聚』『文選』李善注の記載に從い、丁廙の妻もしくは丁儀の妻、すなわち一婦人の作品と考えたい。ただし、前述したように、丁儀・丁廙兄弟いずれの妻であってもあまり差異はない。本章では、『文選』李善注より以前の成書になる、『藝文類聚』の記載にしたがって、「寡婦賦」を丁廙の妻による作品と假に考えておくことにする。

では「寡婦賦」を、無名婦人である丁廙の妻や丁儀の妻に名を借りた僞作と見なしうる可能性はどうか。丁廙の妻の場合、同時代の蔡琰と違い無名であり、「隋志」にも著錄されない。たとえば周知のように、名高い才女蔡琰に假託して「悲憤詩」が作られたと見なす說はつとに提示されてきた。しかしながら、「寡婦賦」を一無名婦人にわざわざ名を借りた假託と見なすのは、不自然で積極的な理由は見いだし難い。

以上に述べた、女性の作か否か、さらにそれが建安詩壇の文學活動に參與しえたのかどうかという問題點に關しては、當時の文學環境や、「寡婦賦」の本文自體からさらに考察を進める必要がある。

二　曹丕・王粲の「寡婦賦」

建安の「寡婦賦」と比較するために、曹丕「寡婦詩」(9)の序と本文を掲げたい。

友人阮元瑜早亡。傷其妻子孤寡、爲作此詩。

友人阮元瑜早に亡し。其の妻子の孤寡を傷み、爲に此の詩を作る。

霜露紛兮交下　　霜露紛として交はり下り
木葉落兮萋萋　　木葉落ちて萋萋たり
候鴈叫兮雲中　　候鴈雲中に叫び
歸鷰翩兮徘徊　　歸鷰翩りて徘徊す
妾心感兮惆悵　　妾が心感じて惆悵たり
白日急兮西頽　　白日急に西に頽《くず》れ
守長夜兮思君　　長夜を守り君を思ふ
魂一夕兮九乖　　魂一夕に九たび乖《はな》れ
悵延佇兮仰視　　悵《いた》み延佇《たたず》み仰ぎ視れば
星月隨兮天迴　　星月隨ひて天迴る
徒引領兮入房　　徒らに領《くび》を引きて房に入り
竊自憐兮孤栖　　竊かに自ら憐れみて孤栖す
願從君兮終沒　　願はくは君に從ひ終沒せん
愁何可兮久懷　　愁ひを何《いか》んすべき久しく懷はん

曹丕の「寡婦詩」序文は、上掲「寡婦賦」のそれと同趣旨であり、「詩」「賦」ともに阮瑀の死沒に際して會詠された同時の作であることが確言できる。「詩」を、以下に揭げる「賦」の本文と比較すると、季節・時間の推移を描く點、〇〇〇兮□□という同一形式をとること、また「妾心感兮惆悵」「竊自憐兮孤栖」（「詩」）、「傷薄命兮寡獨、内惆悵兮自憐」（「賦」）のような類似句もあり、内容・形式に差異がない。兩様式に詠み分けの配慮がなく、後述するように「賦」も含めて表現に新しさが見られないのは、「寡婦」の會詠が卽興的に行われたことを推測させる。

作品性の追求以上に、詩人集團の會詠そのものに意義を見るのが、建安詩壇確立期における詩賦競作の一實態であろう。

曹植作とされる「寡婦詩」は、次の二句が殘る。[10]

高墳鬱兮巍巍　　高墳鬱として巍巍たり
松柏森兮成行　　松柏森として行を成す

この佚句は阮瑀沒後の墓地の情景を描いており、他の作品と趣を異にする。曹植の作品も、先述したように、「寡婦」に關わる一連の詩賦とともに一時に會詠されたと考えられる。

次に、前節で序文をとりあげた、曹丕「寡婦賦」の本文を見てみよう。[11]

惟生民兮艱危　　惟れ生民の艱危
在孤寡兮常悲　　孤寡に在りて常に悲しむ
人皆處兮歡樂　　人皆歡樂に處り
我獨怨兮無依　　我獨り怨みて依る無し
撫遺孤兮太息　　遺孤を撫して太息し
俛哀傷兮告誰　　俛《ふ》して哀傷し誰にか告げん
三辰周兮遞照　　三辰周りて遞《たが》ひに照らし

寒暑運兮代臻　　寒暑運りて代はり臻《いた》る
歴夏日兮苦長　　夏日の苦《はなは》だ長きを歴て
渉秋夜兮漫漫　　秋夜の漫漫たるに渉る
微霜隕兮集庭　　微霜隕ちて庭に集まり
鷰雀飛兮我前　　鷰雀我が前を飛ぶ
去秋兮就冬　　秋を去りて冬に就き
改節兮時寒　　節を改めて時は寒し
水凝兮成氷　　水凝りて氷と成り
雪落兮翩翩　　雪落ちて翩翩たり
傷薄命兮寡獨　　薄命を傷み寡獨たり
內惆悵兮自憐　　內に惆悵として自ら憐れむ

上記の現存する十八句中、十句は季節の推移を表しているが、表現に目新しさはない。また、曹丕「寡婦賦」に寡婦の具體的な姿は見えにくい。曹丕は阮瑀と、「賦」・「詩」の序文に「有舊」「友人」と述べるような關係にあった。したがって、曹丕「寡婦賦」は寡婦の姿に假託しながら、親しい友の死が自分にもたらした哀傷の方を詠み表すという一面をもっていたのではないか。

王粲「寡婦賦」は、次の通りである。(12)

闔門兮却掃　　門を闔じて却掃し
幽處兮高堂　　高堂に幽處す

提孤孩兮出戸　孤孩を提《ひ》きて戸を出で
與之歩兮東廂　之と東廂に歩む
顧左右兮相怜　左右を顧みて相怜れみ
意悽愴兮摧傷　意は悽愴として摧《くじ》け傷む
觀草木兮敷榮　草木の敷き榮ゆるを觀
感傾葉兮落時　傾く葉の落つる時に感ず
人皆懷兮歡豫　人皆歡豫を懷ひ
我獨感兮不怡　我獨り怡《よろこ》ばざるに感ず
日掩曖兮不昏　日は掩曖として昏からざるに
朗月皎兮揚暉　朗月皎として暉《ひかり》を揚ぐ
坐幽室兮無爲　幽室に坐して爲す無く
登空牀兮下幃　空牀に登りて幃《とばり》を下ろす
涕流連兮交頸　涕流連として頸に交はり
心憯結兮增悲　心憯結して悲しみを增す

他に次の缺文が殘る。[13]

欲引刃以自裁　刃を引きて以て自裁せんと欲すれども
顧弱子而復停　弱子を顧みて復た停む

王粲「寡婦賦」は十八句が現存するが、形式は、中間に兮をはさむ五字句・六字句、および以・而を交えた六字句を用いる。曹丕の作に比べて形式にやや變化が見られ、描寫もより細かい。王粲の作は、夫の死を目にした寡婦の心情を具體的な立ち居と重ね、綿々と詠っている。

曹丕と王粲の作品の字句を比較してみると、「人皆處兮歡樂、我獨怨兮無依」（曹丕）、「人皆懷兮歡豫、我獨感兮不怡」（王粲）と類似句がみられる他、時間の推移を述べる點においても兩者は共通する。また、曹丕と同じく、寡婦に成り代わり、「我」と述べて一人稱の語りをとっている。その點は、後述するように丁廙の妻の場合も同樣で、「寡婦賦」は、阮瑀の妻を語り手として僞裝するという約束をふまえ、會詠されたと言える。

さらに、丁廙の妻の場合も、曹丕・王粲の「賦」と類似する句・表現が見られる。「寡婦賦」は、曹丕の序文が示すように、曹丕が王粲等に命じて競作させたものだが、はじめに曹丕が制作し、王粲等がそれをふまえて詠んだものと推測される。

三　丁廙の妻の制作とされる「寡婦賦」の作品性

ここでは、丁廙の妻の作と一應假定した上で「寡婦賦」を、前節で擧げた曹丕・王粲の作と比較しながら見てみたい。作者が女性である可能性については、さらに次節以後、檢討を重ねることにする。

以下に掲げる本文は、曹丕・王粲と同樣に寡婦の悲境とそれにともなう季節・時間の推移が詠まれる。また王粲のように、「門を閉じて」から「空牀に還」るまでの寡婦の所作も描かれている。さらに、曹植の「寡婦詩」が詠じた挽歌的な表現に連なる葬儀の敍景も含まれる。全體の首尾一貫した內容からして、丁廙の妻「寡婦賦」の現存テクストは缺落箇所がそれほど多くないと考えられ、他の三詩人のものと比べ作品としての生命をより保っていると言えよう。

次に掲げる本文の配列・構成は、『藝文類聚』[14]・『文選』李善注[15]・『初學記』[16]を集佚した、嚴可均『全上古三代秦漢三國六朝文』「全後漢文」[17]にならう。「全後漢文」が、缺文（□印）と推測する部分もそのまま引くが、文字を改める部分は出典にもとづき注記する。

惟女子之有行　惟れ女子の行有るは
固歴代之彝倫　固より歴代の彝倫
辭父母而言歸　父母を辭して言《ここ》に歸ぎ
奉君子之清塵　君子の清塵を奉ず
如懸蘿之附松　懸蘿の松に附するが如く
似浮萍之託津　浮萍の津に託すに似たり
恐施厚而徳薄　施し厚くして徳の薄きことを恐る
若履冰而臨淵　冰を履みて淵に臨むが若し
9 何性命之不造　何ぞ性命の造《な》らざらん
遭世路之険迍　世路の険迍に遭ひたり
榮華曄其始茂　榮華曄《かがや》きて其れ始めて茂り
所恃奄其徂泯　恃む所は奄として其れ徂泯す
13 靜閉門以却掃　靜かに門を閉じて以て却掃し
魂孤煢以窮居　魂孤煢にして以て窮居す

刷朱扉以白堊
易玄帳以素幬
含慘悴以何訴
抱弱子以自慰
顧顏貌之艴艴
對左右而掩涕
時翳翳以東陰[18]
日亹亹以西墜
鳥淩虛以徘徊
□□□□□□
雞斂翼以登棲
雀分散以赴肆[19]
還空牀以下帷[20]
拂衾褥以安寐
氣憤薄而交縈
抱素枕而歔欷
想逝者之有憑
因宵夜之髣髴

朱き扉を刷くに白き堊《つち》を以てし
玄《くろ》き帳《とばり》に易ふるに素《しろ》き幬《とばり》を以てす
慘悴を含みて以て何をか訴へん
弱子を抱きて以て自ら慰めん
顏貌の艴艴《へいへい》たるを顧み
左右に對し涕を掩ふ
時は翳翳として以て東に陰り
日は亹亹《びび》として以て西に墜つ
鳥は虛《おか》を淩《こ》えて以て徘徊す

雞は翼を斂めて以て棲《すみか》に登り
雀は分散して以て肆《やど》に赴く
空牀に還りて以て帷を下し
衾褥を拂ひて以て安らかに寐ねん
氣憤薄《せま》りて交ごも縈《めぐ》り
素枕を抱きて歔欷す
逝者の憑く有ると想ひ
宵夜の髣髴たるに因らん

痛存沒之異路
終窈漠而不至
時荏苒而不留
將遷靈以大行
駕龍輀於門側
設祖祭於前廊
□□□□□
旐繽紛以飛揚
彼生離其猶難
矧永絕而不傷
□□□□□
涕流迸以淋浪
自銜(21)恤而在疚
履春冬之四節
風蕭蕭而增勁
寒凜凜而彌切
霜淒淒而夜降
水溓溓而晨結

存沒の路を異にするを痛み
終に窈漠として至らず
時は荏苒として留まらず
將に靈を遷して以て大行せんとす
龍輀を門側に駕し
祖祭を前廊に設く
旐《はた》繽紛として以て飛揚す
彼の生離すら其れ猶ほ難し
矧《いは》んや永絕して傷まざらん
涕流れ迸りて以て淋浪たり
恤《うれ》ひを銜《ふく》みて自《よ》り疚《やまひ》に在り
春冬の四節を履む
風蕭蕭として勁さを増し
寒さ凜凜として彌いよ切なり
霜淒淒として夜降り
水溓溓として晨に結ぶ

雪翩翩以交零　　雪翩翩として以て交ごも零つ
□□□□□
53瞻靈宇之空虚　　靈宇の空虚を瞻《み》
悲屛幌之徒設　　屛幌の徒らに設くるを悲しむ
仰皇天而歎息　　皇天を仰ぎて歎息し
腸一日而九結　　腸一日に九たび結ぶ
神爽緬其日永　　神爽緬として其れ日永く
歳功忽其已成　　歳功忽として其れ已に成る
惟人生於世上　　惟れ人の世上に生くるや
若馳驥之過櫺　　馳驥の櫺《れんじ》を過ぐるが若し
計先後其何幾　　先後を計れば其れ何幾ならん
亦同歸乎幽冥　　亦同に幽冥に歸せん
（下缺　上缺）
賤妾煢煢　　賤妾煢煢たり
顧影爲儔　　影を顧みて儔となさん

丁廙妻「寡婦賦」の形式は、二句の四字句以外、すべて、曹丕の作品と同じく、○○○＋助字＋□□と六字句を用いる。しかし、曹丕・王粲のように兮字は用いず、代わりに、之・而・其・以・於・乎と助字を多彩に使用する。

全體の構成を大まかに見ると、はじめに八句目まで婦道を一般的に述べた後、九句（何ぞ性命の……）〜十二句目（恃む所は……）で夫の不幸に遭遇したことを言う。十三句〜三十四句目は「靜かに門を閉じて」から、夜、空閨に獨り寢に就くまで（終に窈漠として……）の、寡婦の所作・心情が描かれる。三十五句（時は荏苒として……）〜四十四句目（涕流れ迸りて……）は、夫の葬送とそれにともなう感慨が詠われる。四十五句（恤《うれ》ひを銜《ふく》みて）〜五十二句目（缺文）で、心象風景というべき冬の敍景を連ねた後、五十三句目（靈宇の……）から、夫に先立たれた嘆きと「同に幽冥に歸せん」という思いを述べて、全體を詠み終えている。

この首尾の整った展開は、後に丁廙の妻の作品を下敷きにして制作され、完篇として殘る潘岳「寡婦賦」の構成とほぼ同じである。そのことも、丁廙の妻「寡婦賦」の現存部分がより完全な形に近いことの證左となるだろう。

さらに、王粲・曹丕のものと比較しながら、丁廙の妻作の本文を具體的に見たい。

十三・十四句目「靜かに門を閉じて以て却掃し、魂孤煢にして以て窮居す。（靜閉門以却掃、魂孤煢以窮居。）」は、王粲に「門を闔じて却掃し、高堂に幽處す。（闔門兮却掃、幽處兮高堂。）」という類似句がある。兩者を比べると、王粲は寡婦の所作を敍するのみだが、丁廙の妻の方は、空閨に向かう姿とその孤獨な心情をあわせ詠んでいる。

十九・二十句目「顏貌の艵艵《へいへい》たるを顧み、左右に對し涕を掩ふ。（顧顏貌之艵艵、對左右而掩涕。）」は、王粲の「左右を顧みて相怜れみ、意は淒愴として摧《くじ》け傷む。（顧左右兮相怜、意淒愴兮摧傷。）」という句と類似する。王粲が寡婦の悲泣する様を描くのみであるのに對し、丁廙の妻は、亡き夫の美しい（艵艵たる）顏かたちが思い起こされるがゆえに、左右に向かって「涕を掩ふ」と述べる。「涕を掩ふ」は様式的な感情表現だが、丁廙の妻の方が、所作・感情の由來をより具體的に表現している。

二十七・二十八句目「空牀に還りて以て帷を下し、衾褥を拂ひて以て安らかに寐ねん。（還空牀以下帷、拂衾褥以安寐。）」は、王粲の「幽室に坐して爲す無く、空牀に登りて幃《とばり》を下ろす。（坐幽室兮無爲、登空牀兮下幃。）」という部分の後半の句と似ている。丁廙の妻は、王粲が空床に就く所作を一句で述べる所を二句費やし、「還」「下」「拂」「寐」と動詞を多用することで寡婦の立ち居をより流麗に表している。丁廙の妻によるこの二句を、直前の二十五・二十六句目「雞は翼を斂めて以て棲に登り、雀は分散して以て肆《やど》に赴く（雞斂翼以登棲、雀分散以赴肆）」とあわせ見ると、鳥の歸巣をアレゴリーとして描き、虚しく空房に向かう自分と對比させて述べている。

以上、兩作品を見比べると、對比的表現法や描寫の具體性・鮮明さにおいて、丁廙の妻「寡婦賦」は、細部を見ても王粲より工夫が凝らされていると言えよう。

次に、丁廙の妻と曹丕の「寡婦賦」を比べてみよう。すでに觸れたように、曹丕「寡婦賦」の方は、寡婦の心理と切り離して季節の推移を述べる部分の比重が大きい。その部分、曹丕の「三辰周りて遞《たが》ひに照らし、寒暑運りて代はり臻《いた》る。夏日の苦《はなは》だ長きを歴て、秋夜の漫漫たるに渉る。微霜隕ちて庭に集まり、鷰雀我が前を飛ぶ。秋を去りて冬に就き、節を改めて時は寒し。水凝りて冰と成り、雪落ちて翻翻たり。（三辰周兮遞照、寒暑運兮代臻。歴夏日兮苦長、渉秋夜兮漫漫。微霜隕兮集庭、雀飛兮我前。去秋兮就冬、改節兮時寒。水凝兮成冰、雪落兮翻翻。）」という十句に對應する丁廙の妻の季節描寫は、四十五～五十二句目「恤《うれ》ひを銜《ふく》みて疚《やまひ》に在りしより、冰冬の四節を履む。風蕭蕭として勁さを増し、寒さ凛凛として彌いよ切なり。霜凄凄として夜降り、水溓溓として晨に結ぶ。雪翩翩として以て交ごも零ち、□□□□□□。（自銜恤而在疚、履冰冬之四節。風蕭蕭而增勁、寒凛凛而彌切。霜凄凄而夜降、水溓溓而晨結。雪翩翩以交零、□□□□□□。）」の八句である。[22] 丁廙の妻の句の方は、阮瑀の沒した時期と推測される冬の敍景のみであるが、季節の推移がゆったりと、きめ細かく描かれている。さらにこの部分は、蕭蕭・凛凛・凄凄・溓溓・翩翩と疊字が連用されているが、寒々しい季節感を喚起する洗練された修辞と言えよう。このような巧妙な表現法は、二十一・二十二句目「時は翳翳として以て東に陰り、日は亹亹《びび》として以て西に墜つ。（時翳翳以東陰、日亹亹以西墜。）」にも見られ、翳翳・亹亹という疊字によって、日暮の緩やかな時間の流れが細やかに描寫されている。[23]

建安の「寡婦賦」は、時とともに摩滅し本文を失っていった曹丕・王粲の現存作品と比較考察しにくい面もあるが、丁廙の妻「寡婦賦」の作品性の高さが、細部においても際立っている事實は否めない。なお例示すれば、丁廙の妻作の十五・十六句目「朱き扉を刷くに白き堊《つち》を以てし、玄《くろ》き帳《とばり》に易ふるに素《しろ》き幬《とばり》を以てす。（刷朱扉以白堊、易玄帳以素幬。）」という對句は、朱・白、玄・素という、色彩の巧妙な對比と言えよう。

さらに、建安の「寡婦賦」に共通する類似句として興味深いのは、母子に關する描寫部分である。三者を列擧してみよう。

曹丕

撫遺孤兮太息　　遺孤を撫して太息し
俛哀傷兮告誰　　俛《ふ》して哀傷し誰にか告げん

王粲

提孤孩兮出戶　　孤孩を提《ひ》きて戶を出で
與之步兮東廂　　之と東廂に步む

同

欲引刃以自裁　　刃を引きて以て自裁せんと欲すれども
顧弱子而復停　　弱子を顧みて復た停む

丁廙の妻

含慘悴以何訴　慘悴を含みて以て何をか訴へん
抱弱子以自慰　弱子を抱きて以て自ら慰めん

ここに表されたような母子の情愛は、經書・史書のテクストではしばしば說かれてきた。しかし、建安にいたるまでの文學テクストにおいて、子から母への「孝」を述べるものは見受けられるが、母性自體の情愛表現はきわめて少なかった。また、「寡婦賦」のような母自身による語りもほとんどなかった。

上に引いたような、建安の「寡婦賦」に詠みこまれる母子の姿は、斷片的ではあるが文學史上新しい題材と言える。比較して言えば、曹丕の「遺孤を撫して太息し……」と、王粲の「孤孩を提《ひ》きて戶を出で……」という句は、母子が連れ添う情景にすぎない。一方、王粲の「刃を引きて以て自裁せんと欲すれども、弱子を顧みて復た停む。」、丁廙の妻の「慘悴を含みて以て何にか訴へん、弱子を抱きて以て自ら慰めん。」という句は、母の子に對する強い愛情が示された表現と言えよう。しいて言えば、丁廙の妻の方は、子供への愛情を母親自身の慰めとすると述べているが、母性の一面がかいま見られ獨自の表現となっている。

以上、丁廙の妻「寡婦賦」の突出性を縷々見てきた。それのみならず、丁廙の妻の創作は後代の作家が依據すべき建安文學の規範の一つともなっている。先述したように、西晉の潘岳は、建安の「寡婦賦」をふまえて作品を殘した。潘岳の「寡婦賦」は、『文選』李善注を參照すると、じつに三十四句にわたり、丁廙の妻「寡婦賦」の句が引用されている。李善が指摘しない句とあわせれば、丁廙の妻の「寡婦賦」の現存する六十句中、三十六句におよぶ部分が潘岳「寡婦賦」の下敷きとされているのである。潘岳の賦がふまえた丁廙の妻の句は、百三十二句中三十六句に及び、賦全體の三割近くをしめる。

潘岳は、「寡婦賦」の序文で、次のように述べている。(24)

昔阮瑀既歿、魏文悼之。竝命知舊作寡婦之賦、余遂擬之、以敍其孤寡之心焉。

昔阮瑀既に歿し、魏文之を悼む。竝びに知舊に命じて寡婦の賦を作らしむ。余遂に之に擬し、以て其の孤寡の心を敍す。

潘岳は、序で、曹丕とその「知舊」の題詠に倣ったと述べている。しかし李善注が、潘岳「寡婦賦」の先行用例として引用する「知舊」の句は、王粲の「寡婦賦」の四句にすぎない。このことからもうかがえるように、潘岳が踏襲したのは丁廙の妻による作品の方であった。

本章は、西晉時代の「寡婦賦」に論及することが目的ではなく、二、三の例示にとどめたい。たとえば、潘岳「寡婦賦」は、丁廙の妻の十一～十四句目をふまえて、「榮華曄《かがや》きて其れ始めて茂り、良人忽ち以て捐背す。靜かに門を闔《と》じて以て窮居し、塊《さび》しく煢獨にして依る靡し。（榮華曄其始茂兮、良人忽以捐背。靜闔門以窮居兮、塊煢獨而靡依。）[25]」と詠んでいる。潘岳のこの四句は、王粲作にも類似句があるが、奇數句末に兮の字が置かれる形式の差異以外、ほとんど丁廙の妻の引き寫しに近い。

また潘岳は、丁廙の妻の四十五～五十一句目部分をふまえて「仲秋自りして疚に在り、霜を履みて以て冰を踐むに踰ゆ。雪は霏霏として驟《しばしば》落ち、風瀏瀏として夙に興こる。霤《あまだれ》は泠泠として以て夜下り、水は溓溓として以て微《やうや》く凝《こほ》る。（自仲秋而在疚兮、踰履霜以踐冰。雪霏霏而驟落兮、風瀏瀏而夙興。霤泠泠以夜下兮、水溓溓以微凝。）[26]」と描寫する。この部分は、丁廙の妻が表していた季節の細かな推移や、疊字の連用等の特長を忠實に學んでいる。ここでも潘岳は、曹丕作品に見られた紋切り型の季節描寫ではなく、丁廙の妻の表現に着目しているのである。

以上のことから、潘岳は、曹丕・王粲のものより作品水準の高い丁廙の妻「寡婦賦」の構成・表現に學び、それをふまえて「寡婦賦」の制作に及んだと考えてよい。

四　「寡婦賦」をめぐる人的關係と詩壇

「寡婦賦」の作者について、經歴・人間關係を少し見てみよう。

丁廙の妻に關連して言えば、丁儀・丁廙兄弟は、建安十九年（二一四）、曹植が臨菑侯となって以後、『三國志』の曹植傳に、「植既に才を以て異とせられ、而して丁儀、丁廙、楊脩等之が羽翼と爲る。（植既以才見異、而丁儀、丁廙、楊脩等爲之羽翼。）[27]」と記されるように、曹植の側近となっている。

丁廙については、『三國志』魏書、陳思王植傳の裴松之注が引く『文士傳』に、「廙嘗て從容として太祖に謂ひて曰く『臨菑侯……博學淵識、文章絶倫なるに至りては、當今天下の賢才君子、少長を問はず、皆其の游に從ひて之が爲に死せんことを願ふ。……』と。（廙嘗從容謂太祖曰『臨菑侯……至於博學淵識、文章絶倫、當今天下之賢才君子、不問少長、皆願從其游而爲之死。……』[28]。）」と記載され、曹植の卓越した文才に對する丁廙の傾倒ぶりが示されている。

曹植は、丁儀・丁廙に對し、五言の贈答詩、「贈丁儀」「贈丁廙」「贈丁儀王粲」[29]を殘している。その他、曹植「與楊德祖書」は、曹植と丁廙が互いの文才を敬愛していたことを述べている[30]。

王粲は、建安十八年（二一三）十一月に侍中に榮進後[31]、魏公に就任した曹操のもとで、傳統儀禮の復興と宗廟歌辭の制作にいそしむこととなる[32]。王粲は、それ以前、「寡婦賦」制作と時期がおよそ重なる建安十七・十八年（二一二・二一三）頃、自身の不遇をかこちつつ曹植と詩をやりとりしていたようだ。曹植の「贈丁儀王粲」[33]「贈王粲」[34]と王粲「雜詩」[35]からそのことがうかがえよう。

また、「贈丁儀王粲」という詩題からわかるように、丁儀と王粲も近い人間關係にあったと考えられる。「寡婦賦」

制作當時の、曹植・王粲と丁儀・丁廙兄弟の親しい文學交流には注目しておきたい。丁廙の妻は、夫が曹植を中心とした文學仲間の一員であったということから言えば、そのような人脈に、間接的にではあるが連なっていたと言えよう。

特に、丁儀・丁廙兄弟は、曹植の文學的才能に心醉し、曹植の政治的な「羽翼」ともなった人物である。丁儀・丁廙兄弟・楊脩は、建安十九年（二一四）に曹植の側近となるが、その後、後繼をめぐる曹丕・曹植それぞれの政治グループが對立しはじめる。曹丕を中心とした「寡婦」にかかわる題詠・競作には、曹植も參加したと考えられるから、「寡婦賦」の競作は、少なくとも兩グループが對立する建安十九年（二一四）以前のことと推定できる。[36]

阮瑀と、「寡婦賦」の作者との關係はどうか。

曹丕は、建安の文人グループの一人吳質に與えた書簡の中で、阮瑀に對する追憶の念を述べ、またその書・記の文彩を高く評價している。[37]王粲は、初平元年（一九〇）に長安に移り蔡邕に師事しているが、阮瑀も同時期にその弟子となっていたと思われ、王粲と阮瑀は、若年の頃よりの知友であった可能性が高い。[38]

曹丕・王粲が抱く阮瑀への思いには淺からぬものがあり、「寡婦賦」の制作には、兩者の阮瑀に對する哀悼の念が込められていたであろう。ただし、阮瑀死沒の建安十七年（二一二）以前に、建安の詩人集團は鄴下に集結しており、阮瑀は他の建安詩人とも舊知の關係にあったはずである。したがって、阮瑀を題材とした「寡婦賦」（「寡婦詩」を含む）の競作に、曹丕・曹植・王粲以外の建安詩人が參加していた可能性はある。

なお、丁廙の妻の「寡婦賦」は、創作の經緯を説明した序文はないが、本文の内容や曹丕・王粲の作品との類句からみて、阮瑀の妻を詠んだものと見てまちがいない。丁廙の妻が、そのような具體的な表現對象を、時を隔てて、曹丕派と夫との政治對立後、あるいは夫丁廙が曹丕に誅殺（黃初元年・二二〇）されて以後制作したとは考えにくい。このように、丁廙の妻の「寡婦賦」と他の建安詩人のそれとは、制作時期がおおむね重なると思われ、また先述したように字句・表現の類似が多い。小論では、丁廙の妻は他の建安詩人と「寡婦賦」制作の場が近接していたと考えたい。丁廙の妻も、「寡婦賦」會詠の場に間接的にではあれ連なっていたのであろう。

「寡婦賦」制作をめぐる以上のような人閒關係をふまえながら、では丁廙の妻が、なぜ他の建安詩人とともに「寡婦賦」の會詠に關わることができたかという問題點を検討したい。既述したように、西晉の潘岳は「寡婦賦」の序文で、曹丕とその「知舊」の會詠作品を模擬したと述べながら、實際は特に丁廙の妻の「寡婦賦」を意識し、それをふまえることによって「寡婦賦」を書き上げている。

しかし史料が無い以上、潘岳が作品を模擬したと述べる建安詩壇に、丁廙の妻という史傳に名を殘さぬ無名女性を直接位置づけることはできない。ただ丁廙の妻が、「寡婦賦」の制作に關與する蓋然性を探るための狀況證據にすぎないが、丁廙の妻の場合、曹操父子と政治的・文學的に親しい關係にあった丁廙の配偶者であった。「寡婦賦」の會詠時期は、前述したように曹丕と曹植の政治グループの對立が激化する建安十九年（二一四）以前と考えられ、丁儀・丁廙兄弟も、曹丕を中心とする詩賦の會詠に加わっていたのかもしれない。曹丕は「寡婦賦」の序で「王粲等」に命じ會詠させたと述べており、作品は傳存しないが、丁廙自身「寡婦賦」の製作に關わっていた可能性も考えられる。だとすればその關係上、丁廙の妻が「寡婦賦」會詠に與る何らかの機會を得たのではなかろうか。丁儀・丁廙兄弟と曹植の親密な文學關係を考えれば、その妻が作品の競作に參畫しうる環境も想像できなくはない。また逆に、丁廙の妻「寡婦賦」の作品水準の高さから見て、丁廙の妻がもともと文學的才能にすぐれた女性であり、そのような評判を知った曹丕が、試みに制作を命じたとも想像できる。

以上のような考察・推論に加えて、一婦人が建安の文學活動に參與しえたとすればその動因は何か、さらに検討する必要があろう。

「寡婦賦」が會詠されたのは、前述したように、建安十六年（二一一）から、建安七子の全員が沒する建安二十二年（二一七）までの建安詩壇確立期にあたる。この時期に、なぜ建安詩人の集團的活動が活發化したのか。

岡村繁は、建安詩壇成立の要因を、「六朝門閥貴族社會への完成へと強い傾斜をとって急ぎつつあった後漢末・建安の時代においては、曹操の政權は、そうした貴族名門の社會的指導勢力をふまえ、それを有效に利用することによって、はじめて強固に成立する性質のものであった」ことを認識する曹操の政策に見た。すなわち、曹操は、そのような認識をふまえ、曹丕、曹植を次世代の指導者に育成するために、徐幹、劉楨、應瑒らの建安詩人を、その學問・文學に關わる補佐役として任命し、建安文壇の活動を積極的に支援した、と岡村は說く。さらに、「建安の文壇が、その前後の時代から突出して、質量ともに壓倒的な作品を生產し得た根本原因」は、文士達が、文學サロンを通じて榮達のチャンスをはかるために、激しい競爭意識をもって創作に臨んだことだとも論じる(39)。

岡村の說は、建安文壇形成の動因を考える一視點を示してはいる。しかし、たとえば本章で取り上げる丁廙の妻のように、一無名女性が、曹丕を中心とした賦の競作に參加するという現象に見られる、開放的な文學空間が形づくられた理由は、それだけでは說明できないように思う。

渡邉義浩は、建安詩壇の形成について、曹操政權の政治・思想的背景から新たな視角を提示した(40)。渡邉は、まず、「淸流」「濁流」という後漢後期の人間類型に異論を呈し、「自己の有する文化的諸價値を存立基盤として、豪族層の支持を受け、また君主權力に尊重されて、國家機構に重要な役割を果たす」後漢末以降の知識人層としての「名士」に着目した。渡邉はさらに、曹操が法術主義の立場から、そのような儒教的價値觀を保有する「名士」層と對立を深めていく過程を分析する。その過程で曹操が、唯才主義に基づく選擧基準を公にした令を三度發したのは、「儒教的價値を中核とする名聲を、『名士』層の仲間社會に有する者を察擧するという『名聲主義』に基づく登用」を否定し、「名士」との對決姿勢を明らかにする目的があったと說いている。

その上で、渡邉は、曹操が、「儒教的價値の優越性を梃子に文化的諸價値を專有する『名士』層に對抗して」、「文學」という「新たな文化的價値」の創出を試みたと論じる。また、曹操が行った「文學」宣揚の施策として、文學者の厚遇、「『文學』的價値を基準とした人事」等を擧げている。(41) さらに、「『名士』層は、『文學』という新しい文化價値に對抗して、自己の儒教的價値を保全するために、曹丕を支持した」と說き、「曹丕が次第に儒教的價値の尊重に回歸し、儒教理念に基づく禪讓を行ったことは、『文學』に對する儒教の優越を決定づけた」と考察している。

渡邉の說で注目すべきは、曹操政權における「文學」の興隆を、儒教價値を標榜する「名士」層に對抗して、曹操が、「文學」という「新たな文化的價値」を創出した所にその動因を見たことにある。補足するならば、確かに、曹操が儒教的價値に反旗を翻した、三度にわたる求才の令（二一〇年〈建安十五年〉・二一四年〈建安十九年〉・二一七年〈建安二十二年〉）が發布された時期は、ほぼ建安詩壇確立期と重なっている。

しかしながら、ここで問題になるのは、渡邉の言う「文學」が、文學作品あるいはその制作行爲としての文學と、官職としての「文學」、さらに學問に對する呼稱としてのそれという、三種類の概念を混用している點である。したがって論理の歸結として、儒教的價値と對立する新たな「文學」價値の宣揚が、建安詩人集團の文學制作活動を推進する動因と捉える考察は、やや無理があるように思われる。さらに言えば、「儒教的價値」に對峙しうる「『文學』的價値」は、何よりも個々の文學テクストにこそ、その內實が問われるべきであろう。その點で、文人の組織化や詩壇の活動を含む制度・政策としての「文學」という「新たな文化的價値」と、儒教との對立に目を向ける渡邉の主張は、十全とは言い難い面がある。

では、作品としての文學と儒教との價値對立を、テクスト個々の比較から見出すことは不可能か。儒教と異なる新たな文學という價値を建安詩壇はもちうるのか。その活動は、女性作家の參畫の可能性も含めて、どのような意義を有しているのだろうか。次節では、「寡婦」に對する文學と儒學の傳統的價値の違いを具體的に見ていきたい。

五　儒學・文學兩テクストから見る「寡婦」

「寡婦」は、従前見られない新たな詩賦の題材であることをすでに述べた。ではそもそも、「寡婦」に關わる傳統的な觀念はどのようなものであったのか。

『禮記』曲禮上には、「寡婦の子、見《あら》はれたること有るに非ざれば、與に友と爲さず。（寡婦之子、非有見焉、弗與爲友。[42]）」と見え、『禮記』坊記にも、「寡婦の子、見はれたること非ざれば則ち友たらず、君子は以て辟遠するなり。（寡婦之子、不有見焉則弗友也、君子以辟遠也。[43]）」とある。これらは、君子が男女の別を守るべく寡婦に近づくことを戒めるという文脈をもつ。しかし、寡婦の子供は、才藝が顯著でなければ友とすべきでないと述べ、寡婦の家庭に對する忌避を説いている。

また、『禮記』坊記は、男女の距離を嚴格に保つべきことを述べる文脈の中で、「寡婦は夜哭せず。（寡婦不夜哭。[44]）」と記している。これは、再嫁の希望有りと疑われないために「夜哭せず」と教示していると解釋できよう。さらに、『禮記』坊記では、「君子は利を盡くさず、以て民に遺す。詩に云ふ『彼に遺秉有り、此に斂めざる穧《かりいね》有り、伊れ寡婦の利』と。（君子不盡利、以遺民。詩云『彼有遺秉、此有不斂穧、伊寡婦之利[45]』。）」と述べている。ここでは、君子に、利益の餘剰を民に與えるべきことを說いているが、「寡婦」は、刈り稲のお零れにあずかるような者として擧げられている。

以上各例は、儒教社會におかれた「寡婦」の立場が、忌避・抑壓されるものであったことを示している。このような、「寡婦」がもつ被抑壓者・弱者という周縁的な位置づけは、次の『管子』問の一節、「問ふ、『獨夫、寡婦、孤寡、疾病の者、幾何の人なるや』と。（問『獨夫寡婦孤寡疾病者幾何人也』。）[46]」にも表れている。

儒教的觀念を帯びる「寡婦」の含意とは、以上のようなものであった。だとすれば、建安詩壇が、「寡婦」をあえて取りあげたことの意義は重いように思われる。前節で渡邉の論考を引いたように、建安文學の興隆は、儒教的價値觀へのアンチテーゼの一面をもっていた。しかしながら、建安文學確立の根據を、儒・文の價値對立のみから捉えるのは、圖式的すぎるきらいもあろう。また、たしかに、「寡婦賦」は、儒教テクストに見られる「寡婦」＝抑壓される者という觀念を離れるものではない。しかし、建安の詩人が、儒教において忌避され負の價値を帯びていた「寡婦」に成り代わり、「寡婦」の目線からその心情を詠うという試みは、儒教的價値の桎梏を外れてこそ可能になったのではないだろうか。

文學テクストの中で取りあげられる「寡婦」について、建安以前の用例はどうか。宋玉「高唐賦」に、「纖條悲鳴」する樹木のざわめきに、「孤子寡婦、寒心酸鼻す。（孤子寡婦、寒心酸鼻。）[47]」とあり、季節の動きにも悲傷しやすい「寡婦」の姿が詠まれている。張衡「南都賦」に、「寡婦悲吟し、鵾鷄哀鳴す。（寡婦悲吟、鵾鷄哀鳴。）[48]」と記される「寡婦」は、李善が「寡婦曲未詳」と注するように曲名であるが、「寡婦」が「悲吟」することと、「寡婦曲」が「悲吟」されることの二重の文意が讀み取れよう。

また、制作年代に揺れはあるが、序に「漢末建安中」と記される「古詩爲焦仲卿妻作」は、末尾で、「行人足を駐めて聴き、寡婦起ちて彷徨す。多謝す後世の人、之を戒めて愼みて忘るる勿かれと。（行人駐足聽、寡婦起彷徨。多謝後世人、戒之愼勿忘。(49)）」と詠み、夫を偲び深夜眠れぬ「寡婦」を描いている。

劉向『列女傳』巻四、貞順傳は、寡婦の節義が説かれる部分であるが、その「魯寡陶嬰」では、寡婦・陶嬰が、再嫁しない決意を歌に託しこう詠んでいる。「黄鵠の早《つと》に寡たりて、七年雙《とも》にせず。頸を鵷《ま》げて獨り宿し、衆と同じうせず。夜半悲鳴し、其の故雄を想ふ。天命早に寡たり、獨り宿すこと何ぞ傷ましき。寡婦此れを念ひ、泣《なみだ》下ること數行。……（黄鵠之早寡兮、七年不雙。鵷頸獨宿兮、不與衆同。夜半悲鳴兮、想其故雄。天命早寡兮、獨宿何傷。寡婦念此兮、泣下數行。……(50)）」ここにおける「寡婦」は、貞節の教訓という意義にとどまっていない。はじめに鳥に託したアレゴリーを用いることによって、「寡婦」自身の言うに言われぬ懊惱が詠いだされているのである。

このように、詩歌・賦に詠まれる「寡婦」は、斷片的ではあるが、忌避・抑壓される者という儒教觀念の枠組を離れて、「寡婦」自身の心情に目が向けられていると言える。建安の「寡婦賦」は、そのような文學的因襲に沿いつつ、さらに友人・阮瑀の死沒という具體的な現實を目にした曹丕等が、殘された「寡婦」を一人稱の語り手とし、賦という舊來のジャンルで競作した作品群であった。馬積高は、建安の「寡婦賦」について、以前の賦家が描いていない新しいテーマであると指摘しているが(51)、建安詩人の詠んだ「寡婦賦」は、文學的傳統においても舊習を脱する試みと言えよう(52)。

要するに、新しい價値觀念をもつ建安の文學が取りあげたテーマが「寡婦」であった。また建安詩人は、このような抑壓された「女性」の心境を、他にも「棄婦」「出婦」(53)等のテーマで會詠している。この點に關連して言えば、前述したように、曹丕以外、「寡婦賦」の制作者は曹植と親密な關係にあった。建安の文學活動を推進した曹操が、建安詩壇確立期に最も囑望した後繼者は曹植である。曹植は、「七哀」「雜詩」「美女篇」「種葛篇」「精微篇」「出婦賦」「洛神賦」「列女傳頌」等々、とりわけ「女性」を題材に多く用いた作家であるが、文學の制作に儒教とは異なる價値を見いだした建安詩壇確立期に、親曹植派による「寡婦賦」をはじめ、「女性」主題の詩賦が會詠・創作された事實には注目したい。(54)

そしてまた、丁廙の妻という一無名婦人が、建安の文學活動に何らかのかたちで參與しえたとすれば、その要因も以上に述べ來たったことと密接に關係するだろう。建安の詩人集團は、文學に舊習を突破する新たな生命を見い出した。そこに生じる比較的自由な價値觀、開放的文學空間こそが、女性による詩壇活動への關與を可能にした大きな要因の一つと言えるのではないだろうか。

小結

以上に見たように、「寡婦」という言葉の背景にすら、儒教と建安文學の價値觀の違いがひそんでいる。建安時代が終わり、曹丕は、儒教的價値基準を標榜する名士層の支持を受け、禪讓によって魏王朝を開いた。(55)しかしそれが、「『文學』に對する儒教の優越を決定づけた」（前出、渡邉）、言い換えれば建安の文學が終局を迎えたことには必ずしも結びつかないであろう。詩壇や文人の組織化を含む制度・政策としての「文學」とは別に、新たな文學の可能性は、その後、黄初・太和年間の曹植、さらには正始の詩人たちによって模索されていくことになる。

しかしいずれにしても、後漢末・建安時代の終焉は、「寡婦」の題詠に婦人が參畫しうるような新しい價値觀念を帯び、建安詩壇を形成した文學がその一つの節目を迎えたことを意味する。

曹丕、文帝は卽位後、曹植の補佐であった丁儀・丁廙とその一族の男性を誅殺する。(56)「寡婦賦」を制作した丁廙の妻は、阮瑀の妻と同じように寡婦の身となった。「寡婦賦」に描かれた阮瑀の遺兒・阮籍は、その後、魏末・正始時代に言論・文學活動を展開するが、正始の詩壇に女性の影はない。建安の文學にわずかにうかがえた、詩壇活動に關與する女性の存在は後景に退いたと言えよう。

注

（1）詩壇・文壇という言葉は、近現代とは文學の生産と流通のあり方を異にする古代中世に當てはめにくい。しかし小著は、松本幸男『魏晉詩壇の研究』（中國藝文研究會、一九九五）等の先行研究の用語にならい、組織と運動（創作・應酬）を備える詩人グループのことを、便宜上、詩壇・文壇と表現しておく。

（2）『藝文類聚』（中文出版社、一九八〇）巻三十四、人部十八「哀傷」、六〇〇頁。『文選』（胡本『李善注文選』〈藝文印書館、一九七九〉）巻十六、潘岳「寡婦賦」李善注、十九葉左。引用部分は、以上の出典から集佚した嚴可均『全上古三代秦漢三國六朝文』（中華書局、一九五八）「全三國文」の構成にしたがう。一〇七三頁。

（3）「十六年春正月、天子命公世子丕爲五官中郎將、置官屬、爲丞相副。」（『三國志』〈中華書局、一九八二〉巻一、魏書、武帝紀、三四頁。）「始文帝爲五官將、及平原侯植皆好文學、粲與北海徐幹字偉長、廣陵陳琳字孔璋、陳留阮瑀字元瑜、汝南應瑒字德璉、東平劉楨字公幹竝見友善。」（『三國志』魏書、王粲傳、五九九頁）。

（4）『藝文類聚』の引く「寡婦賦」に、李善注が引く句がほぼ含まれる。ただし、一部、李善注にあって『藝文類聚』には無い句がある。

（5）中華書局、一九六二、三五四頁。嚴可均「全後漢文」（九九一頁）は、作者について「文選注作丁儀妻。初學記作丁儀、無妻字。」と注記する。しかし、『初學記』が引く「丁儀婦賦」を、「丁儀の婦《つま》の賦」つまり、丁儀の妻の作品と読むことも不可能ではない。

（6）九九一・九九二頁。

（7）人民文學出版社、一九八五、三八八頁。
（8）中華書局、一九八二。
（9）『藝文類聚』巻三十四、人部十八「哀傷」、五九五・五九六頁。
（10）『文選』巻二十三、謝靈運「廬陵王墓下作」李善注、二十一葉右。曹植「寡婦詩」は、没後の墓地の情景を描くが、鈴木修次は、墓を詩歌の題材にすることは、「古詩十九首」から見える新しい題材であると述べる。鈴木修次『漢魏詩の研究』（大修館書店、一九六七）三九五〜三九八頁參照。
（11）『藝文類聚』巻三十四、人部十八「哀傷」、六〇〇頁。
（12）『藝文類聚』巻三十四、人部十八「哀傷」、六〇一頁。
（13）『文選』巻十六、潘岳「寡婦賦」李善注、二十三葉右。
（14）巻三十四、人部十八「哀傷」、六〇一頁。
（15）巻十六、二十葉右〜二十三葉左。
（16）巻十四、「婚姻」、三五四頁。
（17）九九一・九九二頁。以下に注記しないが、助字の一部（以・於）を『藝文類聚』にもとづき改めた。
（18）「全後漢文」は稍に作る。『藝文類聚』巻三十四、人部十八「哀傷」により東に改める。
（19）「全後漢文」は羣逝に作る。『藝文類聚』（同右）により赴肆に改める。
（20）「全後漢文」は幃に作る。『藝文類聚』（同右）により帷に改める。
（21）『藝文類聚』（同右）は冰に作り、『文選』巻十六、潘岳「寡婦賦」李善注（二十二葉右）は春に作る。李善注に従う。「全後漢文」は春に作る。
（22）偶數句、五十二句目は、嚴可均が復元・構成するように缺文であろう。記號を含めそのまま引用した。
（23）この二句は、『文選』巻四十五、陶淵明「歸去來」の「雲無心以出岫、鳥倦飛而知還。景翳翳以將入、撫孤松而盤桓。」に付された李善注（十九葉左）にも引かれる。陶淵明のこの四句も、時のゆったりとした推移を細やかに描く點で、丁廙妻「寡婦賦」と相通じる。李善は、陶淵明が丁廙の妻の句をふまえたと判断したのであろう。

(24)『文選』巻十六、十九葉左。

(25)同右、二十葉左。

(26)同右、二十二葉右・左。

(27)『三國志』巻十九、魏書、陳思王植傳、五五七頁。

(28)同右、裴松之注、五六二頁。

(29)三首とも『文選』巻二十四所收。

(30)『文選』巻四十二、十三葉右・左。

(31)『三國志』巻一、魏書、武帝紀および同裴松之注引『魏氏春秋』、四二頁。

(32)『三國志』巻二十一、魏書、王粲傳、五九八頁。

(33)伊藤正文『曹植』（岩波書店、一九五八）は、古直の説に従い建安十六年と推定する。三五・三六頁參照。

(34)伊藤正文、右掲書は、内容から見て王粲が侍中につく建安二十《ママ》年（筆者注、實際は建安十八年の誤り。）以前の作と推定する。四六頁參照。

(35)『文選』巻二十九、十三葉右。

(36)寥國棟『建安辭賦之傳承與拓新』（文津出版社、二〇〇〇）第四章は、丁儀・丁廙グループと曹丕側との政治的對立關係から、丁廙の妻が、曹丕を中心にした「寡婦賦」の會詠に參加する可能性はきわめて低いと述べる（四〇四頁）。しかし、「寡婦賦」は、阮瑀の沒した二一二年（建安十七年）以後、少なくとも二一四年（建安十九年）以前の作品である。寥國棟説は、時代背景・制作年代を誤認している。

(37)『三國志』巻二十一、魏書、王粲傳、六〇二頁。及び、裴松之注引『魏略』、六〇八頁。

(38)『建安七子集』（中華書局、一九八九）附錄、「建安七子年譜」三七二、三七三頁參照。及び、松本幸男『魏晉詩壇の研究』（朋友書店、一九九五）第二章「五言詩成立の諸問題」一一八頁參照。

(39) 岡村繁「建安文壇への視角」(『中國中世文學研究』五、一九六六)參照。引用文は、それぞれ六・一四頁。
(40) 「三國時代における『文學』の政治的宣揚——六朝貴族制形成史の視點から——」(『東洋史研究』五四—三、一九九五)參照。以下引用文は、二六・三七・四一・四三・四六・四七・五〇頁。關連する論説には、同氏「曹操政權の形成」(『大東文化大學漢學會誌』三九、二〇〇一)がある。同氏諸論考は、『三國政權の構造と「名士」』(汲古書院、二〇〇四)第四章「曹魏政權論」第一節・第三節に收錄。
(41) 渡邉義浩は、「曹操の『文學』宣揚」の具體策の一つとして五官將文學という官職の創設を擧げているが、氏のいう文學は、括弧付きの「文學」であることからも知れるように概念としてはやや曖昧である。この點について、渡邉はその後、上記の初出論考を補い、「『文學』という概念は、現代使用されている文學とは異なり、……當該時期固有の『文學』を指している。」(『三國政權の構造と「名士」』第四章第三節、注二八、三七六頁。)と注記している。
(42) 十三經注疏整理本『禮記正義』(北京大學出版社、二〇〇〇)卷二、曲禮上、六〇頁。
(43) 『禮記正義』卷五十一、坊記、一六五八頁。
(44) 同右、一六五九頁。鄭玄は、「嫌思人道」と注す。孔穎達の疏は言及しない。『十三經直解』(江西人民出版社、一九九三)第二卷下『禮記直解』坊記は、「寡婦夜哭則有希望再嫁的嫌疑。」と注釋する。六七五頁。
(45) 『禮記正義』卷五十一、坊記、一六五四頁。この部分の「詩云」以下は、『詩經』小雅、大田では「此有不斂穧、彼有遺秉、此有滯穗、伊寡婦之利。」となっている。『毛詩正義』(同十三經注疏整理本)卷十四、九九七頁。
(46) 諸子集成『管子校正』(上海書店、一九八六)卷九、問、一四七頁。
(47) 『文選』卷十九、四葉右。
(48) 『文選』卷四、八葉左。
(49) 穆克宏點校『玉臺新詠箋注』(中華書局、一九八五)卷一、五三・五四頁。
(50) 『新刊古列女傳』(百部叢書集成之四四『文選樓叢書』〈藝文印書館、一九六七〉所收)卷四、貞順傳十三。
(51) 馬積高『賦史』(上海古籍出版社、一九八七)一四五頁。

（52）建安文學の「寡婦」は、樣式化された文學空間において描かれているのであり、もとより當時の寡婦の實像を示すものではない。楊樹達『漢代婚喪禮俗考』（上海文藝出版社、一九八八）第一章「婚姻」第六節「改嫁改娶」は、漢代の女性にとって再婚は珍しいことではなかったことを例證している。鄧偉志『唐前婚姻』（上海文藝出版社、一九八八）も同樣の見解を示し、さらに南北朝時代においても、婦人の再婚に對する扱いが後世より開放的であったと說く。一一三～一一三頁、一三八～一四〇頁。

（53）鈴木修次注（10）前揭書は、「寡婦賦」と同時期の作と推定。五二二頁。松本幸男注（38）前揭書も同樣に考察。一四七頁。

（54）鈴木修次注（10）前揭書は、寡婦・出婦・棄婦・美女等の女性を題材とした作品が、詩・賦兩方にまたがっていることを指摘する。五三〇頁。「女性」は、建安文學の共有テーマであったと言えよう。

（55）渡邉義浩注（40）前揭書參照。

（56）『三國志』卷十九、魏書、陳思王植傳、五六一頁。

第五章　曹操「十二月己亥令」をめぐって
――文學テクストとしての「令」――

はじめに

曹操（一五五～二二〇）の散文は、嚴可均『全三國文』によれば、およそ百五十編、ほぼ全體を令、表、教、書等の公的散文が占める。

曹操の政治的散文は、一九一七年撰述の劉師培『中國中古文學史』[1]と、魯迅による一九二七年發表の講演原稿「魏晉の氣風及び文章と藥及び酒の關係」（「魏晉風度及文章與藥及酒之關係」[2]）により、文學テクストとして注目されはじめた。魯迅は同論文において、劉師培の說を下敷きにしつつ、曹操の文章について、「淸峻」「通脫」にその性格があると說いているが、大要は次の通りである。〈「淸峻」は、曹操の「刑名」思想がもたらした「簡約嚴明」な文章であり、「通脫」とは「隨便之意」で、曹操は「淸流」士人の頑迷な風潮に對し、それを力說した。さらに、曹操が提唱した「通脫」が建安の文壇に影響を與えて、言いたいことを自由に言う文章が、多くもたらされた。漢末魏初の文章の特質は、「淸峻」「通脫」と總括でき、曹操本人は、「改造文章的祖師」である。[3]〉

魯迅の行文を表面上で解釋すれば、漢末魏初の文章が「淸峻」「通脫」という新たな性格をおびるのは、曹操が「淸峻」な風格の文章を作り、「通脫」を提唱したことにはじまった、そのことを、「改造文章的祖師」と表したのであろう。魯迅による「文章を改革した先驅者」という發言、「清峻」「通脱」という兩極的な評價基準は、以後、曹操文學の研究に新たな視點を與えることになった。しかし、おおむね政治的言説として受容されてきた曹操の散文テクストについて、その文學性は具體的にどう指摘しうるか、そしてそれは、後漢末・建安文學の中でどのように位置づけられるか。その課題は、まだ果たされていない。小論はその端緒にすぎないが、まず、曹操散文の大半をしめ主要なジャンルと言える令について、なるべく個別に見ていくことからはじめたい。

一　「求才三令」の書き方

令は、『文心彫龍』書記に、「令は命なり。命を出して禁を申《の》ぶるは、天自りするが若き有り。（令者、命也。出命申禁、有若自天。）(4)」と説かれるように、嚴格に上意下達するための布告文である。徐師曾『文體明辨』は、「意ふに其の文、制詔と大異無し。特《ただ》天子を避けて其の名を別つのみ。（意其文與制詔無大異。特避天子而別其名耳。）(5)」と述べる。文章樣式としての令には、特に繼承すべき規範や一定の文體はないと思われるが、そのゆえに曹操は、令という布告文の樣式に自由な書き方をほどこしたようだ。

曹操は、その唯才主義を端的に示す令を三回布告している。まず、その三者を比較してみよう。最初は、赤壁敗戰の二年後、『三國志』魏書、武帝紀、建安十五年（二一〇）春の條に掲載される令(6)。本文は、「今天下尚未だ定まらず、此れ特《こと》に賢を求むるの急時なり。（今天下尚未定、此特求賢之急時也。）」と述べて、賢人君子を廣く發掘していくことの重要性を示し、さらに、齊の桓公が管仲を拔擢した故事をあげ、清廉な人間でなくとも才能があれば用いるべきだと宣言する。最後に、その論點をさらに繰り返すように、周の文王に認められた太公望呂尙、そして、兄嫁と密通し賄賂を受け取るような人物だが、魏無知に見いだされた陳平の例を引きながら、次のように結ぶ。全文百五十字弱のほぼ三分の一にあたる部分である。

……今天下得無有被褐懷玉而釣于渭濱者乎。又得無盜嫂受金而未遇無知者乎。二三子其佐我明揚仄陋。唯才是擧。吾得而用之。（1）

……今天下に褐を被《き》玉を懷きて渭濱に釣する者有ること無きを得んか。又嫂《あによめ》を盜み金を受けて未だ無知に遇はざる者無きを得んか。二三子其れ我を佐けて仄陋を明揚せよ。唯だ才のみ是れ擧げよ。吾得て之を用ゐん。

二回目は、曹操が魏公に就いた翌年、建安十九年（二一四）に出され、『三國志』魏書、武帝紀に掲げられるもの。[7] 全文七十字は、次のように安定した配置により整齊美と對句のリズムが表されている。

夫有行之士未必能進取、
進取之士未必能有行也。
陳平豈篤行　而　陳平定漢業、　由此言之、士有偏短、
蘇秦豈守信邪。　蘇秦濟弱燕。
庸可廢乎。有司明思此義、　則　士無遺滯、
官無廢業矣。（2）

夫れ有行の士は未だ必ずしも進取する能はず、進取の士は未だ必ずしも有行なる能はざるなり。陳平豈に篤行あらん、蘇秦豈に信を守らんや。而るに陳平は漢業を定め、蘇秦は弱燕を濟《すく》ふ。此に由りて之を言へば、士に偏短有るも、庸《なん》ぞ廢すべけんや。有司此の義を明思すれば、則ち士に遺滯無く、官に廢業無からん。

最後は、建安二十二年（二一七）。『三國志』注所引『魏書』に載せられるこの令は、[8]冒頭から、卑賤の出であったが殷の名臣となった伊尹と傅說、桓公の反對派にもかかわらず起用された管仲、そしてともに漢創業の功臣だが、はじめは縣吏にすぎなかった蕭何と曹參、評判が悪く人から蔑まれていた韓信と陳平の名前を列擧する。さらに續けて、戰國初期、魏と楚の將、相となって活躍した吳起について、自分の出世のために妻を殺し、金錢をばらまき、母の葬儀にも歸らなかったという、その不行跡ぶりを具體的に記している。以上、全文百五十字强の過半をしめる例示部分の後、曹操は最後にこのように述べる。

……今天下得無有至德之人放在民閒、及果勇不顧、臨敵力戰。……負汙辱之名、見笑之行、或不仁不孝而有治國用兵之術、其各擧所知、勿有所遺。（3）

……今天下に至德の人の放たれて民閒に在り、及び果勇顧みず、敵に臨みて力戰するもの有ること無きを得んや。……汙辱の名、笑はるるの行を負ひ、或ひは不仁不孝にして治國用兵の術有るもの、其れ各おの知る所を擧げ、遺す所有ること勿かれ。

第一回目（1）と三回目（3）で注意を引くのは、「まさか～ではあるまい」（「得無有～」）という反語の使用である。このような、受け手にことばを押しつける言いまわしや、具體的史實を例示しながら、治世の才能があれば、不品行の者でも人材拔擢せよという趣旨を、執拗に繰り返す書き方においても兩者は共通している。また、（1）の方は、反語を含めた助字の使用が目立ち、（3）では、「負汙辱之名、有見笑之恥」「負汙辱之名、見笑之行」と同一表現が見られる。これらは、兩者が、簡潔より饒舌、リズムや均整美への配慮より、論點を強調するための繰り返しや、たたみかけによる冗長さを、表現の特徴としていることを示している。この特徴は、（２）における字句の整齊、對句の連用とは修辭の方向が逆であると言えよう。

（１）（２）（３）それぞれの令に共通するのは、自らの訴えを稽古による修辭によって強めている點である。だがここでは、三者とも素行不良な人物の具體的な行狀を執拗に描く、その部分に注意をかたむける必要がある。このことは、儒教の價値基準が絶對の權威をもっていた當時の社會にあって、別の意味をおびているのである。渡邉義浩は、以上の布令に見られる唯才主義は、漢代の郷擧里選による儒教的選擧基準の否定であり、それとともに『名士』層の有する儒教的價値を中核とする『名聲主義』への挑戰と受け取ることもできる……。」と論じている(9)（傍點筆者）。

衛廣來は、上記の「求才三令」（以下便宜上の呼稱）について、曹操集團の形成は、『三國志』の記述に照らせば、建安十三年の赤壁の戰い以前に終結し、人材選擧としての「求才令」そのものの實效性はなかったと論じている(10)。渡邉、衛兩氏の論を參照すれば、曹操の發言は、舊來の儒教價値を至上とする士大夫階級にとって、選擧基準の見直しという政令的側面より、反儒教的價値觀念を新たに提示した「挑戰」狀たる點にこそ、その衝擊があったと考えられる。また衛廣來は、令（１）において、曹操は、自らを周の文王、漢の高祖という建國者になぞらえており、それとともに「被褐懷玉」は曹操自身でもあり、「唯才是擧」とは、曹操の立場から言えば魏公就任への意志を示したものと解釋している。衛氏は、「求才三令」の主目的は漢魏の政權交代を意圖したものと說いており、なお檢討するに値しよう。衛は、「被褐懷玉」を、曹操が拔擢すべき呂尙のような人材と、才能を祕めながら十分な處遇を受けていない曹操とを、二重寫しにしたものと考察しているが、いずれにしても稽古や引經という修辭は、その含意を様々に解釋しうる餘地を殘している。そのために、本來の機能としては一義的な令が、政治的（あるいは文學的）な受容の場においては解釋に多義性をもたらしていると言えまいか。

魯迅は、「魏晉の氣風及び文章と藥及び酒の關係」の中で、書きたいことをそのまま書く、曹操の「通脫」の例として、「求才三令」に言及している。と同時に、自分の死後の着物や歌姫の處置について、こまごまと指示した遺令が、「一定的格式」を無視した書き方をしているとも說いている。(11) つまり、魯迅の「通脫」とは、言いたいことを何でも言うという內容面だけでなく、規範を逸脫した書き方をも示していると言えよう。

スタイルを異にする「求才三令」を比べてみてわかることは、曹操は、書きたいこと（＝內容）を書きたいように（＝書き方）書いているということだ。曹操は、德より才を選擧の基準にすえよと命じる、その內容とともに、儒敎的價値觀念をどう打ち破るかという時の表現のあり方に、より顧慮していると考えられるのである。

二　文學テクストとしての「十二月己亥令」

先にみた「求才三令」よりさらに令の枠組をつき破る、興味深いテクストは、『三國志』武帝紀注引『魏武故事』(12) 所載の「十二月己亥の令」（以下原文のままに「十二月己亥令」と引用）(13) である。張溥『百三名家集』(14)、嚴可均『全三國文』(15) が、それぞれ「述志令」、「讓縣自明本志令」と題していることからもうかがえるように、この長文の布告は、「縣を讓る」という指令傳達の面を持つとともに、「志を述べ」「本志を明らかに」した、曹操の內面にかかわるテクストでもある。「十二月己亥令」は、先に引いた建安十五年（二一〇）の求才令と同年の冬、曹操五十六歲、赤壁戰後の三國拮抗という情況下、魏公國建設に向かう曹操政權最終段階において出された布告である。曹操の人生における轉換點で發せられたとも言える「十二月己亥令」は、その前半部分を曹操の自傳的回想から書き起こしている。以下、前半をA、後半をBとし、さらにそれぞれ①②に分けて引用する。

A―①

孤始擧孝廉、年少。自以本非巖穴知名之士、恐爲海內人之所見凡愚。欲爲一郡守、好作政敎、以建立名譽、使世士明知之。故在濟南、始除殘去穢、平心選擧、違迕諸常侍。以爲彊豪所忿、恐致家禍。故以病還。去官之後、年紀尚少、顧視同歲中、年有五十、未名爲老。內自圖之、從此却去二十年、待天下淸、乃與同歲中始擧者等耳。故以四時歸鄉里、於譙東五十里築精舍、欲秋夏讀書、冬春射獵。求底下之地、欲以泥水自蔽、絕賓客往來之望。然不能得如意。後徵爲都尉、遷典軍校尉。意遂更欲爲國家討賊立功、欲望封侯作征西將軍。然後題墓道言「漢故征西將軍曹侯之墓」。此其志也。

孤始め孝廉に擧げられしとき、年少し。自ら本は巖穴知名の士に非ずと以ひ、海內の人の凡愚と見る所と爲るを恐る。一郡守と爲り、好みて政敎を作し、以て名譽を建立し、世の士をして之を明知せしめんと欲す。故に濟南に在りて、始め殘を除き穢を去り、平心に選擧し、諸常侍に違い迕《さか》らふ。以て彊豪の忿《いか》る所と爲り、家の禍を致さんことを恐る。故に病を以て還る。官を去りての後、年紀尚少く、同歲中を顧視するに、年五十有りて、未だ名のりて老と爲さず。內に自ら之を圖り、此從り却《しりぞ》き去ること二十年、天下の淸まんことを待つも、乃ち同歲中の始めに擧げられし者と等しきのみ。故に四時を以て鄉里に歸り、譙の東五十里に精舍を築き、秋夏に讀書し、冬春に射獵せんと欲す。底下の地を求め、泥水を以て自ら蔽《おほ》ひ、賓客往來の望を絕たんと欲す。然れども意の如きを得る能はず。後に徵せられて都尉と爲り、典軍校尉に遷る。意遂に更めて國家の爲に賊を討ち功を立てんと欲し、封侯を望み征西將軍と作らんと欲す。然る後墓道に題して言ふ、「漢の故《もと》の征西將軍曹侯の墓」と。此れ其の志なり。

本文全體は、「孤」という一人稱の語りによる獨白體をとっている。曹操は上表文で「臣」と自稱するほか、他の文章では「吾」を多く用いており、「孤」という人稱はあまり使わない[16]。もともと王侯が自らをへりくだって言う時に使う「孤」が、本文で頻用（十五回）されるのは、後述するように、この布令が、政權內部のみならず、對外的にも廣く自分の立場を辯解したい、という意圖をもつからである。

冒頭、孝廉に擧げられた曹操二十歲（熹平三年、一七四）頃から書き出されている。「巖穴知名之士」とは異なる自分を知る曹操は、能吏として生きる處世を選び、嚴格公平な政治に努めたが、逆に、宦官・權力者の怒りをかった。退官、歸鄕した曹操は濁世から逃れ、讀書や狩獵にふける生活を過ごすが、そこには、天下が落ち着くまで二十年間くらい下野しても焦ることはあるまいという、「內に自ら圖」る人生設計があった。だがそれも頓挫し、再び官界に召し出され、國家のために反亂軍を討伐し功を立てる道を選擇した、と曹操は語る。

「十二月己亥令」は、冒頭から、自分とは價値觀や政治姿勢を異にする樣々な人々との軋轢や、世評を氣にし、家族を案じて、愼重に將來設計する曹操の、いじましさすら感じさせる內面、そして挫折體驗を述べ連ねている。不安を率直にもらす「恐る」ということば（本文に計五回）をみても、この布告文は個人の心理にわたっている。この段の最後になると、死後、「漢の故の征西將軍曹侯の墓」と墓表に刻まれることが、じつは靑年時代の本志だったと明かされる。「十二月己亥令」は、このように、簡潔な物語性、私的感慨や告白スタイルをもつ。そのことによって、政治史料以上に作品テクストとして我々の前に開かれていると言えよう。個人的な告白や感懷は、まず第一に、それを共感的に受け止める受容層が前提となろう。身近な存在への問わず語りのように見える述べ方であるが、この布告文は、後述するように、近親を含めた政權內部にとどまらず、政權內外の反對勢力に向けて發信されたものである。

A-②

而遭値董卓之難、興擧義兵。是時合兵能多得耳。然常自損、不欲多之。所以然者、多兵意盛、與彊敵爭、倘更爲禍始。故汴水之戰數千。後還到揚州更募、亦復不過三千人。此其本志有限也。後領兗州、破降黃巾三十萬衆。又袁術僭號于九江、下皆稱臣。名門曰建號門、衣被皆爲天子之制。兩婦預爭爲皇后。志計已定、人有勸術使遂卽帝位、露布天下。答言「曹公尙在、未可也。」後孤討禽其四將、獲其人衆、遂使術窮亡解沮、發病而死。及至袁紹據河北、兵勢彊盛、孤自度勢、實不敵之、但計投死爲國、以義滅身、足垂於後。幸而破紹、梟其二子。又劉表自以爲宗室、包藏姦心。乍前乍却、以觀世事、據有當州。孤復定之、遂平天下。身爲宰相、人臣之貴已極、意望已過矣。

而るに董卓の難に遭値し、義兵を興し擧ぐ。是の時兵を合はすは能く多く得たるのみ。然れども常に自ら損《おさ》え、之を多くせんことを欲せず。然る所以は、兵多く意盛んなれば、彊敵と爭い、倘《も》しくは更に禍の始まりと爲らん。故に汴水の戰は數千のみ。後に還りて揚州に到りて更に募るも、亦た復た三千人に過ぎず。此れ其の本志に限り有ればなり。後に兗州を領し、黃巾三十萬の衆を破り降す。又袁術九江に僭號し、下は皆臣と稱す。門に名づけて建號門と曰ひ、衣被皆天子の制を爲す。兩婦預め皇后と爲らんと爭ふ。志計已に定まり、人の術に勸めて遂に帝位に卽きて、天下に露布せしめんとする有り。答へて言ふ「曹公尙在り、未だ可ならず。」と。後孤其の四將を討ち禽らえ、其の人衆を獲て、遂に術をして窮亡解沮し、病を發して死なしむ。袁紹河北に據りて、兵勢彊盛なるに至るに及び、孤自ら勢ひを度るに、實に之に敵《かな》はず、但だ死を投じて國の爲にし、義を以て身を滅ぼせば、後に垂るるに足らんと計る。幸ひにして紹を破り、其の二子を梟《さら》す。又劉表自ら以て宗室と爲し、姦心を包藏す。乍《たちま》ち前み乍ち却き、以て世事を觀、當州を據有す。孤復た之を定め、遂に天下を平らぐ。身は宰相と爲り、人臣の貴已に極まり、意望已に過ぎたり。

この段では、董卓の亂に遭い義兵を擧げざるをえなかったが、兵力増大の望みはなかったこと、しかし本志とたがい、黄巾の亂、袁術、袁紹との戰いを經て戰力を擴大していくことになり、最後は天下を平定して、望外にも宰相まで登りつめたという、およそ三十年にわたる來し方を、簡潔、直截に回顧する。この段の簡勁な描寫は、たとえば、袁紹との官渡の戰い（建安五年、二〇〇）で、とても敵うまいと思ったが義のために死んで名聲が殘るなら十分だと判斷した、と曹操自らの葛藤を語る部分、「兵勢彊盛、孤自度勢、實不敵之、但計投死爲國、以義滅身、足垂於後。幸而破紹、梟其二子。」と四字句を重ねる、緊迫したリズムにも表れている。A-②は、A-①に比して、混亂する時代の激流を自ら開いてきたという、曹操の公の人としての歩みの方が回顧されている。「此れ其の本志に限り有ればなり。」と、もともと天下平定の意志がなかったと辯明していることから見て、より廣く布告文の受け手を意識した述べ方をとっていると言えよう。

三　論爭的テクスト

「十二月己亥令」の後半を讀みたい。

B-①

今孤言此、若爲自大。欲人言盡、故無諱耳。設使國家無有孤、不知當幾人稱帝、幾人稱王。或者人見孤彊盛、又性不信天命之事、恐私心相評、言有不遜之志、妄相忖度、每用耿耿。齊桓、晉文所以垂稱至今日者、以其兵勢廣大、猶能奉事周室也。論語云「三分天下有其二。以服事殷。周之德可謂至德矣。」、夫能以大事小也。昔樂毅走趙、趙王欲與之圖燕。樂毅伏而垂泣、對曰「臣事昭王、猶事大王。臣若獲戾、放在他國、沒世然後已。不忍謀趙之徒隸、況燕後嗣乎。」胡亥之殺蒙恬也。恬曰「自吾先人及至子孫、積信於秦三世矣。今臣將兵三十餘萬、其勢足以背叛。然自知必死而守義者、不敢辱先人之教以忘先王也。」孤每讀此二人書、未嘗不愴然流涕也。

孤祖父以至孤身、皆當親重之任。可謂見信者矣。以及子桓兄弟、過于三世矣。孤非徒對諸君說此也。常以語妻妾、皆令深知此意。孤謂之言「顧我萬年之後、汝曹皆當出嫁。欲令傳道我心、使他人皆知之。」孤此言皆肝鬲之要也。所以勤勤懇懇敍心腹者、見周公有金縢之書以自明、恐人不信之故。

今孤此を言ふは、自ら大と爲すが若し。人言の盡くさんことを欲し、故に諱むこと無きのみ。設使《もし》國家に孤の有ること無くんば、當に幾人か帝と稱し、幾人か王と稱すべきかを知らず。或ひは人孤の彊盛なるを見、又性は天命の事を信ぜず、私心に相評して、不遜の志有りと言ひ、妄りに相忖度して、每に用って耿耿とせんことを恐る。齊桓、晉文の稱を垂れて今日に至る所以は、其の兵勢廣大にして、猶能く周室に奉事するを以てなり。論語に云ふ「天下を三分して其の二有り。以て殷に服事す。周の德は至德と謂ふべし。」とは、夫れ能く大を以て小に事ふるなり。昔樂毅趙に走《に》げ、趙王之と燕を圖らんと欲す。樂毅伏して垂泣し、對へて曰く「臣昭王に事ふるは、猶大王に事ふるがごとし。臣若し戾《つみ》を獲て、放たれて他國に在れば、世を沒して然る後已む。趙の徒隸すら謀るに忍びず、況んや燕の後嗣をや。」と。胡亥の蒙恬を殺せしや、恬曰く「吾が先人より子孫に至るに及び、信を秦の三世に積めり。今臣兵三十餘萬を將きゐ、其の勢ひ以て背叛するに足る。然るに自ら必ず死して義を守らんことを知るは、敢へて先人の敎へを辱めて以て先王を忘れざればなり。」と。孤此の二人の書を讀む每に、未だ嘗て愴然として流涕せずんばあらざるなり。

孤の祖父より以て孤の身に至り、皆親重の任に當たる。信ぜらるる者と謂うべし。以て子桓兄弟に及び、三世に過ぎたり。孤徒に諸君に對して此れを說くのみに非ざるなり。常に以て妻妾に語り、皆深く此の意を知らしむ。孤之に謂ひて言はく「我が萬年の後を顧《おも》ふに、汝曹《ら》皆當に出でて嫁すべし。我が心を傳へ道はしめ、他人をして皆之を知らしめんと欲す。」と。孤の此の言は皆肝鬲の要なり。勤勤懇懇として心腹を敍べる所以は、周公に金縢の書有りて以て自ら明らかにせしを見、人の信ぜざるを恐るるの故なり。

曹操は、令の前半で、「遂に天下を平らげ、身は宰相と爲る」までの足跡を述べたのは、自己宣傳ではないこと、天下の平定がやむを得ざる必然の流れであり、そのことを「人言を盡くし」て說明しているまでだと言う。「設使《もし》國家に孤の有ること無くんば、當に幾人か帝と稱し、幾人か王と稱すべきかを知らず。」と斷言するのは、「心情倫理」ではなく、「責任倫理」[17]を優先させる政治家の立場を明らかにしているのである。この政治的な言說は、國家簒奪の野心ありと中傷、非難する者に對し、自分にはその意志が全くないことを典故・故事を引いて辯明する。前半部の文章が、簡潔・率直な記述であるのと比べ、ここでは、『論語』や燕の樂毅・秦の蒙恬の故事を重ねて引用する。曹操は、このような修辭法を後の部分でも執拗に用い、自己の正しさを歷史に照らして論證する。その背景には、「私心に相評し」「妄りに相忖度」する、反曹操の勢力があった。「十二月己亥令」が、曹操政權內において布告された「おふれがき」である以上、そのような世論は政權內部にも存在したのであろう。「十二月己亥令」は、そういった內外の批判的言說との拮抗の上に發せられたと言えよう。それは、建安十五年（二一〇）と同年の春に、第一回の「求才令」によって、儒教的價値觀念への反抗を公にした直後のことでもあった。

B-①で面白いのは、曹操が、この布令で訴えてきたことは、「徒に諸君に對して此を説くのみに非ざるなり。常に以て妻妾に語り、皆深く此の意を知らしむ。」と述べている點である。「萬年の後」まで自らの心情を傳えるため、女性の聲に情報の傳播力を託し、妻妾に再嫁すら勸め、他家において曹操の立場を宣傳させようと言うのだ。そこには曹操が、「十二月己亥令」にとどまらず、政治における言論の重要性を深く認識していたことがうかがえる。

曹操の言論觀に關して言えば、「十二月己亥令」では續けて、「勤勤懇懇として心腹を敍べる所以」について、周王朝の功臣、周公旦が、國家簒奪の意志ありとする誹謗に對して、その潔白を證明する内容の文章（『尙書』金縢）を殘していたため、疑いが晴れた故事を引いている。曹操は、自分がくどくどと王室簒奪の意志がないことを辯解するのは、「人の信ぜざるを恐るるの故」に、周公がそうであったごとく、言論の力に頼らざるをえないからだと言う。

戰亂の時代は、言論鬪爭の時代でもあった。たとえば、『三國志』魏書、劉曄傳は、曹操の漢中討伐（建安二十年、二一五）に際し、蜀の人民は曹操軍の勢いに恐怖しているから、檄文をまわすだけで蜀を平定できるとする計略すら、曹操陣營にあったことを傳えている。(18) このような戰略的に使用される國家間の檄文だけでなく、民衆レベルでの妖言・流言の廣がりや、太學などで知識人が作る風謠等の時世批判の言論、さらに、選擧の際の人物評價の議論が抽象化する過程でもたらされた、後漢末の淸議の流行が思い起こされよう。それらをつなぎ合わせてみても、後漢末より三國時代にかけて、廣範な言論の交流、流通がなされていたと言えよう。(19) 曹操は、このような言論の交流の活發化という時代情況において、言論鬪爭を展開していかねばならなかった。「十二月己亥令」は、そのような背景の中で生み出されたテクストと言える。

四　書き方の不統一とジャンルを超えた文學性

「十二月己亥令」に戻り、最後の段に目を通したい。

B－②

　然欲孤便爾委捐所典兵衆以還執事、歸就武平侯國、實不可也。何者、誠恐己離兵爲人所禍也。既爲子孫計、又己敗則國家傾危。是以不得慕虚名而處實禍。此所不得爲也。前朝恩封三子爲侯、固辭不受。今更欲受之、非欲復以爲榮。欲以爲外援、爲萬安計。

　孤聞介推之避晉封、申胥之逃楚賞。未嘗不舍書而歎。有以自省也。奉國威靈、杖鉞征伐、推弱以克彊、處小而禽大。意之所圖、動無違事、心之所慮、何向不濟。遂蕩平天下、不辱主命、可謂天助漢室、非人力也。然封兼四縣、食戸三萬、何德堪之。江湖未靜、不可讓位。至于邑土、可得而辭。今上還陽夏、柘、苦三縣戸二萬、但食武平萬戸、且以分損謗議、少減孤之責也。

　然るに孤の便ち爾《しか》く典《つかさど》る所の兵衆を委捐して以て執事に還し、歸りて武平侯國に就かんことを欲するは、實に不可なり。何となれば、誠に己兵を離れて人の禍する所と爲るを恐るればなり。既に子孫の爲に計り、又己敗るれば則ち國家傾危す。是を以て虚名を慕ひて實禍に處るを得ず。此爲すを得ざる所なり。前に朝恩三子を封じて侯と爲さんとするに、固辭して受けず。今更めて之を受けんと欲するは、復た以て榮えと爲さんと欲するに非ず。以て外援と爲し、萬安の計と爲さんと欲すればなり。

孤聞く、介推の晉の封ずるを避け、申胥の楚の賞するを逃ると。未だ嘗て書を舍《お》きて歎ぜずんばあらず。以て自ら省みる有るなり。國の威靈を奉じ、鉞《まさかり》に杖《よ》りて征伐し、弱を推して以て彊に克ち、小に處りて大を禽《とりこ》にす。意の圖る所、動きて事に違ふこと無く、心の慮ふ所、何れに向かひて濟《な》さざらん。遂に天下を蕩平し、主命を辱めざるは、天の漢室を助くと謂ふべく、人の力には非ざるなり。然れども封ぜられて四縣を兼ね、戸三萬を食むは、何の徳か之に堪えん。江湖未だ靜まらざれば、位は讓るべからず。邑土に至りては、得て辭すべし。今陽夏、柘、苦の三縣戸二萬を上還して、但武平の萬戸を食み、且く以て謗議を分損して、少しく孤の責めを減ずるなり。

この最後のくだりは、曹操に對し、「兵衆を委捐して以て執事に還し、歸りて武平侯國に就かんことを欲する」勢力もしくは論議のあったことを示す記述からはじまる。それへの辯明に、介之推が晉の文公から祿位を受けず、申包胥が楚の恩賞を望まなかったという故事を引くのは、前段までと同じ手法である。このような古典を活用する修辭は、それを理解する知識層が讀み手となる。やや敷衍して、受け手の理解力と送り手の表現の相互關係という問題にふれてみよう。陳壽は、諸葛亮の文章について、次のように述べている。

論者或怪亮文彩不豔、而過於丁寧周至。臣愚以爲咎繇大賢也、周公聖人也。考之尙書、咎繇之謨略而雅、周公之誥煩而悉。何則、咎繇與舜、禹共談、周公與羣下矢誓故也。亮所與言、盡衆人凡士。故其文指不得及遠也。然其聲敎遺言、皆經事綜物、公誠之心、形于文墨。足以知其人之意理、而有補於當世。[20]

論者或ひは亮の文彩豔ならずして、而も丁寧周至に過ぎたるを怪しむ。臣愚以爲へらく、咎繇は大賢なり、周公は聖人なり。之を尙書に考ふるに、咎繇の謨は略にして雅、周公の誥は煩にして悉なり。何となれば則ち、咎繇は舜、禹と共に談じ、周公は羣下と矢誓するが故なり。亮の與に言ふ所は、盡く衆人凡士たり。故に其の文指遠くに及ぶを得ざるなり。然るに其の聲敎遺言、皆事を經て物を綜べ、公誠の心、文墨に形《あら》はる。以て其の人の意理を知るに足りて、而も當世に補ふる有り。

諸葛亮を「文彩豔ならず」「丁寧周至に過ぎたり」と批判する者に對して、陳壽は、彼が語りかけた相手は「衆人凡士」であり、文彩を施して「遠くに及ぶ」ものではないが、文章は周到で、「公誠の心」が表れていると說く。ここでは、受け手が異なれば送る側の文彩も變わることを、「咎繇の謨」「周公の誥」を例に述べているのだが、曹操の場合、「十二月己亥令」も含めて、そのテクストの主たる受容層は、一定の古典に通じた士人であったと言えよう。陳壽は、諸葛亮の文章について、噛んで含めるような語りかけが必要な「衆人凡士」を對象としたものだと言う。それと比較するに、曹操が文章に古典の引用という簡潔性と含意を兼ね備える修辭を活用したのは、自己の主張を內外廣く（「衆人凡士」とは異なる）「名士」等の知識層に傳播させる意圖があったのであろう。

時代情況に照らした場合、曹操が、王室簒奪の意志がないことを「十二月己亥令」で宣言する必要があるのは、外部の反對勢力はもとより、政權內部の儒教價値に基づく保守的官僚層、そしてそれらを含め內外の、舊來の儒教的價値をおびた「名士」との對立があったことを推測させる。[21] 曹操は、そのような儒教を中核とし、漢朝維持の大義名分を保つ文化人層に向かって、その言說を發せざるをえなかったと言える。「十二月己亥令」の受容者について考える時、曹操は、後半部において、明らかに政權內外の名士層や敵對勢力をメッセージを受ける側の前面に意識している。それに對し、本章第二節において「個人的告白や感懷は、まず第一に、それを共感的に受け止める受容層が前提となろう。身近な存在への問わず語りのように見える述べ方である。」と先述したように、曹操は、前半部では、近親を含む共感的受容層が、違和感なく受けとめるような書き方をとっているようである。政權內外の名士層・反對勢力という受け手は、前半の自傳的部分にふれて、抵抗感や意外感をもったのではないだろうか。

角度を變えれば、テクストAが回顧という私的內容であるのに對して、Bは公的性格がつよいと言える。さらに、すでに見てきたように、A-①よりA-②の方が、私的性格が薄れる中身であり、B-①に比べB-②は、政策の具體的傳達が中心になっており、公的性格を增している。それに比例して、受け手は、順次、近→遠と、より外部を意識した內容と言えよう。すなわち、A-①からB-②まで漸次、左に示すようになる。

A-①→A-②→B-①→B-②＝私・近→公・遠

書き方のレベルで言えば、息子三人の諸侯任命を再び拜受する理由を、「今更欲受之、非欲復以爲榮。欲以爲外援、爲萬安計。」「……したいのは……したいからではない……したいからだ」と繰り返し强調し、たたみかけて表現する。この、話しことばのような率直な言いまわし以外に、「設使」という助字の使用、古典の頻繁な引用、同一語の繰り返しがまま見られ、「十二月己亥令」の後半Bは、前半Aに比すと、より冗漫な文體になっている。また、過去を簡潔に回顧するAより、Bの方が、たたみかけや口語的リズムによって、文章にスピード感が生じている。ただ、自らの武功を述べるくだりは、「奉國威靈、杖鉞征伐、推弱以克彊、處小而禽大。意之所圖、動無違事、心之所慮、何向不濟。遂蕩平天下、不辱主命、可謂天助漢室、非人力也。」と四字句を長くつらねて、緊迫、高揚したリズムをもつ。しかし、このような四字句を含めた簡勁な言いまわしは、前半の方に目立っており、おおむね、Aは簡直、Bは饒舌な書き方をとっていると言えよう。

曹操はこのような同一テクスト內における書き方の違いを、意識して選擇したのではあるまいか。すなわち、批判的名士層への辯解を主要な內容とするテクストBは、ことばのつぶてを饒舌に相手にぶつけていくスタイルをとり、私的な自傳回想を述べるテクストAには、簡潔・直截なそれを、という具合に。このテクストの全體像を把握するために、あえて大雜把な見取圖を示してみたい。以上述べ來たったことを、內容、書き方、受け手の關係に照らし、複層的に示すと次のようになろう。

A…私＝近＝自傳的回想＝簡潔・重厚・直敍

B…公＝遠＝辯明・傳達＝饒舌・輕快・引經・稽古

書きたいことを書きたいように書くという特徴を、すでに「求才三令」それぞれを比較する中で見たが、曹操は、「十二月己亥令」における同一テクスト內部で、それを實行していると言えそうである。「十二月己亥令」が、「求才三令」よりもさらに、令の枠組みを大きく逸脫したテクストであることは、以上によりすでに明らかであろう。先に引いたように、「令は命なり。（令者、命也。）」（『文心彫龍』書記）、「其の文、制詔と大異無し。（其文與制詔無大異。）」（『文體明辨』）と定義される令の基本的機能は、テクストB-②において果たされている。事實、曹操の他の多くの令が、政策の指示傳達文として十全に機能している。しかし、「位は讓るべからず。邑土に至りては、得て辭すべし。」というような指令傳達は、この布告文の全體はおろか、テクストB-②においても一部分をしめるにすぎない。B-②の、「弱を推して以て彊に克ち、小に處りて大を禽《とりこ》にす。意の圖る所、動きて事と違ふこと無く、心の慮る所、何れに向かうとして濟《な》さざらん。」ということばに見られるような文學的喚起力は、このテクストの全般を形作っていると言えよう。この令は、命令的指令的言語である以上に含意性の高い言語である點にこそ、その特質を見るべきであろう。

「十二月己亥令」を、受け手の側から言えば、政權內の曹操支持層、政權內外の批判的名士層、外部の政敵等々、多重に存在したと考えられる。テクストの意味形成をするのが受容者であることは自明のことだが、「十二月己亥令」は、そのような受容する側によって様々に解釋されたと言えよう。張溥は、「述志一令は、人を欺くに似て、未だ嘗て心腹を抽序し、慨して當に以て慷すべからずんばあらざるなり。（述志一令似乎欺人、未嘗不抽序心腹、慨當以慷也。）[22]」と述べ、「人を欺く」詐術性、政治性とともに、「心腹」「慷慨」を表す「述志」性、文學性に着目している。曹操が最後に、「且く以て謗議を分損して、少しく孤の責めを減ずるなり。」と、この布告文を締めくくることからもわかるように、文章全體の意圖は「謗議」に對處するための施政方針を傳える點にあった。「十二月己亥令」は、一義的には、政治的文章である。しかし、このテクストは、それを踏み越え、受け手に對して様々な意味形成をうながしているのである。

「十二月己亥令」が多義的であるゆえんを、語り手曹操の立場から、大まかに言えばこうなるだろう。「謗議」に對處するという政治的意圖は、表現のレベルにおいて、廣汎な受け手を説得するための文彩や修辭を要することになる。そこに虚構や誇張が入る餘地があり、また、受け手の内面を動かす影響力、すなわち、ことば自體の喚起力が生じる。さらに言えば、一般に、文學作品はジャンルの規範に沿って書かれ、讀みとられる。したがって、そのような約束事を共有しうる讀者層の存在が前提となる。しかし、令は一義的には政治的な文章であって、文學作品が備えるような書き方の規範を有していない。令の場合、作品におけるような限定された讀者層は特に想定されていないのである。むしろ逆に「十二月己亥令」は、まさに政令であるがゆえに、直接、間接的に廣範な受容層に向けられたであろう。曹操が「十二月己亥令」を發信したのは、本文に、「(様々な)人」「江湖」「謗議(の人)」「主(=獻帝)」「子桓兄弟」「諸君」(括孤は筆者)等あるように、様々な思想、立場を持ちながら、そのメッセージを直接、間接に受け止める、多様な受容層であった。曹操の「十二月己亥令」は、通常の文學テクストがジャンルの規範を共有しうる特定の受け手に向け、各様式の因襲に沿って書かれるのとは異なる。逆にそのような受け手の多重性を意識しつつ、隨意に書き方を變えていると考えられるのである。

五　自傳的散文——身の丈の記録——

最後に、「十二月己亥令」A部に見られる自傳的回想部分や自己辯明の意味について考えたい。曹操にとっての言語表現は、樣式や因襲より、現實の情況と嚴しく向き合う營爲であった。[23]だとすれば、豫知しない挫折や轉機に翻弄されながら、その困難を逆轉の絲口にしてきたと振り返る、テクストAのドラマトゥルギーをどう理解すべきか。それを、「且く以て謗議を分損して、少しく孤の責めを減ずるなり。」という情況との對峙の中で、一時を糊塗するための政治的辯解ととらえるだけで十分だろうか。川合康三は、「古今東西、自傳執筆に共通していえることは自分という人間を記錄し、それによって同時代、將來に渡って自分という人間を理解してほしいという人間の切實な思いから發せられているといえるのではなかろうか。」と說く。[24]「十二月己亥令」という自傳的散文を理解する上で傾聽すべき指摘であろう。三國時代前後という激しい權力鬪爭の時代は、同時にポレミックな言論鬪爭の場をそこに展開した。その渦中で、曹操の姿もまた樣々に論評され、描かれている。だとすれば、そのような樣々な言說によって肥大化していったであろう曹操像に對し、表現の位相において「等身大」の自己を取り戾そうとする、曹操自身の試みをそこに讀みとれまいか。

それが、素朴にすぎるとすれば、帝位を諡號されることを見越して、自らの人生を語る機會をあらかじめ作ろうとする、曹操の計算をそこにうかがうことも、漢朝崩壞までの政治日程をたどれば深讀みとは言えまい。しかも魏公就任以前であれば、自己辯明のためという擔保もあり、勿體らしさがなく絕妙のタイミングではある。そのような意味形成が、現代に生きる我々というテクストの受け手側の問題だとしても、「等身大」の人間をとらえようとする曹操のまなざしには目を向ける必要がある。

『三國志』武帝紀注引「褒賞令」所載の橋玄を祭る「祀文」(25)を引いてみよう。

……士死知己、懷此無忘。又承從容約誓之言。「殂逝之後、路有經由、不以斗酒隻鷄過相沃酹、車過三步、腹痛勿怪。」雖臨時戲笑之言、非至親之篤好、胡肯爲此辭乎。匪謂靈忿、能詒己疾。懷舊惟顧、念之悽愴。……

……士は己を知るものに死す、此を懷ひて忘るる無し。又た從容たる約誓の言を承く。「殂逝の後、路に經由する有るに、斗酒隻鷄を以て過《よ》ぎりて相ひ沃酹《そそ》がずんば、車三步を過ぐるに、腹痛むも怪しむ勿かれ。」と。臨時戲笑の言と雖も、至親の篤好に非ずんば、胡ぞ肯へて此の辭を爲さんや。靈の忿りて、能く己に疾を詒《おく》ると謂ふに匪ず。舊を懷ひ惟だ顧み、之を念ひて悽愴たり。……

曹操はここで、舊知の閒柄であった橋玄が生前に殘した友情のこもる何氣ない冗談に、ふつうの人閒の生きた姿を浮き上がらせている。曹操はしかし、このような、「身の丈」の回復という文學にとってありふれた役割を、令という權力的な政治様式によって果たしたと言えよう。

小結

曹操の文學テクストは、樂府がそのすべてであり、賦はほとんど殘っていない。樂府創作にしても、道家春代が論じるように、政治的立場を宣傳する手段であって、公的な行爲と考えられ、國家禮樂の整備という意圖があった(26)。曹操にとっては、樂府すら權力的な樣式であったのだ。「等身大」の個人とその內部を照らし出す作品の制作・流通に加えて、その受容の場となる文壇サークル內での作品應酬や文學批評の登場。そのような、政治とへだたる新たな文學の創出は、曹丕・曹植らを中心とした建安文壇にゆだねられることになる。令という散文テクストを含め、曹操の文學的營爲は、建安文壇の活動とは離れた位置にあったと言えよう。

建安文壇の外では、後漢末という轉換期の中、言論の交流が活發化し、激しい言論闘爭が展開された。曹操がその中で發信した令という政治的テクストには、多樣な文學性がうかがえる。それらに基本的に見られるのは、一般の文學樣式と異なり、特定の樣式規範と受け手をもたない政治的通達文という性質を逆手にとって、そこに自由な書き方を施そうとする表現者曹操のすがたであろう。そのことを小論では、「十二月己亥令」を中心に粗描してみた。個々の語彙分析、字句の計量的考察等のより仔細な言語的特質の究明や、散文史への位置づけは別の課題であろう。

小論は、曹操の文章を、劉師培・魯迅の言う「清峻」「通脱」、「簡約嚴明」「隨便之意」という性質に歸着させるだけでなく、テクストとその受容という觀點、現代的な用語をあえて援用するならば生產と流通という視野からも把捉し、そこに文學テクストとしての特質を見ようとする拙い試みであった。

曹操が開いた、「書きたいことを書きたいように書く」文學は、曹植という後繼者によって大きく前進していく。しかし、曹操が樣式・規範の破壞者という一面をもつのに對し、曹植は漢代にいたる樣々な文學因襲の創造的繼承者として建安文學を推進していった。このことについては、次章以後考察していきたい。

注

（1）劉師培『中國中古文學史』（人民文學出版社、一九八四）第三課「論漢魏之際文學變遷」一一頁。

（2）『魯迅全集』（人民文學出版社、一九八七）第三卷「而已集」所收、五〇二・五〇三頁。

（3）「董卓之后、曹操專權。在他的統治之下、第一箇特色便是尙刑名。他的立法是很嚴的……因此之故、影響到文章方面、成了淸峻的風格。——就是文章要簡約嚴明的意思。此外還有一箇特點、就是尙通脱。……因爲在黨錮之禍以前、凡黨中人都自命清流、不過『清』講得太過、便成固執、所以在漢末、清流的擧動有時便非常可笑了。……所以深知此弊的曹操要起來反對這種風氣、力倡通脱。通脱卽隨便之意。此種提倡影響到文壇、便產生多量想說甚么便說甚么的文章。……總括起來、我們可以說漢末魏初的文章是清峻、通脱。在曹操本身、也是一箇改造文章的祖師……。」注（2）前掲書、五〇二・五〇三頁。

（4）『文心彫龍』（范文瀾『文心彫龍注』〈商務印書館、一九六〇〉）書記第二十五、四五八頁。

（5）『文體明辨序說』（人民文學出版社、一九八二）一二〇頁。

（6）『三國志』（中華書局、一九八二）巻一、魏書、武帝紀、三二頁。

（7）同右、四四頁。

（8）同右、四九・五〇頁。

（9）「三國時代における『文學』の政治的宣揚——六朝貴族制形成史の視點から——」（『東洋史研究』五四—三、一九九五）三七・三八頁。渡邉義浩は、「清流」「濁流」という後漢後期の人間類型に疑問を呈し、「自己の有する文化的諸價値を存立基盤として、豪族層の支持を受け、また君主權力に尊重されて、國家機構に重要な役割を果たす」（同論文、二六頁）後漢末以降の知識人層としての「名士」に着目したが、卓見と言えよう。同氏「曹操政權の形成」（『大東文化大學漢學會誌』三九、二〇〇一）を併せて參照。

（10）衞廣來『漢魏晉皇權嬗代』（書海出版社、二〇〇二）第四章第一節。

（11）注（2）前掲書、五〇三頁。

（12）清、姚振宗によれば、『魏武故事』は、黄初以後、魏朝において臺閣の掌故とするため編集されたと考えられ史料價値は高い。『三國藝文志』（『二十五史補編』〈中華書局、一九五五〉第三册）三八頁參照。

（13）『三國志』巻一、魏書、武帝紀、三二～三四頁。

（14）『漢魏六朝百三名家集』（文津出版社、一九七九）「魏武帝集」八七九頁。

（15）『全上古三代秦漢三國六朝文』（中華書局、一九五八）一〇六三頁。

(16) たとえば、曹操が臣下に代作させ孫權や孔融に送った公式書簡は「孤」と自稱する。「孤」が用いられるのは、臣下でも外様のような立場に對して、あるいはかなり緊迫した場面、外部を意識した場合等の傾向性が見うけられる。
(17) マックス・ヴェーバー『職業としての政治』（脇圭平譯、岩波書店、一九八〇）八九頁。
(18) 『三國志』巻十四、魏書、劉曄傳、四四五頁。
(19) 林田愼之助が論じるように、「學問から詩文まで含めての三國時代の文化の狀況となると、三國の間に國境をこえて、交流がおこなわれていたとみてよいであろう。學問的、文學的な所產から、文化を擔った名士の交流までを視野に入れると、かなり自由にそれはおこなわれていたと考えてよい。」「三國志の文化交流」（『中國文學 その心の風景』〈創文社、二〇〇一〉）一四四頁。
(20) 『三國志』巻三十五、蜀書、諸葛亮傳、九三一頁。
(21) 渡邉義浩注（9）前揭の兩書參照。
(22) 『漢魏六朝百三名家集』「魏武帝集題詞」八七一頁。
(23) 曹操にとり表現の營爲そのものが命を削るほど嚴しいものであったことをうかがわせる資料は、「曹公懼爲文之傷命。」（『文心彫龍』養氣第四十二、六四七頁。）
(24) 『中國の自傳文學』（創文社、一九九六）六五頁。
(25) 『三國志』巻一、魏書、武帝紀、一三頁。『後漢書』橋玄傳も所載。
(26) 「曹操の樂府詩と魏の建國」（『名古屋大學中國語學文學論集』一一、一九九九）參照。

第六章　曹植の四言詩について

はじめに

曹植（字子建、一九二〜二三二）は、その五言詩が鍾嶸『詩品』でつとに絶賛された。[1] しかし曹植の詩作は、その他様々な詩型に及んでいる。小論は、その四言詩に着目したい。十數首殘るその四言諸篇は、手法・題材が多彩であり、『詩經』の傳統をふまえた上で曹植獨自の創造が施されているのである。

四言詩は最も早く發達した定型詩であるが、西晉初めの太康期頃には頌詞的な長編敍事詩が主流になり、以後、四言詩の制作にほとんど見るべきものはない。このように、四言詩は、晉代にほぼ様式としての發展が停滞するという特殊な歴史を有している。その中で漢末魏代は、王粲、曹操、曹丕、曹植、嵇康、阮籍等、それぞれ獨自のスタイルをもつ四言詩を殘し注目に値する。就中、曹植は、四言詩が備える漢代までの傳統をふまえつつ、そこに斬新な實驗を試みたようである。

そのような曹植の試みを、以下長編の作品數編を取り上げ探ってみたい。そこに、漢代の傳統を新たに繼承發展させた、建安文學における創造性の一端を垣間見ることができよう。

一　「責躬詩」について

『三國志』巻十九、魏書、陳思王植傳の黄初四年（二二三）の條に、文帝曹丕へ獻呈された表一篇と詩二篇が收載されている。二篇の詩は、『文選』巻二十、獻詩の部に「躬を責むる詩（責躬詩）」、「詔に應ずる詩（應詔詩）」と題される四言詩である。曹植傳に掲載されるこの二篇は、あらまし次のような經緯を背景に獻上されたものである。

曹操沒後、曹丕の皇帝權力の確立と、曹植の藩侯としての無力化が決定する中、同年黄初元年（二二〇、正確には曹丕受禪以前の延康元年）自國臨淄にあった曹植は、當地の監國謁者、灌均によって、醉亂のうえ使者を「劫脅」した旨告發され、鄴の地に召喚された。(2) 重科に處せられるところを、卞太后の取りなしにより貶爵で沙汰やみとなる。明けて黄初二年、現存史料では事の中身は詳らかではないが、東郡太守王機、防輔史倉輯らの告發により罪を着せられ洛陽に上る。(3) 重科を免れて歸國後、黄初四年の朝會に參上を許されるまで二年間、曹植は、自國鄄城で謹愼の日々を送った。そして二年ぶりに上洛するが、暫し曹丕に謁見を許されないという狀況において、二篇の獻呈詩「責躬詩」「應詔詩」が制作された。黄初元年以來の二度にわたる告發事件を含め、曹植の窮狀は焦眉の急を告げていたわけである。こうした折に、表と四言詩二篇を文帝曹丕に捧げることによって、自ら失地回復の緒口をつかもうとしたのである。

「責躬詩」の方は、九十六句に及ぶ長篇である。四言の長篇は、『詩經』以後建安までに、前漢の韋孟、韋玄成の數篇ほか、後漢の傅毅「迪志詩」が殘る。「責躬詩」は、これらの系譜に連なるが、直接には韋玄成の「自劾詩」を下敷きにしつつ自己反省の辯を詩中にまじえているようだ。

韋玄成は、(4) 宣帝（在位前六一～前五四）の時、父韋賢の爵位を繼ぐ。それより前、父賢の死後、嗣位が父の本意ではないと察し、兄弘に爵位を譲るべく病狂をよそおうが、發覺し劾奏される。またその後、宗廟の祀りの時に、四頭立ての馬車に乗って威儀を正すべきところを、雨で道がぬかっていたために騎馬して入廟するという失敗を犯した。有司に劾奏されて爵位を削られ、關内侯におとされて、みずから恥じつつ詠んだのが「自ら劾《いまし》むる詩（自劾詩）」である。法儀を犯して貶爵されるという事件をモチーフに、それを反省するという主題でかかれた點、曹植の「責躬詩」も同じである。ちなみに言えば「于《ここ》に其の尤《あやま》ちを貳びす（于貳其尤）」（「自劾詩」）と、とがを繰り返していること、「守正持重は、父賢に及ばざれども、文采は之に過ぐ。（守正持重不及父賢、而文采過之。）」[5]という韋玄成の人となり等、曹植と暗合する部分も注意を引く。「責躬詩」を制作するに當たり、曹植は、韋玄成の「自劾詩」を先行作品としてつよく意識していただろう。

以下、「自劾詩」と比較しつつ、「躬を責む」と題されているこの詩について一瞥してみたい。

自劾詩[6]

赫矣我祖　　赫《かがや》かしき我が祖
侯于豕韋　　豕韋のくにに侯たり
賜命建伯　　命を賜ひて伯を建て
有殷以綏　　有殷以て綏《やす》んず
……　　……
49 惟我小子　　惟れ我小子
不肅會同　　會同に肅《つつし》まず

婧彼車服　彼の車服を婧《おこた》り
黜此附庸　此の附庸に黜《おと》さる
赫赫顯爵　赫赫たる顯爵
自我隊之　我より之れを隊《お》とし
微微附庸　微微たる附庸
自我招之　我より之れを招く
誰能忍媿　誰か能く媿《はぢ》を忍びて
寄之我顔　之れ我が顔に寄らん
誰將遐征　誰か將《とも》に遐かに征き
從之夷蠻　之れ夷蠻に從はん
……　……
四方羣后　四方の羣后
我監我視　我を監よ我を視よ
威儀車服　威儀と車服
76唯肅是履　唯是の履《おこなひ》を肅め

「自劾詩」は、全七十六句中、四十八句目までが遙かな祖先からの業績を記述し、系統譜的性格が濃厚である。その後でようやく、貶爵されたことを中心に自己批判の辯を述べる。四十九句目からは、家に傷をつけ恥をさらし、社會秩序を破った自分を執拗に省み、最後は自分の失敗を戒めとせよと締めくくっている。しかしその「自ら劾《さば》く」ことばは、職官としての罪を反省するに終わり、そこに韋玄成という人間の感情や心理はほとんど感じ取れない。漢代の詩學は、『詩經』に教訓性や諷喩性を見ていたが、そのように『詩經』を祖述しようとする「自劾詩」は、系統譜を連ねた退屈な教誡詩の域を出るものではなかった。

一方曹植の「責躬詩」は、父曹操の創業、兄曹丕受禪のさまを、『詩經』の雅・頌、『尙書』の用語をちりばめ、莊重、華麗に詠いだす。續けて、榮えある藩侯として秀俊に翼賛される曹植自身の姿がよまれるが、二十八句目までは、頌詞としての既存の傳統に卽していると言えよう。二十九句目から六十八句目までは、自分の境遇の敍事が中心になり、黄初元年の使者劫脅事件、鄴への召喚、安鄕侯への貶爵、鄄城への改封、翌黄初二年の王機、倉輯による告發事件、上洛、歸國、翌黄初三年の鄄城王累進までの經緯が、時系列に沿って具體的に述べられる。

責躬詩(7)

於穆顯考　　於《ああ》　穆《うるは》しき顯考
時惟武皇　　時《こ》れ惟《こ》れ　武皇
命受於天　　命を天より受け
寧濟四方　　四方を寧んじ濟《すく》ふ
……　　……
29 伊予小子　　伊《こ》れ予《われ》小子
恃寵驕盈　　寵を恃みて驕盈

擧挂時網　擧てば時網に挂かり
動亂國經　動けば國經を亂す
作藩作屛　藩と作り屛と作りて
先軌是隳　先軌　是れ隳《やぶ》る
傲我皇使　我が皇使に傲り
犯我朝儀　我が朝儀を犯す
……　……
49 股肱弗置　股肱　置かず
有君無臣　君あるも臣無し
荒淫之闕　荒淫の闕《おちど》
誰弼予身　誰か予《わ》が身を弼《ただ》さん
煢煢僕夫　煢煢たる僕夫
於彼冀方　彼の冀方に於《ゆ》けり
55 嗟予小子　嗟《ああ》　予《われ》小子
乃罹斯殃　乃ち斯の殃《わざわい》に罹る
……　……

自分のいたらなさと、違法の事實を述べる一方で、我が身の悲慘さをもらし（49・50）、禍を被って嘆くような口吻（55・56）が見えるのは、自己反省をこととした獻呈詩としては、やや配慮が足りないようである。これは、どう理解すべきか。

曹植は、「九愁賦」で、「時王の謬りて聴き、姦枉の虚辞を受くるを恨む。（恨時王之謬聽、受姦枉之虚辭。(8)）」と述べ、時王すなわち帝位に即く前の曹丕が、監國官の誣告を鵜呑みにしていると言いながら、最後に「亮に怨み無くして棄逐せらるるは、乃ち余の行ひの招く所なり。（亮無怨而棄逐、乃余行之所招。(9)）」と自分のまいた種だから、仕方が無いとしめくくっている。「時王」という言葉に注目すれば、これは黄初元年の同年、受禪以前の延康元年、曹植による使者劫脅事件の後の感慨であろう。また、「初めて安郷侯に封ぜらるるの表（初封安郷侯表）」では、「臣自ら罪深く責め重きを知る。（臣自知罪深責重。(10)）」と言い、黄初二年の王機、倉輯による告發事件の翌年、鄄城侯から鄄城王へ累進した時の「鄄城王に徙し封ぜらるるを謝するの表（謝徙封鄄城王表）」で、「狂悖發露し、始めて天憲を干す。自ら放棄せられ、罪を抱きて身を終ふるに分《あま》んず。（狂悖發露、始干天憲。自分放棄、抱罪終身。(11)）」と自らの「狂悖」の招いた罪であるとしている。

王機、倉輯事件の史料となる「黄初六年令」において、曹植は次のように述べている。

> 吾昔以信人之心、無忌於左右。深爲東郡太守王機、防輔吏倉輯等任所誣白、獲罪聖朝。身輕於鴻毛、而謗重於泰山。……機等吹毛求瑕、千端萬緒。然終無可言者。及到雍、又爲監官所擧、亦以紛若、於今復三年矣。(12)
>
> 吾昔人を信ずるの心を以て左右に忌むこと無かりき。深く東郡太守王機、防輔吏倉輯等の任せて誣白する所と爲り、罪を聖朝に獲たり。身は鴻毛より輕く、謗りは泰山より重し。……機等、毛を吹き瑕を求めて、千端萬緒。然るに終に言ふべき者無し。雍に到るに及びて、又監官の擧ぐる所と爲り、亦以て紛若、今に於て復た三年なり。

ここでは、王機、倉輯による告發が誣告であったこと、黄初四年に雍丘に遷ってから、またも監國官に摘發されたことを述べるとともに、冒頭では、だまされやすく世故にうとい性格を曹植みずから述べている。曹植の生涯に讒言がついてまわるのは、「法既に峻切にして、諸侯王の過惡日びに聞こゆ。（法既峻切、諸侯王過惡日聞。）」(13)と記されるように、魏朝による權力維持のための法的措置があったからであろう。

ともあれ、黃初元年、二年の二つの事件が、ためにする告發者の介在したものであったこと、と同時に曹植の處世の拙なさもあって罰せられるに到ったことを、曹植自身が述懷していたことは確認してよい。曹植は、「責躬詩」において、自分に起因する窮狀を反省し、その打開を圖る必要があったのである。しかし、過去の事件がみずからの性格に起因するとはいえ、讒言が招いた結果であったことは、皇帝への上奏文とも言うべきこの獻呈詩の表現に陰影を投じることになったようだ。

……　　　　……
69 咨我小子　　咨《ああ》　我小子
頑凶是嬰　　頑凶　是れ嬰《まつは》る
逝慚陵墓　　逝きては陵墓に慚じ
存愧闕庭　　存りては闕庭に愧ず
73 匪敢傲德　　敢へて德に傲るに匪ず
寔恩是恃　　寔《まこと》に恩を是れ恃む
威靈改加　　威靈改め加はり
足以沒齒　　以て齒《よはい》を沒くすに足る
昊天罔極　　昊天　極り罔《な》く
生命不圖　　生命　圖られず

嘗懼顚沛　　嘗に懼る　顚沛して
抱罪黄壚　　罪を黄壚に抱かんことを
81願蒙矢石　　願はくは　矢石を蒙り
建旗東嶽　　旗を東嶽に建てんことを
庶立豪氂　　庶はくは　豪氂なるを立て
微功自贖　　微功もて自ら贖《あがな》はんことを
危軀授命　　軀《み》を危ふくして命を授けなば
知足免戻　　戻《とが》を免るるに足るを知れり
甘赴江湘　　甘んじて江湘に赴き
88奮戈呉越　　戈を呉越に奮はん
……　　……

ここでは、自分の愚かさを總括し（69、70）、死んで陵墓にある曹操と今闕庭にいる曹丕、つまりは肉親たる二人に對して身を恥じる（71、72）。「自劾詩」の場合が、社會に對する公的な恥であるとすれば、「責躬詩」の方は、私的な肉親への情である。この文脈は次に、兄文帝の恩情を請う姿勢（73、74）、更に贖罪のため征戰に連なることへの願望に續く（81〜88）。

黄節の注に引かれる呉淇の評では、「此の詩、句句は是れ罪に服し、却って句句は罪に服さず。惟に罪に服さざるのみならず、且つ進みて兵權に假るを求むるは、詞特《はなは》だ崛强なり。（此詩句句是服罪、却句句不服罪。不惟不服罪、且進而求假兵權、詞特崛强。）[14]」と指摘している。たしかに「責躬詩」は、謝罪のために皇帝に捧げた詩としては、矛盾の多い不用意な發言が見られるようだ。

しかし更に、最後は拜謁の許可が下りるのを待ちながら心適わず悲傷する自身の姿を描いている。

89 天啓其衷　天　其の 衷《まごころ》 を啓き
得會京畿　京畿に會することを得たり
遲奉聖顏　聖顏に奉ぜんと遲《おも》ふこと
如渴如飢　渴くが如く飢うるが如し
心之云慕　心の云《ここ》に慕ひ
愴矣其悲　愴《いた》み其れ悲しむ
天高聽卑　天は高きも卑《ひく》きを聽く
皇肯照微　皇《きみ》　肯へて微を照せ

直接君主に提出した譯ではない韋玄成の「自劾詩」は、教訓性のつよい公的作品であった。それに對し、皇帝への儀禮的な獻呈詩であるべき「責躬詩」の方は、同じように敍事的四言長編の枠組みに沿いながら、むしろ抒情詩と稱すべき表現が目立っている。

『三國志』陳思王植傳は、「上責躬應詔詩表」「責躬詩」「應詔詩」の三篇を掲げた後、「帝、其の辭義を嘉みし、優ぎ詔して之に勉めよと答ふ。（帝嘉其辭義、優詔答勉之。）」[15]と記している。そのように曹植は、兄弟の絆を基盤にしつつも、すぐれた詩藻によって曹丕に對し文學的な共感を呼ぶことができたのであろう。「責躬詩」は、必ずしも失地回復の意圖をともなう「自責の文學」であるばかりではない。[16] 曹植は、思いのたけをはき出すように自責・願望・哀訴等の葛藤する心理をこの作品に表している。そこにこそ「責躬詩」の文學的特質を見ることができよう。

現存する作品を見る限り、頌詞的な部分を有しかつ長篇にわたるという二つの條件を満たした四言詩の一様式は、前漢の韋氏、後漢の傅毅以後、魏を經て晉代に比較的流行する。しかしそれらに、「責躬詩」のような激しい情感を表す作品は見られない。「責躬詩」は、漢代長編四言詩の傳統を受けつつ、そこに曹植という個における葛藤を詠い込めた。既存の文學因襲に創造の手を加える、曹植の試みの一端をうかがうことができよう。

二　「應詔詩」について

黄初四年に併せて提出された「應詔詩」は、「責躬詩」のような頌詞的四言詩とは異なる作品である。

應詔詩(17)

肅承明詔　　肅《つつ》しみて明詔を承け
應會皇都　　皇都に會するに應ず
星陳夙駕　　星陳なり夙《つと》に駕し
秣馬脂車　　馬に秣《まぐさ》かひ車に脂さす
命彼掌徒　　彼の掌徒に命じ
肅我征旅　　我が征旅を肅《いまし》む
朝發鸞臺　　朝に鸞臺を發し

夕宿蘭渚　夕に蘭渚に宿す
芒芒原隰　芒芒たる原隰
祁祁士女　祁祁たる士女
經彼公田　彼の公田を經て
樂我稷黍　我が稷黍を樂しむ
爰有樛木　爰《ここ》に樛《きゆう》木有り
重陰匪息　重陰あるも息に匪ず
雖有餱糧　餱糧有りと雖ども
飢不遑食　飢ゑて食ふに遑《いとま》あらず
望城不過　城《まち》を望むも過《よぎ》らず
面邑匪遊　邑《むら》に面《むか》ふも遊に匪ず
僕夫警策　僕夫は策《むち》を警《きび》しくし
平路是由　平路　是れ由る
玄駟藹藹　玄駟　藹藹《あいあい》として
揚鑣漂沫　鑣《くつわ》を揚げ沫《あわ》を漂《なが》す
流風翼衡　流風は衡《くびき》を翼《たす》け
輕雲承蓋　輕雲は蓋《おほひ》を承《う》く
涉澗之濱　澗《たに》の濱《きし》を涉り

緣山之隈　山の隈《くま》を緣《めぐ》り
遵彼河滸　彼の河の滸《きし》に遵《したが》ひ
黄阪是階　黄阪に是れ階《よ》る
西濟關谷　西のかた關と谷を濟《わた》り
或降或升　或ひは降り或ひは升る
駢驂倦路　駢驂《そへうま》は路に倦み
再寢再興　再び寢ね再び興く
將朝聖皇　將に聖皇に朝せんとし
匪敢晏寧　敢えて晏寧にせず
弭節長騖　節を弭《とど》め長《とほ》く騖《は》せ
指日遄征　日を指《ゆびさ》して遄《すみや》かに征く
前驅擧燧　前驅　燧《ひ》を擧げ
後乘抗旌　後乘　旌《はた》を抗《あ》ぐ
輪不輟運　輪は運《めぐ》るを輟《と》めず
鑾無廢聲　鑾《すず》は聲を廢《や》むる無し
爰曁帝室　爰《ここ》に帝室に曁《いた》り
稅此西墉　此の西墉に稅《やど》る
嘉詔未賜　嘉詔　未だ賜はらず

朝覲莫従　朝覲するに従《よし》莫し
仰瞻城闕　仰ぎて城闕を瞻《み》
俯惟闕廷　俯して闕廷を惟《おも》ふ
長懐永慕　長く懐ひ永く慕ひ
48憂心如酲　憂心　酲《さかやみ》の如し

黄初四年の朝會の儀に列するため、曹植は當時の封地、鄄城から洛陽まで距離およそ三百五十キロメートルを旅した。上洛せよとの詔を受け、旅の仕度、出發という導入部、廣がる封地の敍景、その後三十句ほどにわたって、わき目もふらず上洛せんとする急ぎの旅のありさまが、スピード感のある賦的敍述で展開される。木蔭に憩わず、ゆるりと食事する暇もつくらず、町をよぎらず、村で遊ばず、馬を鞭うち華北の平原を疾驅する。四頭のくろ馬は、盛んにくつわを揚げ、あわを吹き散らし、くびきは風を切り、覆いは雲を拂う。谷あい、山あいをめぐり、河岸に沿い、山道に入る。洛陽は間近だ。日を指しながら急ぎ、火をかかげて夜行する。車輪は回り續け、鈴は鳴り止まない。このような快速感を與える敍述の後、到着後じっと嘉詔を待つが、いまだ謁見できないと詠んでいる。

最後の四句で、失意を詠いあげるが、前後の動・靜、喜・悲の對照的配置が互いの効果を高めるとともに、結びの句に餘韻を響かせている。(18) 旅中の描寫は、賦的敍述のたたみかけにすぎない。しかしそれが、上洛できる喜びや心の戰きを表しえている。洛陽へと心はやる姿、そして到着後、謁見にあずかれず畏まる自分の兩方を、文帝に訴えかける巧みな詩構成と言えよう。また、「應詔詩」の斬新さは、以上に見たような連綿と描寫される場面の展開によって、快速感や躍動性がもたらされている點にも示されている。四言という單調なリズムが、逆に流麗なスピード感をもたらしているとも言えよう。

「責躬詩」と同様に、「應詔詩」も兄曹丕に宥免されぬ苦惱を聲高に投げ出すことに制作の動機があるが、この二篇は手法において對照的である。曹植が、前代に無い創造を四言詩にもたらしたことは、以上兩篇の簡單な考察からもうかがい知ることができよう。

では細部の修辭はどうであろうか。「應詔詩」は『詩經』の語句をふまえた表現が目立っているが、次章では、曹植の興味深い古典引用法に言及してみたい。

三　曹植の四言詩と『詩經』

四言詩は、語句・修辭・様式にわたり『詩經』の規範性が大きいため、摸擬的、擬古的作品になりやすい。では、曹植の場合はどうか、「應詔詩」をもう少し見てみたい。たとえば、九〜十二句目「芒芒たる原隰、祁祁たる士女。彼の公田を經て、我が稷黍を樂しむ。（芒芒原隰、祁祁士女。經彼公田、樂我稷黍。）」は、芒芒、原隰、祁祁、士女、公田、稷黍という『詩經』中の語を引用している。だが、これらの語が用いられている『詩經』の句は、三家詩說や毛序の寓意的解釋の如何に關わりなく、それぞれ表面上、王業や泰平下の農事を詠っている。(19) そのような文脈で生かされていた『詩經』の語を選擇し連續して用いることによって、この四句は王土の盛貌や農地の情景を生彩に表現している。新奇さはないが、『詩經』を巧みに引用した描寫であると言えよう。

13「爰《ここ》に樛《きゅう》木有り（爰有樛木）」は、『詩經』周南、樛木の「南に樛木有り、葛と藟と之に纍《まと》ふ。樂しき君子は、福履の之を綏《やす》んず。（南有樛木、葛藟纍之。樂只君子、福履綏之。）(20)」によっているが、この前半二句は、毛傳によれば君子の徳の高さを象徴した興の句である。しかし、ここはそのような象徴的意味を持たせたものではない。むしろ13・14「爰有樛木、重陰匪息。」と續く二句の連なりは、『詩經』周南、漢廣「南に喬木有り、休むべからず。漢に游女有り、求むべからず。（南有喬木、不可休思。漢有游女、不可求思。）」[21]の前半二句を意識していると思われる。これに關する韓詩說によれば、後半二句は漢神への求愛がかなわぬことを述べ、毛傳は前半二句を興とする。[22]そのような解釋と關わりなく、曹植は、〈そばだつ木には綠陰が少ない。→その下で休めない。〉という漢廣の句をもじり、樛木の語を用いて、〈樛《しだ》れ木に綠陰がある。→にもかかわらず休めない〉とつくり變える。

このような『詩經』句のひねりを、曹植の「朔風詩」[23]を例に擧げてみよう。

……　……
四氣代謝　四氣　代謝し
懸景運周　懸景　運周す
別如俯仰　別れは俯仰の如く
脫若三秋　脫《ゆる》やかなること三秋の若し
昔我初遷　昔　我初めて遷りしとき
朱華未希　朱華　未だ希《まれ》ならず
今我旋止　今　我れ旋《かへ》りしとき
素雪云飛　素雪　云《ここ》に飛ぶ
……　……

「別れは俯仰の如く、脫《ゆる》やかなること三秋の如し。（別如俯仰、脫若三秋。）」は、『詩經』王風、采葛の「一日見ざれば、三秋の如し。（一日不見、如三秋兮。[24]）」をふまえる。「三秋」はもとの句では會えない時間の長さを示すが、對照的に曹植の「朔風詩」では、別れの後の時間のうつろいを言い、更に一日↑↓三秋という時間の違いは、俯仰《またたくま》↑↓三秋とより先鋭な對比に置き換えられている。

「朔風詩」の句「昔我初めて遷りしとき、朱華未だ希《まれ》ならず。今我旋《かへ》りしとき、素雪云《ここ》に飛ぶ。（昔我初遷、朱華未希。今我旋止、素雪云飛。）」は、小雅、采薇の「昔我往きしとき、楊柳依依たり。今我來たる、雨雪霏霏たり。道を行くこと遲遲たり、載ち渇き載ち飢ゆ。我が心傷悲し、我が哀しみを知る莫し。（昔我往矣、楊柳依依。今我來思、雨雪霏霏。行道遲遲、載渴載飢。我心傷悲、莫知我哀。[25]）」と、小雅、出車の「昔我往きしとき、黍稷方に華さけり。今我來る、雨雪載ち塗《まみれ》る。（昔我往矣、黍稷方華。今我來思、雨雪載塗。[26]）」にならう。「朔風詩」は『詩經』兩篇と比べ疊字を用いず、『詩經』の〈楊柳・黍稷↑↓雨雪〉を〈朱華↑↓素雪〉という視覺的により鮮明な對比に變えている。更に言えば、『詩經』の方が、征旅の途についてから今いよいよ故郷に歸ろうとするまでの時間の推移と行軍の辛さがモチーフになっていたのに對し、「朔風」は、同じ任地（後述するように雍丘。太和元年（二二七）に最初に赴任した後、國換えを經て翌太和二年、再び同地に戻る。）において、「初めて遷」りし昔と「旋」り來た今が、明確に對比される。このような描寫によって、時間の推移に加え、自分も含めた事物の推移が一層强調されると言えよう。

「應詔詩」に戻れば、32「再び寢ね再び興く（再寢再興）」、48「憂心 酲《さかやみ》の如し（憂心如酲）」は『詩經』の句をそのまま引用する。三十二句目は、秦風、小戎の「言れは君子を念ふ、載ち寢ね載ち興きん。厭厭たる良人、秩秩たる德音。（言念君子、載寢載興。厭厭良人、秩秩德音。[27]）」を出典とするが、立派な人格をもった夫を妻が想うという元の文脈とは無關係な引用である。四十八句目は、「昊天に弔せられず、亂定《や》むこと有る靡し。式《もつ》て月づきに斯れ生ず、民をして寧からざらしむ。憂心酲の如し、誰か國成るを秉らん。（不弔昊天、亂靡有定。式月斯生、俾民不寧。憂心如酲、誰秉國成。)」という『詩經』小雅、節南山の句を引用する。「節南山」は、國家の晏寧ならざるを嘆く慨世の言であり、「應詔詩」の文帝に拜謁を許されぬ個人的愁嘆とは趣意を異にしている。

ただし、テクストの受け手の側から言えば、32「再寢再興」は「小戎」における前の句「言念君子」、48「憂心如酲」は「節南山」における後の句「誰秉國成」を連想させるとも言えよう。したがって、君子への想いや憂國の情が、「應詔詩」の三十二・四十八句目に含意されると理解することも可能であろう。

以上くだくだしくなるが、要するに曹植は、『詩經』の語句を踏襲する際に、ひねりをきかせる、洗練された詩語に仕立て上げる、元の語句の意味を變改しつつ新しい文脈に組み入れる、あるいは『詩經』の前後の句を連想させるという興味深い引用法を施していると言える。

なお補足すれば、曹植の現存する四言詩に、興やリフレインという『詩經』に特徴的な修辭法は用いられていない。よく知られているように、興的な寫景句を詩の冒頭に置くのは曹植の五言詩に特徴的な技法であるが、四言詩にこれが用いられないとすれば、そこに詩經的な修辭に對する忌避があったとも考えられよう。曹植の四言詩は、語句、修辭のレベルで『詩經』とある程度の距離をおくことによって、平板な擬古性に陷るのを避けようとするという特徴があると言えよう。

なお、四言詩史を顧みる際、徒詩と樂府とを區別して捉える必要があると思う。樂府の方は四言のリズムに主眼がある歌行であるのに對し、四言の徒詩は、本章に擧げる曹植詩のように、程度の差はあれ『詩經』や漢代の長編四言詩が依據すべき規範になっている。たとえば曹操の四言詩はすべて樂府であり、「步出夏門行」「短歌行」「善哉行」等、『詩經』句の引用は見られても『詩經』の傳統樣式を直接繼承するものではない。一方、本章で取り上げる曹植の四言詩は、文學規範としての『詩經』の樣式・修辭・語句を下敷きにしつつ、それを變改することによって新鮮な文采をもたらしているのである。

四　「朔風詩」について

以上瞥見した曹植の獻呈四言詩兩篇は、黄初四年の上洛という史實の理解を必要とした。しかし以下に見る「朔風詩」は、そのような個別の事件や背景にしばられない曹植晩年の偶感を述べ連ねた作品である。

朔風詩(29)

仰彼朔風　　彼の朔風を仰ぎ
用懷魏都　　用って魏都を懷ふ
願騁代馬　　願はくは代馬を騁せ
倏忽北徂　　倏忽として北に徂《ゆ》かん
凱風永至　　凱風　永《はる》かに至り
思彼蠻方　　彼の蠻方を思ふ
願隨越鳥　　願はくは越鳥に隨ひ
翻飛南翔　　翻飛して南に翔けん

「朔風詩」全四十句は、四句ごとに換韻し、內容上八句でまとまるが、これは、『詩經』のスタンザ構成に倣っている。しかしそれぞれ換韻の前後で文脈の落差や間があり、しかも五つのスタンザの間に脈絡がないため、錯然とした感を與える。屈曲錯雜した詩とも評されているが(30)、そのような獨特の詩風を持つゆえんは何であろうか。

　ここでは、前半が望鄉の念、後半は征戰への志と、異なる感情を述べている。前章で取り上げた二篇の獻呈詩のような堅牢な詩の組み立てがここには見られず、むしろ思いを淡如ともらしているかのようだ。

　かつては、父、兄、知友らとともに文章を競った暖かな回想の地、鄴都、そこは貴公子としての夢に滿ちた前半生を象徵する場所でもあった。今、曹操の陵墓のあるその鄴を懷うという句には、不如意の後半生に失われてしまった自己を、なおも希求してやまない曹植の姿が投影されているように思われる(31)。また後半句の敵國討伐という願望は、「雜詩」六首の第五・六首、「薤露行」、「責躬詩」や上表文などにもみられる曹植の變わらぬ心情であった。「朔風詩」の冒頭八句には、このように作者の基本的な性向が、四言の簡潔な敍述の中に集約されている。

四季代謝　　四季　代謝し
懸景運周　　懸景　運周す
別如俯仰　　別れは俯仰の如く
脱若三秋　　脱《ゆる》やかなること三秋の若し
昔我初遷　　昔　我れ初めて遷りしとき
朱華未希　　朱華　未だ希ならず
今我旋止　　今　我れ旋《かへ》りしとき
素雪云飛　　素雪　云《ここ》に飛ぶ

俯降千仞　　俯して千仞を降り
仰登天阻　　仰ぎて天阻に登る
風飄蓬飛　　風　飄り　蓬飛び
載離寒暑　　載ち寒暑を離《へ》たり
千仞易渉　　千仞　渉り易く
天阻可越　　天阻も越ゆべし
昔我同袍　　昔　我が同袍
今永乖別　　今や永く乖き別れぬ

この段の前後半は、首尾必ずしも相通じないが、一貫して季節の循環がモチーフになっている。まずはじめに、時間の大きなふくらみと對比させて、別離のあっけなさを強調する。「今我旋止」について假に具體的事實と卽應させてみれば、朱緒曾・古直・余冠英・伊藤正文の言う太和元年（二二七）の雍丘から浚儀への國がえ、翌二年、再び雍丘に戻されるという史實が浮かびあがる。これが、「朔風詩」を曹植死沒の四年前、三十七歳の作品とみなす說の有力な根據となっている。いずれにしても最晩年の作品であろう。來し方に經た樣々な生別、死別、それらの一つ一つは一瞬のできごとのようにあっけなかった。そして別れの後の「脫《ゆる》やかな」(32)日々のうつろい。それらを、先述したように『詩經』の句をひねり、「別如俯仰、脫若三秋。」と簡直に表現している。

かつての赴任地雍丘の情景は「朱華未だ希ならず」、今再び雍丘に歸れば「素雪云に飛ぶ」と詠むのは、推移する季節の描寫であるとともに、年ごとに零落しゆく曹植の心象風景であったろう。(33)

「風飄蓬飛」という轉蓬のイメージは、曹植「雜詩六首」第一首の前半部や、「吁嗟篇」全篇を貫いている。翻弄され流浪する人間を寓意したそれらの五言詩に見られるような生動感はないが、「朔風詩」には單調さに陥らない句間の屈曲がある。「俯して千仞を降り、仰ぎて天阻に登る」ような、轉蓬にもたとえられる境遇、だが「千仞渉り易く、天阻も越ゆべし。」それにもまして辛いのは兄弟との永別なのだという、屈曲したつながりである。

子好芳草　　子は芳草を好む
豈忘爾貽　　豈に爾に貽《おく》るを忘れんや
繁華將茂　　繁華　將に茂らんとし
秋霜悴之　　秋霜　之れを悴《か》らす
君不垂眷　　君　眷を垂れざるも
豈云其誠　　豈に其の誠を　云《ひるがへ》さんや
秋蘭可喩　　秋蘭　喩ふ可く
桂樹冬榮　　桂樹　冬にも榮《しげ》りぬ

このスタンザでは、子、爾、君という人稱の不統一が、まず目につく。冒頭の「子」は、そのすぐ後の句で「爾」と言い換えられる[34]。この名稱の不統一は、『詩經』の「豈に爾を思わざらんや、子の敢えてせざるを畏る。（豈不爾思、畏子不敢[35]。）」（王風、大車）や「豈に爾を思わざらんや、子我に卽かず。（豈不爾思、子不我卽[36]。）」（鄭風、東門之墠）という言い方にならう。あなたの好きだった香り草も、花が咲く前に秋の霜で枯れてしまった、と詠む象徴的な前半部に對し、後半ではより具體的に主君への忠義を述べている。それでも私は「君」のため、秋の蘭、冬の木犀のようにいつまでも芳香を放つ決意だ。そう詠む「君」が誰を指すかについては諸説あるが、曹丕死後の太和二年の作とすれば、朱緒曾の言うように「君」は明帝曹叡を指すだろう。[37] 前半後半の屈折したつながりや反語の重複使用にも、曹植の複雑な感懐がにじみ出ているようだ。

絃歌蕩思　　絃歌　思ひを蕩《あら》ふも
誰與消憂　　誰か與に憂ひを消さん
臨川慕思　　川に臨みて慕ひ思ふも
何爲汎舟　　何爲れぞ舟を汎《うか》べん
豈無和樂　　豈に和樂無からんや
遊非我鄰　　遊ぶもの　我が鄰に非ず
誰忘汎舟　　誰か舟を汎《うか》ぶるを忘れん
愧無榜人　　愧ずらくは榜人《せんどう》無し

最後のスタンザは、『詩經』邶風、柏舟の「耿耿と寐ねず、如《しか》して隱《いた》ましき憂ひ有り。我に酒の、以て敖《たの》しみ以て遊ぶべきもの無きに微《あら》ねど。（耿耿不寐、如有隱憂。微我無酒、以敖以遊。[38]）」を思い起こさせるが、句作りは曹植獨自のものだ。このスタンザでは、反語の連用や、「絃歌思ひを蕩《あら》ふも（絃歌蕩思）」→「豈に和樂無からんや（豈無和樂）」、「誰か與に憂ひを消さん（誰與消憂）」→「遊ぶもの我が鄰に非ず（遊非我鄰）」……という具合に、前半から後半へ同じ句意の言い換えが見られ、たゆたう心情が巧みに表現されている。

以上のように、「朔風詩」は、四言獨特の簡直な言い回しや文脈の屈曲、抽象的・象徵的な敍述が見られる。このような書き方は、先述した兩篇の獻呈四言詩とは大きく異なり、「朔風詩」の意圖的手法であったと言えよう。ただし「朔風詩」においても、『詩經』は、文學的創造を施すための規範・因襲として消化されている。

曹植は、以上に見たような表現手法により、四言という平板なリズムゆえに生動感に不足する詩型を逆手にとり、五言詩などにも表しえなかった、晩年の樣々な、一種錯綜とした感懷を淡々と詠っている。失われたアイデンティティーの回復、征戰への悲願、轉蓬の如き境遇、骨肉との別れ、秋蘭・桂樹の象徵する變わらぬ忠誠、そしてつまりは、「鄰《とも》」も「榜人」も無き孤影。「朔風詩」一篇は、曹植の生涯の縮圖とも言えよう。

小　結

曹植の一世代後、阮籍・嵆康は、四言詩に思想性を內包させたが、いずれも表現面で『詩經』の規範に依據し、擬古性、晦澁さが色濃い(39)。西晉以後、詩人達は五言詩の精錬にさらに關心を注ぎ、四言詩樣式は衰退していく。このような文學史の流れに置いてみるとき、多樣な修辭・題材そして豐かな文采をもたらした曹植の四言詩は、この詩型の歷史にあって一つの頂點を成していると言えよう。

ここに取り上げた三篇の曹植の四言詩は、それぞれ手法を大きく異にしている。大要を言えば、「責躬詩」は、公的・敎訓的な漢代の長編四言詩をふまえつつ、そのような傳統樣式とはむしろ逆に、曹植という個の心理・葛藤や激情を詠出している。同時に制作された「應詔詩」は、上洛の道行きを中心に、「責躬詩」とは異なる斬新な文學の實驗を試みた。さらに「朔風」は、四言の淡々としたリズムや屈曲した修辭を通し、晩年の錯雜した感慨に確かな表現のかたちを與えている。そのような、四言詩作品としての成果にあずかったのは、『詩經』の傳統といえども、その上に立って作品を創出すべき前代の文學的蓄積の一つと見る、すぐれた創作者の態度であろう(40)。

注

（1）現存する完篇は十五首。五言詩の四分の一ほどになる。その詩群を類別すれば次の通りである。
甲類「責躬詩」「應詔詩」（獻呈）「孟冬篇」「魏德討論謳」六首（雅歌）「丹霞蔽日行」「僑志」（諷刺）
乙類「元會」「閨情」（宴會）「飛龔篇」（仙道）「朔風」（感懷）
甲類は、ほぼ四言詩に獨特のもの、乙類は、他の詩形とテーマを重ねるものである。四言詩が特定の機能を與えられていたと同時に、曹植詩全體の多彩さは、四言詩に限っても言えることがわかる。『文心雕龍』（范文瀾『文心雕龍註』〈商務印書館、一九六〇〉）明詩は、曹植の四言詩を「若夫四言正體、則雅潤爲本、五言流調、則淸麗居宗……兼善則子建、仲宣。」と評價する。六七頁。
（2）この年代措定は、『三國志』本傳の記事に依らず。植木久行「曹植傳補考――本傳の補足と新説の補正を中心として――」（『中國古典研究』二二、一九七六）、鄧永康「曹子建年譜新編（中）」（『大陸雜誌』三四―一二、一九六七）參照。『資治通鑑』魏紀の記載、および「上九尾狐表」、「請祭先王表」により事件後鄄城侯に改封されたのが、黄初元年としうることが根據となる。
（3）この事件の史料は曹植「黄初六年自誡令」（朱緒曾『曹集考異』〈金陵叢書、民國三年至五年刊〉卷八、二十六葉右～二十七葉右）。以下、曹植のテクストは、一部を除き、校訂の行き屆いた『曹集考異』から引用する。
（4）本文以下に示す韋玄成の傳記は、『漢書』（中華書局、一九六二）卷七十三、韋賢傳。
（5）同右、三一一五頁。
（6）同右、三一一〇～三一一二頁。

（7）『三國志』（中華書局、一九八二）巻十九、魏書、陳思王植傳、五六三～五六四頁。
（8）『曹集考異』巻二、四葉右。
（9）『曹集考異』巻二、五葉右。
（10）『曹集考異』巻八、三葉右。
（11）『曹集考異』巻八、十九葉右。
（12）『曹集考異』巻八、二十六葉右・左。
（13）『資治通鑑』（中華書局、一九五六）巻六十九、魏紀一、文帝黄初三年、二二〇一頁。
（14）黄節『曹子建詩注』（人民文學出版社、一九五七）巻一、二六頁。
（15）『三國志』巻十九、魏書、陳思王植傳、五六四頁。
（16）入谷仙介は、「責躬詩」を自責の文學の系譜の初源とする一方で、政治的上奏文の一種とも述べる。『王維研究』（創文社、一九七六）六四八、六五二頁。
（17）『三國志』巻十九、魏書、陳思王植傳、五六四頁。
（18）呉淇が「無限喜樂、不意乃處之西館也。」と説くように、コントラストの手法をとっている。黄節『曹子建詩注』巻一、二九頁。
（19）以下『詩經』の引用は、十三經注疏整理本『毛詩正義』（北京大學出版社、二〇〇〇）による。小雅、黍苗に「原隰既平、泉流既清。召伯有成、王心則寧。」（一〇八一頁）、豳風、七月に「春日遲遲、采蘩祁祁。」（五七八頁）、商頌、玄鳥に「天命玄鳥、降而生商、宅殷土芒芒。」（一七〇〇頁）、小雅、大田に「有渰萋萋、興雨祈祈。雨我公田、遂及我私。」（九九六・九九七頁）と詠まれる。
（20）五〇・五一頁。
（21）六四頁。
（22）王先謙『詩三家義集疏』（中華書局、一九八七）巻一、五一頁。なお、曹植が韓詩を學んでいたであろうことは、『詩三義集疏』の他、陳喬樅『四家詩異文考』が考證し、黄節『曹子建詩注』、趙幼文『曹植集校注』も例をあげ推論している。なお補足すれば、曹操幕下で曹丕の傅ともなっていた崔琰について、「少樸訥、好擊劍、尚武事、年二十三、鄉移爲正、始感激、讀論語、韓詩、至年二十九、乃結公孫方等就鄭玄受學。」（『三國志』巻十二、魏書、崔琰傳、三六七頁）ともあり、曹植周邊における韓詩流布の可能性がうかがえる。

（23）『曹集考異』巻五、二十一葉左。

（24）三一三頁。

（25）六九六頁。

（26）七〇一頁。

（27）四九一頁。

（28）八二四頁。

（29）『曹集考異』巻五、二十一葉右〜二十一葉左。

（30）伊藤正文『曹植』（岩波書店、一九五八）二〇頁。

（31）伊藤正文前掲書（九九頁）は、前半句を洛陽への懐慕とするが、上洛の回数も少なく、苦い記憶の多い政業の地に對する思いよりも、曹植の根源を象徴する鄴への志向と理解すべきであろう。また、雍丘からみて、地理的に北にあるのは鄴である。朱緒曾『曹集考異』は、「思武帝山陵。」と述べ、「魏都」を鄴都と見なす。

（32）伊藤正文前掲書（一〇一頁）が、『詩經』毛傳や『淮南子』高誘注にもとづき、「脫」を舒《おもむ》ろ、ゆるやかの意ととる讀みに從う。

（33）『三國志』巻十九、魏書、陳思王植傳に、「二年、復還雍丘。植常自憤怨、抱利器而無所施。上疏求自試曰……」（五六五頁）と記す。

（34）直接的には、黄節・伊藤前掲書が述べるように、生き別れた曹彪を指すのであろう。

（35）三一四頁。

（36）三六五頁。
（37）『曹集考異』巻五、二十二葉右。
（38）一三四頁。
（39）興膳宏「嵇康詩小論」（『中國文學報』一五、一九六一）、沼口勝「阮籍の四言『詠懐詩』について――その修辞的手法を中心として――」（『日本中國學會報』三八、一九八六）參照。
（40）曹植の先行作品受容のありかたは、その一部を以下の資料からもうかがうことができる。「陳思稱、李延年閑於增損古辭、多者則宣減之、明貴約也。」（『文心雕龍』樂府、一〇三頁。）「兼古曲多謬誤、異代之文、未必相襲。故依前曲、改作新歌五篇。」（『曹集考異』巻六、鞞舞歌、二十葉左。）

第七章　曹植の「少年」

はじめに

後漢末魏の詩人、曹植の詩には、「少年」という語が、「送應氏」第一首、「結客篇」「名都篇」「野田黄雀行」に四例見える。「少年」は、他の建安詩には見えず、曹植の詩に獨自な詩語だと言える。特に、樂府「結客篇」「名都篇」は游俠少年を主題とし、南朝に樂府題として確立し、唐代へ繼承されていく「少年行」の源流となる作品である。「少年」という言葉は、曹植以前のテクストでは『史記』『漢書』に多く見え、それらはおおむね游俠の少年を指している。かつ、兩書における「少年」は、たとえば「惡少年」「輕薄少年」という言葉が示すように、負のイメージがつよい。後述するように、曹植の詩歌は、そのようなイメージをもつ「少年」を、むしろ義俠・友情・新生・生命力等を示す美的形象として肯定的・共感的に描いているように思われる。

文學の主題に關わる「少年」および遊俠については、增淵龍夫・宮崎市定・岡村貞雄・小西昇・James Jo-yü Liu（劉若愚）等により優れた論究がなされている。本章はさらに些かの考察を加え、曹植の文學における「少年」について新たな見地から檢討を試みたい。

なお、曹植の作品に、「少年」ではなく「游俠兒」という語を用い、游俠少年を題材とした「白馬篇」がある。次章（「曹植「白馬篇」考――「游俠兒」の誕生――」）において瞥見したい。

一　『史記』『漢書』における「少年」

増淵龍夫が詳細に論じているように、[1]「少年」は、『史記』『漢書』において、游俠の少年という意味で多く用いられてきた。この場合の「少年」は、「常に徒黨を組んで姦をなし、變に應じて事を起こす、いわば年少の輕俠無頼の徒を指して用いられている。」増淵は、漢代における私闘復讐の日常化に言及し、人のために仇を報じる無頼の輕俠少年の群れが特に都會に多かったと述べている。[2]

本章では、増淵の說をふまえつつ、さらに史料を補足し、正史の「少年」が負の價値・惡のイメージをつよく帯びていることを強調しておきたい。後代の作品において「少年」が題材となる時、このような「少年」のもつイメージが因襲として作用するからである。

『史記』『漢書』における游俠としての「少年」は、「惡少年」「輕薄少年」という用例から、その無秩序ぶりや反社會性が端的にうかがわれる。

豪惡吏盡復爲用、爲方略、吏苛察盜賊惡少年、投鉼購告言姦。[3]
豪惡吏盡く復た用を爲し、方略を爲す。吏盜賊惡少年を苛察し、鉼に投じ購いて姦を告言せしむ。

拜李廣利爲貳師將軍、發屬國六千騎、及郡國惡少年數萬人、以往伐宛。[4]
李廣利を拜して貳師將軍と爲し、屬國六千騎、及び郡國の惡少年數萬人を發し、以て往きて宛を伐つ。

六月、發三輔及郡國惡少年吏有告劾亡者、屯遼東。(5)

六月、三輔及び郡國の惡少年にして吏の劾亡を告ぐる有る者を發し、遼東に屯す。

顏師古はこの條に、「惡少年とは、無賴の子弟を謂ふなり。（惡少年謂無賴子弟也。）」と注している。

發屬國六千騎及郡國惡少年數萬人以往。(6)

屬國六千騎及び郡國惡少年數萬人を發し以て往く。

この條について、顏師古は、「惡少年とは、行義無き者を謂ふ。（惡少年謂無行義者。）」と注している。(7)

さらに、「輕薄少年惡子」という語が次の條に見え、「惡子」について、顏師古は「父母の敎命を承けざる者（不承父母敎命者）」と注する。

賞至、修治長安獄、穿地方深各數丈、致令辟爲郭、以大石覆其口、名爲「虎穴」。乃部戸曹掾史、與鄉吏、亭長、里正、父老、伍人、雜擧長安中輕薄少年惡子、無市籍商販作務、而鮮衣凶服被鎧扞持刀兵者、悉籍記之、得數百人。……親屬號哭、道路皆歔欷、長安中歌之曰「安所求子死、桓東少年場。生時諒不謹、枯骨後何葬。」(8)

賞至り、長安の獄を修治し、地に方深各おの數丈を穿ち、令辟《かはら》を致して郭と爲し、大石を以て其口を覆ひ、名づけて「虎穴」と爲す。乃ち部戸曹掾史、鄉吏、亭長、里正、父老、伍人と與に、長安中の輕薄少年惡子の、市籍無く商販して務めと作し、而も鮮衣凶服して鎧扞を被け、刀兵を持す者を雜《あつ》め擧げ、悉く之を籍記し、百人を數ふるを得たり。……親屬號哭し、道路皆な歔欷す。長安中之を歌ひて曰く、「安れの所にか子の死《かばね》を求めん、桓東の少年場。生時は諒《まこと》に謹まず、枯骨後に何れにか葬られん。」と。

「酷吏傳」のこの條は、時々に報酬を受けて復讐のために殺人を犯す游俠少年ほぼ百名が、長安令、尹賞により、「虎穴」と呼ばれるほら穴に生き埋めにさせられた記事である。この傳に引かれる長安の歌謠は、游俠少年の違法・無道が、結果として無慘な獄死を招いた悲劇を描いている。「桓東」の「桓」とは、如淳・顏師古の注(9)によれば、「華表」すなわち墓所の門のことである。「少年の場」は、本來の墓所ではなく、その東側に假に設置された少年たちの埋葬所を指すであろう。「安れの所にか子が死《かばね》を求めん、桓東の少年の場。」という句は、少年たちの遺骸を引き取りに來た親の悲痛と、生前に無軌道を行った游俠少年たちの、骸を竝べ變わり果てた姿を痛切に表している。この「歌」は、游俠少年の悲劇的結末を描いており、「少年」がもつ負の價値・イメージが一つの極致に達していると言えよう。

以上のように、「少年」という言葉は、少年の社會生態を記録する史書において、「無賴子弟」「無行義者」といった反秩序的・反社會的存在として記述される場合が多い。

一方、儒教のテクストはどうであろうか。たとえば、『十三經』の本文に「少年」の用例は見えない。また、史書以外のテクスト中に見える「少年」は、必ずしも游俠少年を指示していない(10)。

『史記』『漢書』が記す「少年」は、增淵が論じたような、先秦から前漢にわたる游俠社會の實態を反映したものと言える。正史は、游俠少年とその社會・風俗を記述する中で、「少年」という語を頻用したのであろう(11)。いずれにしても、『史記』『漢書』における「少年」の含意は、以後の「少年」を題材とした作品の形成に影響を與えたはずである(12)。

文學テクスト中の「少年」は、先述した『漢書』巻九十、尹賞傳が游俠少年の實態を述べた一條に掲げられる「歌」がその早い例であろう。しかし、文學作品の中の「少年」は、正史が記載する負のイメージをそのまま單一に繼承していくわけではない。史書が「少年」の（おおむね負に傾く）社會的價値を記録する一方、その後の文學テクストにおいては「少年」の美的價値や美意識が注目されていく。次節以下で、曹植の詩を中心に、「少年」の文學的含意にどのような變化が生じていくのかを見ていこう。

二　樂府中の「少年」と「名都篇」

漢代の樂府詩は、社會風俗を敍事的に詠う點に特徴があり、都會の少年を主題とした作品も散見する。「少年」は、漢代樂府詩「長安有狹斜行」(13)に一例見える。

長安有狹斜　　長安に狹斜有り
狹斜不容車　　狹斜車を容れず
適逢兩少年　　適たま逢ふ兩少年
挾轂問君家　　轂を夾んで君家を問ふ
……　　……

「長安有狹斜行」と相似する「相逢行」(14)は、「少年」ではなく「年少」という語を用いる。

相逢狹路間　　相逢ふ狹路の間

道隘不容車　　道隘くして車を容れず
不知何年少　　何れの年少かを知らず
夾轂問君家　　轂を夾んで君家を問ふ
……　　……

小西昇は、この「少年」「年少」について、『史記』『漢書』の用例は輕俠無賴の徒を多く意味するが、『史記』游俠列傳の記載から、遊俠には「匹夫の俠」と、「有土卿相」（高位高官）の俠の二種類があると述べている。[15] 小西はその記載をふまえ、漢代樂府詩の「少年」は、當時における「社交界の花形的官僚」というべき豪俠に屬すると論じる。小西昇の說は宮崎市定の論究をふまえたもので、宮崎は、後漢に至り中央政府との結びつきによって游俠が貴族化していく傾向が強まっていくと說いている。[16]

「長安有狹斜行」は、そのような、都市において權勢をもつ豪俠の子弟の生活を描く敍事的な樂府と見なせよう。正史において負のイメージがつよかった「少年」は、樂府詩という文學表象では、一種の頌歌として詠み込まれることになったと言える。[17]

曹植詩中の「少年」は、以上のような正史および樂府中の「少年」という、前代の因襲をふまえていると考えられる。まず「名都篇」を取り上げてみよう。

名都篇[18]

名都多妖女　　名都　妖女多く
京洛出少年　　京洛　少年を出す

寶劍直千金　　寶劍　直千金
被服光且鮮　　被服　光《かがや》かしく且つ鮮やか
5 闘雞東郊道　　雞を闘はす東郊の道
走馬長楸閒　　馬を走らす長楸の閒
馳馳未能半　　馳せ馳せて未だ半ばなる能はざるに
雙兔過我前　　雙兔我が前を過る
攬弓捷鳴鏑　　弓を攬りて鳴鏑を捷《はさ》み
長驅上南山　　長く驅けては南山に上る
左挽因右發　　左に挽き因りて右に發し
一縱兩禽連　　一たび縱てば兩禽連なる
餘巧未及展　　餘巧未だ展《の》ぶるに及ばざれば
仰手接飛鳶　　手を仰ぎて飛ぶ鳶を接《い》る
觀者咸稱善　　觀る者咸な善しと稱《たた》へ
衆工歸我妍　　衆工我に妍を歸す
17 我歸宴平樂　　我歸りて平樂に宴し
美酒斗十千　　美酒斗十千なり
膾鯉臇胎鰕　　鯉を膾《なます》にし胎鰕を臇《あつもの》にし
寒鼈炙熊蟠　　鼈を寒《い》り熊蟠を炙《あぶ》る

鳴儔嘯匹旅　　儔に鳴き匹旅に嘯き
列坐竟長筵　　坐に列して長筵に竟《わた》る
23連翩撃鞠壌　　連翩として鞠と壌を撃ち
巧捷惟萬端　　巧捷惟れ萬端なり
白日西南馳　　白日西南に馳せ
光景不可攀　　光景攀《とど》むべからず
雲散還城邑　　雲散して城邑に還り
清晨復來還　　清晨復た來り還らん

冒頭の一句「名都に妖女多し」という詠い出しが、都洛陽の歡樂や繁華を巧みに傳えている。「名都編」は、そのような都會で日がな一日遊び回る「少年」たちの様々な姿を題材とする。小西昇は、「名都篇」を、都會の生活を謳歌する少年とその美意識を詠んだものと考察し、その背景に、先に掲げたような京洛の少年を歌う「都會詩」と稱しうる漢代樂府詩が存在すると述べている。[19] 宮崎市定・小西昇そして前述した增淵龍夫の見解をふまえるならば、同じように都會の少年を詠む「名都篇」は、漢代において貴族化した游俠少年の登場という社會背景から生まれたと言えよう。

文學的な因襲から言えば、「名都篇」は、曹植が都會の「少年」を詠む漢代樂府詩の傳統の上に制作した作品と見ることができる。だが、漢代樂府「長安有狹斜行」「相逢行」[20]は、「少年」の邸宅や身分の高さを頌歌的に詠うことが中心であった。小西昇が指摘するように、「長安有狹斜行」等の漢代樂府詩は、「少年」の生態そのものよりも都會の美意識を主題としていると言えよう。[21]

一方、「名都篇」は、三・四句目「寶劍直千金、被服光しく且つ鮮やかなり。」という美しい出で立ちから始まって、「少年」の行動・姿態がより細かく描かれている。また「名都篇」と同題の樂府詩は『樂府詩集』になく、「少年」を題材とした作品は、他の建安文學においても類例を見ない。(22) 曹植の「名都篇」は、社會的・文學的因襲をふまえながらも、「少年」を新たな視點から描いているように思う。もう少し作品自體を見てみよう。

「名都篇」の五句目「雞を闘わす東郊の道」から十六句目「衆工我に妍を歸す」までは、郊外を闘鶏・乘馬・狩獵に遊戯する少年の輕快な姿と、優れた武術の腕前が述べ連ねられる。そして十七句目「我歸りて平樂に宴す」からは、美酒・美食を具えた豪奢な宴會の模様が詠われる。續く二十三・二十四句目では、「連翩として鞠と壤を撃ち、巧捷惟れ萬端なり。」と、宴會の餘興でさらに遊技に打ち興じる少年たちが描かれる。

このように、ひたすら遊びまわる少年を詠む「名都篇」について、『樂府詩集』巻六十三の解題は、「以て時人騎射の妙、游騁の樂にして憂國の心無きを刺るなり。(以刺時人騎射之妙、游騁之樂、而無憂國之心也。)(23)」と述べ、時流を風刺した作品と解釋する。一方で、西晉、張華「輕薄篇」や南朝・宋の鮑照「結客少年場行」をはじめ、李白の「結客少年場行」「少年子」「少年行」、杜甫の「少年行」等、「名都篇」を源流とした都會の游俠少年を詠む樂府が數多く殘されている。特に南朝末から唐代に制作された樂府は、「少年」のいきな姿を描いたものが多い。

「少年行」等の樂府題以外に、見やすい例を擧げれば、李白は「將進酒」(24)で「名都篇」の十七・十八句目を下敷きにし、「陳王昔時平樂に宴し、斗酒十千歡謔を恣にす。(陳王昔時宴平樂、斗酒十千恣歡謔。)」と詠った。「將進酒」は、宴飲の歡樂を勸めつつ「天我が材を生じるは必ず用有り(天生我材必有用)」という句が示すように、その全體をつらぬく主意は人間肯定の精神と言えよう。李白が「將進酒」の制作に際して「名都篇」を下敷きにしたのは、そこに描かれるような歡樂にふける「少年」の日々を、むしろ肯定的・共感的に捉えたからであろう。

「名都篇」が題材とした「少年」は、その後の詩人たちにより、風刺よりも表現に値する美的對象として受容されて行ったのである。

さて、詩の末部、「白日西南に馳せ、光景攀むべからず。雲散して城邑に還り、清晨復た來り還らん。」という部分に少し目を凝らしてみたい。二十五・二十六句目「白日西南に馳せ、光景攀むべからず。」は、曹植の「箜篌引」に「驚風白日を飄へし、光景馳せて西に流る。（驚風飄白日、光景馳西流。[25]）」という類句がある。この「白日」は、曹植の詩文に散見する（七例）。「贈徐幹」に、「驚風白日を飄へし、忽然として西山に歸す。（驚風飄白日、忽然歸西山。[26]）」、「贈白馬王彪」に「原野何ぞ蕭條たる、白日忽として西に匿る。（原野何蕭條、白日忽西匿。[27]）」と詠まれるように、「名都篇」の「白日」は、曹植の紋切り型表現であり、忽然と過ぎる時間の早さを表している。

しかし「名都篇」は、「白日」によって直線的・不可逆的な時間の進行を表現するに終わらない。末尾で、「雲散して城邑に還り、清晨復た來り還らん。」と詠まれるように、「少年」たちは夜が明ければまた繰り出してくる。「名都篇」は、「少年」の一日が短いことよりも、その永遠に續くかのような歡樂の日々を詠い、詩を締めくくる。曹植は、「名都篇」という作品世界の中に、永劫に回歸・循環するような少年の日々を詠い込めたと言えよう。「名都篇」の中の「少年」は、永遠に少年のままなのである。

「名都篇」は、漢樂府「長安有狹斜行」と異なり、都會の「少年」に焦點を絞り、その美的形象を描出している。さらに言えば、そこに永遠の「少年」とも言うべき表象をもたらしている點に、「名都篇」の文學的な特質が見いだせるのではないだろうか[28]。

「名都篇」は、漢末の戰亂を經て復興した後の洛陽を描いており、早くとも魏建國の黄初年間以後の作品と考えられる[29]。したがって、曹植の壯年期以後の制作と見なすことができよう。この作品の「少年」は、若年時の自己の投影というよりは、むしろ虚構の存在であることにも注意しておきたい。樂府という様式が一般にそうであるが、曹植の場合、他の作品を見渡しても、多様な虚構の語り手が登場するのである。

三　「野田黄雀行」の「少年」

曹植の「少年」は、様々な形象を描き出している。次に掲げる曹植の「野田黄雀行」は、「羅網」にかかった「雀」を救う「少年」を寓意的に詠む作品である。

野田黄雀行[30]

高樹多悲風　　高樹悲風多く
海水揚其波　　海水其の波を揚ぐ
利劍不在掌　　利劍掌に在らずんば
結友何須多　　友を結ぶに何ぞ多きを須《もち》ゐん
不見籬閒雀　　見ずや籬閒の雀
見鷂自投羅　　鷂を見て自ら羅に投ず
羅家得雀喜　　羅家雀を得て喜び
少年見雀悲　　少年雀を見て悲しむ
拔劍捎羅網　　劍を拔きて羅網を捎《はら》へば

黄雀得飛飛　　黄雀飛び飛ぶを得たり
飛飛摩蒼天　　飛び飛びて蒼天を摩し
來下謝少年　　來り下りて少年に謝す

詩を讀む際には、個々の歴史的事實にもまして、作品をもたらす文化的・社會的背景や文學的な因襲を見わたす必要があろう。「野田黄雀行」の社會背景や文學因襲を考える場合、「少年」が一つのキーワードになるように思う[31]。それに關連し、「少年」の語が用いられる曹植の「結客篇」を引いてみよう。佚文で、次の四句しか殘らない。

結客少年場[32]　　客に結ぶ少年の場
報怨洛北芒[33]　　怨に報いる洛の北芒
……　　……
利劍鳴手中　　利劍手中に鳴り
一擊兩尸僵[34]　　一擊す兩尸僵

「結客篇」は、李善が、鮑照「結客少年場行」の先行作品として『文選』注に引用した佚文である。鮑照の「結客少年場行」は以後、南朝・唐と「少年行」等の樂府題として繼承されている。南朝以後の「少年行」は、游俠少年あるいは少年の義俠的性格を描き出す作品群である。したがって、李善注に引用される曹植の「結客篇」は、鮑照以後の作品群の原型と位置づけることができよう。

「結客篇」を見ると、わずか佚文四句中に、「野田黄雀行」の「結友」（「結客篇」では「結客」）「利劍」「少年」と言葉に重なりがある。また、「報怨」と「少年見雀悲」という兩詩の表現を比較すると、どちらも「少年」の義俠的性格を表現しており、兩作品には類縁關係が認められる。「結客篇」と類似表現を共有する「野田黄雀行」に詠まれる「少年」は、游俠少年としての性質がうかがえよう。

曹植詩の「少年」は、『史記』『漢書』、漢樂府に見える傳統的な游俠の「少年」を何らかのかたちでふまえていると考えられる。先に見た「名都篇」と同様に、「野田黄雀行」における「少年」もそのような歴史的・社會的背景から理解できるのである。(35)「野田黄雀行」は、「少年」が「雀」を相手に義俠・友情を示すという物語的アレゴリーに獨自性がある。さらに、社會的・文化的因襲をふまえれば、「野田黄雀行」を、「少年」の游俠性や友情を題材とし、それを美的形象として描いた作品として讀むことができよう。(36)

四 「送應氏」の「少年」

最後に、「應氏を送る（送應氏）」第一首(37)を見てみよう。曹植の生まれる二年前、初平元年（一九〇）、董卓は漢の都洛陽を焼盡した。その二十餘年の後に洛陽を訪れた曹植が詠んだ作品である。(38)

歩登北芒坂　　歩みて北芒の坂を登り
遙望洛陽山　　遙かに望む洛陽の山
洛陽何寂寞　　洛陽何ぞ寂寞たる

宮室盡焼焚　　宮室盡く焼焚せらる
垣牆皆頓擗　　垣牆皆頓《くず》れ擗《さ》け
荊棘上參天　　荊棘上りて天に參《まじ》はる
不見舊耆老　　舊耆老を見ず
但覩新少年　　但新少年を覩る
側足無行徑　　足を側つるに行徑無く
荒疇不復田　　荒疇復た田をつくらず
遊子久不歸　　遊子久しく歸らず
不識陌與阡　　識らず陌と阡とを
中野何蕭條　　中野何ぞ蕭條たる
千里無人煙　　千里人煙無し
念我平常居　　我平常の居を念ひ
氣結不能言　　氣結ぼれて言ふ能はず

曹植は、遠景から近景へと視線を移しつつ、變わり果てた洛陽の情景を一つ一つ寫し取っている。舊都の荒廢ぶりを描寫する中で、「垣牆皆頓れ擗け、荊棘上りて天に參はる。舊耆老を見ず、但新少年を覩る。」という部分に注目したい。ここでは、「垣牆」と「舊耆老」、「荊棘」と「新少年」とが巧みに類比されている。曹植は、この「新少年」に、天に達するばかりの「荊棘」と同じような、禍禍しいまでの生命力を見いだしたのであろう。曹植が、荒涼たる舊都洛陽において視線を向けた「少年」が、これまで述べてきたような游俠の少年か否かは、作品中に明示されていない。既に擧げた「少年」を用例にもつ曹植の樂府作品が、「少年」に焦點を絞り描いているのに對し、「應氏を送る（送應氏）」第一首は、「少年」を、遠景・點景として用いていると言えよう。この作品における「少年」は、荒廢・衰滅するものと對比される、生命力や新生の象徴と見なせよう。

さらに言えば、「送應氏」第一首に點綴された「少年」を、曹植の作品世界全體との關連で讀み直すこともできる。新生や生命力を表象する「新少年」は、「名都篇」や「野田黄雀行」が描く游俠「少年」の詩的形象と無關係ではない。むしろ、それらと連關性を持ち、なお『史記』『漢書』の「少年」をふまえた詩語と見なすべきであろう。

五　曹植以後の詩人が詠む「少年」

これまで見てきたように、曹植の「少年」は、游俠少年としてのイメージを原型にもちつつ様々な表象をもたらしている。今少し、曹植以後の詩人が詠む「少年」と比較してみよう。

「少年」を詠む作品は少ないが、三國・魏の阮籍「詠懷詩」に「少年」の用例が散見する。

詠懷詩　第五首[39]

平生少年時　　平生少年たりし時
輕薄好絃歌　　輕薄にして絃歌を好む
西遊咸陽中　　西のかた咸陽の中に遊び

趙李相經過　　趙李と相ひ經過す
娛樂未終極　　娛樂未だ終へ極《は》てざるに
白日忽蹉跎　　白日忽として蹉跎たり
驅馬復來歸　　馬を驅りて復た來り歸り
反顧望三河　　反顧《かえりみ》て三河を望む
黄金百鎰盡　　黄金百鎰盡き
資用常苦多　　資用常に多きを苦しむ
北臨太行道　　北のかた太行の道に臨み
失路將如何　　路を失ひて將《は》た如何せん

「白日忽として蹉跎たり」と詠む前半の六句目までは、曹植の「名都篇」を下敷きとしているであろう。このように都會の遊俠少年を含意する「少年」は、「詠懷詩」第六十一首でも、「少年擊刺を學び、妙伎曲城に過ぐ。（少年學擊刺、妙伎過曲城。）[40]」と詠まれている。

「詠懷詩」第五首は、都城の中で歌舞音曲に遊ぶ「輕薄」な「少年」の頃を回想し、忽然と老いを迎えた感慨を述べている。[41]詩の後半部分は、人生の進路を誤った後悔が詠まれているが、老と少との對比は、「詠懷詩」第四首でも次のように詠まれる。

……　　……
朝爲美少年　　朝には美少年爲りしが

夕暮成醜老　　夕暮には醜老と成る
自非王子晉　　王子晉に非ざる自りは
誰能常美好　　誰か能く常に美好たらん

このように、阮籍の「詠懷詩」に詠まれる「少年」は、「醜老」と對比し回顧される對象と言える。(42)
阮籍以後では、西晉、陸機の「董桃行」(43)に「少年」の語が一例だけ見える。

……　　　　……
盛時一往不還　　盛時一たび往きて還らず
慷慨垂念悽然　　慷慨して念ひを垂れ悽然たり
昔爲少年無憂　　昔少年爲りしとき憂ひ無く
常怯秉燭夜遊　　常に怯《お》しみて燭を秉りて夜遊す
……　　　　……
但爲老去年遒　　但だ老い去る年の遒《はや》しと爲す
盛固有衰不疑　　盛んなりしは固より衰へ有ること疑わず
……　　　　……

陸機の「董桃行」も、阮籍「詠懷詩」と同じように老年の憂愁と、「少年」の頃の「憂い無」き歡樂とが對照的に詠まれている。
また西晉の張華に、游俠少年を主題にした「博陵王宮俠曲」(44)がある。

雄兒任氣俠　　雄兒氣を俠に任せ
聲蓋少年場　　聲は蓋ふ少年の場
借友行報怨　　友を借りて報怨を行ひ
殺人租市旁　　人を殺して市の旁らに租《つ》む
……　　　　　……
身沒心不懲　　身は沒して心は懲りず
勇氣加四方　　勇氣は四方に加ふ

この樂府作品は、「報怨を行ひ」「人を殺す」游俠少年を描きながら、詩全體としてその生き方を肯定している。曹植以後、游俠の「少年」を正面から取り上げた早い例として注目すべき作品であろう。

東晉、陶淵明の詩にも二例、「少年」を見出すことができる。まず「飲酒」二十首、第十六首(45)を見てみよう。

少年罕人事　　少年より人事罕にして
遊好在六經　　遊好は六經に在り
行行向不惑　　行き行きて不惑に向《なんな》んとし
淹留遂無成　　淹留して遂に成す無し
竟抱固窮節　　竟に固窮の節を抱き

飢寒飽所更　　飢寒は飽くまで更《ふ》る所なり

……　　……

陶淵明の「少年」は、特に游俠の徒を表していない。この作品で、陶淵明はまず、「少年」の頃から變わらない自分の性質を述べている。言い換えれば、この「少年」は、陶淵明そのものであり、阮籍や陸機が悔恨とともに振り返る、かつての「少年」とは異なっている。

また、陶淵明の「擬古」九首、第一首(46)は、昔の友人が、時を隔てて自分と志を異にし、違う道を歩んでしまったことを誹る内容の詩である。最後の部分では、次のように詠んでいる。

……　　……

多謝諸少年　　多謝す諸少年

相知不中厚　　相知ること中厚ならず

意氣傾人命　　意氣人命を傾くも

離隔復何有　　離隔して復た何か有らん

詩人は、過去の友人を「諸少年」と呼び、本當ならば「意氣人命を傾く」べき友情が失われたことを嘆いている。逆に言えば、「少年」は、本來、友のために命をも投げ出すものと捉えられている。この場合の「少年」には、傳統的な游俠の少年が意識されていよう。兩例からわずかにうかがえるに過ぎないが、陶淵明の「少年」は、自分が變わらぬ自分であるアイデンティティーの根據であり、また、本來あるべき友情の象徵でもあると言える。

小　結

最後に、本章の粗雑な考察をまとめたい。

以上に見てきたように、曹植から陶淵明にいたる文學上の「少年」は、『史記』『漢書』の歴史テクストにおける游俠少年としてのイメージを基本に有しつつ、様々な變容を遂げている。曹植の描く題材が、「少年」の今そのものだとすれば、阮籍・陸機の「少年」は、悔恨や嘆老を伴いつつ振り返る過去の存在と言えよう。また、わずかな例ながら、陶淵明の「少年」は、詩語として、自己のアイデンティティーや「意氣人命を傾ける」友情を含意しているように思われる。

張華の「少年」は、曹植以後、游俠少年が樂府題に取り上げられた早い例であるが、阮籍の「詠懷詩」においてすでに、曹植の「名都篇」等を意識し游俠を題材とする作品の繼承が見られる。周知のように、「名都篇」や佚文の「結客篇」は、劉宋の鮑照以後に樣式化する「少年行」等の樂府題作品の源流に位置づけられる。このことは、すでに指摘されているように曹植が文學史上に果たした功績であるが、さらに言えば、阮籍・張華の「少年」は、曹植とそれら劉宋以後の樂府題とを結ぶ繼承線上に位置づけることができる。

「名都篇」や「結客篇」のみならず、游俠少年の詩的形象に關わるという意味において、「野田黄雀行」「送應氏」第一首の「少年」も、後代の詩に影響を與えたであろう。

曹植の作品における「少年」の特質は、あえて要すれば以下のような點にうかがえる。

○「少年」の〈今〉に焦點を絞り、作品に永遠の「少年」とも言うべき美的形象をもたらしている。

○「少年」の游俠性を、文學の主題として肯定的に表している。
○荒廢・衰滅と對照的に生命力や新生を象徴する詩語として用いる。
「少年」は、曹植から、文學の題材として眞正面に取り上げられている。しかし、文學テクストにおける曹植以來の「少年」は、史書が示すような「惡少年」という負の價値だけに目を向けなかった。それのみならず、「輕薄」であるが「憂い無き」若さがもつ、活動性や生命力、友情を肯定して描くことにもなった。老いによる喪失を前提として詠う阮籍・陸機にしても、「少年」は哀惜すべき對象として描かれている。また、曹植と陶淵明は、「少年」を一種理想化された存在として描く點において共通性がある。

少年の游俠性に關して補足すれば、增淵龍夫は、つとに、『史記』游俠列傳に書かれる游俠を民間秩序の維持者として評價した。增淵は、游俠の倫理・行動が、後漢末にいたるまでなお、人と人を結ぶ規範として作用していた點に注目する。さらにまたそのような游俠を中心とした個別的秩序が無數に存在していたこと、内部を結ぶ世界においては秩序維持者であるが、外の世界にあっては秩序破壞者となる游俠の兩側面が指摘される(47)。

增淵の論究で注目すべき點は、游俠のもつ兩義性、すなわち個別のあるいは内部的人間關係においては、その倫理と行動において秩序の維持者となる一方、その外の世界では秩序の破壞者となるという兩側面である。したがって、增淵の考察を敷衍して言えば、そのような游俠に連なる游俠少年も、秩序の維持者であり同時に破壞者であるという兩義性を宿していると言えよう。このような兩義性、言い換えれば、友情や義俠をふるう一方で違法行爲や無軌道、遊興に明け暮れるという、正負兩面の價値を備えるがゆえに、「少年」は後の文學作品の中で、様々なふくらみをもちつつ描かれることになったと考えられる。曹植は、そのような兩義性をもつ「少年」の原型を確立したと言えよう。

曹植が「少年」にもたらした以上のような獨創的意義を確認しつつ、最後に付言したい。本章で取り上げた曹植の作品中、「送應氏」第一首と「名都篇」はその制作時期を推定しうる。前述したように、「送應氏」第一首は、建安十六年（二一一）、曹植二十歳頃の作であろう。「名都篇」については、少なくとも黃初（二二〇～）以後、もしくは太和（二二七～）年間、曹植の壯・晩年に制作されたと考えられる。現存する數例からうかがうにすぎないが、詩人曹植にとっての「少年」は、その短い（四十一年）生涯を考えれば、文學活動をつらぬく表現對象の一つであったと考えられる。

注

（1）「漢代における民間秩序の構造と任俠的性格」（『中國古代の社會と國家』〈岩波書店、一九九六〉、初出『一橋論叢』二六―五、一九五一、一九五九補。）九五・九六頁。
（2）なお、本章で述べるように、「少年」は、儒敎の經文には見えず、年齡に關する禮の規定もない。增淵が注目した史書を含め、他のテクストの用例をふまえると、この「少年」は子供・兒童ではなく、廣く青年・若者と捉えることができる。特に、史書に頻見する「少年」は、おおむね游俠の徒や豪俠に連なる若者を指す。
（3）『史記』（中華書局、一九五九）卷百二十二、酷吏列傳、三一四九頁。
（4）『史記』卷百二十三、大宛列傳、三一七四頁。
（5）『漢書』（中華書局、一九六二）卷七、昭帝紀、二二三一頁。
（6）『漢書』卷六十一、李廣利傳、二六九九頁。
（7）その他を含め、「惡少年」という語は、『史記』『漢書』の本文にそれぞれ三例・四例見える。
（8）『漢書』卷九十、酷吏傳、尹賞傳、三六七三・三六七四頁。
（9）同右、尹賞傳、三六七五頁。
（10）『西京雜記』に見える三例の「少年」は、游俠少年を指している。しかし『世說新語』を例にあげると、「少年」は游俠少年とほとんど關連がない。ただし、「少年」という語に、負の性質を擔う者、未熟な者というイメージがつきまとうことも事實である。漢末・孔融の「論盛孝章書」は、「今之少年、喜謗前輩。」と述べる。胡本『李善注文選』（中華書局、一九七七）巻四十一、二十二葉右。また、『顏氏家訓』慕賢篇は、「人在少年、神情未定。」と記している。周法高撰輯『顏氏家訓彙注』（中文出版社、一九七五）巻上、慕賢第七、六八頁。

（11）曹植以後の編纂になる『三國志』『後漢書』においても、游俠少年としての「少年」を記述する例が多く見られる。

（12）郭茂倩が「結客少年場行」の解題で「按結客少年場、言少年時結任俠之客、爲游樂之場、終而無成、故作此曲也。」と評するように、作品における「少年」に負の價値や諷刺を見る解釋が目立っている。『樂府詩集』（中華書局、一九七九）巻六十六、九四八頁。

（13）『樂府詩集』巻三十五、相和歌辭、清調曲、五一四頁。

（14）『樂府詩集』巻三十四、相和歌辭、清調曲、五〇八頁。

（15）小西昇「漢代樂府詩と游俠の世界」（『日本中國學會報』一五、一九六三）八六頁。

（16）「游俠について」（『アジア史研究』第一、東洋史研究會、一九五七）參照。付言すれば、貴族化したそれを含め、游俠の意味する範圍が漠然とする感は否めない。この點について、James Jo-yü Liu（劉若愚）は、游俠は氣質であって職業ではないと指摘している。游俠が一種の氣質であるとすれば、文學の題材として様々に表現しうると言えよう。『中國之俠』（上海三聯書店、一九九一、原著「THE CHINESE KNIGHT-ERRANT」〈一九六七〉の中國語譯版）三頁。

（17）小西昇注（15）前掲論文は「祝頌的」（八四頁）、余冠英『樂府詩選』（人民文學出版社、一九五四）は、「富貴の家が受ける様々な享樂を専一に描寫して、豪奢を娯しむ歌曲のようだ。この詩は、當時の社會の一部分を反映している。」（一九頁）と解釋している。

（18）『文選』巻二十七、二十二葉左〜二十三葉右。

（19）小西昇注（15）前掲論文、九七頁。

（20）『樂府詩集』は別名「相逢狹路間行」「長安有狹斜行」と注する。

（21）小西昇注（15）前掲論文の結論は、「長安有狹斜行」等の漢代樂府詩が、後代の都會を詠う詩の先驅となり、游俠少年の放蕩・輕薄に新たな價値を見いだす南朝文學に影響を與えたという點にある。九七頁。

(22) 曹丕の「豔歌何嘗行」は一部、「長安有狹斜行」の詩句をふまえるが、「少年」を題材とした作品ではない。

(23) 『樂府詩集』巻六十三、「名都篇」解題、九一二頁。

(24) 清、王琦注『李太白全集』(中華書局、一九七七)巻三、一七九・一八〇頁。

(25) 『文選』巻二十七、二十一葉右。

(26) 『文選』巻二十四、二葉右。

(27) 『文選』巻二十四、六葉右。

(28) 曹植は「公宴詩」で、「公子敬愛客、終宴不知疲。淸夜遊西園、飛蓋相追隨。明月澄淸景、列宿正參差。秋蘭被長坂、朱華冒綠池。潛魚躍淸波、好鳥鳴高枝。神飈接丹轂、輕輦隨風移。飄颻放志意、千秋長若斯。」(『文選』巻二十、十二葉左。)と述べ、園遊の樂しみを永遠に續くかのように詠い上げている。「名都篇」がそうであるように、永遠を一瞬にすくいとるような描き方に、曹植詩の特徴の一端がうかがえるように思う。

(29) 趙幼文『曹植集校注』(人民文學出版社、一九八四)は、『三國志』魏書、王昶傳の記載を參考にしつつ、明帝、曹叡の時代に至り洛陽が繁華をもたらしたことをふまえ、この詩を太和年間の作と推定する。四八七頁。

(30) 『樂府詩集』巻三十九、五七一頁。

(31) 曹植に關する考察は、詩の背景に曹植の政治的不遇等の假託を認め、それを前提に論を展開するものが多い。この詩について、黃節は、『三國志』魏書、陳思王植傳の注に引かれる『魏略』を參照しながら解釋している。黃節は、曹植の羽翼であった丁儀が、曹丕によって誅殺されるに際して、夏侯尙に救いを求めたが、夏侯尙はその哀願に悲泣しつつ何もできなかったという『魏略』の記載から、「野田黃雀行」の「籬閒雀」は丁儀を指し、「少年」は「夏侯尙」を指すと說いている。しかし、この黃節の推測は、傳記の記載と詩文に完全な對應關係を見ようとしているため、牽强付會のきらいがある。黃節の解釋は、作品の受容・讀書史の中で捉えたい。黃節『曹子建詩註』(人民文學出版社、一九五七)九八・九九頁參照。

(32) 「少年場」は、『漢書』巻九十、尹賞傳では、少年が葬られた場所を指すが、曹植はもとの意味から切り離して、新たな詩語として用いている。このような古典引用法は曹植詩の特徴であろう。この點に關し、小著、第六章「曹植の四言詩について」において若干ふれている。

(33)『文選』巻二十八、鮑照「結客少年場行」李善注所引「結客篇」、十九葉右。

(34)『文選』巻二十九、張協「雜詩」李善注所引「結客篇」二十七葉右。

(35)他の曹植作品との横の關係を見ると、「野田黃雀行」と同じ「雀」と「鷂」をモチーフにした曹植の作品に「鷂雀賦」がある。「鷂雀賦」は民間の物語と水脈を通じると思われる寓意的な賦である。朱緒曾『曹集考異』(金陵叢書、民國三年至五年刊)巻六は、「野田黃雀行」について「此與鷂雀賦同意。」(十六葉左)と記す。「野田黃雀行」と曹植の他のアレゴリー的作品との關連性もあろう。「野田黃雀行」のアレゴリーについては、拙稿「曹植のアレゴリー」(『山形大學紀要〈人文科學篇〉』一三—二、一九九五)で少々言及した。曹植の樂府は、物語的內容・多樣な詩的主體を持つ點に特質がある。

(36)袁行霈編『中國文學史綱要』(北京大學出版社、一九八六)は特に論證はしていないが、少年の俠義的性格を表現すると述べる。一八・一九頁。

(37)『文選』巻二十、三十一葉左~三十二葉右。

(38)黃節・古直は、曹植が、建安十六年(二一一)、曹操に從軍した途中洛陽をよぎった時の作とする。黃節注(31)前掲書、八頁。古直『曹子建詩箋』(『層冰堂五種』〈國立編譯館中華叢書編審委員會、一九八四〉所收)一一頁。

(39)黃節『阮步兵詠懷詩註』(人民文學出版社、一九八四)七頁。

(40)同右、七四頁。

(41)同右、六頁。

(42)同樣の例は、第八十二首にも、「寧微少年子、日夕難咨嗟」(九八頁)とある。

(43)郝立權『陸士衡詩註』(人民文學出版社、一九五八)二八頁。

(44)『樂府詩集』巻六十七、九六九・九七〇頁。

(45)逯欽立校注『陶淵明集』(中華書局、一九七九)巻三、九六頁。

(46) 同右、巻四、一〇九頁。

(47) 游俠は、『韓非子』五蠹篇や『漢書』游俠列傳で國家秩序を亂す者として非難されているが、增淵は、游俠を戰國時代における發生から考察し、それにより結ばれる强固な人的結合關係に着目した。增淵は、司馬遷は個人倫理の價値觀點から秩序維持者としての游俠の一側面を取り上げて「游俠列傳」を立てたのであり、他方、後の正史はその側面を捨象したと論じている。增淵龍夫注(1)前揭書、七九～八九・一一四頁。

第八章　曹植「白馬篇」考——「游俠兒」の誕生——

はじめに

後漢末三國時代の詩人曹植の「白馬篇」は、「聲を沙漠の垂に揚げる」「游俠兒」を描いた樂府作品である。「白馬篇」は、「游俠兒」の勇壯ぶりを詠うのみならず、「身を鋒刃の端に棄つれば、性命安んぞ懷ふべけん。……軀を捐てて國難に赴けば、死を視ること忽として歸するが如し。」という悲壯な決意を述べて詩を締めくくっている。「游俠兒」が「國難」に「軀を捐てる」と詠む「白馬篇」の詩的世界はどのようにもたらされたのか。

「游俠兒」は「少年」という言葉を用いないが、游俠の少年を指している。曹植の詩における游俠少年としての「少年」の文學的意義については、前章（曹植の「少年」）で考察を試みた。曹植が描く游俠少年の詩的形象を探る點において、本章はその續編に位置づけられる。また、本章が些か言及する曹植の國家に關わる觀念・意識については、次章（曹植と「國難」——先秦漢魏文學における國家意識の一面——）でさらに檢討を加えたい。そのような小著における位置づけの上に、本章では、「白馬篇」の游俠少年がふまえる歷史的背景を探り、その上に創造された曹植の「游俠兒」像を考えてみたい。

一　「白馬篇」の二重構造

まず、「白馬篇」(1)の全體を眺めてみよう。

白馬飾金羈　　白馬金羈を飾り
連翩西北馳　　連翩として西北に馳す
借問誰家子　　借問す誰が家の子ぞ
幽幷游俠兒　　幽幷の游俠兒
少小去鄕邑　　少小にして鄕邑を去り
揚聲沙漠垂　　聲を沙漠の垂に揚ぐ
宿昔秉良弓　　宿昔良弓を秉り
楛矢何參差　　楛矢何ぞ參差たる
控絃破左的　　絃を控へて左的を破り
右發摧月支　　右に發しては月支を摧く
仰手接飛猱　　手を仰ぎて飛猱に接し
俯身散馬蹄　　身を俯して馬蹄を散らす
狡捷過猴猨　　狡捷猴猨に過ぎ

勇剽若豹螭　　勇剽豹螭の若し
15 邊城多警急　　邊城警急多く
胡虜數遷移　　胡虜數しば遷移す
羽檄從北來　　羽檄は北從り來たり
厲馬登高堤　　馬を厲まして高堤に登る
長驅蹈匈奴　　長驅して匈奴を蹈み
左顧凌鮮卑　　左に顧みて鮮卑を凌がん
21 棄身鋒刃端　　身を鋒刃の端に棄つれば
性命安可懷　　性命安んぞ懷ふべけん
父母且不顧　　父母すら且つ顧みず
何言子與妻　　何ぞ子と妻とを言はん
名編壯士籍　　名を壯士の籍に編せらるれば
不得中顧私　　中に私を顧みるを得ず
捐軀赴國難　　軀を捐てて國難に赴けば
視死忽如歸　　死を視ること忽として歸するが如し

黄金に飾られた白馬が、西北に向かい飛ぶように疾走する。三句目の「借問す」という語りの手法は、白馬を疾驅させる者が「游俠兒」であることを次第にクローズアップしていく。五・六句目で「少小にして鄉邑を去り、聲を沙漠の垂に揚ぐ」と述べられる「游俠兒」は、年若い頃に故郷を離れ、はるか沙漠の地に活躍の場を得たと言う。次節で見るように、この記述には、「少年」＝游俠の若者が、豪俠等の集團・勢力に糾合され、あるいは集結していくという『史記』『漢書』『後漢書』等に記載される歴史的背景がある。

首句「白馬金羈を飾り」は、「青絲は馬の尾に繫ぎ、黃金は馬の頭に絡《つな》ぐ。（青絲繫馬尾、黃金絡馬頭。）」(2)という「陌上桑」の句と類似の表現である。ほめ歌に近い裝飾的形容は漢樂府の特質であるが、(3)七〜十四句目の「游俠兒」の武藝をたたえる部分も、樂府の頌歌的傳統をふまえた表現であろう。このような頌歌的表現を含む詩に、曹植の「名都篇」(4)がある。

……　　　　　……
寶劍直千金　　寶劍直千金
被服光且鮮　　被服光《かがや》かしく且つ鮮やか
鬪雞東郊道　　雞を鬪わす東郊の道
走馬長楸閒　　馬を走らす長楸の閒
馳馳未能半　　馳せ馳せて未だ半ばなる能はざるに
雙兔過我前　　雙兔我が前を過ぐ
攬弓捷鳴鏑　　弓を攬《と》りて鳴鏑を捷《はさ》み
長驅上南山　　長く驅けては南山に上る
左挽因右發　　左に挽き因りて右に發し
一縱兩禽連　　一たび縱《はな》てば兩禽連なる

餘巧未及展　　　餘巧未だ展《の》ぶるに及ばざれば
仰手接飛鳶　　　手を仰ぎて飛ぶ鳶を接《い》る
觀者咸稱善　　　觀る者咸な善しと稱《たた》へ
衆工歸我妍　　　衆工我に妍を歸す
……　　　　　　……

「名都篇」は都會の游俠少年を描いた樂府詩であるが、上に擧げた部分は、少年の出で立ちの鮮やかさや弓の腕前を褒め稱える點において「白馬篇」の前半部分を彷彿させる。「白馬篇」のちょうど前半にあたる十四句目までは、游俠少年の活動舞臺を異にする以外、「名都篇」とほぼ同様の題材と見ることができよう。(5) 兩篇はまた、ともに南朝宋代に樂府題として確立し、後代に繼承される「少年行」の原型となる作品である。(6)

しかし「白馬篇」は、祝頌的な前半部と異なり、十五・十六句目の「邊城警急多く、胡虜數しば遷移す。」と詠む後半部分は、邊境の征戰に參加していく「游俠兒」の必死の覺悟を述べている。胡族の侵入を防ぐ兵を招集する「羽檄」に應じ、「馬を厲まして高堤に登る」「游俠兒」は、十九・二十句目で「長驅して匈奴を蹈み、左に顧みて鮮卑を凌がん。」と語っている。この部分は、縱横無盡に匈奴や鮮卑を討伐したいという「游俠兒」の決意を詠んでいる。このような戰に備える決心が、二十一～二十八句目「身を鋒刃の端に棄つれば、性命安んぞ懷ふべけん。父母すら且つ顧みず、何ぞ子と妻とを言はん。名を壯士の籍に編せらるれば、中に私を顧みるを得ず。軀を捐てて國難に赴けば、死を視ること忽として歸するが如し。」と詩の最終部分まで述べ連ねられる。

「宿昔良弓を秉り」と述べる前半は、武技を磨き弓遊びに腕を振るうような「游俠兒」のこれまでの生活を描き、後半は征戰に加わる今後の決意を披瀝する。このように、「白馬篇」は前後半の構成が對照的である。「白馬篇」の前半は、「名都篇」と同じように游俠少年の武藝に遊ぶ姿が詠まれ、後半部分の游俠少年は、國家の難に身を挺する憂國者として描かれる。言い換えれば、「白馬篇」の游俠少年は、武技に遊ぶ者という私的・遊興的側面と、後半部が述べるような「國難」に殉じる憂國者的性格の兩面を具有している。「白馬篇」は前後半の二段に分けて、このような游俠少年の兩義的性質を述べていると言えよう。(7)

曹植のテクストにおける「少年」が、游俠少年を含意し、かつ兩義性をもつ詩語であることは小著、前章でふれた。游俠としての「少年」について言えば、『韓非子』五蠹篇や『漢書』游俠列傳では、游俠を、國家秩序を亂す者として非難する。他方、増淵龍夫は、『史記』游俠列傳に書かれる游俠を、民間秩序の維持者として評價し、游俠の倫理・行動が、後漢末にいたるまでなお、個人と個人を結ぶ規範として働いていた點に注目した。増淵は、內部においては秩序維持者である一方、外の世界では秩序破壞者となる游俠の兩側面を指摘している。(8)したがって、游俠に連なる游俠少年も、同樣に秩序の維持者であり破壞者であるという兩義性を帶びていると言えよう。「少年」とは、言い換えれば、友情や義俠を發揮する一方、無軌道や遊興に明け暮れるという正負兩面の價値を備える存在であった。

ただ、いずれにせよ漢代にいたる游俠は、國家權力にとり秩序破壞者として彈壓の對象ともなった。游俠は、國家や社會秩序を超越し、個人の自立に立脚する存在であった。(9)それに對し、逆に父母や妻子を顧みず「國難」に殉じようとする「白馬篇」の游俠少年には、曹植の創意が見られよう。その背景をもう少しうかがってみたい。

二　糾合される「少年」から「游俠兒」の形象へ

「白馬篇」の「羽檄北從り來たり」という招集の知らせに、「游俠兒」が應じるという詩句について考えてみたい。

このことに關連し、想起される史料を取り上げてみよう。『史記』『漢書』『後漢書』『三國志』には、「少年」が、勢力集團の成員や軍隊の戰力として吸收されていくという記述が頻見する。正史中の「少年」は指摘されているように、そのほとんどが游俠の少年を意味する。(10) ここではさらに、「白馬篇」に見える「游俠兒」すなわち游俠の「少年」について、史書の用例からその歷史的動態を見てみよう。

後十年、陳涉等起兵、良亦聚少年百餘人。(11)
後十年、陳涉等兵を起こし、良も亦た少年百餘人を聚む。

陳勝、項梁之起、少年或謂越曰、「諸豪傑相立畔秦。仲可以來。亦效之。」彭越曰、「兩龍方鬪、且待之。」居歲餘、澤閒少年相聚百餘人、往從彭越曰、「請仲爲長。」越謝曰、「臣不願與諸君。」少年彊請、乃許。(12)
陳勝、項梁の起つに、少年或ひは越に謂ひて曰く、「諸豪傑相立ちて秦に畔《そむ》く。仲以て來たるべし。亦た之に效はん。」と。彭越曰く、「兩龍方に鬪はん、且く之を待て。」と。居ること歲餘、澤閒の少年相聚まること百餘人、往きて彭越に從ひて曰く、「仲に長と爲らんことを請ふ。」と。越謝して曰く、「臣は諸君と與にするを願はず。」と。少年彊く請ひ、乃ち許す。

陳勝起時、商聚少年東西略人、得數千。(13)
陳勝起ちし時、商、少年を聚め東西に人を略し、數千を得たり。

於是少年豪吏如蕭、曹、樊噲等皆爲收沛子弟、得三千人。(14)

是に於いて少年豪吏の蕭、曹、樊噲等の如き皆な爲に沛の子弟を收め、三千人を得たり。

以上は、地方の豪俠集團に游俠の「少年」が集結し、あるいは糾合されていく記事である。その他、『漢書』張良傳・彭越傳・酈商傳には、上記、『史記』留侯世家・彭越傳・酈商傳と同一の記載が見える。(15)一方、次のような記載は、多數の「少年」が、國家の兵力としてかり出された史實を示している。

元鳳四年九月、客星在紫宮中斗樞極閒。占曰、「爲兵。」其五年六月、發三輔郡國少年詣北軍。(16)

元鳳四年九月、客星は紫宮中の斗樞と極の閒に在り。占ひて曰く、「兵を爲せ。」と。其の五年六月、三輔の郡國の少年を發し北軍に詣らしむ。

拜李廣利爲貳師將軍、發屬國六千騎、及郡國惡少年數萬人、以往伐宛。……益發惡少年及邊騎。(17)

李廣利を拜して貳師將軍と爲し、屬國六千騎、及郡國惡少年數萬人を發し、以て往きて宛を伐つ。……益ます惡少年及び邊騎を發す。

發惡少年及邊騎、歳餘而出敦煌六萬人。(18)

惡少年及び邊騎を發し、歳餘にして敦煌の六萬人を出だす。

「少年」の性格を知る上で、上記の「惡少年」という言葉は注意を引く。「惡少年」について顔師古は、「惡少年とは行義無き者を謂ふ。（惡少年謂無行義者。）」[19]と注している。李廣利の外征に不品行の少年が徵集されたという記載は、「少年」の性格および動態を見る上で興味深い。豪俠に糾合される「少年」はまた「惡少年」とも記され、國家の戰役に徵發される者であった。[20]前章でややふれたが、「少年」の兩義性・多義性は、たとえ不品行の者であれ、一旦事あれば國家や勢力集團に集結する、その行動形態にも表れていると言えよう。

以上、『史記』『漢書』に見える「少年」は、およそその素行如何に關わらず私的勢力や國家に糾合され、あるいは集結・結黨するという性質、動態を有していた。このような史書の記述は枚擧にいとまがないが、『後漢書』『三國志』の記載を列擧してみよう。

訓遂撫養其中少年勇者數百人、以爲義從。[21]
訓遂に其の中の少年勇者數百人を撫養し、以て義從と爲す。

於是剽輕劍客之徒過晏等十餘人、皆來應募。陶責其先過、要以後效、使各結所厚少年、得數百人、皆嚴兵待命。[22]
是に於いて剽輕劍客の徒過晏等十餘人、皆來たりて應募す。陶其の先過を責め、要《もと》むるに後の效を以てす。各おのをして厚くする所の少年を結ばしめ、數百人を得たり。皆兵を嚴《いまし》め命を待つ。

郡吏有辱其母者、球結少年數十人、殺吏、滅其家。[23]
郡吏の其の母を辱むる者有り、球少年數十人を結び、吏を殺し、其の家を滅す。

城中少年朱弟、張魚等數千人起兵攻莽。(24)

城中の少年朱弟、張魚等數千人兵を起こして莽を攻む。

張燕、常山眞定人也、本姓褚。黄巾起、燕合聚少年爲群盜、在山澤閒轉攻、還眞定、衆萬餘人。(25)

張燕は、常山眞定の人なり。本は褚を姓とす。黄巾起こり、燕少年を合聚して群盜と爲し、山澤の閒に在りて轉《うた》た攻め、眞定に還る。衆萬餘人。

張繡、武威祖厲人、驃騎將軍濟族子也。……繡爲縣吏、閒伺殺勝、郡內義之。遂招合少年、爲邑中豪傑。(26)

張繡は、武威祖厲の人、驃騎將軍濟の族子なり。……縣吏と爲り、閒《ひそ》かに伺ひて勝を殺し、郡內之を義とす。遂に少年を招合して、邑中の豪傑と爲る。

曹仁字子孝、太祖從弟也。少好弓馬弋獵。後豪傑竝起、仁亦陰結少年、得千餘人。(27)

曹仁字は子孝、太祖の從弟なり。少くして弓馬弋獵を好む。後豪傑竝び起ち、仁も亦た陰かに少年を結びて、千餘人を得たり。

許褚字仲康、譙國譙人也。……勇力絕人。漢末、聚少年及宗族數千家、共堅壁以禦寇。(28)

許褚字は仲康、譙國譙の人なり。……勇力絕人。漢末、少年及び宗族數千家を聚め、共に壁を堅くして以て寇を襲ぐ。

儁表請堅爲佐軍司馬、鄕里少年隨在下邳者皆願從。(29)
儁表して堅を佐軍司馬に爲さんことを請ふ、鄕里の少年隨ひて下邳に在る者皆從はんことを願ふ。

肅見術無綱紀、不足與立事、乃攜老弱將輕俠少年百餘人、南到居巢就瑜。(30)
肅、術に綱紀無く、與に事を立てるに足らずと見、乃ち老弱を攜へ輕俠の少年百餘人を將ゐて、南のかた居巢に到り瑜に就く。

吳書曰、肅體貌魁奇、少有壯節、好爲奇計。天下將亂、乃學擊劍騎射、招聚少年、給其衣食。(31)
吳書に曰く、肅は體貌魁奇、少くして壯節有り、奇計を爲すことを好む。天下將に亂れんとし、乃ち擊劍騎射を學び、少年を招聚し、其の衣食を給す、と。

甘寧字興霸、巴郡臨江人也。少有氣力、好游俠、招合輕薄少年、爲之渠帥。(32)
甘寧字は興霸、巴郡臨江の人なり。少くして氣力有り、游俠を好む。輕薄の少年を招合し、之が渠帥と爲る。

以上、例示したように、秦末漢三國時代を通じ、無數の「少年」たちが勢力集團に糾合・組織化され、あるいは自ら參入を志願している。「少年」は、時には豪俠勢力における強力な兵力・戰力ともなりえた。また、朝廷による征戰に徵發されることすらあった。さらに遊俠の「少年」は「惡少年」とも記され、「父母の敎命を承けざる者（不承父母敎命者）[33]」であった。「白馬篇」に「父母すら且つ顧みず、何ぞ子と妻とを言はん」と述べる部分は、集團組織のために家族すら顧みない遊俠「少年」の性格と密接に關連しているであろう。以上のような「少年」の歷史的動態が、文學作品における游俠少年の意味形成に強固な因襲として働くことは十分に想像できよう。曹植の「白馬篇」はそのような因襲をふまえつつ、「游俠兒」を、さらに、私的勢力ではなく國家に進んで身を殉じるような者へと變容させているのである。しかも、「少年」は、『史記』『漢書』の記載だけでなく、同時代の曹仁・魯肅等が「少年」を糾合していたという『三國志』の史實に見られるように、曹植にとって身近な存在であったろう。曹植は、そのような游俠少年の實像をもとに新たな詩的形象を創造していったと考えられる。

三　典型・虛構としての「國難」

「游俠兒」の背景にある游俠「少年」の兩義的性質や、その行動樣態について、以上に概觀してきた。その上で「白馬篇」にもたらされた創意を、作者曹植の立場から理解してみたい。「白馬篇」の句「名を壯士の籍に編せらるれば、中に私を顧みるを得ず。軀を捐てて國難に赴けば、死を視ること忽として歸するが如し。」を連想させる他の記述を見てみよう。曹植の政治的散文、「自ら試すを求むる表（求自試表）」は次のように述べる。

固夫憂國忘家、捐軀濟難、忠臣之志也。……每覽史籍、觀古忠臣義士、出一朝之命、以徇國家之難。身雖屠裂、而功銘著於鼎鍾、名稱垂於竹帛、未嘗不拊心而歎息也[34]。

固より夫れ國を憂ひ家を忘れ、軀を捐てて難を濟くるは、忠臣の志なり。……史籍を覽る每に、古の忠臣義士、

> 一朝の命を出して、以て國家の難に徇ず。身は屠り裂かると雖も、而れども功銘は鼎鍾に著はれ、名稱は竹帛に垂るるを觀て、未だ嘗て心を拊して歎息せずんばあらざるなり。

この上表文は、『三國志』魏書、曹植傳の太和二年（二二八）の條に「植常に自ら利器を抱きて施す所無きを憤怨し、上疏して自ら試すを求めて曰く……（植常自憤怨抱利器而無所施、上疏求自試曰……）」[35]として掲載されている。「求自試表」は、「古の忠臣義士」の「國家の難に狥じ」た行動に照らし、曹植個人の政治參加の志を訴えている。

清の朱乾『樂府正義』は、「求自試表」を引用しながら、「白馬篇」について次のよう評している。

> 此寓意於幽幷遊俠、實自況也……篇中所云捐軀赴難、視死如歸、亦子建素志、非泛述矣。[36]

> 此れ幽幷の遊俠に寓意して、實は自ら況するなり……篇中云ふ所の軀を捐てて難に赴けば、死を視ること歸するが如しとは、亦子建の素志にして、泛《ひろ》く述ぶるに非ず。

朱乾は、「游俠兒」を曹植に引きつけて解釋したのであろう。しかし、前述したように、「白馬篇」の主人公である「游俠兒」の含意は、游俠少年の歴史的背景と切り離せまい。そのことを前提にした上で、「白馬篇」に朱乾『樂府正義』が說くような曹植の政治意識や創作意識をうかがうことも不可能ではない。[37]したがって、「白馬篇」は、曹植という個別の人格と史書に記載される游俠少年が、兩々相俟って生まれた詩的典型と理解するのが穩當だろう。

觀點を變えるならば、曹植は「白馬篇」において、國難に甘んじて一身を犧牲にすべき對象として、國家を意識し表現しているとも言える。「求自試表」のような政治的散文のみならず、「白馬篇」以外の曹植の文學テクストにおいても、「殉國家之難」に類する表現に曹植の國家・政治への意識がうかがわれよう。「白馬篇」の、「軀を捐てて國難に赴けば、死を視ること忽として歸するが如し。」という末部で想起されるのは、曹植の「雜詩」に見える次のような句である。

……　　　……
遠遊欲何之　　遠遊して何くにか之かんと欲す
吳國爲我仇　　吳國は我が仇爲り
……　　　……
閑居非吾志　　閑居は吾が志に非ず
甘心赴國憂　　心に甘んじて國憂に赴かん
　　　　　　　　　　　　　　　　　　「雜詩」第五首(38)
……　　　……
烈士多悲心　　烈士は悲心多く
小人媮自閑　　小人は媮にして自から閑なり
國讎亮不塞　　國讎亮《まこと》に塞《つ》きず
甘心思喪元　　心に甘んじて元《かうべ》を喪はんことを思ふ
……　　　……
　　　　　　　　　　　　　　　　　　「雜詩」第六首(39)

上記二編は、「我仇」「國讎」に對して「國憂に赴く」「元《かうべ》を喪はんことを思ふ」と直截に表現している。そして、その制作年に關わらず、「白馬篇」「求自試表」「雜詩」に見られるような曹植の政治や國家に關わる意識・表現には共通點がある。曹植は、建安十六年（二一一）の遠征以後、軍役に從事することはなく、その生涯を通じて戰役の體驗やその現實面を描く材料をほとんど持たなかった。また、曹植は『三國志』魏書及び注が記すように、實際には曹操政權や魏朝廷の中樞で國家經營に參畫することもほとんどなかった。したがって自明のことだが、曹植は虛構の文學世界の中で、體驗や現實よりは觀念や表象の上で、國家・政治に關わる自らの意識を示そうとする。その點において、上に揭げた「白馬篇」「雜詩」「求自試表」も同樣に見ることができよう。

曹植には、他の建安詩人に見られるような戰役・從軍の體驗を詠む詩が現存していない。曹植の征戰に關する作品には「東征賦」がある。しかし、この作品は序に「建安十九年、王師東に吳寇を征す。余禁兵を典《つかさど》り、官省を衞る。然るに神武一たび擧げなば、東夷に必ず克たん。振旅の盛んなるを想ひ見、故に賦一篇を作る。（建安十九年、王師東征吳寇、余典禁兵、衞官省。然神武一擧、東夷必克。想見振旅之盛、故作賦一篇。）」と述べるように、吳の討伐に遠征する曹操軍を見送りつつ詠まれた賦である。賦の本文は佚文だが、鄴都の守りを託された曹植自身の不安とともに、曹操の六軍が果たすであろう吳における武功を予祝するように詠っている。[40]

「東征賦」は、征役を見送る側の賦であるが、「離思賦」は、その序文に「建安十六年、大軍西に馬超を討つ。太子監國に留まり、植時に從へり。意ひに懷戀有り、遂に離思の賦を作る。（建安十六年、大軍西討馬超。太子留監國、植時從焉。意有懷戀、遂作離思之賦。）」とあり、曹植が、曹操による馬超討伐に從軍するに際し詠んだ賦である。この賦も佚文だが、序文を參照すれば、曹植の從軍體驗ではなく、鄴に留まり守る兄曹丕との一時の別れを主題にした作品と考えられる。[41]

他の建安詩人における從軍・戰役の詩を一部のみ例示しよう。

『三國志』魏書、文帝紀注に引かれる、曹丕の「令」に次のような詩が揭載されている。[42]

喪亂悠悠過紀　　喪亂悠悠として紀を過ぎ
白骨縱橫萬里　　白骨は萬里に縱橫たり

哀哀下民靡恃　　哀哀たる下民は恃む靡し
吾將佐時整理　　吾將に時を佐けて整へ理め
復子明辟致仕　　子《きみ》に明辟を復して致仕せんとす

『三國志』魏書、文帝紀は、建安二十五年（二二〇）十月、「漢帝衆望魏に在るを以て……璽綬を奉じて位を禪る。（漢帝以衆望在魏……奉璽綬禪位。）」[43]と述べている。それに對し、曹丕は一端辭讓するという布令を出すが、その中にこの詩が詠まれている。したがって、漢朝への服從を述べる言葉は儀禮にすぎない。ここで注目したいのは、萬里まで累々と廣がる白骨に象徴される後漢末の戰亂描寫である。征戰・戰役を寫實的に詠む詩は、蔡琰・王粲・曹操・曹丕等、建安文學にしばしば見られる。後漢末の文學は、戰爭の現實を描寫することにおいて、逆に戰爭の悲慘さを告發するという一面をもっていたと言えよう。

王粲の「從軍詩」第二首[44]は、曹操による呉討伐の戰役に從う決意を示す一方で、『詩經』豳風「東山」の詩句をふまえ、湧き上がる郷愁や不安を吐露している。

……　　……
拊襟倚舟檣　　襟《むね》を拊ちて舟檣に倚り
眷眷思鄴城　　眷眷として鄴城を思ふ
哀彼東山人　　哀しめり彼の東山の人の
喟然感鸛鳴　　喟然として鸛鳴に感ずるを
日月不安處　　日月安處せず

人誰獲常寧　　人誰か常寧を獲ん
……　　……

『詩經』「東山」の本文は、戰役からの歸途につく兵士が語り手となり望郷の念を詠うものである。王粲「從軍詩」は、曹操軍への贊美以上に、行軍にともなう王粲個人の孤獨感や憂愁が色濃い。王粲の詩に見られるように戰役を主題としながら行軍の描寫に終わらず、望鄉や眷戀という個の感情にふれるのが、建安詩の特色でもあった。(45)曹植には、從軍や戰爭の體驗を詠む詩自體が存在しないとも言えるが、「雜詩」「白馬篇」を見ても、個人の具體的感情は見えにくい。先述したように、「白馬篇」について言えば、曹植個人の政治的な志や感懷を一方的に讀み取るだけでは不十分であろう。「白馬篇」は、むしろ歷史的背景をもつ游俠少年の實像に、曹植の創意を加えた詩的典型と捉えることができるのである。(46)

曹植は、先に引用した「求自試表」、「雜詩」第五・六首、そして「白馬篇」のように、體驗ではなく觀念や想像において「國家之難」「國憂」「國讎」を言い、言說や表象の上にそれを示している。戰役を題材とするテクストを見ても、曹植の政治や國家に對する意識・表象は建安文學の中で異質であると言ってよい。(47)

「白馬篇」に目を戻せば、游俠の少年が「國難」に「軀を捐てる」と詠う背景には、個別より典型化に向かい、現實・寫實よりは理想・虛構、體驗よりはファンタジーの世界を創出する曹植の創作意識が働いていると言えよう。このような、「白馬篇」制作の背後にある曹植の典型化や虛構への志向について、最後に若干ふれてみたい。

四　曹植の假想現實

曹植の「薤露行[48]」を取り上げてみよう。

天地無窮極　　天地窮極無く
陰陽轉相因　　陰陽轉じて相い因る
人居一世閒　　人一世の閒に居ること
忽若風吹塵　　忽として風の塵を吹くが若し
願得展功勤　　願はくば功勤を展ぶるを得て
輸力於明君　　力を明君に輸《いた》さん
懷此王佐才　　此の王佐の才を懷きて
慷慨[49]獨不群　　慷慨して獨り群せず
……　　……
孔氏刪詩書　　孔氏は詩書を刪し
王業粲已分　　王業粲として已に分《あき》らかなり
騁我徑寸翰　　我が徑寸の翰を騁せ
流藻垂華芬　　藻を流して華芬を垂れん

前半部分で、曹植は一人高ぶる思いを抱きつつ、明君を補佐する經世の理想を述べている。その一方で詩の結末は、孔子が文筆によって王君の事跡を明らかにしたように、自身も文章をもって名を後代に殘したいと締めくくる。經世の理想を言いつつ、最後は文筆への意欲を表明する「薤露行」には、曹植の屈折する思いがうかがえよう。(50) しかし曹植は、事實として政治活動から疎外されていた。だとすれば曹植にとって、「薤露行」が述べるような自己實現の道としての表現活動こそ現實のすべてだったのではないだろうか。したがって、曹植の文學における虛構への志向とは作爲ではない。曹植にとっては文學表現が現實であり、ある意味では假想現實であった。だが假想現實こそが、建安文學において卓越した曹植の詩空間を作りあげた。同時にこの假想現實によって、「白馬篇」は、南朝以後の樂府「少年行」が依據するような典型たり得たと言えよう。

小結

「白馬篇」は、曹植の詩に描かれる游俠少年の中でも、とりわけ鮮やかなイメージを殘している。西北を目指して飛ぶように疾驅する白馬の「游俠兒」の姿、一旦事あれば國のために一身を犧牲にする少年像は、典型として長く詩人の記憶に殘り繼承されることになった。さらに、後代の俠客小說や游俠を題材とした戲曲等樣々な文學ジャンルへの展開まで廣く見わたせば、それらの源流の一つに「白馬篇」を位置づけることもまた可能であろう。(51) 曹植による「游俠兒」の創造は、中國文學における新たな詩的形象の誕生でもあった。

「遊俠兒」の原型には、史書に記されるように、國家の戰役や勢力集團の鬪爭に驅り出される無數の「少年」の姿がある。さらに「白馬篇」において、國家に進んで身を捨てる「遊俠兒」像の創り出された背景には、曹植の國家に關わる特徴的な觀念・意識がうかがえるように思う。この點については、次章（曹植と「國難」——先秦漢魏文學における國家意識の一面——）で考察したい。

注

（1）胡本『李善注文選』（中華書局、一九七七）卷二十七、二十二葉右・左。

（2）『樂府詩集』（中華書局、一九七九）卷二十八、四一一頁。

（3）漢樂府「日出東南隅行」「相逢行」「長安有狹斜行」「隴西行」等の他、曹植「美女篇」「名都篇」も頌歌的作品である。

（4）『文選』卷二十七、二十二葉左～二十三葉右。

（5）『樂府詩集』卷六十三注引「歌錄」は「名都、美女、白馬、竝齊瑟行也。」と記す。九一一頁。

（6）岡村貞雄『古樂府の起源と繼承』（白帝社、二〇〇〇）第三章「少年行」は、游俠少年を詠む一連の作品系列に關し、文學史的に論じている。岡村は、樂府「少年行」が、劉宋の鮑照「少年行」等の樂府題の詩をはじめとする前期「少年行」と、李白「少年行」や李賀「少年樂」等の盛唐から晩唐にかけて詠われる後期「少年行」に分けられると說く。岡村は、前後期を通じて、游俠少年を描くことでテーマは一貫するが、前期「少年行」は、北方・邊域で活躍する勇壯な少年を、後期「少年行」は、市中の歡樂地を粹な格好で遊行する少年を描くことに違いがあると指摘する。

岡村貞雄は、游俠少年を描く後代の樂府「少年行」の原型として、曹植の「白馬篇」を取り上げている。しかし、岡村は「名都篇」に言及しないが、後期「少年行」の源流には「名都篇」を置くべきである。

（7）「名都篇」について、『樂府詩集』卷六十三の解題は、「以て時人騎射の妙、游騁の樂にして憂國の心無きを刺るなり。（以刺時人騎射之妙、游騁之樂、而無憂國之心也。）」（九一二頁）と述べる。他方、『樂府詩集』卷六十三所收の曹植「白馬篇」に對する郭茂倩の解題は、「言うこころは、人當に功を立て事を立て力を盡くして國の爲にすべく、私を念ふべからざるなり。（言人當立功立事盡力爲國不可念私也。」」（九一四頁）と說いている。『樂府詩集』は、游俠少年を描く曹植の樂府兩篇について正負・善惡兩樣の解釋を示しているが、この解釋自體が、曹植の描く游俠少年の兩義性を示している。

（8）增淵龍夫「漢代における民間秩序の構造と任俠的性格」（『中國古代の社會と國家』〈岩波書店、一九九六〉所收、初出『一橋論叢』二六―五、一九五一、一九五九補。）七九～八九・一一四頁。

（9）James Jo-yü Liu（劉若愚）著、周清霖・唐發鐃譯『中國之俠』（上海三聯書店、一九九一、原著「THE CHINESE KNIGHT-ERRANT」〈1967〉の中國語譯版。）は、游俠は個人の尊嚴を强調し國家權威に反對する、また政府と法律を無視し無政府主義的態度を取るという性質をもつと說く。九・一二頁。

（10）增淵龍夫等。小著、前章ではさらに考察を進め、「惡少年」「輕薄少年」「惡子」という用例に注目し、「少年」が負の價値・惡のイメージをつよく帶びることを述べた。

（11）『史記』（中華書局、一九五九）卷五十五、留侯世家、二〇三六頁。

（12）『史記』卷九十、彭越傳、二五九一頁。

（13）『史記』卷九十五、酈商傳、二六六〇頁。

（14）『漢書』（中華書局、一九六二）卷一上、高帝紀、一〇頁。

（15）「居歲餘、澤閒少年相聚百餘人、往從越、「請仲爲長」、越謝不願也。少年强請、乃許。」（『漢書』卷三十四、彭越傳、一八七八頁。）「後十年、陳涉等起、良亦聚少年百餘人。」（『漢書』卷四十、張良傳、二〇二五頁。）「陳勝起、商聚少年得數千人。」（『漢書』卷四十一、酈商傳、二〇七四頁。）

（16）『漢書』卷二十六、天文志、一三〇七頁。

（17）『史記』卷百二十三、大宛列傳、三一七四・三一七六頁。

（18）『漢書』卷六十一、李廣利傳、二七〇〇頁。

（19）「李廣利、女弟李夫人有寵於上、產昌邑哀王。太初元年、以廣利爲貳師將軍、發屬國六千騎及郡國惡少年數萬人以往。」の條に係る顏師古注。『漢書』卷六十一、李廣利傳、二六九九頁。

(20)「少年」の徵發に關連して言えば、「少從」と稱され、年少の者が外交使節に隨行する記載も見られる。『漢書』卷六十一、張騫傳の「漢使往既多、其少從率進孰於天子。」に係る孟康注に、「少從、不如計也。或曰、少者、少年從行之微者也。」、また顏師古注に「漢時謂隨使而出外國者爲少從、總言其少年而從使也。」（二六九七・二六九八頁）とある。

(21)『後漢書』（中華書局、一九六五）卷十六、子訓傳、六一〇頁。

(22)『後漢書』卷五十七、劉陶傳、一八四八頁。

(23)『後漢書』卷七十七、酷吏列傳、陽球傳、二四九八頁。

(24)『後漢書』天文志、三二一九頁。

(25)『三國志』（中華書局、一九八二）卷八、魏書、張燕傳、二六一頁。

(26)『三國志』卷八、魏書、張繡傳、二六二頁。

(27)『三國志』卷九、魏書、曹仁傳、二七四頁。

(28)『三國志』卷十八、魏書、許褚傳、五四二頁。

(29)『三國志』卷四十六、吳書、孫堅傳、一〇九四頁。

(30)『三國志』卷五十四、吳書、魯肅傳、一二六七頁。

(31)『三國志』卷五十四、吳書、魯肅傳注引、一二六七頁。

(32)『三國志』卷五十五、吳書、甘寧傳、一二九二頁。

(33)『漢書』卷九十、酷吏傳、尹賞傳「輕薄少年惡子」に係る顏師古注。三六七四頁。

(34)『三國志』卷十九、魏書、陳思王植傳、五六六・五六七頁。

(35)同右、五六五頁。

(36)『樂府正義』（「京都大學漢籍善本叢書」〈同朋社、一九八〇〉第八卷）卷十二、七五八・七五九頁。

(37)朱乾の說を敷衍して、「求自試表」が上訴された太和二年（二二八）と「白馬篇」の制作年を性急に關連づけるのは論據不十分であろう。「白馬篇」の制作年代は推定するに足る十分な確證がない。古直『曹子建詩箋注』（『層冰堂五種』〈國立編譯館中華叢書編審委員會、一九八四〉所收）は「此詩蓋爲張遼作也。」（六六頁）と說き、『三國志』巻一、魏書、武帝紀の建安十二年の條に、曹操が張遼を先鋒に胡族を征討した記事を根據に擧げる。だが、背景となる張遼の傳記が不十分で、「白馬篇」の制作と結びつけるには根據薄弱である。伊藤正文『曹植』（岩波書店、中國詩人選集三、一九五八）が、建安年間の作とするのは根據不明（一三一頁）。趙幼文『曹植集校注』（人民文學出版社、一九八四）は、曹叡時代に鮮卑・匈奴により國家の安全が脅威にさらされていた狀況から、游俠少年の盡忠報國が詠われたとし、太和年間の作と推測する（四一三頁）が、やはり確證に缺ける。

(38)『文選』巻二十九、十六葉左。

(39)同右。

(40)『藝文類聚』（中文出版社、一九八〇）巻五十九、武部、戰伐、一〇六九頁。

(41)『藝文類聚』巻二十一、人部五、友悌、三九〇頁。

(42)『三國志』巻二、魏書、文帝紀注引『獻帝傳』所收、六五頁。

(43)『三國志』巻二、魏書、文帝紀、六二頁。

(44)『文選』巻二十七、十一葉左～十二葉右。『樂府詩集』巻三十二は、王粲「從軍行」五首として掲載し、樂府と見なしている。

(45)曹操の「蒿里行」「苦寒行」、蔡琰「悲憤詩」等々參照。

(46)岡村貞雄注（6）前掲書（三〇五頁）は、「白馬篇」を踏襲した南朝以後の樂府「少年行」について「作者の直接の抒情とはそれほど深いかかわりを持たない。」「北方に活躍する一人の少年の勇姿を生き生きと描くことができれば、少年行はそれで充分だったのである。」と論じている。「白馬篇」自身がもつ個別を超えた典型化の働きによって、後代の樂府題「少年行」の繼承と確立がもたらされたと言えよう。

(47)曹植の政治認識や國家意識に關して言えば、後漢末の文人には漢家を批判、あるいはその滅亡を予言・認識する言說が多く見られる。それに對し、曹植にそのような批判的言說は見いだせない。むしろ、曹植の漢朝に對する愛慕あるいはその表現は、同時代の思潮、言說と大きく隔たっている。このことについての詳細は次章で論じたい。

(48)『藝文類聚』巻四十一、樂部一「論樂」、七四一頁。

(49)『藝文類聚』は、愷に作る。『樂府詩集』巻二十七により改める。

(50)この作品の主意を、『春秋左傳』襄公二十四年に説かれる「三不朽」に鑑み、經世の理想が遂げられない曹植が、「立言」の道を志したものとする解釋が多い。趙幼文『曹植集校注』（四三四頁）もそのような解釋に連なる見方をしている。

(51)James Jo-yü Liu 注（9）前掲書は、樣々な文學ジャンルにおける游俠を考察する。また、張衡「西京賦」は文學テクストに游俠が見える早い例であるが、その描寫は些末であると指摘している。曹植「白馬篇」については、游俠の大いなる贊歌と評するとともに、親への孝より英雄的な行動に價値を見る點に大きな特徴があると説く。五一～五三頁。曹植以前に游俠を主題とした作品が存在しないことを考えれば、「白馬篇」の原初的な位置に着目すべきであろう。

第九章　曹植と「國難」——先秦漢魏文學における國家意識の一面——

はじめに

國家は、國土・民族・制度・文化・思想宗教等だけでなく、人々がそれに抱く目に見えない感情や觀念によって形作られる。文學は古來、そのような國家に對する無形の意識や感情・觀念を表象してきた。歷史の變遷と轉換の中で國家というものの自明性や正當性が問われる時、詩人や作家はどのような情念や意識をそれに投影してきたのだろうか。

漢末魏初という王朝交代期の詩人、曹植（一九二〜二三二）は、國家や皇家をめぐり、樣々な、時に陰影のある意識・觀念を表している。ここでは、古代・中世轉換期の國家像と文學の關わりを、曹植のテクストから探ってみたい。

一　先秦から漢にいたる文學上の國家意識

曹植を見る前に、上述の視點で先秦から漢代にいたる文學を概觀してみよう。

『詩經』にある「中國」の最古の用例(1)はよく知られている。

民亦勞止　　民亦た勞す

汔可小康　汔《ほとん》ど小康すべし
惠此中國　此の中國を惠し
以綏四方　以て四方を綏《やす》んぜよ
……　……

「民亦た勞す……此の中國を惠し……」というリフレーンを4回繰り返す『詩經』大雅、民勞は、鄭箋に「時に賦歛重數し、繇役煩多たり、人民勞苦す。（時賦歛重數、繇役煩多、人民勞苦。）」(2)とあるように、人民をさいなむ悪政を批判した詩である。この「中國」とは京師とその周邊の地域を指し、都市國家に近い。「四方」とはその周邊國を言う。しかしこの詩は、そのような內と外の隔たりの強調よりも、爲政者が「中國と四方を治めて民を苦痛と殘虐から守るべきことを述べる」(3)ことに主意がある。

「中國」の用例は『詩經』大雅、桑柔(4)にも見え、同樣に亡國に導く政治の亂れを諷刺している。

……　……
哀恫中國　哀恫するは中國
具贅卒荒　具に贅《ぜい》して卒《ことごと》く荒る
靡有旅力　旅力有ること靡《な》し
以念穹蒼　以て穹蒼を念ふ

上記『詩經』兩篇における「中國」という語は、本來、爲政者が善政を施すことによって民衆が安穩に暮らすべき場所にも關わらず、悪政に亂れる國として詠われている。

また「中國」だけでなく「國家」という語も見え、『禮記』緇衣に引かれる逸詩は(5)、民衆のために善政が敷かれるべき領域として詠んでいる。

昔吾有先正　　昔吾に先正有り
其言明且淸　　其言明にして且つ淸し
國家以寧　　國家以て寧んず
都邑以成　　都邑以て成り
庶民以生　　庶民以て生く
……　　……

このように「中國」の最古の用例が、統治者ではなく民衆の視點・意識から國家の實像を傳えている點は興味深い。(6)

しかし、文學テクスト上の國家像は、このように批判・諷刺の對象として表象されるだけではない。『楚辭』九歌、國殤は、王逸が「國事に死する者を謂ふ。小爾雅に曰く、主無きの鬼は之を殤と謂ふ、と。（謂死於國事者。小爾雅曰、無主之鬼謂之殤。）」(7)と注するように、戰役に身を捧げた死者とその靈魂を詠む。(8)

首身離兮心不懲　　首身離れて心懲りず
……　　……
身既死兮神以靈　　身は既に死し神以て靈し
子魂魄兮爲鬼雄　　子が魂魄は鬼雄爲り

「國殤」では、國事に殉死する者が國の英靈として稱揚される。しかしこのような、我が身を捧げる對象として國家を見る意識は、後述するように曹植以前の文學ではむしろまれであった。

國家はもともと狹い領域で、本來人民が善政によって安樂に住むべき場所であるが、實際は惡政に亂れている、という批判意識と、その反對に身を捧げる對象と見る觀念を『詩經』『楚辭』のそれぞれに見た。いずれにせよ、屈原が「俗人祭祀の禮、歌舞の樂（俗人祭祀之禮、歌舞之樂）」(9)をもとに『楚辭』九歌を制作したとされるように、兩詩篇とも「庶民」・「俗人」の視點から「國」に言及していると言えよう。

逆に爲政者の立場から、國家支配をめぐる感情・意識を述べる早い例として、漢の高祖「大風歌」(10)が擧げられる。

大風起兮雲飛揚　　大風起こりて雲飛揚す
威加海內兮歸故鄉　　威は海內に加はりて故鄉に歸る
安得猛士兮守四方　　安んぞ猛士を得て四方を守らん

小川環樹は、「大風歌」について、漢の武帝「秋風辭」と對比させつつ論じている(11)。小川は「秋風辭」(12)は、專制君主にとっても避けがたい老と死の苦惱を言う末部の二句「歡樂極まって哀情多し、少壯幾時ぞ老いを奈何せん。（歡樂極兮哀情多、少壯幾時兮奈老何。）」と、首句の「秋風起こって白雲飛ぶ。（秋風起兮白雲飛。）」が照應し、「その不安の情を象徵する役目をはたしている」と述べ、「大風歌」も「大風起こりて雲飛揚す。」という首句が「帝の抑えがたい不安を隱した心情を暗示」し、「皇帝の前途に對して抱く漠然たる不安の表現である」結句と對應していると說く。高祖「大風歌」の文學としての奧行きは、海內を征服したことを英雄的に詠むのみならず、國家の中心に位した統治者の「四方を守る」ことへの不安や困惑を述べるところにあろう(13)。

他方で、漢朝の草創期に漢王室の絕對性を讚える詩も見える。高祖の宮人・唐山夫人の作とされる「安世房中歌」(14)は次のように詠っている。

王侯秉德　　王侯德を秉《と》り
其鄰翼翼　　其の鄰は翼翼たり

顯明昭式　　昭式を顯明す
清明鬯矣　　清明鬯《ちょう》たり
皇帝孝德　　皇帝の孝德
竟全大功　　竟に大功を全うし
撫安四極　　四極を撫安す

この詩は、國家という中心とそれに征服されるべき「四極」とを對比させ、天の意を受けた漢王室の正統性を讃えている。前掲『詩經』のように批判・諷刺の角度から國家に言及する一方で、「安世房中歌」のようにそれを贊美することを通して、文學は國家像や國家のアイデンティティーを形成することにもなった。さらに、そのような批判・贊美という兩極のみならず、國家をめぐる文學表象には、前掲の高祖「大風歌」のように、支配者が抱く統治への不安や葛藤も見出すことができる。

漢による國家統一が様々な文學上の統一をもたらした點について、章培恆・駱玉明主編『中國文學史』は、次のように概觀している。〈戰國時代の多元的地域文學は相互に影響・融合し、『楚辭』は漢賦に、楚歌は五言詩等に、戰國時代の散文は政論へと、漢代の様々な文學様式として吸收・統一されていった。漢朝は、地域による多元化から國家による一元化を文學にもたらした。(15)〉

しかし逆に言えば、そのような文學の一元化こそが漢代國家の文化的アイデンティティーを形成したとも言えよう。司馬相如は、「子虛賦」「上林賦」において漢武帝時代の繁榮ぶりと天子の絶對的地位を讃えている。(16)また司馬相如は、武帝への頌歌「封禪頌」において、天が下した瑞兆を例示し國家・國君の絶對性・神祕性を稱揚している。

國家の威信は禮樂の整備によってももたらされる。「郊廟」等の典禮雅樂等、漢初に樂府の整備が行われたことは、國家の文化的統一や國家意識を高める上で大きく作用したであろう。

以上を要するに、漢初の文學は「安世房中歌」や司馬相如の賦・頌、あるいは樂府の整備を通して國家の正當性や文化的統一感を高め、さらにはその神祕性・絕對性を讚えた。その一方、逆に國家の支配者が抱える一個の人間としての不安や焦燥を詠う高祖、劉邦「大風歌」のような詩歌も見いだせる。先秦にその芽生えが見られた國家をめぐる意識・觀念とその表象は、漢代帝國の成立にいたり様々な側面を示していると言えよう。

漢代帝國の興隆期は、文學テクストに國家贊美の表現が見られるが、漢朝の衰退に伴い文學における國家像も變貌を遂げる。衞廣來によれば、政治的統一の代表として最高の國家主權を有し、かつ天命を受けた神聖なる皇帝權力（＝「天立」）は、後漢中後期に外戚に擁立されることにより世俗化（＝「人立」）した。[17]

漢朝衰退期の政治的變容は様々な角度からの把握が可能であるが、さらに孫明君の論考を以下に要約し、後漢末士人の「天下」への志向にふれておきたい。〈そもそも『孟子』萬章下に「天下之重」、滕文公下に「天下之大道」と述べる聖人の道たる「天下」は、『荀子』正論に「天下は至大なり、聖人に非ざれば之を能く有する莫きなり。（天下者至大也、非聖人莫之能有也。）」、また『呂氏春秋』貴公に「天下は一人の天下に非ず、天下の天下なり。（天下非一人之天下、天下之天下也。）」とあるように、もとより國家を超越する存在であった。「凡黨事……海內塗炭……諸所蔓衍、皆天下善士」（『後漢書』黨錮傳）と稱され、「天下を以て己の任と爲す漢末の黨人」は、漢朝衰亡の時に會し、「日びに漸く朝廷より疎み離れる」こととなった。「初め顒、曹操を見て、嘆じて曰く、漢家將に亡びんとす。天下を安んずるは必ず此の人なり、と。（初顒見曹操、歎曰、漢家將亡、安天下者必此人也。）」（『三國志』魏書、武帝紀）とあるように、後漢末士人はすでに漢室に對する信望を失い、その滅亡を予感していた。[18]〉

孫明君は、このような國家を超えて天下の經營に向かう後漢末士人の行動・精神を背景に見た上で、建安文學の特徵を、「天下意識の流露」と捉える。さらに孫明君は、漢末の文學を、朝廷に對する士人の「觀望・支持・徘徊・疏離・對立・決裂」の一連の精神を再現したものと概括し、そこに「國家（漢室）から天下に到る心路歷程」を見ている[19]。

後漢時代、特に後期から末期の文學に表れる國家意識の諸相は、さらに具體的な檢討を要する。しかし、以上のような孫明君の考察からも、國家を超越し新しい時代を創り出そうとする東漢後末期文學の性質を垣間見ることができよう[20]。

二　後漢末文學における國家意識

後漢末に制作されたテクストは、後代の編纂になる史書以上に當時の士人の心性や意識を直接知りうる資料であるが、その中に「漢季」という表現がある。

陳琳「武軍賦」は、次のように記す。


漢季世之不辟、青龍紀乎大荒[21]。

漢の季《すえ》は世の辟《よ》からず、青龍大荒に紀《とど》む。


また「袁紹の爲に豫州に檄す（爲袁紹檄豫州）」では、このように述べている。


方今漢室陵遲、綱維弛絕。聖朝無一介之輔、股肱無折衝之勢[22]。

方に今漢室陵遲し、綱維弛み絕ゆ。聖朝に一介の輔無く、股肱に折衝の勢ひ無し。


陳琳は建安中に沒しているから、兩テクストは漢代のものであることが明らかである。

他方、蔡琰は「悲憤詩」[23]の冒頭で、次のように詠んでいる。

漢季失權柄　　漢の季《すえ》は權柄を失し
董卓亂天常　　董卓天常を亂す
志欲圖篡弑　　志は篡弑を圖らんと欲し
先害諸賢良　　先ず諸賢良を害す
逼迫遷舊邦　　逼迫して舊邦に遷らしめ
擁主以自彊　　主を擁して以て自ら彊《つよ》む
……　　　　……

「悲憤詩」について、「漢季」という言葉から漢魏禪讓後の制作と判斷する說がある。しかし、漢末、陳琳の上記二例から見て、實質的に漢朝が崩壞しつつあった後漢末期に「漢季」と表現しても不自然ではない。「悲憤詩」の制作時期は蔡琰歸漢後の建安年閒と見なしてよいであろう。(24)

後漢末における「漢家」＝「國家」の表象を考えるとき、この「漢季」という表現は注目に値する。「初め、顒曹操を見て、歎じて曰く、漢家將に亡びんとす、天下を安んずるは必ず此の人なり、と。（初、顒見曹操、歎曰、漢家將亡、安天下者必此人也。）」(25)と見なす後漢末士人の政治觀・國家觀は、文學テクストにおいても同樣に表現されていたのである。何進の部下から袁紹幕下へ、さらに曹操の支配下へとその從屬先を變えていった陳琳にとって、漢家という既存の國家はもはや歸屬對象ではなかった。(26)

では蔡琰「悲憤詩」における漢家＝國家とはいかなる存在か。「悲憤詩」は冒頭で「漢季」と述べ、漢代國家の終末を現實的に認識する一方、別の部分で南匈奴と漢との文化的・言語的差異を詩的モチーフとし華夷の別を詠んでいる。そこに、國家をめぐる蔡琰の意識・心性を讀み取ることも可能であろう。しかし、「漢季」という言葉からもうかがえるように、「悲憤詩」の主旨は華夷の對立と國家意識を强調することではない。

……　　　　　　……
見此崩五內　　此を見て五內崩れ
恍惚生狂癡　　恍惚として狂癡を生ず
號泣手撫摩　　號泣して手もて撫摩し
當發復回疑　　發するに當たりて復た回疑す
……　　　　　　……

我が子との生別の場面に端的に示されるように、「悲憤詩」でより浮き彫りにされるのは、蔡琰という一女性の、家族・個としての感情や苦痛、悲劇であろう。蔡琰にとっての國家とは、矛盾と混亂に滿ちた世界であった。(27)

陳琳・蔡琰のテクストからうかがえるような現實感覺を備えた國家・政治への意識は、他の建安七子や曹操・曹丕にも見いだすことが出來る。王粲「七哀詩」(28)第一首の冒頭はこのように詠んでいる。

西京亂無象　　西京亂れて象《かたち》無く
豺虎方遘患　　豺虎方に患に遘《あ》ふ
復棄中國去　　復た中國を棄てて去り
遠身適荊蠻　　身を遠ざけて荊蠻に適く
……　　　　　　……
路有飢婦人　　路に飢ゑたる婦人有り
抱子棄草閒　　子を抱きて草閒に棄つ

顧聞號泣聲　　顧みて號泣の聲を聞き
揮涕獨不還　　涕を揮ひて獨り還らず
……　　……

この詩は、「棄」という言葉が二回用いられる。戰禍の「中國」を「棄て」荊州の地へ去る詩人と、我が子を「棄て」行く路傍の「飢えた婦人」。このように「七哀詩」は、詩人・婦人兩樣の視點から動亂による「中國」＝國家の中心領域の荒廢を描寫している。王粲はこの詩を通し、もはや「棄て」去るべきものとして、後漢末の國家を深刻に批判しているのである。前節で、『詩經』における「中國」の語が、爲政者の善政により民衆が安穩に暮らすべき領域でありながら、實際は惡政に亂れる國という含意を有することにふれた。『詩經』がもつ文學規範の强さを考えれば、王粲が「七哀詩」で「中國」という語を用いたのは、『詩經』を下敷きにしつつ、被支配者による批判・風刺の對象という意味をそこに含ませる意圖があったのではないだろうか。(29)

王粲は、建安十三年（二〇八）以後、荊州を離れ曹操に歸順した。(30)王粲の「從軍詩」は曹操の武功を讚える內容を含むが、第一首では曹操を「相公關右を征す。（相公征關右。）(31)」と稱しつつ、第四首では「一に我が聖君に由る。（一由我聖君。）(32)」という美稱を用いる。劉楨は、王粲が歸順する以前、曹操の下で荊州征伐に從軍していた往事を回想し、「贈五官中郎將詩」第一首で「昔我元后に從ふ。（昔我從元后。）(33)」と詠んでいる。王粲・劉楨にとって、歸服すべき政治の中心はもとより漢家ではなく、「聖君」「元后」と贊美する曹操だった。

また、曹操自身、漢朝末期の建安十五年（二一〇）に布告した「十二月己亥令」で、「設使《もし》國家に孤の有ること無くんば、當に幾人か帝と稱し、幾人か王と稱すべきかを知らず。（設使國家無有孤、不知當幾人稱帝、幾人稱王。(34)）」と述べる。この「令」において曹操は、自己の政治的責任感から、漢末の混亂の中、天下を平定するにいたったと論じている。[35]曹操にとっての「國家」とは、「設使《もし》國家に孤の有ること無くんば……」と述べるように、政治家としての責任倫理において新たに立て直すべきものとなっていた。

三　曹植の漢家意識

このような、曹操や建安詩人の新たな國家觀と全く異なる國家意識・漢家意識を有していたのが曹植である。曹植は、建安二十年（二一五）に曹操の征西に從軍した際、「贈丁儀王粲」において、「皇佐天惠を揚げ、四海兵を交ふる無し。（皇佐揚天惠、四海無交兵。[36]）」と詠んでいる。李善は「皇佐とは太祖なり。（皇佐太祖也。[37]）」と注し、淸の丁晏は「其父を稱して皇佐と曰ふは、大義凛然たり。（稱其父曰皇佐、大義凛然。[38]）」と論評している。元の劉履は、「皇佐」という呼稱について、先に引いた王粲・劉楨の「聖君」「元后」という尊稱と對比させ、「上は君臣の義を失はずと謂ふべし。（可謂上不失君臣之義。[39]）」と評している。「大義凛然」「君臣之義」と指摘されるように、漢朝の崩壞時期においても曹植にとって國家とは漢家であり、父曹操は漢の臣下であった。では、曹植はいかなる國家觀を有していたのか。

曹植は、高祖より光武帝が優れている點を「漢二祖優劣論」で論じている。しかしその臣下については「將は則ち韓周に比し難く、謀臣は則ち良平に敵せず。（將則難比於韓周、謀臣則不敵於良平。[40]）」と述べ、光武帝獨りの天賦の才に比し、その群臣は主命に從うだけで、高祖の臣下より凡庸であったと評している。

この論と對照的に、梁、元帝『金樓子』は「曹子建光武を論ずらく、將は則ち韓周に比し難く、謀臣は則ち良平に敵《かな》はず、と。時人談ずる者は亦た以て然りと爲す、吾以《おも》へらく此の言誠に光武の德を美みし大とせんと欲すれども、一代の俊異を誣《し》ふる有り。（曹子建論光武、將則難比於韓周、謀臣則不敵良平、時人談者亦以爲然、吾以此言誠欲美大光武之德、而有誣一代之俊異。[41]）」という諸葛亮の發言を引いている。諸葛亮は、曹植とは逆に光武帝の優秀な群臣・武將を評價し、さらに、光武帝と心を一つにした群英の存在があってこそ國家經營が成り立ったと主張する。梁の元帝が取り上げる、右のような諸葛亮の君臣觀は、政治が一人の天才の偉業ではなく君臣の異體同心による共同作業であることを、（おそらく諸葛亮自らの行動に照らし）現實として認識するものであった。したがって、曹植の中心論點が歷史人物の優劣比較とはいえ、後漢の創業を超越的な皇帝一人の專政によるものとする主張に、諸葛亮はあえて反論を加えたのであろう。

このように、諸葛亮から批判を受けた「漢二祖優劣論」からわずかにうかがえるのは、曹植の、國家・政治に對する現實認識の缺如ではないだろうか。だとすれば、先に擧げた「贈丁儀王粲」が漢朝崩壞末期において曹操を「皇佐」と稱するのも、同樣に、そのよう現實感覺のずれなのだろうか。もう少し曹植のテクストを檢討してみよう。

「丹霞蔽日行[42]」は、殷周・秦漢の革命を述べ、最後に次のように漢王朝の傾覆を詠む。

……　　　……
雖有南面　　南面有りと雖も
王道陵夷　　王道陵夷す
炎光再幽　　炎光再び幽《かす》かに
忽滅無遺　　忽として滅び遺す無し

清の朱乾はこの詩を、「炎光再び幽かにとは、蓋し漢の亡ぶるを悲しむなり。而して魏祚の永からざるは、言外に之を見《しめ》す。（炎光再幽、蓋悲漢之亡也。而魏祚之不永、於言外見之。[43]）」と述べ、曹植が漢の滅亡を悲しみ、魏朝の遠からぬ滅亡を暗示したと解釋している。

次の「情詩」[44]は、「遊子」と「處る者」の互いの思慕の情を詠う。制作時期は漢末建安と魏初黄初の兩説があり、いずれも確證がない。

……　……
眇眇客行士　眇眇たり客行の士
遙役不得歸　遙役して歸るを得ず
始出嚴霜結　始め出でしとき嚴霜結び
今來白露晞　今來りて白露晞く
遊子歎黍離　遊子は黍離を歎き
處者歌式微　處る者は式微を歌ふ
……　……

「黍離」「式微」は、李善が注するようにそれぞれ『詩經』王風、黍離と『詩經』邶風、式微を下敷きにしている。「黍離」の語について、毛序は「黍離は、宗周を閔《いた》むなり。周の大夫行役して宗周に至り、故《もと》の宗廟宮室を過るに、盡く禾黍と爲る。周室の顚覆を閔み、彷徨し去るに忍びずして、是の詩を作るなり。（黍離、閔宗周也。周大夫行役至于宗周、過故宗廟宮室、盡爲禾黍。閔周室之顚覆、彷徨不忍去、而作是詩也。）[45]」と述べ、周の衰亡を傷む詩と解釋している。

また古直はこの毛序をふまえ、「情詩」について「時に軍役息まず、漢京焚燬す、故に黍離式微の歎有り。（時軍役不息、漢京焚燬、故有黍離式微之歎。）[46]」と解釋する。毛序・古直注が示すように、「情詩」の「遊子は黍離を歎く」という句は、「黍離」をふまえ戰役の續く國家の衰亡を嘆いた表現ととらえることができよう。

「式微」の詩は、毛序に「黎侯衞に寓し、其の臣勸むるに歸るを以てするなり。（黎侯寓于衞、其臣勸以歸也。）」と説かれる。[47] 一方、伊藤正文は「曹植が『歌式微』といったのは、この式微の詩が『胡《なん》ぞ歸らざる（胡不歸）』の三字を含むが故に、家で歸りを待つ者が歌う詩として適當なものである。」と説く。[48] 伊藤正文の解釋のように、「情詩」の主旨は、從軍の旅から長く戻ることができない「遊子」と、家に「處る者」のあいだの思慕の情を詠うことにあろう。「情詩」の巧みさは、そのような男女の情愛に、國家＝漢家の衰亡、戰亂という時代狀況に對する嘆きを重ねた點にある。

「情詩」で下敷きとされた『詩經』王風、黍離に關連して、曹植「應氏を送る（送應氏）」[49] にもふれておきたい。董卓により燒き拂われた洛陽の荒廢を詠う、漢末建安中の作である。

歩登北芒坂　　歩みて北芒の坂に登り
遙望洛陽山　　遙かに洛陽の山を望む
洛陽何寂寞　　洛陽何ぞ寂寞たる
宮室盡燒焚　　宮室盡く燒焚す
垣牆皆頓擗　　垣牆皆な頓《くず》れ擗《さ》け
荊棘上參天　　荊棘上りて天に參《まじ》はる
……　　　　　……

丁晏は、孫月峰の評を引き「詩は漢室を傷むとは、此の言之を得たり。黍離麥秀の感、惻然として傷み懷ふ。（詩傷漢室、此言得之。黍離麥秀之感、惻然傷懷。）」[50] と述べている。丁晏は、董卓による破壞の餘燼が殘る洛陽の荒廢を詠う「送應氏」に、漢朝の衰亡に對する曹植の悲痛を讀み取っている。

朱緒曾は前掲の「情詩」について、「自ら其の情を詠む。思婦の爲に作るに非ざるなり。……黍離漢の亡ぶを悼み、式微は幷びに已の歸らざるを傷むなり。（自詠其情。非爲思婦作也。……黍離悼漢之亡、式微幷傷己之不歸也。）[51]」と評し、曹植の漢の滅亡への格別な思いが含意されていると見る。しかし「情詩」の主意は、先述したように、「遊子」と「處者」の情愛を描出することにある。「情詩」は、なおそれに戰亂と國家の滅亡への悲歎が重ねられていると言えよう。

丁晏・孫月峰・朱緒曾のように、曹植の詩から漢朝への特別な思いを捉える批評が目立つが、いずれも作家個人の感情や意圖の詮索にわたり確證に缺ける。ただ、そのような解釋が生じる背景に考えられるのは『三國志』魏書、蘇則傳に見える次のような曹植の行跡である。

　初、則及臨菑侯植聞魏氏代漢、皆發服悲哭。文帝聞植如此。而不聞則也[52]。
　初め、則及び臨菑侯植魏氏の漢に代はるを聞き、皆服を發し悲哭す。文帝植の此くの如きを聞く。而れども則を聞かざるなり。

丁晏・古直・朱緒曾等の批評には、曹植の文學表現のみならず、漢の滅亡に際して服喪、悲泣したというその行動が念頭にあったのであろう。このような曹植の注目すべき行爲をどう理解するか。いわゆる兄弟確執論を含め曹植をめぐる後漢末の權力闘爭の逸話は、『三國志』裴松之注以後の小説史料等から生じたものであり、正確な理解は難しい[53]。

本節を要するならば、「丹霞蔽日行」は、漢朝の傾覆を淡々と述べ、「送應氏」は洛陽の荒廢を詠っている。「情詩」は、分斷された男女の情愛と國家の衰亡・戰亂への嘆きを兩樣に讀みうる意味の二重性をもつ。いずれにせよ、曹植の漢家に對する格別の思いやその有無を論證するのは容易ではない。だが少なくともこれらの詩歌から、傾頽・衰亡する國家に對する一種の挽歌の響きを讀み取ることは可能であろう。漢末から魏初の詩人における文學表象や言說において、戰亂への呪詛・批判は見られても、曹植のように國家の衰滅じたいを主要な題材として詠み込むのは特異と言える。

さらに「贈丁儀王粲」と歴史人物論「漢二祖優劣論」を竝べてうかがえることは、後漢末の他の詩人に比し曹植の現實認識にある種のずれが見られることではないだろうか。漢魏交代という變革期における、そのようなリアリティーの缺如や、國家・政治に對する曹植の意識・觀念をさらに檢討する必要がある。

四　表象・虛構上の「國難」と「游俠兒」

本節で用いる資料は、前章（曹植「白馬篇」考――「游俠兒」の誕生――）と一部重なるが、曹植の國家意識を檢證するため重ねて引用したい。魏成立後の太和二年（二二八）、曹植は「自ら試すを求むる表（求自試表）」を上表し、次のように述べている。

夫憂國忘家、捐軀濟難、忠臣之志也。……古忠臣義士、出一朝之命、以徇國家之難。(54)……

夫れ國を憂ひ家を忘れ、軀を捐てて難を濟くるは、忠臣の志なり。……古の忠臣義士、一朝の命を出して、以て國家の難に徇ず。……

「求自試表」は、「古の忠臣義士」の「國家の難に徇じ」た行動に照らし、曹植個人の政治參加の志を訴えている。政治的抱負を述べる言說という點から言えば、「求自試表」と表裏の關係にある文學テクストは次に掲げる「雜詩」であろう。制作年代は不明だが、呉の征討を述べており魏の黃初年間以後とも推定しうる。

遠遊欲何之　　遠遊して何にか之かんと欲す
吳國爲我仇　　吳國は我が仇爲り
……　　……
閑居非吾志　　閑居は吾が志に非ず
甘心赴國憂　　心に甘んじて國憂に赴かん
……　　……

「雜詩」第五首(55)

……　　……
國讎亮不塞　　國讎 亮《まこと》に塞《つ》きず
甘心思喪元　　心に甘んじて 元《かうべ》を喪はんことを思ふ
……　　……

「雜詩」第六首(56)

「我が仇」「國讎」「國憂に赴く」「元を喪はんことを思ふ」という表現が目を引くが、前章（曹植「白馬篇」考――「游俠兒」の誕生――）で、「求自試表」「雜詩」等に見える曹植の政治や國家に關わる意識・表現には、およそ次のような共通點があることを述べた。曹植は建安十六年（二一一）、曹操による馬超等の征討に從軍して以來軍役には就かず、生涯を通じて戰役體驗を描く材料をほとんど持たなかった。また、『三國志』魏書及び注が記すように、實際に曹操政權や魏朝廷の中樞で國家經營に參畫することもほとんどなかった。必然の歸結として、曹植は言說や虛構の文學世界で、體驗や現實より觀念や表象の上で國家・政治に關わる自らの意識を示したのであろう。

次に「白馬篇」(57)の後半部分を掲げてみたい。制作時期が確定できないが、前節でふれたように、曹植の國家意識や政治認識には、漢魏の年代の差を越えた一貫性があるように思う。

……
邊城多警急
胡虜數遷移
羽檄從北來
厲馬登高堤
長驅蹈匈奴
左顧凌鮮卑
棄身鋒刃端
性命安可懷
父母且不顧
何言子與妻
名編壯士籍
不得中顧私
捐軀赴國難
視死忽如歸

……
邊城警急多く
胡虜數しば遷移す
羽檄は北從り來たり
馬を厲《はげ》まして高堤に登る
長驅して匈奴を蹈み
左に顧みて鮮卑を凌ぐ
身を鋒刃の端に棄つれば
性命安んぞ懷ふべけん
父母すら且つ顧みず
何ぞ子と妻とを言はん
名を壯士の籍に編せらるれば
中に私を顧みるを得ず
軀を捐てて國難に赴けば
死を視ること忽として歸するが如し

「白馬篇」は「游俠兒」の美的形象とその血氣・勇壯を描く。前章（曹植「白馬篇」考――「游俠兒」の誕生――）で、「白馬篇」の「游俠兒」が、『史記』『漢書』『後漢書』等に記載される游俠少年の歴史的動態をふまえていることにふれた。正史によれば、秦末から漢三國時代を通じ、無數の「少年」たちが勢力集團に糾合・組織化され、あるいは自ら參入を志願した。「少年」は、時には豪俠勢力における强力な兵力・戰力ともなる。また、朝廷による征戰に徵發されることすらあった。遊俠の「少年」は「惡少年」とも記され、「父母の敎命を承けざる者（不承父母敎命者）」[58]であった。「白馬篇」の「父母すら且つ顧みず、何ぞ子と妻とを言はん。」と詠む句は、集團組織のために家族すら顧みない遊俠「少年」の性格と密接に關連している。

　このような「少年」の歴史的動態は、文學作品における游俠少年の意味形成に强固な因襲として働くであろう。曹植の「白馬篇」はそのような因襲をふまえつつ、「游俠兒」をさらに、私的勢力ではなく國家に進んで身を殉じる者へと變容させている[59]。

　「少年」はまた、『史記』『漢書』の記載だけでなく、同時代の曹仁・魯肅等が「少年」を糾合していたという『三國志』の史實に見られるように、曹植にとって身近な存在であった。「白馬篇」は、そのような實像・動態をもつ游俠少年に、曹植が創意を加えた詩的典型と見ることができよう。そのような典型の上に、「求自試表」「雜詩」と同樣の國家政治に對する曹植の意識や抱負が投影されていると考えられる。

　「求自試表」「雜詩」では、「國を憂ひ家を忘れ、軀を捐てて難を濟く」「國家の難に殉ず」「我仇」「國憂」「國讎」「喪元」「慷慨」という語句が着目される。しかし、「求自試表」のような政治散文のみならず、「雜詩」にも見られるこのような直裁的な言葉は、文學表現として見ればやや瘦せているきらいがある。他方「白馬篇」は、「游俠兒」という虛構の主體を設けることによって、「國難」に「軀を捐てる」という觀念に物語的なふくらみをもたらした樂府作品であると言えよう。

　以上、政治的言說から假構の文學表象まで、「國憂」「憂國」「捐軀」「視死」「國難」「國讎」「慷慨」等々曹植の國家・政治に關わる意識・感情を瞥見した。次節ではさらに、そのような國家意識と、「白馬篇」の「游俠兒」に見た「俠」

および曹植に特徴的な「慷慨」との關係を考えてみたい。

五　「游俠」の文學的意味づけと「慷慨」

「白馬篇」は「游俠兒」の「國難に赴く」姿が描かれているが、游俠に關して若干補足したい。小著、第七章（曹植の「少年」）でもふれたが、增淵龍夫は、『史記』游俠列傳に書かれる游俠を、民間秩序の維持者として評價し、游俠の倫理・行動が、後漢末にいたるまでなお、個人と個人を結ぶ規範として働いていた點に注目した。(60) また增淵は、曹操が若年より「任俠放蕩」(61)であり、それに從った魏將も豪俠の徒であったこと、さらに劉備が「豪俠と交結するを好み、年少爭ひて之に附す。（好交結豪俠、年少爭附之。）(62)」遊民であり、さらに吳の孫堅・孫權とそれに從う吳將も游俠の徒であったことを例示し、「三國分立の混亂の際に、かれらのもとに相結び相はなれる游俠のむれの活躍は、依然として跡をたたない。」と述べている。そして、三國の群雄の軍事的勢力を構成する樣々な新しい要素を認めつつ、その「變貌發展の諸相の內面において常にそれに作用している一つの基調として、依然として變わらない任俠的習俗の根深い機能を、私たちは看過し得ない。」と論じる。增淵が說くように、魏吳蜀の勢力集團に共通する紐帶として働いた「任俠的習俗の根深い機能」は注目に値しよう。

魏の勢力集團に關して言えば、本章第二節で述べたように、曹操にとっての「國家」とは政治家としての責任倫理において新たに立て直すべき對象であった。曹操政權において、必ずしも既存の漢朝國家の延命は企圖されていないのである。漢代にいたる游俠は、『韓非子』五蠹篇や『漢書』游俠列傳で、國家秩序を亂す者として非難されるように、國家權力にとり秩序破壞者として彈壓の對象ともなった。時に國家・社會の秩序を逸脫し、個人の自立に立脚する存在であった游俠にとって、既存の國家は單に臣伏隨從する對象ではなかったとも言える。したがって、曹操の政治行動の底流に、增淵の言うように「任俠的習俗の根深い機能」を見ることは不可能ではないであろう。

「軀を捐てて國難に赴けば、死を視ること忽として歸するが如し。」と詠む「白馬篇」に目を戻したい。曹植は、上記のような曹操等の後漢末の軍事勢力を構成する「任俠的習俗」を念頭に置きつつ、「白馬篇」において「游俠兒」を描いたのであろう。しかし、曹操の貴種として生育した曹植自身は、游俠の徒としての經歷を有しない。したがって「白馬篇」が描く游俠の姿とその心情は文學的假想である。そして、國家權力とは別の勢力集團を構成する人的結合關係の紐帶として働いていた本來の游俠が、「白馬篇」の「游俠兒」では、國家の難局に死を賭して立ち向かう者へと變容している。

要するに、個人・集團を結ぶ任俠的な關係を經驗しない曹植は、自らの游俠の理想を「游俠兒」に託し、そこに國家への俠的な犧牲の精神を込めたと考えられる。言い換えれば、歷史的な游俠の本質とは異なり、「白馬篇」の游俠は、自分と國家・皇家との閒に一種の任俠的關係を假構した文學的表象であったと言えよう。「白馬篇」のような樂府作品は虛構の文學空閒を作るが、曹植はそこに國家政治へ參畫する自らの強い意志を投影させたのであろう。曹植の國家經營・政治參加への意志は、「游俠」に新たな文學的意味づけをすることによりその表現の場を得たのである。

このような、曹植の文學における國家への義俠的な犧牲の精神は、他方で「慷慨」という言葉によって表されている。

曹植は「薤露行」[63]において、明君を補佐する經世の理想に一人高ぶる思いを「慷慨」と詠う。

……　　　　　……

願得展功勳　　　願はくば功勳を展《の》ぶるを得て

輪力於明君　　力を明君に輸《いた》さん
懷此王佐才　　此の王佐の才を懷きて
慷慨獨不群(64)　　慷慨して獨り群せず
……　　……

先に引いた「雜詩」第六首は末句でも「慷慨」と述べている。

絃急悲風發　　絃急にして悲風發す
聆我慷慨言　　我が慷慨の言を聆《き》け
……　　……

國家の外敵に對し命を賭して立ち向かおうとする憂國の感情を「慷慨」と詠っているが、「求自試表」では、次のように述べる。

何況巍巍大魏多士之朝、而無慷慨死難之臣乎(65)。

何ぞ況んや巍巍たる大魏多士の朝にして、慷慨して難に死するの臣無からんや。

このように、曹植が用いる「慷慨」は、政治參加の志や國家への殉難の決意に高ぶる感情を表現している。先述した國家への游俠的な犧牲の精神をあわせ見ると、曹植の政治言說や文學テクストには、それ以前には見られない國家意識の急激な高まりとその表現が指摘できよう。ただし、確認すべきは、曹植に、從軍や戰爭の體驗を詠む詩自體が存在しないことだ。曹植は、「求自試表」「雜詩」第五・六首、また「白馬篇」「薤露行」等で、觀念や想像において「國家之難」「國憂」「國讎」云々と述べている。しかし、曹植の國家國難に殉じようとする「慷慨」の情念は、表現活動において衝迫作用として働くことはあっても、實際の行動に結實することはなかったのである。

このような實體驗を缺いた觀念の上での國家・政治に對する意識やその文學表象は、曹植における以下のような、表現活動に伴う「慷慨」の使われ方を見てもわかる。すでに例示した「絃急悲風發、聆我慷慨言」（「雜詩」第六首）以外、「余少くして賦を好み、其の尙ぶ所や、雅《つね》に慷慨を好む。（余少而好賦、其所尙也、雅好慷慨。[66]）」（「文章序」）、「躍魚を南沼に觀、鳴鶴を北林に聆《き》く。素筆を搦《と》りて慷慨し、大雅の哀吟を揚ぐ。（觀躍魚於南沼、聆鳴鶴乎北林。搦素筆而慷慨、揚大雅之哀吟。[67]）」（「幽思賦」）、「秦箏何ぞ慷慨たる、齊瑟和して且つ柔らかなり。（秦箏何慷慨、齊瑟和且柔。[68]）」（「箜篌引」）、「帷を搴《かか》げ更に帶を攝《ととの》へ、節を撫して素箏を彈ず。慷慨して餘音有り、要妙として悲しく且つ淸し。」（搴帷更攝帶、撫節彈素箏、慷慨有餘音、要妙悲且淸。[69]）」（「棄婦詩」）。

以上の「慷慨」は、悲憤の言葉や若年時から制作した賦の好尙、文筆表現に伴う心の昂ぶり、あるいは心の昂ぶりをもたらす音樂の響きを表している點に注意を拂いたい。曹植の「慷慨」は、その用例の上から、言說あるいは虛構の表現活動に衝迫をもたらす動因になっていることがわかる。李善は、「忼慨して悲心有り、文を興こせば自ずから篇を成す。（忼慨有悲心、興文自成篇。）」（曹植「贈徐幹」）の部分に「說文に曰く、忼慨とは壯士の志を心に得ざるなり、と。（說文曰、忼慨壯士不得志於心也。[70]）」と注しているが、政治上の不滿や失意のみを曹植の「慷慨」に讀み取るのは一面的に過ぎるのである。

曹植における「慷慨」の精神は、現實や體驗よりは理想と虛構を創出する表現活動へと突き動かす意志や動因の一つであったと言えよう。その表現世界の結晶を「白馬篇」における「游俠兒」の美的形象に見ることができるのである。

以上に見てきたように、曹植の國家あるいは皇家に關する意識・觀念は、游俠少年の血氣や、報國のために死を賭ける犧牲の精神によって特徵付けられる。曹植の「慷慨」は、そのような主情的な國家観とその美的表象をもたらす動因として働いていると言えよう。

さらに言えば、「胡虜」「匈奴」「鮮卑」（「白馬篇」）、「吳國は我が仇爲り」（「雜詩」第五首）「國讎」（「雜詩」第六首）という〈敵〉の表象も、曹植のテクストに顯著である。排外意識と國家意識は表裏一體であるが、前漢を經て後漢末、曹植に至り文學は〈敵〉を見いだし國家を贊美するべく作用したと言えよう。

國家を犧牲の對象と捉える曹植の言説・表象は、前述したように國事に殉死する者を國の英靈として稱える『楚辭』九歌、國殤にその淵源を見ることができる。しかし、以上のような曹植の國家意識とその表象は、本章第一節で述べたように、曹植以前には顯著ではなかった。前述したように、漢初の頌歌的な賦や樂府も國家の絕對性・神祕化を稱揚しているが、士人個人の國家に對する意識や感情は十分に表現されていなかったのである。

小　結

第一節で述べたように、國家というものに關わる觀念・意識を表象する文學の發展と、國家およびそのアイデンティティーの形成とは相卽不離の關係にある。漢末魏初は、漢代國家が解體し國家像が變容していく轉換期にあたる。國家に對する意識は、社會制度の變革のみならず文學や言説によって形成あるいは模索された。本章は、曹植を通してその一端を垣間見たが、そのテクストは慷慨・愛國・犧牲あるいは游俠少年等、主情的なモチーフによって創り上げられる國家像であった。

このような曹植の國家意識、特に國家に對する「犧牲」の情念は、じつは近代國民國家の形成と文學の關係に照らし見る時、興味深い共通點をもつ。

高橋哲也は、近代國家の戰爭と「犧牲」の關係から國家論を展開し、ジョージ・モッセの次のような發言を引いている。「記念されたのは、戰爭の恐怖ではなく榮光であり、悲劇ではなく意義である。國民のイメージと變わらぬ魅力を重視する者が神話を創作する役割を果たし、戰死から痛みを取り除いて、恐怖と犧牲の意義を强調した。戰死者の祝典や、戰爭から生まれた文學作品が、彼らを支援した。[71]」また、高橋は國家における「犧牲」の論理について、「國民」を定義するエルネスト・ルナンの次のような主張を引いている。「國民とは、……人々が過去においてなし、今後もなおなす用意のある犧牲の感情によって構成された大いなる連帶心なのです。[72]」

加うるに、曹植の描く國家、戰役に身を賭する游俠少年から容易に連想されるのは、若者が政治や國家に糾合され犧牲となってきた數々の歴史事實ではないだろうか[73]。

文學はしばしば時代を越えて典型を創り出す。曹植の國家意識を示した「白馬篇」等のテクストは、古代と近代を問わず、國家像のある一つの典型を描き出していると言えよう。國家は、時代の差無く意識の中の存在でもあるのだ[74]。そのような國家を形成する意識や觀念に、表象をもたらした早い例が曹植の文學であろう。

上述したように、曹植は國家政治や戰役にほとんど參與せず、「游俠」の經驗もない。曹植の情緒的な國家意識は、現實や經驗とはかけ離れた所からもたらされたことに注意を拂いたい。

曹丕と比較してみよう。曹丕は漢から帝位の禪讓を受ける際、一旦は辭讓するという布令を出すが、その中に次の詩[75]が詠まれている。

喪亂悠悠過紀　　喪亂悠悠として紀を過ぎ

白骨縱橫萬里　　白骨は萬里に縱橫たり
哀哀下民靡恃　　哀哀たる下民は恃む靡し
吾將佐時整理　　吾將に時を佐《たす》けて整へ理め
復子明辟致仕　　子《きみ》に明辟を復して致仕せんとす

漢朝への服從を述べる言葉は儀禮にとどまるが、萬里まで累々と廣がる白骨に象徵される後漢末の戰亂描寫が注目される。王朝の創業は白骨累々たる戰爭の現實を背景にもつ、という冷めた認識が曹丕にあった。曹植が國家への犧牲を美化し文學描寫するのと對照的である。

では、曹植の政治や國家經營に關する發言や文學表象は、すべて假構の世界に閉じ込められたテクストに過ぎないのであろうか。曹植は、最晚年の太和二年「利器を抱きて施す所無」き「憤怨」を「求自試表」によって上訴した。[76]また同五年、曹植は士卒の息子が多く徵發されたことに對し、明帝曹叡に上表し、現狀に鑑みて行き過ぎた徵發を諫め若者を返すよう建言した。[77]曹植のこの獻策は、明帝の受け入れるところとなり、「皆遂に之を還す。（皆遂還之。）」[78]結果を得た。同六年、明帝は曹植はじめ諸王を參內させる。その際、曹植は、明帝と面會して治世を論議し國家經營へ參畫することを期待したが、結局かなわなかった。[79]

「天下將に亂れんとし、命世の才に非ずんば濟ふ能はざるなり。（天下將亂、非命世之才不能濟也。）」[80]という後漢末の動亂期から國家の礎もままならない魏初にかけ、新たな國家像が樣々な言說や文學表象によって模索されている。「白馬篇」の「國難」という語に約言されるような國家の解體と建設の時代において、曹植は文筆・言論の力で亂世に立ち向かったと言えよう。第三節で述べた曹植の詩歌における「傾頽・衰亡する國家に對する一種の挽歌の響き」は、第五節でふれたように、衰滅する「國家への義俠的な犧牲の精神」から發したものであろう。小論は先に、曹植の國家像を主情的なモチーフによる想像の産物と見なしたが、その言論活動は、太和年間の行動に照らしても、中央政界から疎外されたことに對する代償行爲ではない。國政へのあくなき參畫の志と言論の力への信頼、そして「國難」への義俠心、それこそが曹植の文筆表現の原動力として働いていたと考えられる。

曹植のテクストが示すような國家意識とその表象は、その後の文學・言說においてどのように繼承され、あるいは變容していくのか。そのごく一端については、第十一章（「悲憤詩」と「胡笳十八拍」――蔡琰テクストの變容――）において言及したい。

注

(1) 十三經注疏整理本『毛詩正義』（北京大學出版社、二〇〇〇）卷十七、大雅、民勞、一三三八頁。

(2) 同右、一三三七頁。

(3) 加納喜光『詩經』（學習研究社、一九八三）下、四一一頁。

(4) 『毛詩正義』卷十八、大雅、桑柔、一三九一頁。

(5) 十三經注疏整理本『禮記正義』（北京大學出版社、二〇〇〇）卷五十五、緇衣、一七六七頁。

(6) 岸本美緒『東アジアの中の中國史』（放送大學教育振興會、二〇〇三）第一章「中國とは何か」（一三・一四頁）は、『詩經』の「中國」の用例を紹介した上で、『孟子』梁惠王章句上に「莅中國而撫四夷也。」、『春秋左傳』僖公二十五年に「德以柔中國、刑以威四夷。」とある用例を引き、戰國時代以後、東西南北の夷狄との對比から、文化禮儀を共有する諸國を「中國」として意識するようになったと述べる。さらに、岸本は「注目しておきたいのは、『中國』とはもともと、國の名前ではなく、複數の國を含む緩い文明圈をさす語だった。」と言う。中國における國家像は、もともと人間の意識・心性にもとづく文明という觀念と分かちがたく結びついていることを再認識したい。

(7) 『楚辭補注』（中文出版社、一九七九）卷二、九歌、國殤、百四十葉。

（8）同右、百三十九葉。
（9）同右、九十七葉、王逸注。
（10）『史記』（中華書局、一九五九）巻八、高祖本紀、三八九頁。『漢書』（中華書局、一九六二）巻一、高帝紀、七四頁。
（11）小川環樹「風と雲」（『小川環樹著作集』〈筑摩書房、一九九七〉第一巻所收）二三五～二三八頁。初出は『東光』一九四七、第二號。
（12）胡本『李善注文選』（藝文印書館、一九七九）巻四十五、十八葉左。
（13）吉川幸次郎「漢の高祖の大風歌について」（『吉川幸次郎全集』〈筑摩書房、一九六八〉第六巻）は「この歌の裏には、不安がある。」とし、縷々論じている。
（14）『漢書』（中華書局、一九六二）巻二十二、禮樂志、一〇四七頁。
（15）章培恆・駱玉明主編『中國文學史』（復旦大學出版社、一九九六）上巻、一七九頁。
（16）このように漢代國家の巨大な版圖を稱揚する背景には、葛洪『西京雜記』に傳えられる、司馬相如の次のような賦作に對する意識が參照できよう。「賦家之心、苞括宇宙、總覽人物、斯乃得之於內、不可得而傳。」周天游校注『西京雜記』（三秦出版社、二〇〇六）巻二、九三頁。
（17）衞廣來『漢魏晉皇權嬗代』（書海出版社、二〇〇二）第一章「皇權、士大夫與郡國——東漢分裂的三要素」八九頁。
（18）孫明君『漢魏文學與政治』（商務印書館、二〇〇三）「從〈國家〉到〈天下〉——漢魏士大夫文學中的政治情感考察」。
（19）羅宗強『玄學與魏晉士人心態』（天津教育出版社、二〇〇五）第一章「玄學產生前夕的士人心態」は、後漢末士人の政權との對立から生じる感情・批判が文學表象に表れたことを論じ、その一例として「古詩十九首」を擧げている。
（20）注（15）前掲書は、東漢中後期の文學について、「國家意識の薄さと個人意識の强まり（國家意識的淡薄和個人意識的强化）」にその特徴を見ている。上巻、二六四頁。
（21）『藝文類聚』（中文出版社、一九八〇）巻五十九、武部「戰伐」、一〇七〇頁。
（22）『文選』巻四十四、九葉左。

（23）『後漢書』（中華書局、一九六五）巻八十四、列女傳、董祀妻傳、二八〇〇～二八〇三頁。
（24）小著、第十章（「悲憤詩」小考――研究史とその問題點――）において、「悲憤詩」制作時期の検證を試みた。
（25）『後漢書』巻六十七、黨錮列傳、二二一八頁。
（26）陳琳作とされる「飮馬長城窟行」（『玉臺新詠』巻一、『樂府詩集』巻三十八）は、長城建築という國家事業を批判する。
（27）小著、第十一章（「悲憤詩」と「胡笳十八拍」――蔡琰テクストの變容――）參照。
（28）『文選』巻二十三、十五葉左。
（29）「中國」は「四夷」や「四方」と對比され、守るべき、しかし周邊から侵犯されやすい中心という意味でもしばしば用いられる。「中國蒙被其難。」（楊雄「長楊賦」〈『文選』巻九、四葉左〉）、「存撫天下、安集中國。」（司馬相如「喩巴蜀檄」〈『文選』巻四十四、一葉左〉）、「四夷之與中國竝也。」（司馬相如「難蜀父老」〈『文選』巻四十四、二十三葉右〉）等。
（30）『三國志』（中華書局、一九八二）巻二十一、魏書、王粲傳、五九八頁。
（31）『文選』巻二十七、十葉左。
（32）『文選』巻二十七、十三葉右。
（33）『文選』巻二十三、三十葉右。
（34）『三國志』巻一、魏書、武帝紀注引『魏武故事』、三三頁。
（35）小著、第五章（曹操「十二月己亥令」をめぐって――文學テクストとしての「令」――）參照。
（36）『文選』巻二十四、四葉左。
（37）同右。
（38）丁晏『曹集詮評』（清、同治本）巻四、七葉右、眉批。
（39）朱緒曾『曹集考異』（金陵叢書、民國三年至五年刊）巻五、十七葉右。
（40）『曹集考異』巻十、二葉左。
（41）『金樓子』（百部叢書集成之二九『知不足齋叢書』〈藝文印書館、一九六六〉第八函所收）巻四、二十六葉左・二十七葉右。

（42）『藝文類聚』卷四十一、樂部一、論樂、七四二頁。
（43）朱乾『樂府正義』（『京都大學漢籍善本叢書』〈同朋社、一九八〇〉第八卷）二、四七九頁。
（44）『文選』卷二十九、十七葉右。
（45）『毛詩正義』卷四、王風、黍離、二九七頁。
（46）古直『曹子建詩箋』（『層冰堂五種』〈國立編譯館中華叢書編審委員會、一九八四〉所收）一五頁。古直は建安年間の作とする。
（47）『毛詩正義』卷二、邶風、式微、一八〇頁。
（48）伊藤正文『曹植』（岩波書店、一九五八）五二頁。
（49）『文選』卷二十、三十一葉左・三十二葉右。
（50）『曹集詮評』卷四、二葉右・眉批。
（51）『曹集考異』卷五、二十五葉左。ただし、朱緒曾はこの詩を魏朝成立後、黄初年間の作と見る。
（52）『三國志』卷十六、魏書、蘇則傳、四九二頁。
（53）注（48）前掲書、九・十頁、參照。
（54）『三國志』卷十九、魏書、陳思王植傳、五六六・五六七頁。
（55）『文選』卷二十九、十六葉左。
（56）同右、卷二十九、十六葉左・十七葉右。
（57）同右、卷二十七、二十二葉右・左。
（58）『漢書』卷九十、酷吏傳、尹賞傳「輕薄少年惡子」に係る顏師古注。三六七四頁。
（59）多數の「少年」が國家の兵力としてかり出された史實があるが、それらは前章（曹植の「少年」）でややふれたように、「惡少年」の徵發という面がつよい。李廣利の外征に不品行の少年が徵集されたという記載は、「少年」の性格および動態を見る上で興味深い。豪俠に糾合される「少年」はまた「惡少年」とも記され、國家の戰役に徵發される者であった。史料は「拜李廣利爲貳師將軍、發屬國六千騎、及郡國惡少年數萬人、以往伐宛。……益發惡少年及邊騎、……」等。『史記』卷百二十三、大宛列傳、三一七四・三一七六頁。
(60) 增淵龍夫「漢代における民間秩序の構造と任俠的性格」(『中國古代の社會と國家』岩波書店、一九九六)七九〜八九・一一四頁。初出『一橋論叢』二六—五、一九五一、一九五九補。
(61) 『三國志』巻一、魏書、武帝紀、二頁。
(62) 『三國志』巻三十二、蜀書、先主傳、八七二頁。
(63) 『藝文類聚』巻四十一、樂部一、論樂、七四一頁。
(64) 『藝文類聚』は愷に作る。『樂府詩集』(中華書局、一九七九)巻二十七(三九七頁)により改める。
(65) 『三國志』巻十九、魏書、陳思王植傳、五六八頁。
(66) 『藝文類聚』巻五十五、雜文部一、集序、九九六頁。
(67) 同右、巻二十六、人部一〇、言志、四七〇頁。
(68) 『文選』巻二十七、二十葉左。
(69) 吳兆宜注、穆克宏點校『玉臺新詠箋注』(中華書局、一九八五)巻二、六七頁。
(70) 『文選』巻二十四、二葉左。
(71) 高橋哲也『國家と犧牲』(日本放送出版協會、二〇〇五)一四四頁。
(72) 同右、一二三頁。
(73) 白虎隊・ヒトラーユーゲント・紅衞兵・テロリストの若者たち等々、その一部に過ぎまい。
(74) 國民の意識や觀念・イメージと近代國民國家の形成との關係は、ベネディクト・アンダーソン『想像の共同體——ナショナリズムの起源と流行——』(書籍工房早山、二〇〇七)等參照。
(75) 建安二十五年(二二〇)十月「漢帝以衆望在魏……奉璽綬禪位」(『三國志』巻二、魏書、文帝紀、六二頁)と記され、曹丕は禪讓を受けるが、それに對し、「王令曰……」(『三國志』巻二、魏書、文帝紀注引『獻帝傳』所收、六五頁)と述べる中でこの詩を詠んでいる。

(76)『三國志』巻十九、魏書、陳思王植傳、五六五～五六八頁。
(77)同右注引『魏略』、五七四～五七六頁。
(78)同右、五七六頁。
(79)同右、五七六頁。
(80)『三國志』巻一、魏書、武帝紀、二頁。

第十章 「悲憤詩」小考——研究史とその問題點——

はじめに

『後漢書』列女傳、董祀妻傳、すなわち蔡琰（字は文姫）の傳に、「悲憤詩」と稱される詩二首が收められている。蔡琰は、後漢を代表する學者蔡邕の娘であるとともに、後漢末の混亂の中で數奇な經歴を殘した女性としてもよく知られている。「悲憤詩」には、その劇的な人生の一端が詠まれているが、作者については古來樣々な論議があった。「悲憤詩」二首以外に蔡琰作と傳えられる作品に、「胡笳十八拍」がある。しかし、「胡笳十八拍」は、北宋末・郭茂倩の『樂府詩集』に初めて登場する作品であり、范曄の『後漢書』所收「悲憤詩」とはテクストの性質に隔たりがある。したがって兩作品に對する考察の方法・手順は、自ずと違ってくるであろう。小論は、テクストとしての「悲憤詩」と「胡笳十八拍」を切り離して考えたい。「胡笳十八拍」については、作品の眞僞をめぐり、一九五九年、中國において「胡笳十八拍」論爭が大きく繰り廣げられた。その中には、「悲憤詩」に關連する重要な考察も展開されている。それらも含め、「悲憤詩」は、これまで少なからず論及されてきたが、論點・解釋・評價・批評方法等に食い違いがある。

「悲憤詩」について、眞僞も含めどう文學史に位置づけるか、『後漢書』列女傳に收載された歷史・思想的意義は何か、あるいは作品に內在する女性性の問題等、課題は多々殘されている。そのような樣々な課題を果たすために、「悲憤詩」に對する從來の研究をひとまずは通覽し、檢證する必要があろう。以下、「悲憤詩」の研究史とその問題點について檢討を加えつつ、卑見を述べてみたい。「胡笳十八拍」については、小著、次章で取り上げたい。

一　『後漢書』董祀妻傳

初めに、『後漢書』董祀妻傳(1)の全文を掲げておきたい。

陳留董祀妻者、同郡蔡邕之女也。名琰、字文姬。博學有才辯、又妙於音律。適河東衞仲道、夫亡無子、歸寧于家。

興平中、天下喪亂。文姬爲胡騎所獲、沒於南匈奴左賢王。在胡中十二年、生二子。曹操素與邕善。痛其無嗣、乃遣使者以金璧贖之、而重嫁於祀。

祀爲屯田都尉、犯法當死、文姬詣曹操請之。時公卿名士及遠方使驛坐者滿堂。操謂賓客曰、「蔡伯喈女在外。今爲諸君見之。」及文姬進、蓬首徒行、叩頭請罪。音辭淸辯、旨甚酸哀。衆皆爲改容。操曰、「誠實相矜。然文狀已去、柰何。」文姬曰、「明公廏馬萬匹、虎士成林。何惜疾足一騎、而不濟垂死之命乎。」操感其言、乃追原祀罪。時且寒、賜以頭巾履襪。

操因問曰、「聞夫人家、先多墳籍。猶能憶識之不。」文姬曰、「昔亡父賜書四千許卷、流離塗炭罔有存者。今所誦憶裁四百餘篇耳。」操曰、「今當使十吏就夫人寫之。」文姬曰、「妾聞男女之別、禮不親授。乞給紙筆。眞草唯命。」於是繕書送之、文無遺誤。

後感傷亂離、追懷悲憤作詩二章。其辭曰、

漢季失權柄、董卓亂天常。志欲圖篡弑、先害諸賢良。逼迫遷舊邦、擁主以自彊。海內興義師、欲共討不祥。卓衆來東下、金甲耀日光。平土人脆弱、來兵皆胡羌。獵野圍城邑、所向悉破亡。斬截無孑遺、尸骸相撐拒。馬邊縣男頭、馬後載婦女。長驅西入關、迴路險且阻。還顧邈冥冥、肝脾爲爛腐。所略有萬計、不得令屯聚。或有骨肉俱、欲言不敢語。失意機微間、輒言斃降虜。要當以亭刃、我曹不活汝。豈復惜性命、不堪其詈罵。或便加棰杖、毒痛參并下。旦則號泣行、夜則悲吟坐。欲死不能得、欲生無一可。彼蒼者何辜、乃遭此戹禍。

邊荒與華異、人俗少義理。處所多霜雪、胡風春夏起。翩翩吹我衣、肅肅入我耳。感時念父母、哀歎無窮已。有客從外來、聞之常歡喜。迎問其消息、輒復非鄉里。邂逅徼時願、骨肉來迎己。己得自解免、當復棄兒子。天屬綴人心、念別無會期。存亡永乖隔、不忍與之辭。兒前抱我頸、問母欲何之。人言母當去、豈復有還時。阿母常仁惻、今何更不慈。我尚未成人、柰何不顧思。見此崩五內、恍惚生狂癡。號泣手撫摩、當發復回疑。兼有同時輩、相送告離別。慕我獨得歸、哀叫聲摧裂。馬爲立踟躕、車爲不轉轍。觀者皆歔欷、行路亦嗚咽。去去割情戀、遄征日遐邁。悠悠三千里、何時復交會。念我出腹子、匈臆爲摧敗。

既至家人盡、又復無中外。城郭爲山林、庭宇生荊艾。白骨不知誰、從橫莫覆蓋。出門無人聲、豺狼號且吠。煢煢對孤景、怛咤糜肝肺。登高遠眺望、魂神忽飛逝。奄若壽命盡、旁人相寬大。爲復彊視息、雖生何聊賴。託命於新人、竭心自勗厲。流離成鄙賤、常恐復捐廢。人生幾何時、懷憂終年歲。

其二章曰、

嗟薄祜兮遭世患、宗族殄兮門戶單。身執略兮入西關、歷險阻兮之羌蠻。山谷眇兮路曼曼、眷東顧兮但悲歎。冥當寢兮不能安、飢當食兮不能餐。常流涕兮眥不乾。薄志節兮念死難。雖苟活兮無形顏。

惟彼方兮遠陽精、陰氣凝兮雪夏零。沙漠壅兮塵冥冥、有草木兮春不榮。人似禽兮食臭腥、言兜離兮狀窈停。歳聿暮兮時邁征、夜悠長兮禁門扃。不能寐兮起屏營、登胡殿兮臨廣庭。玄雲合兮翳月星、北風厲兮肅泠泠。胡笳動兮邊馬鳴、孤雁歸兮聲嚶嚶。樂人興兮彈琴箏、音相和兮悲且淸。心吐思兮匈憤盈、欲舒氣兮恐彼驚、含哀咽兮涕沾頸。

家既迎兮當歸寧、臨長路兮捐所生。兒呼母兮號失聲、我掩耳兮不忍聽。追持我兮走煢煢、頓復起兮毀顏形。還顧之兮破人情、心怛絶兮死復生。

陳留の董祀の妻は、同郡の蔡邕の女なり。名は琰、字は文姬。博學にして才辯有り。又音律に妙なり。河東の衞仲道に適《とつ》ぐも、夫亡く子無く、家に歸寧す。

興平中、天下喪亂す。文姬胡騎の獲ふる所と爲り、南匈奴の左賢王に沒す。胡中に在ること十二年、二子を生む。曹操素より邕と善し。其の嗣無きを痛み、使者を遣はして金璧を以て之を贖ひ、重ねて祀に嫁がしむ。祀屯田の都尉と爲り、法を犯し當に死すべきに、文姬曹操に詣りて之を請ふ。時に公卿名士及び遠方の使驛坐する者堂に滿ちたり。操賓客に謂ひて曰く、「蔡伯喈の女外に在り。今諸君の爲に之を見さしむ。」と。文姬進むに及びて、蓬首にて徒行し、叩頭して罪を請ふ。音辭淸辯なれど、旨甚だ酸哀なり。衆皆爲に容を改む。操曰く、「誠に實ならば相矜《お》しまん。然れども文狀已に去りぬ、柰何。」と。文姬曰く、「明公が廏に馬萬匹あり、虎士林を成せり。何ぞ疾足の一騎を惜しみて、死に垂《なんな》んとする命を濟はざらんや。」と。操其の言に感じ、乃ち追ひて祀が罪を原《ゆる》す。時に且に寒からんとし、賜ふに頭巾履襪を以てす。操因りて問ひて曰く、「夫人が家、先に墳籍多しと聞く。猶ほ能く之を憶識するやいなや。」と。文姬曰く、「昔亡父より書四千許卷を賜はるも、流離塗炭して存する有る者罔し。今誦憶する所は裁かに四百餘篇のみ。」と。操曰く、「今當に十吏をして夫人に就きて寫さしむべし。」と。文姫曰く、「妾男女の別、禮に親授せずと聞く。紙筆を給はらんことを乞ふ。眞草は唯命のみならん。」と。是に於いて繕書して之を送るに、文遺誤無きなり。

後に亂離に感傷し、追懷悲憤して詩二章を作る。其の辭に曰く、

漢季權柄を失し、董卓天常を亂す。志は簒弑を圖らんと欲し、先ず諸賢良を害す。逼迫して舊邦に遷らしめ、主を擁して以て自ら彊む。海内に義師を興し、共に不祥を討たんと欲す。卓衆來りて東下し、金甲は日光に耀く。平土の人脆弱にして、來兵は皆胡羌なり。野に獵するごとく城邑を圍み、向ふ所悉く破亡す。斬截して孑遺無く、尸骸相掌拒す。馬邊に男頭を縣け、馬後に婦女を載す。長驅して西の關に入るに、迥路は險にして且つ阻なり。還顧すれば邈冥冥として、肝脾爲に爛腐す。略する所萬計有りて、屯聚せしむるを得ず。或は骨肉の倶にする有りて、言はんと欲すれど敢えて語らず。意を機微の間に失えば、輒ち言ふ「斃降虜。要當《まさ》に以て刃を亭むべし、我が曹は汝を活かさじ。」と。豈に復た性命を惜まんや、其の詈罵に堪へず。或は便ち棰杖を加へ、毒痛參《ま》じへ并び下る。旦には則ち號泣して行き、夜には則ち悲吟して坐す。死なんと欲すれども得る能はず、生きんと欲すれども一の可なるも無し。彼の蒼たる者何の辜ありて、乃ち此の戹禍に遭ひたる。

邊荒は華と異なり、人俗義理を少《か》く。處る所霜雪多く、胡風春夏に起る。翩翩として我が衣を吹き、肅肅として我が耳に入る。時に感じて父母を念へば、哀歎窮り已むこと無し。客有り外從り來れば、之を聞きて常に歡喜す。迎へて其の消息を問ふに、輒ち復た鄉里に非ず。徼時の願ひに邂逅し、骨肉來りて己を迎ふ。己は自ら解免するを得るも、當に復た兒子を棄つべし。天屬人心に綴り、別れて會する期無きを念ふ。存亡永く乖隔し、之と辭するに忍びず。兒前みて我が頸を抱き、問ふ「母は何くにか之かんと欲する。人は言ふ『母は當に去るべし、豈に復た還る時有らんや。』と。阿母は常に仁惻なるに、今何ぞ更に慈ならざる。我尚ほ未だ人と成らず、柰何ぞ

顧思せざるや。」と。此を見て五内崩れ、恍惚として狂癡を生ず。號泣して手撫摩し、發するに當りて復た回疑す。兼ねて同時の輩有り、相送りて離別を告ぐ。我獨り歸るを得たるを慕ひ、哀叫して聲摧裂す。馬は爲に立ちて踟蹰し、車爲に轍を轉ぜず。觀る者皆歔欷し、行路亦嗚咽す。去り去りて情戀を割き、遄やかに征きて日びに遐かに邁く。悠悠たり三千里、何れの時か復た交會せん。我が腹より出し子を念ひ、匈臆爲に摧敗す。

既に至れば家人盡き、又復た中外無し。城郭は山林と爲り、庭宇に荊艾生ず。白骨誰なるかを知らず、從横覆蓋する莫し。門を出づれば人聲無く、豺狼號び且つ吠ゆ。煢煢として孤景に對し、怛咤肝肺を糜《ただ》らす。高きに登りて遠く眺望すれば、魂神忽ち飛び逝く。奄として壽命盡くるが若きも、旁人相寛大にす。爲に復た彊ひて視息すれども、生くと雖も何にか聊賴せん。命を新たなる人に託して、心を竭くして自ら勗め厲ます。流離して鄙賤と成り、常に復た捐廢せられんことを恐る。人生幾何の時ぞ、憂ひを懷きて年歳を終へん。

其の二章に曰く、

嗟薄祜にして世患に遭ひ、宗族殄《ほろ》びて門戶單《ひと》つなり。身は執略せられて西の關に入り、險阻を歷て羌蠻に之く。山谷眇として路曼曼たり、眷として東に顧て但だ悲歎す。冥べにして當に寢ぬべくも安らかなること能はず、飢えて當に食らふべくも餐すること能はず。常に涕を流して眥《まなじり》乾かず。志節を薄《かろ》んじて難に死せんことを念ふ。苟くも活きたりと雖も形顏無し。

惟れ彼方は陽精に遠ざかり、陰氣凝りて雪夏に零《ふ》る。沙漠壅《ふさ》ぎて塵冥冥たり、草木有りても春榮かず。人は禽に似て臭腥を食らひ、言は兜離して狀は窈停たり。歲聿《ここ》に暮れて時邁き征き、夜悠長にして門扃を禁ず。寐ぬる能はず起ちて屏營し、胡殿に登りて廣庭に臨む。玄雲合はさりて月星を翳くし、北風厲しく肅として泠泠たり。胡笳動きて邊馬鳴き、孤雁歸りて聲嚶嚶たり。樂人興じて琴箏を彈き、音相和し悲しく且つ淸し。心思ひを吐きて匈憤盈ち、氣を舒べんと欲して彼の驚かんことを恐れ、哀咽を含みて涕頸を沾《うるほ》す。
家既に迎へて當に歸寧すべく、長路に臨みて生める所を捐つ。兒は母を呼び號びて聲を失い、我は耳を掩ひて聽くに忍びず。追ひて我を持し走ること煢煢たり、頓《つまづ》き復た起ちて顏形を毀なふ。還りて之を顧れば人の情を破り、心怛絶し死して復た生けり。

以上に掲げた「悲憤詩」を、眞僞論を含めテクストとしてどう理解するか。その試みは、宋の蘇軾が最初であろう。以後、明・清時代にいたるまで、詩話の類を含め「悲憤詩」に對する言及が散見されるが、本格的な「悲憤詩」の研究は、一九五〇年代に入り戴君仁・余冠英の論考が發表されてから以後のことと言える。小論は、戴・余氏の論説から順次檢討し、卑見を加えていくことにする。それ以前の蘇軾等の説はその都度、適宜參照したい。論文配列は基本的に發表年次に從う[2]。

二　一九五〇年代以降の「悲憤詩」眞僞論

一九五〇年代以後本格化した「悲憤詩」の研究史を概觀するならば、一九八〇年代までは、作品の眞僞を問題とした「悲憤詩」の本事研究が中心であった。以下、發表年順に論文名を掲げ、通し番號を付す。

（1）戴君仁「蔡琰悲憤詩考證」（『大陸雜誌』四—一二、一九五二）

「悲憤詩」二首の僞作説として、蘇軾の説[3]がまず引かれる。蘇軾は、次の二點から「悲憤詩」僞作説を主張する。〇「悲憤詩」は北朝の作とされる「木蘭詩」に類するもので、東漢時代にないスタイルである。〇蔡琰の流離は父蔡邕の没後であるはずだが、詩に董卓の亂によって胡中に捕えられたと言うのは矛盾である。

戴君仁は、蔡琰は父邕没後の興平中（一九四・一九五）に胡騎に捕えられたと記す『後漢書』と、詩本文との矛盾を指摘する蘇軾の說に對し、宋の蔡寛夫「詩話」[4]を引く。蔡寛夫は、蘇軾の說く「悲憤詩」僞作說に反對し、次のように說いている。○董卓の專橫と反董卓軍の擧兵により中原に大亂がもたらされ、士大夫が家族と離散する場合もあった。したがって、蔡琰が胡中に沒したのは、必ずしも蔡邕が誅せられた後とは言えない。○詩の內容から、蔡琰は袁紹軍の山東兵により掠われた。○「感時念父母」と言っているから、蔡邕がまだ生きていたことは明らかだ。

以上のように、「悲憤詩」僞作說と眞作說の兩方がつとに示されているのは興味深いが、いずれも客觀性に乏しいため、後々、煩瑣な論議を呼び起こすわけである。以下、煩を厭わず先行研究の論點とその問題點に言及したい。

戴君仁は、蘇軾に反駁した蔡寛夫の說に從う一方、蔡琰が山東兵に拉致されたと言うのは史料の裏付けがないと述べ、續けて清の沈欽韓の說を引く[5]。沈欽韓は、『後漢書』南匈奴傳[6]に、靈帝が崩じて天下が大亂し、於扶羅單于の軍が河內を進攻したという記載を擧げる。さらに續けて『三國志』魏書[7]に、初平三年（一九二）、曹操が於扶羅を擊破したと記し、初平四年（一九三）に袁術が陳留郡を攻めた際に、於扶羅等がそれを補佐したことを記しているのを引き、蔡琰はその際掠われたと說いている。

沈欽韓が、蔡琰拉致を『後漢書』に云う興平中ではなく初平年間のこととする說を、戴君仁は大筋で認めながら、「悲憤詩」の記述に照らし、蔡琰は董卓の部下に拉致されたのであって、於扶羅の陳留進攻とは無關係だと述べる。

戴君仁は、『後漢書』董卓傳[8]の中平六年（一八九）の記述から、董卓に胡羌の兵がいたことをまず確認し、「悲憤詩」の「卓衆來東下」「平土人脆弱」兩句から、蔡琰は父と離れて東の平原に位置する陳留の實家にいたと說く。

何焯「義門讀書記」[9]は、『後漢書』董卓傳[10]に、李傕・郭汜が、卓の命で朱儁を擊破し、ついで陳留・潁川の諸縣を殺掠したとあるが、その際、蔡琰が捕らえられたと記している。戴君仁は、何焯の說を是とし、初平三年（一九二）四月に董卓が誅せられ、同年六月、李傕・郭汜が長安を陷落したことを擧げ、[11]「悲憤詩」に「長驅西入關」とあるのは、この時の史實を述べていると說く。

さらに戴君仁は、興平二年（一九五）、李傕・郭汜は獻帝を脅して長安を出、南匈奴の左賢王去卑等と交戰するが、その際に蔡琰は南匈奴の部伍中に虜にされたと考察している。[12]そして、『後漢書』董祀妻傳に興平中（一九四・一九五）と言うのは、蔡琰が南匈奴に捕らえられた時期であること、『後漢書』獻帝紀の記載により、[13]董卓が長安に至ったのは初平二年（一九一）四月で、『後漢書』朱儁傳と、[14]何焯の引く『後漢書』董卓傳の記載から、蔡琰が陳留において拉致されたのは初平年閒（一九〇～一九三）[15]のことと述べる。

戴君仁は、蔡琰が拉致された時點で蔡邕はまだ死沒していないから、詩中の「感時念父母」の句は實情にあっているとし、「悲憤詩」が蔡琰の作であると結論する。さらに補足して、蔡琰が「悲憤詩」を制作したのは、初平年閒（一九〇～一九三）の拉致から數えて建安八年（二〇三）、あるいは、興平中（一九四・一九五）に南匈奴の手に渡ったときから數えれば建安十二年（二〇七）に歸漢して以後と考察する。また、蔡琰歸漢の頃は、「悲憤詩」に「漢季」とあるように曹操の勢力がすでに確立し、建安詩人が五言詩を大いに作りはじめる時と符合するとも說いている。そして、「悲憤詩」のような長編の五言詩は「孔雀東南飛」の原形や五言の漢樂府にその來源を求めることができ、音律に長じていた蔡琰が知ることのできた樂府歌辭も多かったと考察する。

最後に戴君仁は、五言の「悲憤詩」が「新調」とすれば、楚辭體の第二首は「老調」だと述べ、蔡琰は新舊の樣式に長じた詩人であり、文學史上重要な位置をしめると說く。

戴君仁の說は、「悲憤詩」の記述が史實に照らし整合性を持つことを詳論するが、後揭（2）余冠英說と重なる所が多い。

ただ、戴君仁が「感時念父母」の句の讀み方を、蔡琰拉致を邕の死没以前のことと考える根據と結びつけている點は疑問である。死没後の「父母を念ふ」ことは何ら不自然ではあるまい。この點について、後掲（24）黄が適切な見方を示している。またこの句は、詩の脈絡・情景から蔡琰が南匈奴の地に渡った後の感情を詠んでいると判斷できる。すなわち、蔡邕死後數年を經て、蔡琰が李傕・郭汜から南匈奴に移る（戴君仁の説に從えば、興平二年〈一九五〉）以後のことを詠んでいるのであろう。また、戴君仁は、「悲憤詩」が後人の僞作だとすれば、このように「眞切」ではありえないと述べるが、印象批評に過ぎない。

（2）余冠英「論蔡琰悲憤詩」（『漢魏六朝詩論叢』棠棣出版社、一九五二）

前掲（1）戴は、六月の發行であるが、余冠英の『漢魏六朝詩論叢』は、同年八月の發刊となっている。同書所載の「論蔡琰悲憤詩」に初出の注記はなく、論文公表の順次から、（1）戴の後に置く。

余冠英は、まず（1）戴と同じく、『後漢書』所收の「悲憤詩」を僞作とみる蘇軾の説を擧げる[16]。そしてそれが、五言の「悲憤詩」に向けられた疑念であって、後の胡應麟『詩藪』[17]や許學夷『詩源辨體』[18]は、ひとり騷體の「悲憤詩」のみ眞作とし、五言體の方を僞作と見ていると述べている。

余冠英は、鄭振鐸『中國文學史』[19]を例に擧げるが、鄭振鐸は、あらまし、次のような見解を示す。〈楚辭體の「悲憤詩」は雄渾・質朴であり表現が精錬されている。蔡琰が詩を残したとすれば、楚辭體の一首のみに違いない。蔡琰は、學者の娘で古典の素養が深いからそのような詩體を用いた可能性が高い。五言體の方は、表現が増益している上、父蔡邕が董卓の臣であるにもかかわらず、蔡琰が董卓を痛罵するはずがない。〉

余冠英はこのように、「悲憤詩」二首の眞僞論も一樣ではないとした上で、それらを考察するために、「悲憤詩」の本事を明らかにすべきであると論じる。彼は、『後漢書』では明らかにされていない蔡琰拉致の事情を見る上で、（1）戴と同じように『後漢書』集解に引かれる沈欽韓と何焯の説[20]を考察材料に用いる。その結果、（1）戴と同様、余冠英は、『後漢書』獻帝紀等の記述により、蔡琰は、初平三年（一九二）正月に董卓軍の胡騎に捕われた後、興平二年（一九五）十一月、南匈奴の手に渡ったと述べる。[21]

余冠英は、蔡琰が李傕・郭汜の軍隊から南匈奴に再拉致された經緯を、『後漢書』董卓傳・同南匈奴傳、『後漢紀』[22]獻帝紀から説明する。その際、李傕・郭汜に戰勝したのは、史料によって南匈奴の左賢王去卑とするものと右賢王去卑とするものと兩様あるが、その差は問題ではないとも述べる。

さらに、『後漢書』南匈奴傳の李賢注[23]により、左（あるいは右）賢王去卑の居留地を、河東平陽、今の山西省臨汾付近とし、『後漢書』董祀妻傳に、「沒於南匈奴左賢王、在胡中十二年。」と記されるのは平陽のことで塞外ではないと説く。余冠英は、興平二年（一九五）から十二年を經た建安十一年（二〇六）は、曹操が幷州の高幹を征した年であること、曹操の行軍先は平陽に近いこと、高幹はかつて南匈奴に援軍を求めて拒否されていること（したがって、曹操と南匈奴は相通ずる關係にあった）、それらの情況から、曹操が建安十一年（二〇六）に南匈奴から蔡琰生存の情報を得、贖って返還させたのであろうと推測している。そして、金璧で贖われた點から推して蔡琰は胡王の妃妾ではなく、部伍の者に嫁したと見なしている。余冠英は、（1）戴論文より、蔡琰の拉致された場所と時間についてより具體的な考察を施していると言えよう。

以上のような考證をふまえ、余冠英は、蔡琰がもし「悲憤詩」を自ら制作したとすれば、詩の敍述と史實が符合するのは五言體の一首のみであって、騷體の方は僞作と斷じる。騷體が描く「惟彼方兮遠陽精、陰氣凝兮雪夏零、沙漠壅兮塵冥冥、有草木兮春不榮。」という風景は、河東平陽のものではないこと、また騷體の方が「歷險阻兮之羌蠻」と記すのは事實に合わない、というのがその理由である。

余冠英は、ついで、前掲の蘇軾説と、それを踏襲した閻若璩『尙書古文疏證』[24]の記載にふれる。後者の要旨は次の如くである。〈實證と虛會があるとすれば、蘇軾の說で蔡琰の詩は後漢時代に無い様式だと言うのは虛會であり、一方、蔡琰の流離は父蔡邕の沒後であり蔡琰詩を僞作とするのは實證である。〉

余冠英は、自身の以上の考察に照らして蘇・閻兩說を批判し、詩と傳の敍述の違いが見られる時は、他の資料を參照してその所以を見、詩と傳が互いに補っているかどうかを考えるべきだと主張する。

さらに余冠英は、「蘇氏『虛會』之處」を問題にし、曹操「薤露行」「蒿里行」・王粲「七哀詩」・「孔雀東南飛」等を例示し、五言詩は當時一般的に流行していた詩型であると述べる。また、劉宋以前のどの時代にも、建安の詩歌より五言の「悲憤詩」に近い作品は存在しないとも言う。

余冠英は、最後に『後漢書』の傳では「無嗣」とされた蔡邕の後嗣問題と蔡琰が拉致されたのは陳留なのか否かという點について言及する。『世說新語』輕詆篇の注に引く「蔡允別傳」[25]と『晉書』羊祜傳の記載によれば、蔡邕に二人の孫が存在した可能性がある。しかし余冠英は、『晉書』蔡豹傳を反證として、その可能性を否定し、「悲憤詩」に「旣至家人盡」とあるのは史實と矛盾しないと說く。

拉致された場所と時間について、余冠英は、李傕・郭汜の軍が蔡琰のいる陳留を掠殺したのは、初平三年（一九二）春であり、蔡邕は同年夏四月に殺される、親子の空間距離は遠く時間的距離は近いので、お互いの消息は傳わらなかっただろうと考察する。

總じて、余冠英は「悲憤詩」の眞僞問題を、實證的な方法で解明しようと試みる。先の戴君仁論文と併せ、「悲憤詩」の理解に大きな一歩を踏み出したと言えよう。余冠英說の是非・問題點については、後掲の論說との對比の中で檢討したい。

（３）張少康「蔡琰〈悲憤詩〉本事質疑」（『文史哲』一九五八―三）

前掲（２）余論文に對し疑義を呈し、反證を試みたもの。

張少康は、『後漢書』董卓傳、『後漢紀』獻帝紀により、興平二年（一九五）の李傕・郭汜と南匈奴去卑の動向を再檢討する。結論を言えば、張少康は、李傕・郭汜の軍による興平二年（一九五）の戰において、蔡琰が李傕・郭汜の軍から、南匈奴右賢王去卑に渡った可能性は低いと見なしている。さらに、余冠英が說くように、初平三年（一九二）に拉致され興平二年（一九五）の冬十一月に去卑の軍に落ちたとすると、それにいたるおよそ四年間、蔡琰は李傕・郭汜軍とともに長安にいたはずだが、その閒の事情が「悲憤詩」には何も述べられていないと疑念を呈する。この點は後掲（12）譚・（17）內田が同樣の疑念を呈している。

そこで張少康は、余冠英の說く初平三年（一九二）の陳留における蔡琰拉致について再檢討を試みる。まず、初平三年（一九二）春は董卓誅殺の前で、李・郭は董卓の部下であり、蔡琰が董卓政權の大官、蔡邕の娘だと知れば解放するだろうと推察する。これに類する考察は、後掲（11）王・（13）卞等も行うが、それに對する說得性の高い別の見方が、後掲（17）內田等に示されている。さらに、蔡琰が陳留にとどまっていたのかどうかという點について、『後漢書』董祀妻傳に記される通り、最初の夫の沒後實家に歸ったが、その實家は陳留ではなく、蔡邕の居住する長安であったと考察する。

張少康は、『後漢書』董祀妻傳の興平中（一九四・一九五）拉致の記載をもとに、『後漢紀』獻帝紀の興平二年（一九五）の條[28]に、李傕が郭汜を破るため、婦女・財物を與えることを交換條件に羌胡數千人を招き入れたと記載されている點を照合し、この時蔡琰が胡騎の手に落ちたのだろうと推定する。また、胡騎とは南匈奴に屬する者であろうとも言う。

したがって張少康は、蔡琰拉致は、父の死後と見なせると述べている。また、「悲憤詩」に「感時念父母」とあるのは、「偏義復詞」であり母のみを指すと說く。

以上のような考察の結果、張少康は、「悲憤詩」が史實に合わないから僞作であると結論づけず、五言「悲憤詩」の冒頭八句は、蔡琰自らの事跡ではなく董卓の亂を一般的に詠んでいるという說を展開する。そして「長驅西入關」は、蔡琰が父と共に長安に至った時の記憶であり、そこから、興平二年（一九五）に胡騎に掠われた後の自分の體驗が述べられる、という獨自の解釋を提示するのである。

張少康の論說は、「悲憤詩」の眞僞を論ずるよりも、（2）余への反論に重點をおいている。したがって、たとえば同じ史料にしても（2）余との讀み方の違いが强調されている。そのためか、史料の取り扱いにやや性急さが見られるのも否めない。たとえば、蔡琰を含む蔡邕一家が長安に在ったとする論據の一つに、『三國志』王粲傳[29]が引かれている。しかし、長安において王粲が蔡邕に面會した時に、蔡邕が述べた「吾家書籍文章、盡當與之。」という部分の「我家」に注目し、蔡琰を含むその所在を長安と卽斷するのは、やや牽强付會であろう。

（4）～（13）『胡笳十八拍討論集』（中華書局、一九五九）所收論文。

一九五九年に中國の學界で、「胡笳十八拍」の眞僞問題に關する論爭が卷き起こったが、それらを收めた論文集。入矢義高「『胡笳十八拍』論爭」[30]に、本書に收められた各論文の概要と、論爭の背景が紹介されている。入矢は、この論爭が、「胡笳十八拍」の眞僞論にとどまらず、匈奴の情勢を含む漢末の歴史、漢魏の樂府文學、關連する文體論・修辭論・上古音韻論、中國音樂史、文獻學的方法論の檢討等、多岐にわたる問題に廣がっていったと述べている。「悲憤詩」に關する研究も、この「胡笳十八拍」論爭が刺激・契機となり推進されていった面がつよい。

『胡笳十八拍討論集』から、小論で以下取り上げるのは、「悲憤詩」の理解に關わると思われる郭沫若・王先進・譚其驤・劉開揚・卞孝萱の各論文〔(4)～(13)〕である。

(4)郭沫若「談蔡文姫的《胡笳十八拍》」(『胡笳十八拍討論集』中華書局、一九五九)

郭沫若の論文は、『胡笳十八拍討論集』に六篇登載される。「胡笳十八拍」僞作論に對する反論を試みたものだが、郭沫若が對象とする僞作論は、小論で逐次取り上げる論説とも重なる。したがって、ここでは蔡琰の本事等、「悲憤詩」に關わる所説を選び概觀してみたい。郭沫若は、「胡笳十八拍」眞作論を唱えているが、五言體の「悲憤詩」についても眞作と見る。だが、騷體の「悲憤詩」は、作品價値が極めて低いから別人の僞作だろうと述べている。この發言は、印象批評に過ぎない。

蔡琰は、最初の夫死後、陳留に歸った時(初平三年・一九二)胡人に捕らえられた。その後、興平二年(一九五)に右賢王去卑が、獻帝を侍衞して李傕・郭汜を擊った際に、南匈奴に拉致されたと説いている。しかし郭は、最初の拉致と再拉致の情況について、史料を擧げて説明しない。一方、(2)余等の先行論文に言及することもない。

郭沫若は、蔡琰の事跡に「曹操的偉大」を見出せると述べる。曹操が蔡琰を南匈奴から贖い戻したのは「文化的觀點」からで、曹操の文治武功のなせるわざであるとも説く。

(5)同「再談蔡文姫的《胡笳十八拍》」

蔡琰の初婚年を、丁廙「蔡伯喈女賦」[31]の記載から、初平三年(一九二)春と推定。郭沫若は、前揭(4)で、同年、故鄉陳留において蔡琰が拉致されたと説いているので、結婚後まもなく夫衞仲道は沒したと見なしているのであろう。

(6)同「四談蔡琰文姫《胡笳十八拍》」

『後漢書』南匈奴傳・『晉書』匈奴傳の記述から推測して、蔡琰が南匈奴において居住したのは、西河美稷地域である可能性が高いと論じている。この説に關連するより詳密な論及は、後揭の(12)譚にある。

（7）同「五談蔡琰文姫《胡笳十八拍》」

「隋志」所載の「後漢黄門郎丁廙集一巻」注に「後漢董祀妻蔡文姫集一巻」が著録されている。郭沫若は、「胡笳十八拍」に關しては判斷しがたいが、『後漢書』の本傳は、「隋志」の著録する蔡琰の別集に基づいて、「悲憤詩」二首を收錄したのだろうと推測する。

（8）劉開揚「關於蔡文姫及其作品」（初出、『文學遺産』二六四、一九五九）

（4）（5）郭の所説に對する反駁として提出され、「胡笳十八拍」は僞作、「悲憤詩」二首は眞作と論じる。蔡琰の本事に關する考察の趣旨は、（1）戴・（2）余とほぼ同樣。初平年閒に董卓麾下の部隊に掠われ、興平年閒（一九四・一九五）に、右賢王去卑に再拉致されたとする。

劉開揚の論文で獨自の觀點を示すのは、五言の「悲憤詩」はもともと二首からなっており、『後漢書』の「悲憤詩」は騷體を含め全體で三首に分けるべきであると説く點である。すなわち、五言「悲憤詩」の三十九・四十句目「彼蒼者何辜、乃遭此厄禍。」にいたる、李傕・郭汜軍中の羌胡に掠われた經緯を述べる部分までが第一首、「邊荒與華異」以下が、南匈奴に沒し最後に漢に歸る所までを詠む第二首であると考察する。しかし『後漢書』本傳の「追懷悲憤して詩二章を作る」という記載を覆すような根據は示されていない。

（9）李鼎文「《胡笳十八拍是蔡文姫作的嗎？》」（初出『文學遺産』二六五、一九五九）

李鼎文は「胡笳十八拍」僞作論を展開し、「悲憤詩」には論及しないものの參照しうる意見を示す。その第一點は、『資治通鑑』の記事によれば、蔡琰が南匈奴に在ったであろう興平二年（一九五）から建安十一年（二〇六）は、南匈奴が曹操に服從していく過程にあった（したがって「胡笳十八拍」が南匈奴と漢との交戰を述べているのは史實に反する）こと。第二點は、『資治通鑑』の興平二年（一九五）の條に、南單于於扶羅が沒し、弟呼廚泉が立って平陽に居住したと述べ、その胡三省注[32]に、平陽は河東郡に屬すと記す。これは農耕文化圏に屬す地域である（したがって、「胡笳十八拍」で遊牧生活を描いているのはおかしい）こと。

假に李氏の以上の指摘に從うとしても、「胡笳十八拍」における風景と地理との矛盾は、「悲憤詩」には必ずしも當てはまらないように思う。この問題に關しては、後掲の（12）譚がふれている。

（10）王達津「《胡笳十八拍》非蔡琰作補證」（初出『文學遺産』二六五、一九五九）

南匈奴における蔡琰の居住地は、郭沫若の主張する西河美稷ではなく、『後漢書』南匈奴傳、『晉書』載記[33]の記述から河東平陽（もしくは太原付近）であることを説く。

王達津の論は（9）李とともに、蔡琰の居住地に關し、結果的に（2）余説を補足するものとなっている。とは言うものの、先行研究（1）（2）に何ら言及されていない。このことは、「胡笳十八拍」論爭全體に見られる傾向である。

（11）王先進「根據蔡琰歷史論蔡琰作品眞僞問題」（初出不明、一九五九）

董卓と蔡邕、および董卓と李傕・郭汜が主從關係にあったことから、蔡琰が蔡邕存命中に李傕・郭汜の部伍に掠われるはずがないとする。これは、蘇軾以來の説と同樣。したがって、王先進は、初平年間に陳留において拉致されたという（8）劉説を否定し、蔡琰は興平中、左賢王去卑の軍に掠われたと主張する。

王先進は、去卑の居留地が河東平陽とすれば、「悲憤詩」の描く塞外の情景と符合しないと述べるが、この問題は論據に多少の違いはあれ、後掲の他の論文でも取りあげられている。王先進論文は「悲憤詩」は、五言體の眞僞は不明、騷體は僞作と斷じている。

（12）譚其驤「蔡文姬的生平及其作品」（初出『學術月刊』一九五九—八）

まず、「悲憤詩」に對してこれまで提出された疑問を次のように整理。1、『後漢書』董祀妻傳に、蔡琰は南匈奴左賢王に沒したとあるのに、五言の「悲憤詩」では董卓の部伍に捕らえられたと述べる矛盾。2、蘇軾が提出した、蔡邕は董卓の幸臣だから蔡琰の流離は父の死沒後ではないかという疑念。3、騷體「悲憤詩」に「歷險阻兮之羌蠻」とあるのは、南匈奴と矛盾する。また騷體の描く風景は、河東平陽一帶のそれと適合しない。以上の三點に加えて、五言體の方の「邊荒與華異、人俗少義理。處所多霜雪、胡風春夏起。」等の語は、河東の地理環境と合わない。また「長驅西入關」「身執略兮西入關」という行程は、陳留もしくは長安から河東へという南から北への方向とずれる。

譚其驤は、以上の疑問に對し、南匈奴だけでなく、董卓の部下にも胡人はいた。南匈奴は中平五年（一八八）以來分裂し、於夫羅・呼廚泉・去卑の部伍は河東一帶に移り住んだが、それ以外は後漢初頭以來の居住地である南庭故地、今の內蒙古自治區・河套に在った。また、董卓の部隊は規律が無く、特に羌胡の部隊は董卓すら手を焼いていた。したがって、蔡琰の拉致は、董卓・蔡邕沒以前にもありうる。結果、「悲憤詩」二首は歷史事實と符合し蔡琰の自作であると述べ、さらに次の三點について考證を進める。

①蔡琰はいつどこで拉致されたか。→戴君仁・余冠英と同じように、初平三年（一九二）春、陳留において董卓の部下、李傕・郭汜の手に落ちたと考察。しかし、（1）戴・（2）余説と異なり、興平二年（一九五）に南匈奴右賢王去卑が、李傕・郭汜に勝利した際に、南匈奴に移ったという事實はないと主張する點は、（3）張の論旨に近い。譚其驤は、さらに「悲憤詩」は最初の拉致の事情のみ描寫し、南匈奴へ再び略取された時の様子が何も描かれていないとし、興平中（一九四・一九五）に拉致されたとする『後漢書』董祀妻傳の記載を誤りと判斷する。

董卓の胡騎から南匈奴へ移る際の蔡琰の模様が、「悲憤詩」からうかがいにくいという疑問は、前揭（3）張・後揭（17）內田も提出する。

②蔡琰は、どのように南匈奴左賢王に抑留されたか。それはどの場所か。↓「悲憤詩」の描く風景からして、蔡琰がとどめられたのは、南庭（美稷＝幷州北部・南單于庭）に居留していた南匈奴であり、左賢王とは南庭の地のそれであると考察。曹操は、建安七年以後河東の南匈奴を制壓しているので、「金璧を以て之を贖ふ」必要はなかったし、南庭の南匈奴とも連絡しえたのであろうと推察。譚其驤は、蔡琰は、李傕等の部伍であった胡騎部隊により初平三年（一九二）に掠われた、しかし、李傕等の手に渡ることなく、最終的に南庭の南匈奴まで連れ去られたと推斷する。「悲憤詩」の「悠悠三千里」という距離も陳留から南庭までの距離と符合すると述べる。

③蔡琰は、いつ漢に戻ったか。↓初平三年（一九二）に略取されてから數えて十二年、すなわち建安八年（二〇三）と推定。

以上、（12）譚の所論は、「悲憤詩」という詩的世界を前提に、逆に史書の誤りを正そうとする。結果、蔡琰が河東ではなく南庭の南匈奴に移ったと推測するが、左賢王とは南庭の地のそれであることを示す史料はない。また、蔡琰が歸漢したとする建安八年（二〇三）當時の、曹操と南庭の南匈奴との關係を示唆するものは、史料と見なした場合の「悲憤詩」以外存在しない。[34] 史實と作品の關係をどうとらえるべきか。この問題は、更に後掲論文を見る際に檢討を重ねる必要があろう。

なお、譚其驤は、興平二年（一九五）に南匈奴右賢王去卑が李傕・郭汜に勝利した際、蔡琰が南匈奴に移ったという事實はないと說くが、逆にその史實を示唆する史料は、（1）戴・（2）余がすでに指摘していた。しかし譚論文では、そのことに對する反證や言及はなされていない。

（13）卞孝萱「談蔡琰作品的眞僞問題」（初出不明、一九五九）

「悲憤詩」僞作說。ただし、蘇軾以來の僞作說にない新たな論據は示されない。要するに詩と史實との矛盾を突くわけである。たとえば、「既至家人盡、又復無中外。」と詠んで、親族（中表）のいないことを言うが、『晉書』景獻羊皇后傳・同蔡豹傳から蔡邕に孫のいたことがわかるとも論じる。孫の存在については、それ以前に（2）余が『晉書』蔡豹傳を反證として否定していた。卞孝萱による「既至家人盡、又復無中外。」の解釋は、詩的言語と日常言語を同一視する立場であるが、テクストの文學性をどう捉えるかという基本的課題とも關わってこよう。この點は、別に後述したい。

卞孝萱の僞作論の論據は從前の說と變わらないが、一點大膽な見解を示す。すなわち、『蔡琰別傳』[35]は、『後漢書』以前に作られたであろうこと、『別傳』に引かれる騷體と五言の詩句は、「悲憤詩」のそれと同じであること。以上から、「悲憤詩」は、先に『蔡琰別傳』に載錄され、『後漢書』董祀妻傳は、それを踏襲したのだろうと推測する。しかし、この見方は卞孝萱の作業假說であり根據はない。

最後に、「悲憤詩」が、『文選』『玉臺新詠』に選錄されず、『文心彫龍』『詩品』においても言及されないのは、それらが「悲憤詩」を假託と見ていた證據であると述べる。

卞孝萱が示すように、「悲憤詩」が六朝の總集等になぜ見えないのかという疑問は、やはりぬぐえない。「悲憤詩」が魏晉及び六朝期にほとんど言及されないのは、たとえ僞作と假定したとしても理解しにくい。「悲憤詩」がどう受容されていったかについては、今後なお詳細な檢討が必要であろう。

「悲憤詩」および蔡琰に對する言及は、曹丕・丁廙「蔡伯喈女賦」にわずかに見える他、六朝期を通じてほとんどない。「隋志」に著錄される「蔡文姬集」も梁代にはすでに佚している。蔡琰をめぐる後世の受容は、本章とは別の課題になる（次章でいささか考察する）が、前代の文學因襲の上に成立したであろう唐詩の用例（『全唐詩』に二十數例ほど）を見ても、歴史故事としての蔡琰を詠むものがほとんどで、「悲憤詩」、もしくは蔡琰と「悲憤詩」制作の關係をうかがわせる言及は見られない。このように、「悲憤詩」の受容史・讀書史は、歴史の表面にあまり表れていないのではないだろうか。この點は他日の考察にゆだねるが、作家蔡琰の姿が見えにくいということも、「悲憤詩」の理解を困難にさせる一因であろう。

（14）勞榦「蔡琰悲憤詩出於僞託考」（『大陸雜誌』二六―五、一九六三）

僞作説。董卓麾下の胡騎から南匈奴に轉じた經緯が「悲憤詩」から讀み取れないという勞榦の論及は、（3）張・（12）譚・後揭（17）內田と同樣。この點に關して、（17）內田を取り上げる際に卑見を述べたい。

勞榦は、後漢には班固・趙壹・酈炎等の詩人がいるが作品はまだ質朴であることや、秦嘉夫婦の詩は僞作の可能性もあること、それらと「悲憤詩」の作品水準を比較したときに、これを建安文學の作品に位置づけがたいと述べる。しかし、蔡琰の活動期は建安年閒以後とすべきで、勞榦のこの比較は時代が多少ずれている。

（15）李曰剛「蔡琰悲憤詩之考實辯惑與評價」（『師大學報』一二、一九六七）

はじめに、「悲憤詩」について、宋の蘇軾・閻若璩・（14）勞等が僞作とし、淸の張玉穀・沈韓欽・何焯・（1）戴・（2）余等が眞作としたことを述べる。以下、李曰剛は、「廣明戴氏之論證」と言い、戴君仁の說に大きくよりながら、「悲憤詩」眞作說を主張する。論證の方法は、（1）戴・（2）余說にほぼ倣い、初平三年正月に董卓配下の胡騎に掠われ、興平二年十一月に、南匈奴右賢王（獻帝紀は左）の手に渡ったという說を展開する。李曰剛の文章は、おおむね戴君仁の學說紹介が中心と言える。

李曰剛は、蔡琰拉致の足跡から「悲憤詩」の「悠悠三千里」とあるのは、陳留から長安までが約一五〇〇里、長安から洛陽を經て、去卑の居留地平陽までがほぼ一五〇〇里だから、事實に合うと述べる。從前見られなかった客觀的指摘であるが、文學言語として「三千里」を捉えれば、別の理解も生じよう。この點は後揭（24）黃嫣梨において言及されている。

（16）岡村貞雄「蔡琰の作品の眞僞」（『日本中國學會報』二三、一九七一。『古樂府の起源と繼承』〈白帝社、二〇〇〇〉第三章蔡琰に轉載。）

蔡琰作とされる「悲憤詩」二首・「胡笳十八拍」の三篇を一括し總合的に論じており、その考察方法は檢討に値しよう。岡村貞雄は、はじめに、宋の蘇軾以來の多樣な蔡琰作品眞僞論について、三篇のそれぞれがどう判斷されたか、その一覽を示す。また、三篇それぞれに對する樣々な眞僞判斷と、作品評價の關係についても必ずしも一定しないと述べ、蔡琰作品のとらえ方がいかに複雜多岐かと指摘する。たとえば、胡應麟『詩藪』・鄭振鐸『中國文學史』は、ともに騷體を蔡琰作とし五言體を僞作とするが、評價は雙方食い違い、胡應麟は五言體は騷體より優れているが故に後人の僞作であるとし、鄭振鐸は、僞作された五言體より蔡琰原作の騷體の方が作品水準が高いと見ていたことが紹介される。

さらに岡村は、近年の郭沫若論文を發端とする「胡笳十八拍」論爭について言及する。岡村は、『胡笳十八拍討論集』の中で「胡笳十八拍」僞作説を唱える研究に對し、逐一反論する餘裕はないが、「この作品を吟味してゆくと、男が女性の立場になって僞作したものではなく、どうも女性自身による作品ではないか、という結論に達したから」、「胡笳十八拍」は眞作と認めると先に結論づける。この主張に對しては、後程卑見を提示したい。

岡村は、蔡琰に關わる所説中、本格的な論及は、余冠英と郭沫若二者によるものと斷ずる。（2）余の要旨は前述したが、岡村貞雄のそれに對する批判は次のようなものである。〈余冠英は蔡琰の補囚された土地は、『後漢書』南匈奴傳の李賢注から、河東平陽とするが、『後漢書』董祀妻傳に「左賢王」とあるのと、南匈奴傳の記載に「右賢王去卑」とあるのとを同一視した誤りである。〉

この岡村貞雄の批判に對しては、後掲（19）鄭の考察をあらかじめ引いておこう。鄭文は、董祀妻傳に云う「左賢王」が誰かは斷定しがたいとしながら、こう述べる。〈『後漢書』獻帝紀は「左賢王去卑」とし、董卓傳では「右賢王去卑」としていて一定しないのは、右・左の字形の近いことに因る誤りで、南匈奴傳・董卓傳により「右賢王」とするのが正しいだろう。右賢王去卑の居住地は、南匈奴傳中の「河東」に關する李賢注以外に、『資治通鑑』建安二十一年（二一六）秋七月の條の胡三省注にも平陽とある。〉鄭文は、他にも、河東平陽に關する考證を詳密に加え傍證としている。

岡村の所説に戻れば、「もし、蔡琰の三作を虛心に讀むならば、いずれも塞外における苦しさ淋しさを歌っていると受けとられる。」とし、（2）余が蔡琰補囚の地を平陽とする結果、塞外風景の描寫が少ない五言體のみを眞作としたことを批判する。

しかし、岡村の論法は、はじめに蔡琰の作品は塞外の情景を詠んでいるという前提を打ち立ててしまい、論理が逆轉しているのではないだろうか。

岡村貞雄は、たとえば五言體に描かれる「悠悠三千里」について、蔡琰補囚の場所を河東の平陽と考えると、その隔絶感が實際と合わないと述べる。そして、その場所については資料がなく、「今日のような地圖を持たなかった蔡琰には、地理上どういう地點をさすらいつつあるか、彼女自身にもはっきり分からなかったのではあるまいか。」と言う。

さらに、河東の地について、『後漢書』の傳に蔡琰が最初に嫁したのが「河東衞仲道」のもとであるとする記載を引き、「胡騎にさらわれ、胡人の妻となって、流亡の果てに落ち着いた所が再び河東であったならば、きっと作品の中に、その運命の皮肉を彼女は歌い込んだに違いない。けれども、どの作品にもそういう消息は影すら見えず、専ら塞外での生活が詠じられている。」と説く。

蔡琰初婚時の狀況について、（19）鄭は、「河東衞仲道」の河東とは衞仲道の本貫を指し、實際の嫁ぎ先ではないと推測している。しかし、（19）鄭のような推測を無理に行わなくとも、河東の範圍が、南北二五〇km、東西二〇〇kmほどに及ぶ廣範圍であることを考えると岡村の考察・批判は、大雜把過ぎるように思う。[36]

岡村貞雄は、余冠英の、傳記に基づきつつ「悲憤詩」に歷史的な穿鑿を加えるという方法論をも批判し、蔡琰作と傳えられる三作品を、「總合的な立場から比較しながら檢討を加え」、「蔡琰の三作品を平等に見わたして、相互の特徴を比較」するというアプローチを說いている。しかし、この「總合的な立場」という前提を設定する必然性は明確ではない。（2）余が示す實證的考察は、作品理解の一つの方法に過ぎまいが、史實と作品との照合作業をある程度確實に押さえておくことが、「悲憤詩」のような敍事的作品には必要ではないだろうか。なぜならば、後揭の（24）黃も示すように、「悲憤詩」は、自傳的な敍事作品と捉えることができよう。岡村自身、「悲憤詩」について「遭遇する經驗を自傳的に詳述して、長編の敍事詩を作り上げるという手法は、從來の人が試みなかった點である。」と論じている。「悲憤詩」が自傳詩かどうか論議があるにせよ（後揭（27）川合參照）、出來事の推移を敍述する「悲憤詩」の背景にある具體的な史實を見極める作業が、まず缺かせないのではないか。作品眞僞論に論及する以上、蔡琰の事跡と作品制作との關係を押さえておくべきと考えるが、岡村はそれを閑却し、三作品自體の比較考察を進める立場をとる。

岡村はまず、五言體の「悲憤詩」の特徴が、他の二作よりも歸漢後の敍述が詳しく、匈奴の殘酷さが綿々と綴られているという二點を持つことから、「家に歸ってからの感慨も定着し、匈奴に對する怨訴もおおっぴらに述べることができる、そういう情況のもとで作られた。」と推察している。續けて、それと對照的に騷體の方は、胡中における一夜の卽興の作だろうと推定するが、それに至る論證に飛躍があり說得力を缺いている。

岡村は、ついで「胡笳十八拍」にも論及するが、要は三作品とも敍事詩として「同質の密度を持って、同じレベルに達している」から、「同一詩人の技倆によってできた三篇であると考えた方が、より穩當であろう。」と結論づける。岡村貞雄の作品眞僞の判斷の基底にあるのは、突出した作品をもたらすのは、他に經驗できない實體驗であるという考え方と見受けられ、それに類する記述が論說中にしばしば見られる。たとえば、三作品に共通して詠まれる（岡村は、「胡笳十八拍」を例示する）我が子への愛情表現について、「作者がほんとうに女性であって、眞實の經驗を語っている」から「切實深刻なものになってゆく」のだろうと考察される。

岡村は、「悲憤詩」に歷史的な穿鑿を加えるという方法論にこだわらず、三作品を、「總合的な立場から比較しながら檢討を加え」ると先に宣言しているにも關わらず、作品の價値と作者の實體驗は密接に關連すると改めて主張するのは、やや矛盾がある。

關連してもう一點。岡村は、論文の冒頭で、「この作品を吟味してゆくと、男が女性の立場になって僞作したものではなく、どうも女性自身による作品ではないか、という結論に達したから」、「胡笳十八拍」は眞作と認めると、先に結論づけていた。しかし女性自身の作品と判斷する根據については、我が子への愛情表現は、「作者がほんとうに女性であって、眞實の經驗を語っている。」と繰り返される以外、何も示されていない。(37)

史料による考證よりも、作品が與える情感や印象を重視する岡村の立場は、作品受容の一つのあり方として尊重すべきであろう。しかし、繰り返しになるが、もしも「悲憤詩」が、岡村の言うように、蔡琰の「眞實の經驗」を語っているのだとすれば、逆にそれが南匈奴史を含む漢末の歷史を傳える史料にすらなるはずである。そのことに對する愼重な配慮が作品分析においてなされるべきではないか。たとえば、岡村は辨別しないが、「悲憤詩」の描くような胡人には、南匈奴のそれだけでなく、董卓等の漢土の群雄勢力に取り込まれた胡騎も存在したのである。(38)

なお岡村は、蔡琰作品の眞僞論に關連して、「魏晉の時代の僞作はすべて原作の主題とは無關係に作られていた。」、

「魏晉の時代の人が、もし蔡琰に習って僞作を作っていたら、おそらくその詩も蔡琰の履歴とは關係のないことを歌っていたろうと思う。」と述べている。蔡琰詩を晉宋間の僞作と假定した場合、晉宋の文學因襲を把握する必要がある。その際の判斷基準として、岡村貞雄の如上の說は傾聽に値すると思う。

（17）內田吟風「いわゆる蔡琰悲憤詩について――匈奴史の一資料として――」（『史窗』三七、一九八〇）

「悲憤詩」を文學として見たときにまず問題になるのは眞僞論である。それを解明するために蔡琰の本事を考證するというのが、一般的な研究方法であった。その方向とは逆に、內田吟風は、「悲憤詩」を古代北方民族史を探るための史料として取りあげる。

冒頭を、初平元年（一九〇）に董卓が洛陽から長安に遷都した所から詠み始める「悲憤詩」は、全體が史實に合致していることがまず示される。先行論文には言及しないが、蔡琰拉致の經緯は、（1）戴・（2）余と同樣に捉えている。內田は、「悲憤詩」百八句の九句目「卓衆來東下」から四十句目「乃遭此戹禍」までを初平三年に董卓の校尉李傕の率いる胡兵に拉致されたことを描いていると述べる。また、蔡邕は娘の拉致を知らないだろうと言い、その理由として、蔡邕の遺文中に娘の罹災を知っていたことを示す文言がないこと、董卓が王允に殺されたとき、蔡邕はその死を悼む顏色を現していたことを擧げる。そして當時の混亂は父娘の連絡を不可能にしていたか、父の死と娘の拉致がほぼ相前後する時期に起きたのだろうと推測している。蔡琰拉致は蔡邕死後ではないかという蘇軾・（3）張等が示した疑問を解消する、論理的な考察と言えよう。

內田は、四十一句目「邊荒與華異」以後を、興平二年（一九五）に南匈奴左賢王の居處に移ったことを描いていると考える。しかしながら、蔡琰が左賢王の部伍に落ちた經緯が說明されず、唐突であり實際の經驗者の詩としては粗雜で、「悲憤詩」が僞作であろうことを想像させる、と說いている。この疑問は、（3）張・（12）譚も呈している。一方、

（8）劉は、四十句目と四十一句目に物語の飛躍がある點を捉え、四十一句目からを別に第二首と考えたわけである。

內田は、まず「悲憤詩」の史料價値を認め、そこに客觀的で整合性をもつ事實描寫を期待している。だがそれが「悲憤詩」という文學世界の讀み方に制限を加えることにもなっているようだ。たとえ時間軸に沿って敍述される敍事的な詩であっても、出來事を逐一説明しているとは限らない。作品を讀む際には、何が書かれているかを解讀するのみならず、何が書かれていないか、そこにも注意を拂うべきではないだろうか。それに關して、後掲（25）余が參照すべき見解を示しており、後述することとしたい。

蔡琰は、結局南匈奴で十二年（興平中の拉致から數えるとすれば）過ごし、二子を生み育てた。最後は贖われた結果とはいえ南匈奴から解放された。そうだとすれば、董卓麾下の胡騎とは異なり、南匈奴に對する表現に多少の含みがあっても不思議ではない。假に內田の言うように、四十句目までを李傕・郭汜の胡騎による殘虐行爲の描出とすると、その後の南匈奴の方は「人俗少義理」と述べる以外、南匈奴に對する否定的言辭は特にうかがえない。「悲憤詩」第二首においても、南匈奴の言語・身體・文化が漢と異なる事を述べるが、南匈奴を特に呪詛・批判しているわけではない。

內田はまた、五十四・五十五句目「骨肉來迎己、己得自解免。」を、贖ってくれた恩人曹操に對する謝意が見られず、蔡琰自身が詠んだ句としては非禮・忘恩的だと説いている。さらに、骨肉の迎えがあったのに、後段で「家人盡」と言っており、「詩的表現とは云え、實際經驗者の詩としては、舌足らずの觀が強く、この詩が琰の作に非ざることを示唆する。」と考察する。

しかし、內田自身、八十七句目以下「既至家人盡、又復無中外……」に示されるような蔡琰歸鄉時の陳留の狀況について、建安年間においてもまだ荒廢が續いていたと論じている。したがって「悲憤詩」が、親戚の姿も見えないと慨嘆するのは、故鄉陳留の情景描寫として考えれば矛盾はないように思う。（1）戴は、この點に關し、戰亂の實情と十分適合している云々と説く。一方、(13)卞は、「家人」について蔡邕の孫の存在を考證し、詩と史實の矛盾を述べ、逆に(2)余はその孫の存在を否定する論證を行ったことは前述した通り。

内田論文は、「悲憤詩」の敍述に飛躍や言葉足らずのところが見られるというが、そのような作品への評價と、作品の眞僞とは別個の問題ではないだろうか。

内田は蔡琰歸漢の年を、曹操が袁氏との戰いに勝ち、幽幷二州を平定し、南單于呼廚泉を完全に服屬させた時期であり、南匈奴に沒してから十二年を數えた建安十一年(二〇六)頃であろうと推測する。

最後に內田吟風は、范曄が『後漢書』列女傳に蔡琰の事跡を收錄した眞意は何かと、およそ以下のような問題提起をする。〈范曄は、漢魏革命の社會動亂を經驗した人間蔡琰の數奇な運命を評價したのか。六朝貴族社會の道德思想を反映しているのか。夫のためには主權者に對しても自己主張を行う女子の氣概を認めたのか。中國思想史上、興味のある課題だ。〉『後漢書』という史料テクスト中の蔡琰と「悲憤詩」を捉える新たな視點として、內田吟風の問題提起に留意すべきだろう。

(18)周芝成「蔡琰被虜年代考辯」(『上海師範學院學報』社會科學、一九八三―一)

蔡琰、初平三年拉致說を否定、『後漢書』の言う興平二年說を主張。周芝成は論據の第一點に、『後漢書』董祀妻傳の、「操因問曰、『聞夫人家、先多墳籍。猶能憶識之不。』文姬曰、『昔亡父賜書四千許卷、流離塗炭罔有存者。今所誦憶裁四百餘篇耳。』」という記載を擧げる。周芝成は、この記述から、蔡邕が娘蔡琰に「墳籍」を殘し傳えたはずだと述べる。そして、蔡邕が『漢書』の修改を素志とし、初平三年の董卓誅滅によって下獄した時も、「繼成漢史」の願望を王允に傳えており(39)、その作業に必要な「墳籍」は身に攜えていたはずで、蔡邕が死を覺悟した時に、娘に「墳籍」を託したのだろう。したがって、そのことは、蔡琰がその時まだ羌胡に掠われていなかったことの證明になる、と說く。

つまり、周芝成は、李傕・郭汜等が陳留を掠殺したのは初平三年（一九二）一月、蔡邕が下獄したのが初平三年（一九二）四月の事で、蔡琰が四千餘巻の書籍を父から受け繼いだのはその後のことになるから、蔡琰が初平三年（一九二）一月に拉致されるということはありえないというわけである。

しかし、蔡邕の素志は「繼成漢史」であったから、「亡父賜書四千餘巻」が長安に存在したと考えるのは、推論に飛躍がある。董卓の亂前後の混亂を考えれば、蔡邕が多量の書籍を攜えず、それらを陳留等の長安以外の地に殘していた可能性も十分考えられよう。周芝成はまた、『三國志』王粲傳に、蔡邕が年少の王粲に異才を見いだし、所有する書籍をすべて王粲に將來讓ろうと述べた記載を取りあげる。そして、その願望が果たせずに、代わりに娘に書籍を傳えたと言うが、この史料の取りあげ方は牽强付會であろう。

周芝成は、蔡琰の初婚年齡に關して、蔡邕が光和元年（一七八）に出した上表文に、「臣年四十有六、孤特一身。」とある(40)ことから、蔡琰の生年は、光和元年以後であること、さらに、丁廙の「蔡伯喈女賦」に「在華年之二八」とある記述から、蔡琰が衞仲道に嫁いだのは十六歳で、初平四年（一九三）以後のことであるから、それ以前の拉致というのはありえないと述べる。この點については、後掲（19）鄭が、「孤特一身」の後に「前無立男、得以盡節王室。」とあるから、この部分は息子のいないことを言っているのであって、娘がいないとは述べていないと捉えるのが妥當であろう。

周芝成は、「悲憤詩」冒頭の記述（董卓麾下の胡騎による拉致）よりも、『後漢書』董祀妻傳に興平二年（一九五）拉致とある記載を信ずべきで、「悲憤詩」を蔡琰の眞作とするには問題が殘ると結ぶ。

（19）鄭文「蔡文姬沒于胡中論略」（『蘭州大學學報』社會科學版、一九八三—一）

蔡琰は李傕・郭汜等によって初平三年（一九二）春、陳留において拉致され、興平二年（一九五）の十一・十二月に南匈奴右賢王の部伍中に沒し、河東平陽に住したと説くのは、（1）戴・（2）余と同樣である。鄭文は五言の「悲憤詩」を蔡琰の眞作とし、騷體についてはふれない。

『後漢書』董祀妻傳に、最初の夫・衞仲道の死後、家に「歸寧」したと記されることについて、鄭文は、蔡琰が歸ったのは、父のいる長安や洛陽ではなく、故鄉陳留であると説く。中平末年（一八九）から初平初め（一九〇）の洛陽・長安の荒廢を考えれば、蔡邕はあえて家族を同行させなかったであろうというのがその論據である。

『後漢書』董祀妻傳に、興平中に「爲胡騎所獲、沒于左賢王。」とある記載と、「悲憤詩」に董卓の部下に掠われたと述べる矛盾に對する鄭文の考證は、戴・余説とほぼ同じ史料による。興平二年（一九五）に南匈奴に移された場所というのは、河東の平陽であるという説も、（1）余と同じである。しかし鄭文は、先行する（1）（2）に關して何ら言及していない。

ただ、蔡琰の居住地について、鄭文は、（2）余より更に多くの史料を擧げて、客觀性の高い考察を進めている。また、後漢末に鮮卑が南匈奴を壓迫していた情勢にもふれる。

（13）卞は、蔡琰の連行された先は河東平陽であるが、詩中の情景はその地方のものと矛盾するという疑問を提示した。これについて、鄭文は、河東平陽は黃河以北にあり、蔡琰が生まれ育ったのは黃河以南でその閒の距離は二千里ほどある、異境に身を置いた蔡琰には、平陽が、霜雪が多く北風の強い土地と感じられたのだろうと述べる。

鄭文は、文藝作品は歷史記述と異なり修辭や誇張を免れないと言い、「悲憤詩」に史實との符合を見る際にも配慮が必要であると指摘している。傾聽に値する意見であろう。鄭文の考察は、南匈奴の動向・居留地に關する實證的考察等、史料が豐富で說得力がある。

（20）陳祖美「蔡琰生年考證補苴――兼述其作品的眞僞及評價中的問題」（『中華文史論叢』一九八三―二）はじめに蔡琰の生年について考證。關連して、蔡邕が光和元年（一七八）に出した上表文に、「臣年四十有六、孤特一身。」の解釋を、蔡邕に、娘ではなく息子がいなかったことを示していると說くのは、前述（19）鄭と同樣である。文章の後半の趣旨は、後揭（21）陳とほぼ同じ。

陳祖美は、最後に眞僞の問題は作品自體の價値とは無關係であると述べ、作品を史料から切り離して評價すべきと主張する。それ以前に見られない觀點で注目しうる。しかし、そのような問題提起に對し、陳祖美の論考で用いられる「現實主義」「浪漫主義」「敍事詩」「敍情詩」といった舊來の枠組みだけで答えることには限界があるように思う。

蔡琰の生年考證・晚年の事跡については、熊任望「蔡文姬的生年」（『河北大學學報〈哲學社會科學〉』一九八〇―三）・陳仲奇「蔡琰晚年事迹獻疑」（『文學遺產』一九八四―四）・劉開揚「關于蔡琰的生年」（『中華文史論叢』一九八四―四）等の論考がある。ただし、「悲憤詩」を理解する上で參照すべき言及は特にない。

（21）陳祖美「漢末女詩人蔡琰」（『文史知識』一九八三―四）

見出しに「人物春秋」とあるように、蔡琰の事跡を紹介した啓蒙的文章と思われ、論證自體は少ない。陳祖美は、蔡琰の拉致を興平年間（一九四・一九五）のこととし、左賢王の妻となったと記している。左賢王に嫁したという見方は、（2）余が、左賢王の部下と結婚したと見なす說と異なる。『蔡琰別傳』にある胡王の部伍の者に嫁したとする記載や、[41]『後漢書』董祀妻傳に言う「沒於南匈奴左賢王」の解釋についての論及は從前ほとんどない。郭沫若はじめ、左賢王に嫁したという見方は、暗默の了解であろうか。この點は、「蔡琰」の受容のあり方とも關連するように思う。蔡琰＝南匈奴の王妃という讀みの方が、蔡琰傳承としては物語性が高まる。[42]だとすれば、現代の讀者も「悲憤詩」の誤讀に無意識に加擔するおそれはないだろうか。

陳祖美は、蔡琰歸漢の年は、建安十二・十三年（二〇七・二〇八）の兩方の可能性があるが、曹操が丞相となった建安十三年（二〇八）の可能性が大きいとも說いている。曹操が統治者の地位を確立して後、文治を進める政策の中で、有名な文人蔡邕の娘を贖い戻したのであろうという推察である。

「悲憤詩」の眞僞について、現今の「文學史界」は、五言體の方を眞とし、騷體を晉代の僞作と見なしていると述べる。しかしながら、騷體を僞作と見る根據もしくは考察は、他にはあまり見えない。（2）余が、騷體「悲憤詩」の描く塞外の情景が、史實と合わないと說き、（4）郭が、作品水準の低さから別人の僞作だろうと推測する以上の論及はなされていない。とくに後者は印象批評に過ぎまい。陳祖美の言う「文學史界」は曖昧な言い方だが、それが何を根據として騷體僞作論をとっているのか不明である。(43)

陳祖美は、一般的に、晉人の僞作と見なされる騷體の「悲憤詩」に對する藝術性の評價は否定的だが、そのような見方は正しいと斷ずる。そして、五言の「悲憤詩」は、蔡琰自身の制作による現實主義的敍事作品で、建安の諸作家を凌駕する傑作であると評價する。ただし、作品の具體的分析は十分になされていない。

（22）蔡義江「史載蔡琰《悲憤詩》是晉宋人的僞作」（『北方論叢』一九八三―六）

蔡義江は、現時、「胡笳十八拍」と騷體の「悲憤詩」はおおむね僞作とし、五言の「悲憤詩」を眞作とする見方が大多數をしめると總括。しかしながら、五言「悲憤詩」についても晉宋間の佚名文人の僞作とする立場を展開する。

蔡義江は、基本的に、蘇軾による僞作說に依據する。蔡琰の本事に關し、『後漢書』の本傳では興平二年（一九五）と言っているのと「悲憤詩」の描寫との矛盾についても、蘇軾の論法をそのまま踏襲する。ただ、蔡義江は、新たな觀點からも僞作說の論據を提出している。まず蔡義江は、「悲憤詩」の冒頭、「漢季失權柄、董卓亂天常」の「漢季」とは漢末のことで、漢朝崩壞以前に、このような言い方はできないと主張する。そして、たとえもし、「悲憤詩」が郭沫若の說くように曹魏時代の作だと假定しても、それは次のような理由から成立しないと述べる。〈もし蔡琰が、魏朝樹立後に「悲憤詩」を制作したとしても、曹丕卽位後すぐに情勢に追隨して、漢末がどうこうとは言えない。「悲憤詩」の冒頭は、漢魏の王朝交代後かなり時間がたってからの語り口であろう。だとすれば、蔡琰がかなり年齢を重ねた後の制作であるはずだが、「悲憤詩」では「託命于新人、竭心自勗厲」と詠んでおり表現が不自然だ。〉

しかし蔡義江のこのような推論は、論據が不十分であり說得力を缺いている。では、後漢末の作品だと考えた時に、蔡義江の主張する「漢季」という語と矛盾するのかどうか。それに對して卑見を示せば、陳琳「武軍賦」に、「漢季世之不辟、靑龍紀乎大荒。」(44)という用例を反證としてあげることができる。陳琳は建安中に沒しているから、その作品は漢代のものであることが明らかである。したがって「漢季」という言葉によって、「悲憤詩」を、漢魏禪讓後の制作と判斷することはできない。（1）戴は、蔡義江とは逆に「悲憤詩」に「漢季」とあるのは、曹操の勢力がすでに確立していたことを示していると論じている。「悲憤詩」の制作時期を假に蔡琰歸漢後の建安年間と考えても、實質的に漢朝が崩壞しつつあった時期であるから、「漢季」という言葉の使用は可能であったと考えられる。

蔡義江は、「悲憤詩」を「其筆勢乃效建安七子者、非東漢詩也。」と評した蘇軾の說を引き、具體例をあげる。たとえば曹操の「薤露行」「蒿里行」と「悲憤詩」を比較し、「賊臣持國柄、殺主滅宇京。」が「漢季失權柄、董卓亂天常。」に、「關東有義士、擧兵討群凶。」が「海內興義士、欲共討不祥。」という具合に、「悲憤詩」が曹操作品を模擬していると說く。蔡義江は、他にも「悲憤詩」に、曹植詩をふまえつつより精錬された類似句があると例示する。

しかしながら、「悲憤詩」は、建安の詩句と類似の句があるから、蘇軾が述べるように、建安詩をまねたのだと考えるのは、やや速斷であろう。蘇軾の「悲憤詩」僞作說は、要するに、「悲憤詩」の建安文學における突出性に疑問を投げかけたものに他ならない。しかし「悲憤詩」に限らず、同時代から卓越した文學作品の存在が、往々にして見られることもまた事實であろう。

「悲憤詩」の文學史的位置づけに關して、「悲憤詩」とその周邊の詩句との影響關係を少し探り、卑見を加えたい。『文選』の李善注には、「蔡邕女琰詩」「蔡琰詩」として、「悲憤詩」の詩句が十五例引用される。[45] 李善は、作品に用いられている言語表現の典據・用例を、必ず先行作品から引用している。今、李善が「悲憤詩」をどの時代のものと見ていたか、具體的に探ってみよう。たとえば、『文選』巻二十所收、曹植「應詔詩」の「弭節長騖、指日遄征。」にかかる李善注は、「蔡琰詩曰、遄征日遐邁。」[46] となっている。「遄征」という語は、『文選』巻二十、潘岳「関中詩」でも「命彼上谷、指日遄征。」と用いられ、その李善注は、「曹植應詔詩曰、指日遄征。」[47] と引いている。さらに『文選』巻五十九、沈約「齊故安陸昭王碑文」に「於是驅馬原隰、巻甲遄征。」とあるが、その李善注は「曹植詩曰、指日遄征。」[48] と述べている。したがって、あくまでも李善の判斷であるが、「遄征」という詩語から、蔡琰→曹植→潘岳・沈約という繼承關係がうかがえる。李善は、「悲憤詩」を「蔡琰詩」と稱しており、その注釋姿勢を考え合わせると、蔡琰を曹植に先行する詩人と位置づけていると言えよう。このような李善の認識・判斷は、もとより一つの立場であるが、「悲憤詩」の文學史的位置を考える上で、上記の蔡義江とは別の見方がつとにあったことは確認しておきたい。

蔡義江は、「悲憤詩」を、晉宋閒に盛んになった僞作の風氣がもたらしたものと結論づけている。そして『詩品』『文心彫龍』に蔡琰の名が見えず、『文選』『玉臺新詠』に彼女の作品が選錄されないことに言及する。蔡義江は、李陵・蘇武や班婕妤等の詩があえて僞作と否定されないのと異なり、「悲憤詩」の方は、言語の格調等から六朝の總集編纂時と時代の近い晉宋の僞作と容易に判斷されたと推測する。蔡義江のこうした推論は一つの考え方にすぎないが、確かに「悲憤詩」および蔡琰は、六朝時代においてあまり注目された形跡がない。(13) 卞が示したのと同樣の疑問である。

(23) 丁夫「有關蔡文姬生平的幾箇問題――兼談曹操贖回蔡文姬的原因」(『內蒙古大學學報』哲學社會科學版、一九八四

—四）

（4）郭は、蔡琰は興平二年（一九五）に拉致され、左賢王の王妃となったが、曹操は、文化的な觀點から彼女を贖い戻したと説いている。それに對する否定論。

丁夫は蔡琰拉致の時期・場所に關する従前の論議をふまえていないと見え、新しい觀點は特に示していない。丁夫の獨自な考察も見られるが、いずれも論據が希薄である。丁夫は、蔡琰は、初平三年（一九二）に董卓の將兵である羌人に拉致されて後、興平二年（一九五）に人身賣買によって羌人から南匈奴の手に渡ったと説くが、興平二年（一九五）の史實との關わりが説明されていない。また、曹操が南匈奴から蔡琰を贖い戻した理由を、蔡邕の知名度を利用し、自己宣傳のためその娘を歸漢させたという政治的意圖から説明する。丁夫は、そのような推論の前提に「曹操是以殘暴和譎詐著稱的」と述べるが、客觀性が求められる論文としては不適切であろう。

三　一九九〇年代以降のテクスト研究

前掲（20）陳は、作品を史料や眞僞の問題から切り離して評價すべき點にふれていたが、「悲憤詩」を作品テクストとしてどう分析するかという具體的模索は、一九九〇年代以後ようやく始まったと言ってよい。

（24）黄嫣梨『漢代婦女文學五家研究』第六章「蔡琰」（河南大學出版社、一九九三）

はじめに、従前の研究を紹介しながら蔡琰の經歴を述べるが、特に筆者の新しい知見は示されていない。しかし、先行研究は前掲の諸論考に比べ丁寧にふまえられている。

「悲憤詩」に關して、黄嫣梨は、蔡琰作とされる三首は自傳體の作品と言える、特に、第一首は、中國詩史上、文人が制作した初めての自傳體による五言長編詩である、と說いている。筆者の言うように自傳體であれば、史實とのある程度の整合性が要求されるし、そこから「悲憤詩」の眞僞問題も探求できるように思う。

黄嫣梨の論著においても、蔡琰は南匈奴左賢王に嫁したとされる。(21)陳も含め同様の理解が多い。そもそも『後漢書』本傳の「南匈奴の左賢王に沒す。」という記載から、蔡琰＝南匈奴の王妃と讀み取るのは飛躍がある。その懸隔を埋めているのは、蔡琰傳承に物語性を求め續けてきた讀者の「期待の地平」ではないだろうか。蔡琰は胡王の部伍の者に嫁したとする(2)余の考察や、先に引いた『蔡琰別傳』の記載に改めて目を向ける必要があると思われる。

蘇軾・(13)卞等々從來の學說が、「感時念父母」の一句にとらわれて、蔡邕の死後このような慨嘆をもらすのは矛盾だと主張したことに對し、黄嫣梨はこう述べる。(49)〈蔡琰は時に感じて父母を追念しているのであって、何かの時にふれて故人を追憶することはよくある。『史記』屈原列傳に「天は人の始め、父母は人の本。困苦が極まれば天に呼びかけ、痛み極まれば父母に呼びかけるのが常だ。」と言うのは人情である。まさか、父母が死んだらもう戀しがったり、聲をあげて呼びかけたりできないというのでもあるまい。いわんや、文藝創作は歷史實錄とは異なる。五言體の悲憤詩は、敍事詩だが詰まるところ文藝作品だ。言葉の配列上、「母親を念う」「家人を念う」より「父母を念う」の方がよい。〉

以上、黄嫣梨の意見は正鵠を射ているように思う。このような立場から、黄は、「悠悠三千里」の解釋についても、從前の研究者が、地理的な距離と合うのかどうか穿鑿してきたことに對して、必ずしも實際の距離を示すのではなく、「三千里」は距離の大きさを表す文學言語であると、例を擧げて考察している。

黄嫣梨は、〈「悲憤詩」は、敍事と抒情の緊密な結合が見られる。とりわけ五言詩は文人抒情詩の作法を消化し、また樂府の敍事詩にならっている。中國詩歌史上、「悲憤詩」と「焦仲卿妻」は敍事詩の雙璧である。〉と述べる。また

「悲憤詩」が二首とも、愛子と棄子の矛盾を描く點にも注目する。「感時念父母」という句を含めて、「悲憤詩」に通底する骨肉の情が、中國文學史上どのように表現されてきたか。それも「悲憤詩」をめぐる一つの新たな課題になろう。

（25）余志海「蔡琰五言《悲憤詩》的情感透視」（『陜西師大學報』二四―一、一九九五）

余志海は、五言の「悲憤詩」を蔡琰の作と見なす前提の上に、作品論を展開。「悲憤詩」における感情と創作の關係を分析する。

余志海は、詩人は、言い盡くしがたい痛苦の感情をもつ場合、作品中にそれを表現しないことがあると述べている。そしてたとえば、蔡琰が左賢王に嫁ぐ際の狀況は說明されず、「人俗少義理」という一句を述べるのみであると指摘している。參考にすべき意見だろう。（17）内田の項で言及したように、作品讀解の際に「何が書かれているか」だけでなく「何が書かれていないか」を考慮するべきであろう。

（26）冨谷至『ゴビに生きた男たち――李陵と蘇武』（白帝社、一九九四）

「悲憤詩」についての論著ではないが、注意を引く考察が、同書の「黄昏そして西域慕情」という章にある。

冨谷至は、『文選』巻四十一、李陵の「答蘇武書」を南朝宋の僞作とする論及の中で、「西域胡地を題材にした抒情詩、及び詩語が、東晉から宋にかけての間に結實していったと考えたい。」とし、その際、「悲憤詩」も史料として用いられたと述べる。冨谷至は、蘇軾以來の「悲憤詩」僞作說に左袒すると言い、范曄『後漢書』は、南朝にできあがっていた僞作の「悲憤詩」を蔡琰の列傳に配置したのではないかと推測している。ただし、「悲憤詩」を僞作とする根據について、蘇軾の說に觸れる以外何も示していない。また、蔡琰の居留地を「西域胡地」ではなく、河東平陽（山西省臨汾付近）とする史料への言及もない。

しかしながら、假に「悲憤詩」を後人の僞作と考えた場合、（16）岡村でもふれたが、それを生み出す晉宋前後の文學因襲・文學環境を考察すべきだと思う。その意味では、冨谷が、「悲憤詩」の形成を、西域胡地をめぐる詩的世界の發展と廣く關連させて論じるのは示唆的である。

（27）川合康三『中國の自傳文學』（創文社、一九九六）

中國の自傳文學を、西歐との對比を含め幅廣い射程から論じた同書の「V 詩の中の自傳」に、「悲憤詩」が取り上げられる。川合康三は、「悲憤詩」二首の眞僞に、今日も定說がないとし、作者が誰かという問題よりも、作品そのものがどのような性格を有するのかという點から「悲憤詩」の見直しを試みる。このような觀點は、（24）黄・（25）余が、一應「悲憤詩」を蔡琰作と見なした上で作品論に及ぶ立場とも異なっている。

川合は、詩が「古典文學ではすぐれて樣式化されていたもの」であることを確認する。そのことをふまえた上で、「悲憤詩」が「自傳」と見なしうるのかという問題提起をしている。さらに、この作品は、蔡琰の悲劇的人生を劇的・物語的に語っているが、それは女性の自立しえない時代に被る樣々な不幸というものを、蔡琰という具體的な女性の典型的人生によって語ったものだと指摘。そして、「悲憤詩」は自傳性よりも物語性が濃厚であり、「語り手の感情はあまりにも類型化していて、個としての性格が乏しい。」と述べる。

川合の一つの結論は、「悲憤詩」は作者の問題と切り離して、「蔡琰という實在の女性、その悲劇的人生を素材として組み立てられた物語詩、そう捉えるのが最も自然で無理がない。」というものである。このように、川合の論考は、眞僞論を前提とした舊來の「悲憤詩」研究の常套を乘り越える畫期性をもっている。「自傳」という新たな枠組みによりつつ、中國文學の大きな因襲の流れの中に作品を把捉する川合康三の試みは啓發的と言えよう。

川合は、同書の末尾で「典型への志向が強い中國では、差異化より類型化が有力に働き、自分という人間も類型の枠の中で認識しようとする。」と述べている。個性にまして典型化・類型化の著しい建安詩や樂府詩の因襲の中で「悲憤詩」を見たとき、蔡琰の人生とそれを描く詩的世界との閒にはある一定の距離を置くべきであろう。

しかしながら、たとえ女性が經驗するあまたの不幸の典型として蔡琰の人生が描かれているとしても、後漢末の政治社會狀況や南匈奴の動向を具體的に把握すること、それによって「悲憤詩」の理解をはかってきた從來の研究はなお意義をもっている。史傳と作品の關係をどう見るかは基本的課題であるが、「悲憤詩」の描く曲折に滿ちた人生は、後漢末時代の具體的史實の中に浮き彫りにされることもまた事實であろう。

小結

冒頭で述べたように、「悲憤詩」の理解には定論がなく、眞僞論と作品自體の捉え方の關係も複雜に絡み合っている。淺識を顧みず、從來の論考にくだくだしく檢討を加えた所以である。一九五〇年代以後本格化した、眞僞論を含む「悲憤詩」の論及は、必ずしも先行研究の批判的繼承の上に發展してきたとは言い難い。各論者の解釋や考察に重複が見られるのはそのためであろう。このように跛行的とも言いうる研究の狀況は、一九九〇年代に入り、舊來の考察の見直しや、テクストに內在する文學性の探求へと進展を見せ始めた。新たな研究の展望は今後に待つとして、「悲憤詩」の基本的理解について從來の論及をふまえ、最後に卑見を述べたい。

「悲憤詩」の眞僞論は、それぞれ上述したように、僞作說をとるものは總じて根據が薄弱である。眞作と論じる中では、(1)戴・(2)余・(8)劉・(19)鄭等の論證が妥當性をもつように思われる。[50] 特に(2)余と、それをふまえたと考えられる(19)鄭は、「悲憤詩」を理解する基本資料と言うべきであろう。[51] その理由および他の論考との比較は、閒々既述した通りである。僞作と結論した(17)內田も、論證自體は堅實で、むしろ「悲憤詩」に後漢末・南匈奴史をうかがう史料としての價値を認めている。同時代もしくは近接する時代の受容者・讀者であれば容易に了解するであろう、後漢末の政治社會狀況の中でもたらされた事件や悲劇的な體驗が、「悲憤詩」に詠み込まれているとすれば、そこに作者の別と關わりなく歷史の眞實が浮かび上がってこよう。眞作論に立ちかつ論證が妥當と思われる上記の論考も、曲折のある後漢末の歷史背景を詳細に把握していると言える。

大要まとめれば、蔡琰は初平三年（一九二）に陳留において、「東下」した董卓麾下の李傕・郭汜の軍により拉致され、「西の關に入り」長安に向かった。轉じて興平二年（一九五）に南匈奴左（あるいは右）賢王の部伍の手に渡り、「華と異なる」異境の地、南匈奴の河東平陽に入った。その後、（王ではなく）部伍中の者と婚姻し二子をもうける。興平二年（一九五）から十二年を經た建安十一・十二年（二〇六・二〇七）頃、曹操により贖い戻され漢地に戻り、更に「命を新人に託」して再婚した。その翻弄される境遇を作品に結晶させたのが五言體の「悲憤詩」であろう。騷體はその體驗の中から南匈奴での生活と子との別れをテーマに詠じている。

（2）余が示すような（實際の地理と詩的空間に齟齬を見る）騷體僞作論[52]について言えば、文學史の通說となっているが、そのことの檢證は十分にされていない。（19）鄭・（24）黃が明快に指摘しているように、「悲憤詩」は歷史記述と異なる文學言語であり、修辭や誇張を免れないこと、特に、敍事的な五言體と異なり騷體の「悲憤詩」は抒情性が濃い樣式であることに注意すべきであろう。

ただし、「悲憤詩」を蔡琰の作と認めるならば、創作者としての女性の位置づけを含め、それを後漢末・建安時代の文學史に組み込み直す作業が必要である。その序論的試みの一つが、小著、第三章（後漢末・建安文學の形成と「女性」）であった。また、假に僞作論を主張する場合は、前述したように、そのような僞作をもたらす晉宋の文學因襲まで廣く見渡すべきであろう。

さらに「悲憤詩」及び「蔡琰」がどう受容されたかを究明していくことも課題である。「胡笳十八拍」はその中で理解しうるものと考える。この課題については、次章（「悲憤詩」と「胡笳十八拍」――蔡琰テクストの變容――）で検討を進めたい。

以上、見落としや言及すべき論著の遺漏を恐れるが、本章は「悲憤詩」に關わる様々な課題を果たす前提として、その研究史を通覽した次第である。

注

（1）『後漢書』（中華書局、一九六五）巻八十四、列女傳、二八〇〇～二八〇三頁。
（2）論文の檢索は、『東洋學文獻類目』（人文科學研究協會、～二〇〇四）・『三國志研究要覽』（新人物往來社、一九九六）・『日本中國學會報』彙報（～二〇〇四）を參照。
（3）宋、胡仔撰、廖德明校點『苕溪漁隱叢話』（人民文學出版社、一九八一）前集巻一、三頁。
（4）同右、三・四頁。
（5）王先謙『後漢書集解』（中華書局、一九八四）巻八十四所引。十四葉右。
（6）『後漢書』巻八十九、南匈奴傳、二九六五頁。
（7）『三國志』（中華書局、一九八二）巻一、魏書、武帝紀、九頁。
（8）『後漢書』巻七十二、董卓傳、二三三二頁。
（9）『四庫全書』（上海古籍出版社、一九八七）子部、雜家類所收、第八六〇冊、三一四頁。
（10）『後漢書』巻七十二、董卓傳、二三三二頁。
（11）同右、二三三三頁。
（12）『後漢書』巻九、獻帝紀の記載によったと思われる。三七八頁。

(13)　同右、三七一頁。
(14)　『後漢書』巻七十一、朱儁傳、二三二二頁。
(15)　『資治通鑑』（中華書局、一九五六）巻六十、獻帝初平三年の條によれば、陳留縣が李傕・郭汜によって殺掠されたのは、初平三年正月。一九三一頁。
(16)　余冠英が用いたテクストは『仇池筆記』（百部叢書集成之三一『龍威祕書』〈藝文印書館、一九六八〉第四函所收）「僞作」六葉左。
(17)　胡應麟『詩藪』（中華書局、一九五九）外篇巻一、一二九頁。
(18)　許學夷『詩源辯體』（人民文學出版社、一九八七）巻三、六六頁。
(19)　人民文學出版社、一九五七、一一一・一一二頁。
(20)　『後漢書集解』巻八十四、十四葉右・左。
(21)　ただし、『後漢書』巻八十九、南匈奴傳は、建安元年（二九六五頁）、『後漢紀』（中華書局、二〇〇二）巻二十八、獻帝紀は、興平二年十二月のこととする（五四三・五四四頁）。
(22)　『後漢書』巻七十二、董卓傳、二三四〇頁。
(23)　『後漢書』巻八十九、南匈奴傳、二九六六頁。
(24)　『四庫全書』經部、書類所收、第六六册、二七〇頁。余冠英は巻五十下とするが巻五下の誤り。
(25)　徐震堮『世說新語校箋』（中華書局、一九八四）四四四頁。
(26)　『晉書』（中華書局、一九七四）巻三十四、羊祜傳、一〇一三頁。
(27)　『晉書』巻八十一、蔡豹傳、二一一一頁。
(28)　『後漢紀』巻二十八、獻帝紀、五三六～五三九頁。
(29)　『三國志』巻二十一、魏書、王粲傳、五九七頁。
(30)　『中國文學報』一三、一九六〇。

(31)『藝文類聚』(中文出版社、一九八〇)巻三十、人部十四「怨」、五四二頁。
(32)『資治通鑑』巻六十一、一九七八頁。
(33)『晉書』巻百一、載記、劉元海傳、二六四四・二六四五頁。
(34)內田吟風「魏晉時代の五部匈奴」(『北アジア史研究 匈奴篇』〈同朋舍、一九七五〉所收)は、建安十七年頃より曹魏政權が、南匈奴全體に影響力を及ぼしつつあったことを、曹操が陳琳に書かせた檄文「檄吳將校部曲文」(『文選』巻四十四)や、『三國志』巻十五、魏書、梁習傳の記載から推測している。しかしながら、それ以前の建安八年當時における曹操と南庭の南匈奴との關係を示す史料は見當たらない。
(35)『樂府詩集』(中華書局、一九七九)巻五十九、「胡笳十八拍」解題所引、八六〇頁。
(36)『中國歷史地圖集』(地圖出版社、一九八二)第二冊、四二・四三頁參照。
(37)作品テクストや文學史の考察をする場合、男女の性差(=作家が男性か女性か)に關わりなく「女性性」というものにも注意を拂うべきことについて、小著、第三章(後漢末・建安文學の形成と「女性」)でふれた。
(38)注(34)前揭書、二七一頁參照。
(39)『後漢書』巻六〇下、蔡邕傳、二〇〇六頁。
(40)同右、二〇〇二頁。
(41)『樂府詩集』巻五十九、「胡笳十八拍」解題所引、八六〇頁。ただし左賢王ではなく、「……在右賢王部伍中。」と記載される。
(42)郭沫若の戲曲「蔡文姬」(『郭沫若選集』〈人民文學出版社、一九八二〉第八巻所收)、顧銘新『蔡文姬全傳』(長春出版社、一九九七)は、蔡琰を左賢王の王妃としている。
(43)文學史書の中では、管雄『魏晉南北朝文學史論』(南京大學出版社、一九九八)、中國社會科學院文學研究所・徐公持編著『魏晉文學史』(人民文學出版社、一九九九)が、「悲憤詩」の眞僞論とそのあらましまで言及し、安易な「通說」に終わっていない。
(44)『藝文類聚』巻五十九、武部「戰伐」、一〇七〇頁。

（45）富永一登『文選李善注引書索引』（研文出版、一九九六）參照。そのうち五言體の句が七割、騷體の方が三割ほどをしめ、「胡笳十八拍」の句は引用されていない。『文選』李善注を見る限りの推測であるが、「胡笳十八拍」は六朝期のものからは、かけ離れた文學言語であったか、そもそも李善は「胡笳十八拍」を僞作と見なしていたか、あるいは李善注成立時に「胡笳十八拍」は存在していなかったか、いずれかの可能性が考えられる。

（46）胡本『李善注文選』（藝文印書館、一九七九）卷二十、七葉左。『文選』卷四十三、趙至「與嵆茂齊書」の「朝露啓暉、則身疲於遄征。」という句にも、同じ「蔡琰詩」の引用がなされる。十五葉右。

（47）同右、卷二十、十葉右。

（48）同右、卷五十九、二十三葉右。

（49）『史記』（中華書局、一九五九）卷八十四、屈原傳、二四八二頁。

（50）松本幸男『魏晉詩壇の研究』（朋友書店、一九九五）第二章「五言詩成立の諸問題」は、（1）戴の説に依據し、「悲憤詩」に論及する。一一四～一一六頁。

（51）兩者の「悲憤詩」解釋は、以下の注釋書に反映されている。余冠英『漢魏六朝詩選』（三聯書店、一九九三）二〇～二四頁。鄭文『漢詩選箋』（上海古籍出版社、一九八六）一四五～一五三頁。

（52）（19）鄭はふれないが、右揭注釋書では僞作と疑っている。

第十一章　「悲憤詩」と「胡笳十八拍」——蔡琰テクストの變容——

はじめに

「悲憤詩」と「胡笳十八拍」は、いずれも蔡琰が、後漢末の政治・社會の激變の中、南匈奴への拉致と歸國、子との生別という一女性としての悲劇を詠んだ作品と傳えられている。しかしながら兩作品は傳承テクスト、様式・表現、內容・思想等の様々な面において隔たりが大きい。

筆者は小著、前章で、『後漢書』所收「悲憤詩」に關する先行研究に檢討を加え、その問題點を考察するとともに、この作品を蔡琰の眞作と見なしうる蓋然性を探った。一方、北宋末の『樂府詩集』にテクストが殘される「胡笳十八拍」については、一九五〇年代末に眞僞をめぐって一大論爭が湧き上がったが、論爭自體は必ずしも決着をみていない[1]。現今の文學史書は、おおむね「悲憤詩」を蔡琰の制作と認めるのに對し、「胡笳十八拍」は僞作と見なしている。いずれにせよ、僞作と見なした時の傳承・受容の過程を含め、蔡琰「胡笳十八拍」については、依然檢討の餘地が殘されているように思われる。

しかし、そのような眞僞論に歸着させるだけでは、「悲憤詩」「胡笳十八拍」兩作品が様々な違いを示すその意義、所以を見失うことにならないだろうか。本章は、「悲憤詩」と「胡笳十八拍」の本質的な差異は何か、「胡笳十八拍」はどのように形成されたか、『後漢書』列女傳に收載されるテクストとしての「悲憤詩」の特質は何か、という諸問題をめぐり些か卑見を述べたい。

一　「悲憤詩」と「胡笳十八拍」の表現上の差異

看取しやすい特徴を擧げれば、「悲憤詩」[2]には、蔡琰が經驗した精神的・肉體的苦痛を示す感覺描寫が少なくない。「號泣」「悲吟」「感時」「哀嘆」「歡喜」といった一般的感情表現以外に、感覺描寫や身體表現が顯著に見られるのである。蔡琰作とされる「胡笳十八拍」と比較しつつ見てみよう。

卓衆來東下　　卓衆來りて東下し
金甲耀日光　　金甲は日光に耀く

「悲憤詩」の右の句は、董卓麾下の胡兵軍が侵攻してくる恐怖を詠む部分である。既成の感情表現ではなく、白日に照らし出された甲冑という視覺イメージによって、軍隊に殺略される直前の戰慄感が見事に表されていると言えよう。「胡笳十八拍」[3]で右に類するものは次のような句しか見あたらないが、やや説明的な描寫である。

人多暴猛兮如虺蛇　　人は暴猛多く虺蛇の如し
控弦被甲兮爲驕奢　　弦を控き甲を被り驕奢を爲す（第二拍）

敍事的スタイルかどうかという違いがあるにしても、「胡笳十八拍」は抽象的・説明的描寫が多い。「悲憤詩」の次の句は感覺表現ではないが、このような具體的描寫は「胡笳十八拍」には見られない。

斬截無孑遺　　斬截して孑遺無く
尸骸相牚拒　　尸骸相牚拒す

馬邊縣男頭　　馬邊に男頭を縣け
馬後載婦女　　馬後に婦女を載す

さらに、「悲憤詩」では以下の傍點部のように身體表現も目立っている。

還顧邈冥冥　　還顧すれば邈冥冥として
肝脾爲爛腐　　肝脾爲に爛腐す
……　　……
失意機微閒　　意を機微の閒に失へば
輒言斃降虜　　輒ち言う「斃降虜、
要當以亭刃　　要《ま》當《さ》に以て刃を亭むべし、
我曹不活汝　　我が曹は汝を活かさじ」と
豈復惜性命　　豈に復た性命を惜しまんや
不堪其詈罵　　其の詈罵に堪へず
或便加棰杖　　或は便ち棰杖を加へ
毒痛參幷下　　毒痛參じへ幷び下る

苦痛を表す内藏感覺や痛覺以外、注意したいのは「其の詈罵に堪へず」という句である。
このように聽覺から感受される精神的苦痛が詠まれる例は、次のように騷體の「悲憤詩」第二首にもある。

兒呼母兮號失聲　　兒は母を呼び號して聲を失ひ
我掩耳兮不忍聽　　我は耳を掩ひて聽くに忍びず

「悲憤詩」の以下の部分は母子離別の悲痛な場面であるが、感情表現だけでなく身體表現や感覺描寫が用いられている。

兒前抱我頸　　兒は前みて我が頸を抱き
問母欲何之　　問ふ「母は何くにか之かんと欲する
人言母當去　　人は言ふ『母は當に去るべし
豈復有還時　　豈に復た還る時有らんや』と
阿母常仁惻　　阿母は常に仁惻なるに
今何更不慈　　今何ぞ更に慈ならざる
我尚未成人　　我尚ほ未だ人と成らず
奈何不顧思　　奈何ぞ顧思せざるや」と
見此崩五內　　此を見て五內崩れ
恍惚生狂癡　　恍惚として狂癡を生ず
號泣手撫摩　　號泣して手撫摩し
當發復回疑　　發するに當たりて復た回疑す
兼有同時輩　　兼ねて同時の輩有り
相送告離別　　相送りて離別を告ぐ
慕我獨得歸　　我獨り歸るを得たるを慕ひ
哀叫聲摧裂　　哀叫して聲摧裂す

馬爲立踟躕　　馬は爲に立ちて踟躕し
車爲不轉轍　　車爲に轍を轉ぜず
觀者皆歔欷　　觀る者皆歔欷し
行路亦嗚咽　　行路亦嗚咽す
去去割情戀　　去り去りて情戀を割き
遄征日遐邁　　遄《すみ》やかに征きて日びに遐かに邁く
悠悠三千里　　悠悠たり三千里
何時復交會　　何れの時か復た交會せん
念我出腹子　　我が腹より出し子を念ひ
匈臆爲摧敗　　匈臆爲に摧敗す

苦痛を表す身體表現・臟器感覺は、「胡笳十八拍」にも見られないではないが、次の例のように紋切り型となっている。

雁飛高兮邈難尋　　雁の飛ぶこと高く邈かに尋ね難し
空斷腸兮思愔愔　　空しく斷腸　思い愔愔たり　（第五拍）
身歸國兮兒莫知隨　　身は國に歸りても兒は隨ふを知る莫し
心懸懸兮長如飢　　心懸懸として長《つね》に飢うるが如し　（第十四拍）
日東月西兮徒相望　　日は東し月は西して徒らに相望み
不得相隨兮空斷腸　　相隨ふを得ずして空しく斷腸　（第十六拍）

「胡笳十八拍」に見られる紋切り型表現に關して言えば、次のように『莊子』知北遊をそのまま引用する部分もある。

人生倏忽兮如白駒之過隙　　人生倏忽として白駒の隙を過ぐるが如し
然不得歡樂兮當我之盛年　　然るに歡樂を得ずして我の盛年に當たる（第九拍）

このように「胡笳十八拍」は、感情表現が類型的・抽象的であるのに對し、「悲憤詩」の方は、五感や身體の感覺を驅使して、作者が體驗した苦痛・恐怖や不快感を表現していると言えよう。[4]「悲憤詩」第二首の次のような例も、南匈奴の食物に對する臭覺・味覺の不快、言語・體格に對する違和感を端的に述べた句である。

人似禽兮食臭腥　　人は禽に似て臭腥を食らひ
言兜離兮狀窈停　　言は兜離して狀は窈停たり

一方、「胡笳十八拍」は、「悲憤詩」が感覺的に表すところを説明的にこう述べている。

氷霜凜凜兮身苦寒　　氷霜凜凜として身は苦寒し
飢對肉酪兮不能飡　　飢えて肉酪に對し飡《さん》する能はず（第六拍）

「胡笳十八拍」は、子供との別れの悲痛も重複して詠うが修辭上の工夫は見られない。[5] 次の部分は、先に引いた「悲憤詩」の親子離別の場面と對應する。

撫抱胡兒兮泣下沾衣　　胡兒を撫抱し泣下りて衣を沾す
漢使迎我兮四牡騑騑　　漢使我を迎へ四牡騑騑たり
號失聲兮誰得知　　號して聲を失へども誰か知るを得ん
與我生死兮逢此時　　我が生死を與にして此の時に逢ふ
愁爲子兮日無光輝　　愁ひは子の爲にして日に光輝無し

焉得羽翼兮將汝歸　　焉くにか羽翼を得て汝を將きて歸らん
一歩一遠兮足難移　　一歩一遠足は移し難し
魂消影絶兮恩愛遺　　魂消え影絶え恩愛遺る
十有三拍兮絃急調悲　　十有三拍絃急に調べ悲し
肝腸攪刺兮人莫我知　　肝腸攪刺して人の我を知る莫し（第十三拍）

右に擧げた末句が臓器感覺を用いるのは、「悲憤詩」と同じだが、全體を「悲憤詩」の相當部分と比較すると情景描寫に乏しく、抽象的な言い回しになっている。「悲憤詩」の方はさらに子供の母に對する訴えを引き出すことで、母親の痛切な感情をより浮き上がらせている。（以下詩賦作品は、一、二句のみを例示する場合、原文のみ引用し訓讀は省略する。）

以上、感覺的・身體的表現、母性の描出といった觀點から、「悲憤詩」と蔡琰作と傳えられる「胡笳十八拍」の、容易に看取できる差異を例示した。このような差異を、兩作品が敍事的か抒情的か、卽興的か否かといったスタイルの違いに起因させてしまうのは危險である。騷體の「悲憤詩」は、「胡笳十八拍」と同じく抒情的樣式とも見なしうるが、感覺・身體・母性の表現において、五言體「悲憤詩」と同じ特徴を持っている。先に引いた「人似禽兮食臭腥、言兜離兮狀窈停」、「兒呼母兮號失聲、我掩耳兮不忍聽」や、「追持我兮走煢煢、頓復起兮毀顏形（傍點部は顏を歪めて泣く仕種）」がその例句と言えよう。

さらに、五言・騷體の「悲憤詩」二首と、「胡笳十八拍」で歷然と異なるのは、兩作品の語彙の違いが示すような、漢朝や國家に對する意識である。すでに指摘されているように、「胡笳十八拍」では、「悲憤詩」には見えない「漢家」「漢國」「胡兒」「胡城」という字面が目立っている。[6] しかも、「胡笳十八拍」本文に見える、「漢祚」・「胡虜」・「漢國」・「胡城」・「漢音」・「胡風」・「胡人」・「漢家」・「漢使」・「胡兒」・「胡笳」「胡」・「漢」という用語は、いずれも漢・胡という對立の構圖を露わにしていると言える。たとえば、「漢祚衰」・「胡虜盛」（第一拍）、「越漢國兮入胡城」（第三拍）、「寄邊聲……得漢音」（第五拍）、「胡與漢兮異域殊風」（第十八拍）という對比的表現以外にも、「俗殊心異」・「嗜慾不同」（第四拍）、「邊聲四起」（第七拍）、「天無涯兮地無邊」（第九拍）等の異域・邊境描寫が多く、漢・胡＝中心・周緣の二元的世界が明示されている。

一方、以上に類する「悲憤詩」の語彙は、董卓の亂を描いた冒頭の「漢季」「胡羌」以外、蔡琰が南匈奴の居留地に拉致された後の描寫部分で「胡風」と述べるだけである。その部分の「邊荒與華異、人俗少義理。處所多霜雪、胡風春夏起。翩翩吹我衣、肅肅入我耳。」は、「悲憤詩」第一首で、唯一、塞外の情景が描かれているが、「悲憤詩」の全體は、漢・胡の對立を强調していない。第二首も、「羌蠻」「胡殿」「胡笳」以外、「漢」の文字は無い。

「胡笳十八拍」の塞外風景が、南匈奴の居留地河東平陽のそれと合致しないという指摘は多い(7)。だが、それ以上に問題なのは、「胡笳十八拍」に、「疆場征戰何時歇、殺氣朝朝衝塞門。」（第十拍）、「兩國交歡兮罷兵戈」（第十二拍）と描かれるような南匈奴の漢への侵攻と和戰という事實が、史料から見て存在しない點である。

先行研究では、このような時代背景の誤認を、「胡笳十八拍」僞作説の根據の一つとしてきた(8)。本章では、そのような眞僞論に歸着させるだけでなく、この作品が前面に打ち出している華夷の對立・排他意識から導かれる國家意識と、「悲憤詩」のそれとの食い違いに注目したい。

「悲憤詩」に唯一見られる「漢」の文字は、冒頭、「漢季失權柄、董卓亂天常」にあるが、「漢季」は漢末を指す。漢朝崩壞前にこのような表現は不可能とする主張に對し(9)、筆者はすでに小著、前章で反證を試みた。後漢末建安年間に沒した陳琳の「武軍賦」に、「漢季世之不辟、靑龍紀乎大荒。」という反例があり、「悲憤詩」を、漢魏禪讓後の制作もしくは僞作と判斷することはできない。「悲憤詩」の制作時期を假に蔡琰歸漢後の建安年間と考えても、「悲憤詩」に

「漢季」とあるのは、實質的に漢朝が崩壊し、曹操政權が確立していく時期であり、不自然な表現ではなかったと考えられる。たとえば曹操自身、「十二月己亥令」において、「遂に天下を蕩平し、主命を辱めざるは、天の漢室を助くと謂ふべく、人の力には非ざるなり。（遂蕩平天下、不辱主命、可謂天助漢室、非人力也。）」[10]と述べているが、これは漢朝の實質的瓦解を目前にした曹操の公式的發言であり、漢朝を贊美するものではない。建安文學における「漢」への言及は目立たないが、特に「胡笳十八拍」に表される漢・夷狄という對立の圖式や漢への國家意識は、曹操政權下の文學作品（曹植を除く）に讀み取ることは難しいと思われる。

二　「胡笳十八拍」作品群について

『樂府詩集』巻五十九は、「後漢・蔡琰」作と記される「胡笳十八拍」の直後に、唐、大暦の進士、劉商による「胡笳十八拍」を収録している[11]。前節では、心身の痛苦を表す身體、母性の表現や、華・夷の二元的世界に示される國家意識という觀點から、「悲憤詩」と、蔡琰作とされる「胡笳十八拍」の相違點を概括した。劉商「胡笳十八拍」は、「漢室」「中國」「漢月」「漢地」「漢家」「漢語」等の語彙や邊塞の情景描寫が多く、身體表現がほとんど見られない點で、蔡琰作とされる「胡笳十八拍」と同様の特徴をもつようである。

劉商「胡笳十八拍」は、母子離別の感情を詠み込みながら、「還鄉惜別兩難分、寧棄胡兒歸舊國。」（第十三拍）とも述べている。劉商の作品は、「胡兒」を棄てて「舊國」へ歸還する方を選ぶと詠んでおり、蔡琰作と稱される「胡笳十八拍」よりもさらに、「漢地」への思鄉が强調されていると言えよう。

「胡笳十八拍」の踏襲作には、他に北宋、王安石（一〇一九～一〇八六）の集句[12]がある。この作品は、蔡琰作とされる

「胡笳十八拍」と劉商のそれから（一部騷體「悲憤詩」から引用）部分的に詩句を引用しアレンジを加えたものである。下敷きとした「胡笳十八拍」兩作品に描かれる漢と邊境、母子離別の類型的表現がちりばめられ、王安石の集句と「悲憤詩」との閒にも、通稱蔡琰「胡笳十八拍」、劉商「胡笳十八拍」と同樣の差異を見ることができる。

さらに北宋の李綱（一〇八三～一一四〇）も「胡笳十八拍」の模擬作品を殘す。(13) その序文は以下のようである。

昔蔡琰作胡笳十八拍、後多倣之者。至王介甫集古人詩句爲之、辭尤麗縟悽婉、能道其情致過於創作。然此特一女子之故耳。靖康之事可爲萬世悲。暇日效其體集句、聊以寫無窮之哀云。(14)

昔蔡琰胡笳十八拍を作り、後に之に倣ふ者多し。王介甫の古人の詩句を集めて之を爲るに至りては、辭尤も麗縟悽婉、能く其の情致を道ひて創作に過ぎたり。然るに此れ特《ただ》に一女子の故なるのみ。靖康の事萬世の悲しみと爲すべし。暇日其の體に效ひて集句し、聊か以て無窮の哀しみを寫して云ふ。

李綱「胡笳十八拍」は、冒頭第一拍から、「四海十年兵を解かず、朝に降り夕べに叛く幽薊城。殺氣南行して天軸を動かし、犬戎も復た咸京に臨む。……（四海十年不解兵、朝降夕叛幽薊城。殺氣南行動天軸、犬戎也復臨咸京。(15)……）」と詠い始め、全篇、靖康の變に遭遇した亡國の悲哀を言う。この「胡笳十八拍」にもはや蔡琰の姿は無く、「悲憤詩」のように一女性の痛苦を表す身體表現も母子感情も一切詠まれていない。ただ李綱自身の憂國の情を詠みながら、中華と夷狄の對立の構圖を打ち出すことが全體の主題になっている。「悲憤詩」と「胡笳十八拍」作品群との懸隔は、特に宋金の敵對・抗爭を背景とする國家意識を前面に出した李綱「胡笳十八拍」に至り最も大きい。

さらに、南宋末、文天祥（一二三六～一二八二）も、「胡笳十八拍」をふまえ、十八拍からなる「胡笳曲」を殘している。その序文で、「亦た必ずしも一一琰の語を學ばざるなり。（亦不必一一學琰語也。(16)）」と述べるように、元の侵略に直面した文天祥自身の亡國、憂國の情を詠じる。その點で、文天祥「胡笳曲」も李綱「胡笳十八拍」の延長線上にあると言えよう。

このように蔡琰作と傳えられるものを含む「胡笳十八拍」作品群が、じつは、華夷の對立と國家意識をつよく滲ませている點で、「悲憤詩」と大きく隔たることが理解できるのである。では、「悲憤詩」と本質的な差異をもつ「胡笳十八拍」作品群がどのように形成されていったのか、その過程で蔡琰作とされる作品の眞僞を整理する必要があろう。

王安石は集句作品を殘しているので、蔡琰作と傳えられる「胡笳十八拍」を目にしていたことが確言できるが、劉商の場合はどうか。すでに劉大傑が指摘するように、[17]『樂府詩集』巻五十九、蔡琰「胡笳十八拍」題注に引く劉商「胡笳曲序」[18]や、明、胡震亨『唐音癸籤』樂通三、琴曲所引、劉商「胡笳十八拍」自序[19]は、「胡笳十八拍」（曲）の先行作品として「董庭蘭」「董生」の名を擧げるのみで、蔡琰には言及しない。

また劉大傑は、大曆の進士、劉商の親戚であり同時代の人、武元衡による『全唐文』所收「劉商郎中集序」にも、以下に掲げるように「早歳に及び胡笳詞十八拍を著す。……（及早歳著胡笳詞十八拍。……）」とあるが、蔡琰の「胡笳十八拍」に擬したと述べていないことを指摘する。[20]劉大傑の論じるように、劉商「胡笳十八拍」の成立に關し蔡琰作品への言及が見られないことは、蔡琰「胡笳十八拍」の眞僞を疑わせる問題點と言えよう。

開元年間の進士、李頎の「聽董大（上記、董庭蘭を指す）彈胡笳聲兼寄語弄房給事」に、「蔡女昔造胡笳聲、一彈一十有八拍。[21]」とあるが、劉大傑は、これを「琴師們的託古和附會」と考察している。[22]李頎の詩についてはなお後述したい。

武元衡「劉商郎中集序」は、次のように記している。[23]

及早歳著胡笳詞十八拍、出入沙塞之勤、崎嶇驚畏之患、亦云至矣。

早歳に胡笳詞十八拍を著すに及びては、出入沙塞の勤、崎嶇驚畏の患、亦た云に至れり。

この引用部分の傍點部に關して、劉大傑を始め先行の論考では特に言及していない。だが、小論では、武元衡が「出入沙塞」「崎嶇驚畏」こそ劉商「胡笳十八拍」の主旨と見ていたことに注目したい。本章で先述した「胡笳十八拍」作品群の特徴は、武元衡の發言に通じると言えよう。

さらに小論では新たな資料として、從來の通稱蔡琰「胡笳十八拍」に關する論考では見落とされていた、『雲笈七籤』巻百十三下に掲載される劉商傳の以下の冒頭部分に着目したい。(24)

劉商彭城人也。家於長安。好學强記、攻文。有胡笳十八拍。頗行於世、兒童婦女悉誦之。進士擢第、歷臺省爲郎中。

劉商は彭城の人なり。長安に家す。學を好みて强記、文を攻む。胡笳十八拍有り。頗る世に行はれ、兒童婦女悉く之を誦す。進士擢第し、臺省を歷て郎中と爲る。

この記載では、劉商「胡笳十八拍」の制作に際し、蔡琰作とされる「胡笳十八拍」に擬したことに觸れていない。劉商の作品が、「頗行於世、兒童婦女悉誦之。」と記されるほどに流行したというのが事實であれば、先行作品であるべき蔡琰の原作についても何らかの言及があってよいのではあるまいか。蔡琰の歷史故事を題材とした劉商「胡笳十八拍」が、女性・子供も暗誦するほどに廣い讀者を獲得したと述べられるが、その背景は何か。蔡琰「胡笳十八拍」の制作にふれる唐代の資料は現存しないが、劉商「胡笳十八拍」のような作品はどのように形成されたのか。それらの考察のために、蔡琰「胡笳十八拍」の受容史をやや幅を廣げて見わたす必要があろう。

三　僞作「蔡琰『胡笳十八拍』」の形成

蔡琰「胡笳十八拍」に關する記載は、唐代以前には見られない。[25] 少し廣げて「胡笳」と蔡琰をつなぐ用例を眺めると、先に引いた李頎の詩の「蔡女昔造胡笳聲」以外にも次のような句が散見できる。「明妃愁中漢使迴、蔡琰愁處胡笳哀。」[26]（顧況「劉禪奴彈琵琶歌」）、「蔡琰沒去造胡笳、蘇武歸來持漢節。」[27]（李益「塞下曲」）、「胡笳悲蔡琰、漢使泣明妃。」[28]（李敬方「太和公主還宮」）等。

右のように、「胡笳」が蔡琰との類縁關係で詩に詠み込まれる時の「胡笳」のもつ含意はどのようなものか。少し振り返ってみよう。「胡笳」は、蔡琰自身、騷體の「悲憤詩」で、「胡笳動兮邊馬鳴、孤雁歸兮聲嚶嚶。」と詠んでいる。李陵「答蘇武書」（おおむね僞作と見なされているが）に、「胡笳互動、牧馬悲鳴。」とあり、その李善注は、「杜摯の笳賦の序に曰く、笳とは李伯陽西戎に入りて作る所なり、と。傅玄の笳賦の序に曰く、吹葉聲を爲す、と。（杜摯笳賦序曰、笳者李伯陽入西戎所作也。傅玄笳賦序曰、吹葉爲聲。[29]）」と述べる。また虞羲「詠霍將軍北伐」に、「胡笳關下思、羌笛隴頭鳴。[30]」と詠まれ、『晉書』劉琨傳には、「中夜に胡笳を奏し、賊又流涕歔欷す。（中夜奏胡笳、賊又流涕歔欷。[31]）」と記される。これらの器樂としての「胡笳」は、同時に邊塞をイメージさせる詩語として働いていると言えよう。

このような詩的イメージを含意する「胡笳」は、唐代に入り、「夜聽胡笳折楊柳」[32]（王翰「涼州詞」）・「羌笛胡笳不用吹」[33]（孟浩然「涼州詞」）・「君不聞胡笳聲最悲」[34]（岑參「胡笳歌送顏眞卿使赴河隴」）等、邊塞詩の句をはじめ詩語として數多く用いられている。[35] また、韓愈「上襄陽于相公書」は、「伏して蒙り示さるる文武順聖樂の辭、天保樂の詩、蔡琰胡笳辭を讀むの詩、……（伏蒙示文武順聖樂辭、天保樂詩、讀蔡琰胡笳辭詩、……[36]）」と述べ、于頔が「蔡琰胡笳辭」を讀み、それをふまえて「蔡琰胡笳辭詩」を制作したことを記している。この「胡笳辭」が騷體の「悲憤詩」なのか「胡笳十八拍」なのか、あるいは他に蔡琰作と傳承された詩なのか、具體的に何を指すかは特定できない。しかし少なくとも唐、韓愈の頃には、蔡琰と「胡笳」を結びつけて見る觀念が生じていたと言えよう。

このように「胡笳」は、邊塞詩のモチーフとも連なる詩的イメージとして、時には蔡琰と密接に關連づけられつつ六朝・唐と結晶化していった。一方、樂曲としての「胡笳」も、南朝以來の「胡笳曲」として『樂府詩集』琴曲歌辭に收められている。ただし、蔡琰が「十八拍」の胡笳聲（樂曲であり歌詞ではない）を作ったとする傳承は、先述した李頎「聽董大彈胡笳聲兼寄語弄房給事」の「蔡女昔造胡笳聲、一彈一十有八拍。」とある句が、唐代に唯一見られるものである。

要するに、詩的含意をもつ「胡笳」とは別に、蔡琰と詩歌としての「胡笳十八拍」を直接結びつける資料は六朝・唐代には存在しない。蔡琰が「胡笳十八拍」の曲を制作したという資料は、北宋末の『樂府詩集』巻五十九、琴曲歌辭の後漢・蔡琰「胡笳十八拍」題注に引く「琴集」の、「大胡笳十八拍、小胡笳十八拍、竝蔡琰作。」とする記載が最初である。(37)

先述したように王安石は、郭茂倩『樂府詩集』の編纂以前に、蔡琰作とされる句を引用した集句「胡笳十八拍」を殘しているが、蔡琰「胡笳十八拍」を掲載した資料は『樂府詩集』巻五十九、琴曲歌辭以前には皆無である。

蔡琰「胡笳十八拍」の眞僞論は、現行の文學史書がほぼ僞作と認めており、本章はそれに新知見を加えるものではないが、今一度僞作説の主旨を振り返ってみたい。蔡琰『胡笳十八拍』僞作説において依據すべき論究は多いが、中でも劉大傑の「關於蔡琰的《胡笳十八拍》」、「再談《胡笳十八拍》」は、僞作説を展開した基本研究と思われる。劉論文の詳密な考證過程は省略するが、要點を列擧・整理すれば次のようになる。(38)

（1）○唐代までの文獻に蔡琰「胡笳十八拍」に關する言及がない。○劉商は董庭蘭の「十八拍」琴譜に配し、最初に歌詞を付けた。○宋代以後の文獻で、「胡笳十八拍」について劉商・董庭蘭のことを述べながら蔡琰に言及しないものがある。○宋以後も、蔡琰「胡笳十八拍」を僞作と見る論述が目立つ。

（2）○風格・體裁が東漢の詩賦と合わない。○地理環境が、實際と合わない。
（3）○曲名としての「拍」は、隋に始まり唐に盛行する。
（4）○蔡琰「胡笳十八拍」は複雜で洗練されており、思想・藝術性の水準が劉商の作品より高い。○蔡琰「胡笳十八拍」は、劉商「胡笳十八拍」より後の作品であろう。

以上の論旨の細部は、なお考察の餘地を殘すが、本章は、劉大傑の考察をおおむね是としたい。特に（4）の要旨は、蔡琰「胡笳十八拍」の形成を探る上で、明確な立場を示しており注目すべきと思われる。そこで本節では、劉論文をふまえつつ、劉商「胡笳十八拍」の形成について少々檢討を加えてみたい。

蔡琰「胡笳十八拍」が劉商のそれより複雜で洗練されているという劉大傑の主張は、こうである。(39)〈劉商の「胡笳十八拍」はおおむね毎拍八句七言で形式が整い、文字も典雅である。それに對し蔡琰作とされる方は、劉商作より全體の字數がはるかに多く、毎拍、六句三拍・八句六拍・十句七拍等々、形式が複雜であり通俗的な表現が目立つ。蔡琰作とされる「胡笳十八拍」は、劉商のものが「詩人配樂之作」であるのに比べ、民間から生まれ更に修改・加工を經たためスタイルが不統一な「集體性」をもつという點で「市民文學」の特徵を反映している。蔡琰作とされる「胡笳十八拍」の歌辭は、實際歌われたもので、劉商「胡笳十八拍」の基礎の上にもたらされたと見なせる。(40)〉

本節において、さらに劉商「胡笳十八拍」といわゆる蔡琰「胡笳十八拍」を比較するならば、前述したように、劉商作品は、同樣に母子離別の感情を詠み込みながら、「還鄉惜別兩難分、寧棄胡兒歸舊國。」（第十三拍）とも述べ、「胡兒」よりも「舊國」への歸屬意識の方が明言されている點を注視したい。

蔡琰のテクストにおいて最も悲痛を覺えるのは、母子離別の描寫であるが、その部分を含む兩作品を比較してみよう。

蔡琰「胡笳十八拍」（第十三拍）

撫抱胡兒兮泣下沾衣　　胡兒を撫抱し泣下りて衣を沾す
漢使迎我兮四牡騑騑　　漢使我を迎え四牡騑騑たり
號失聲兮誰得知　　號して聲を失へども誰か知るを得ん
與我生死兮逢此時　　我が生死を與にして此の時に逢ふ
愁爲子兮日無光輝　　愁ひは子の爲にして日に光輝無し
焉得羽翼兮將汝歸　　焉くにか羽翼を得て汝を將きて歸らん
一步一遠兮足難移　　一步一遠足は移し難し
魂消影絕兮恩愛遺　　魂消え影絕え恩愛遺る

劉商「胡笳十八拍」（第十三拍）

童稚牽衣雙在側　　童稚衣を牽きて雙ながら側に在り
將來不可留又憶　　將來留めて又た憶ふべからず
還鄉惜別兩難分　　鄉に還ると別れを惜しむと兩つながら分かち難し
寧棄胡兒歸舊國　　寧ろ胡兒を棄てて舊國に歸らん
山川萬里復邊戍　　山川萬里復た邊戍
背面無由得消息　　面を背けば消息を得るに由し無し
淚痕滿面對殘陽　　淚痕滿面殘陽に對し
終日依依向南北　　終日依依として南北に向かふ

劉商の作品は、歸鄉と子との離別に引き裂かれる感情を詠んでいるが、「惜別」という言葉からもわかるように、諦念の方がつよい。蔡琰作とされる方は、冗長ではあるが我が子との生別の悲痛な思いを詠み連ね、劉商のものよりも、より母子の情を率直に表現している[41]。兩作品の優劣を單純に比較することは難しいが、「舊國」への歸屬意識や母子の情の表現において看過できない違いを示している。劉大傑の論證を補足すれば、このような違いは、蔡琰に假託した「胡笳十八拍」の方は、劉商作品の制作以後に僞作されたものと考えると理解しやすいのではないか。すなわち、劉商「胡笳十八拍」を踏襲しつつ、より蔡琰という主體とその母子の情に立って變改を加えたのが、作者を蔡琰の名に假託した「胡笳十八拍」ではないかと考えられるのである。

從前の研究では引用されなかった、『雲笈七籤』巻百十三下に掲載される劉商の傳記の一部、「劉商彭城人也。家於長安。好學强記、攻文。有胡笳十八拍。頗行於世、兒童婦女悉誦之。進士擢第、歴臺省爲郎中。」をもう一度見てみよう。

武元衡「劉商郎中集序」には、「及早歳著胡笳詞十八拍」とあり、劉商が「胡笳十八拍」を制作したのは、進士登第前の若年の頃と記録される。『雲笈七籤』の記載によれば、「胡笳十八拍」は「兒童婦女」等、民衆間にも廣く流行したと言う。推察すれば、前述したように樂曲としての胡笳曲の發展と、詩的イメージとしての胡笳と蔡琰の結びつきが劉商「胡笳十八拍」成立の一つの前提となっていたと考えられる。

さらに、六朝時代にはほとんど見られなかった蔡琰像の形成が、唐代に入り進んでいったことも確認しておきたい。「胡笳」と蔡琰の類縁關係の確立以外にも、たとえば次のように歴史故事としての蔡琰を詠むテクストが登場する。「蔡女煙沙漠北深[42]」（楊巨源「冬夜陪丘侍御先輩聽崔校書彈琴」）、「蔡女沒胡塵[43]」（陳子昂「居延海樹聞鶯同作」）、「魏公懷舊嫁文姫[44]」（舒元輿「贈李翺」）、「蔡琰歸梳兩鬢絲[45]」（徐夤「愁」）、「蔡琰辨琴[46]」（李瀚「蒙求」）等々。

以上のような蔡琰像の傳承・形成をふまえた上で、劉商は、漢家と夷狄の對立・抗爭のはざまで運命に翻弄される女性の姿を、「胡笳十八拍」として提出した。武元衡「劉商郎中集序」が言う「出入沙塞之勤、崎嶇驚畏之患」とは、劉商「胡笳十八拍」が、蔡琰の悲劇以上に、それによって象徴される邊防の困難や外夷の脅威の方を新たな主題としていたことを意味している。

『雲笈七籤』記載の劉商の傳記に述べられるように、「胡笳十八拍」という新しい歌謡は、蔡琰という一女性の悲劇的人生を歌い上げて、劉商當時の女性達に共感・支持を呼び起こしたのであろう。さらに言えば、「胡笳十八拍」は、武元衡「劉商郎中集序」が記すように劉商早歳の頃、また『雲笈七籤』が述べるように進士登第以前に制作されたようである。そうであればこそ、邊境の詩的イメージと華夷の對立が喚起する國家意識が、青年の情感とともに詠み込まれることになったのではないだろうか。劉商の青年時、安史の亂前後の唐朝は、もとより周邊諸民族の勢力臺頭、異民族の集結、侵攻が進んだ時代である。華夷の嚴しい對立が引き起こす國家意識の高まりの中で制作された「胡笳十八拍」は、その內容からして民衆の感情を刺激するものであったことは想像に難くない。

だが、もし假に、內容、表現がより複雜・精細と見なされる蔡琰「胡笳十八拍」が、劉商の時代にすでに存在していたのならば、劉商「胡笳十八拍」はそれほどの讀者・聽衆の支持を得られなかったのではないだろうか。劉商の作品が蔡琰「胡笳十八拍」の摸擬作であれば、むしろ蔡琰原作の二番煎じと受け止められる可能性すらある。

以上、劉論文に補足を加えつつ、「胡笳十八拍」について卑見を述べた。先述したような、「悲憤詩」と「胡笳十八拍」の間に横たわる樣式・表現、內容・思想の樣々な食い違いは、兩作品の制作された時代の隔たり（＝眞作・僞作の違い）という根本的な差異をも含んでいると考えられる。このような兩作品の差異は、後漢末・建安時代と、唐・大曆の劉商以後、宋以前の文學的因襲の差でもあろう。次節では、『後漢書』所收テクストとして見る「悲憤詩」の性質を改めて眺めてみたい。

四　『後漢書』列女傳所收「悲憤詩」における「家」と「孝」

個人が受けた苦痛をどう描いているかという點を中心に、「悲憤詩」の身體表現の特質を「胡笳十八拍」との比較において既述した。もう一點見過ごすわけにいかないのは、「悲憤詩」が、「父母」「骨肉」「兒」「家人」「新人」「宗族」「門戶」といった言葉に集約されるように、「家」に對する觀念を詠み込んでいることだ。「胡笳十八拍」の方は、劉商の作品、蔡琰の名を冠した作とも、「漢家」「漢國」への歸屬意識の方がつよく、子供への情愛表現以外、そのような「家」にまつわる觀念は希薄である。

既に觸れた母子離別の部分は省略し、「悲憤詩」を例示してみよう。

感時念父母　　時に感じて父母を念ひ
哀歎無窮已　　哀歎窮まり已むこと無し
有客從外來　　客有り外從り來れば
聞之常歡喜　　之を聞きて常に歡喜す
迎問其消息　　迎へて其の消息を問ふに
輒復非郷里　　輒ち復た郷里に非ず
邂逅徼時願　　徼時の願ひに邂逅し
骨肉來迎己　　骨肉來りて己を迎ふ

……
既至家人盡　　既に至れば家人盡き
又復無中外　　又た復た中外無し
……
煢煢對孤景　　煢煢として孤景に對し
怛咤糜肝肺　　怛咤肝肺を糜らす
……
託命於新人　　命を新たなる人に託して
竭心自勗厲　　心を竭くして自ら勗め厲ます
流離成鄙賤　　流離して鄙賤と成り
常恐復捐廢　　常に復た捐廢せられんことを恐る
……

一見すると、右の敍述は肉親への思慕、孤獨感や再嫁への不安に過ぎないようである。だが「家」から切り離された女性の悲劇を詠う「悲憤詩」には、裏を返せば、「家」を繫ぎ、存續させようとする女性の「孝」の観念が反映しているとも言える。騒體「悲憤詩」において、蔡琰は自分の不幸を次のように、「宗族」「門戶」の衰滅から述べ始めている。

嗟薄祜兮遭世患　　嗟薄祜にして世患《ひと》に遭ひ
宗族殄兮門戶單　　宗族殄びて門戶單つなり

下見隆雄の詳論する所によれば、「母・妻・娘は、子・夫・父の存立や名譽の基盤を支援して孝を養成する存在」でもあった(47)。家門の繼承を重大視する「孝」は、儒教社會において女性が守り傳えるべき樞要な觀念であったと言えよう。

「悲憤詩」が掲載されるテクストは、『後漢書』列女傳であることを思い起こしたい。『後漢書』列女傳は、「哲婦隆家人之道」「貞女亮明白之節(48)」を篇述するが、董祀妻傳には、次のような事跡が記される。○歸漢して再嫁した夫、董祀が死罪にあたる法を犯したのに對し、曹操に特赦を願いその罪を救った。○曹操の命に應じ、父、蔡邕の殘した藏書で暗誦しうるものを書き記した。○その際、「男女之別、禮不親授。」と述べて官吏による同座、書寫を斷った。

蔡邕は女訓書（「女誡」「女訓」）を殘しているが、その教導を受けたであろう蔡琰の右に擧げたような行動・履歴は、まぎれもなく儒教倫理の實踐者としてのそれであろう。

そもそも曹操が、蔡琰を南匈奴から贖って漢地に連れ戻し、董祀に再嫁させたのは、知友の蔡邕に跡繼ぎが無いことを痛んだからであった。また、蔡邕の學問・諸藝を含む後繼者としての蔡琰像も、後世様々に傳承されている(49)。このように、父親の血脈を後代に引き繼ぎ、父への「孝」を示す蔡琰は、また、夫、董祀を命を賭して守り門戸を繼承せしめる妻でもあった。蔡琰は後世、『史通』で批判されるように(50)、再嫁を重ねた經歴から不義と評されることがあるが、蔡琰の行動から、下見隆雄の論究するように家・門戸を繼承する「孝」の實踐者としての姿を見出すことができよう。

このような『後漢書』列女傳、董祀妻傳のコンテクストの中で、蔡琰による、同傳所收「悲憤詩」の制作を捉え直してみたい。「感時念父母、哀歎無窮已。」、「既至家人盡、又復無中外。」、「託命於新人、竭心自勗厲。」、「嗟薄祜兮遭世患、宗族殄兮門戶單。」と詠う蔡琰は、儒教社會の中で、家や門戶、血族の繫がりを希求する女性の典型的姿をも描き出していると言えるのではないだろうか。

小結

眞作・僞作を問わず蔡琰を詩的主體とするテクストを、假に一括して「蔡琰テクスト」と呼んでおきたい。冒頭で述べたように、問題を蔡琰テクストの眞僞論に歸着させるだけでなく、テクストの閒に横たわる變容の跡を追うことが、本章の目的の一つであった。『後漢書』所載の蔡琰自作と認められる「悲憤詩」と、『樂府詩集』巻五十九所收のテクストを嚆矢とする「蔡琰」・劉商の「胡笳十八拍」を比較し、さらに王安石等の摸擬作品を參照することで、蔡琰テクストの變容の一側面を眺めた次第である。

蔡琰「悲憤詩」の中心テーマは、南匈奴への拉致・漢土への歸還という酷烈な體驗、そして母子離別の悲劇と言える。一方、前述したように、「蔡琰」・劉商と王安石等の集句・摸擬作を含む「胡笳十八拍」作品群は、そのような一女性の痛苦以上に、排外的な蠻夷觀に基づいた國家意識を詠いあげることの方に重點を置いている。その一端に過ぎないが、既述した以上の論旨について、あえて圖式化してみよう。

蔡琰「悲憤詩」	＝子（胡兒）↕	母・家（孝）	〈女性の身體・苦痛表現〉
	←	←	←
「胡笳十八拍」作品群	＝胡（夷）↕	漢・國（華）	〈國家の戰爭・外夷描寫〉

單純化して言えば、右の圖のように、「悲憤詩」は、胡兒と引き離される母（＝家門を守り繼承する者）を詠んでいた。それに對し、「胡笳十八拍」作品群の方は、胡兒と母が分斷される關係から胡と漢の對立關係（＝華夷の對立）へ、作品主題がずれていったと言えよう。母性の描寫や女性の身體・苦痛表現において、「蔡琰テクスト」にずれが見られるのも、そのことに關連しているのである。

本章ではさらに、劉大傑の論考に補足を加えつつ、蔡琰「胡笳十八拍」の眞僞問題についても一應の判斷を試みた。劉大傑の論究をふまえつつ、さらに小論における考察を結論づけるならば、次のような次第になろう。

（1）大曆の進士、劉商は、進士及第前の青年時代に「胡笳十八拍」の歌詞を初めて制作した。劉商「胡笳十八拍」は、女性・子供も暗誦するほど世間に流行した。

（2）劉商の後、時を經て、[51]蔡琰に擬した「胡笳十八拍」が制作された。蔡琰に假託しただけに、僞作「胡笳十八拍」は劉商の作品より、母性の視點をより意識した表現を有している。その後、僞作「胡笳十八拍」が蔡琰の作として傳承され始めた。

（3）北宋の王安石は、蔡琰の僞作・劉商の作品をふまえ集句「胡笳十八拍」を殘した。また王安石の後、北宋、李綱は、「昔蔡琰作胡笳十八拍、後多倣之者、至王介甫集古人詩句爲之、辭尤麗縟悽婉……」と述べて「胡笳十八拍」を作るが、それはもはや、靖康の變に遭遇した亡國の悲哀を詠うものに大きく變貌していた。李綱が、「後多倣之者」と述べるように、王安石以前にも「胡笳十八拍」を模擬した作品が多く生まれていたのであろう。李綱作品の延長線上に、文天祥も蔡琰の主題と關わりなく、「胡笳曲」十八拍を作った。

（4）李綱の摸擬作のやや以前、現存する最も早い時期のテクストとして、蔡琰「胡笳十八拍」および劉商「胡笳十八拍」が、郭茂倩『樂府詩集』巻五十九、琴曲歌辭三に收載された。

「胡笳十八拍」眞僞論に關して言えば、先に考察した「蔡琰テクスト」における様々な表現上の明白な差異も、蔡琰「胡笳十八拍」を僞作と疑わせる一根據となるだろう。ただし、劉商の作品と蔡琰の僞作テクストが制作された先後關係については、なお検討の餘地があろう。そのような細部の考證とともに、後漢末・建安時代から劉宋の『後漢書』編纂を經て、唐宋間へと蔡琰テクストに變容をもたらした、大きな文學因襲の流れや變化を見ていくことも大きな課題として殘されている。

建安文學に端を發する「蔡琰テクスト」の變容は、蔡琰像が、一女性の悲境から國家の悲劇の象徴へと變わっていくことでもあった。劉商「胡笳十八拍」について、「頗行於世、兒童婦女悉誦之。」（『雲笈七籤』所載）と記されることと、そのような蔡琰像の變容はどう關係しているのか。「胡笳十八拍」のように、個人の悲劇にもまして華夷の對立や國家意識が喚起される作品は、他にどのように受容され流通していったのか。

本章は、建安文學の展開と受容を見る一試論でもある。同時に、右のような課題を射程に入れた考察の端緒にも位置づけられよう。

注

（1）『胡笳十八拍討論集』（中華書局、一九五九）所收論文、入矢義高「『胡笳十八拍』論爭」（『中國文學報』一三、一九六〇）參照。

（2）『後漢書』（中華書局、一九六五）巻八十四、列女傳、董祀妻傳、二八〇〇〜二八〇三頁。

（3）『楚辭後語』（百部叢書集成之七五『古逸叢書』〈藝文印書館、一九六五〉所收）巻三、九葉左〜十二葉左。

（4）內田吟風「いわゆる蔡琰悲憤詩について——匈奴史の一資料として——」（『史窗』三七、一九八〇）は、「言兜離兮狀窈停」の「窈停」に注目し、匈奴人の身體について、背が高く白皙・美好であったと述べている。四頁。

（5）胡國瑞「關於蔡琰《胡笳十八拍》的眞僞問題」（『胡笳十八拍討論集』所收）は、母子の情愛描寫において「悲憤詩」が「胡笳十八拍」より優れる點を論じている。二〇〇～二〇二頁。

（6）譚其驤「蔡文姬的生平及其作品」（『胡笳十八拍討論集』所收）二五三頁、黄嫣梨『漢代婦女文學五家研究』第六章「蔡琰」（河南大學出版社、一九九三）一四六頁、參照。

（7）『胡笳十八拍討論集』所收の李鼎文「胡笳十八拍是蔡文姬作的」、王先進「根據蔡琰歷史論蔡琰作品眞僞問題」、譚其驤「蔡文姬的生平及其作品」、劉大傑「關於蔡琰的《胡笳十八拍》」等。

（8）『胡笳十八拍討論集』所收の李鼎文「胡笳十八拍是蔡文姬作的」、王達津「《胡笳十八拍》非蔡琰作補證」、胡國瑞「關於蔡琰《胡笳十八拍》的眞僞問題」等。

（9）蔡義江「史載蔡琰《悲憤詩》是晉宋人的僞作」（『北方論叢』一九八三―六）五五頁。

（10）『三國志』（中華書局、一九八二）卷一、魏書、武帝記注引『魏武故事』所載、三二～三四頁。

（11）『樂府詩集』（中華書局、一九七九）卷五十九、八六六～八六九頁。

（12）『王安石全集』（上海古籍出版社、一九九九）卷八十、集句歌曲、六一九～六二一頁。

（13）郭沫若「四談蔡琰文姫《胡笳十八拍》」（『胡笳十八拍討論集』所收）は、李綱が、蔡琰「胡笳十八拍」を眞作と見なしたことを説くための資料として、李綱「胡笳十八拍」を取り上げる。三〇頁。

（14）『梁谿集』（『四庫全書』〈上海古籍出版社、一九八七〉集部、別集類所收）卷二十一、第一一二五冊、六八八頁。

（15）同右。

（16）『文天祥全集』（北京市中國書店、一九八五、世界書局一九三六年版影印）卷十四、「指南後錄」卷三、三七〇頁。

（17）劉大傑「關於蔡琰的《胡笳十八拍》」（『胡笳十八拍討論集』所收）一四三～一四六頁。

（18）『樂府詩集』卷五十九、八六〇・八六一頁。劉大傑の説くように劉商「胡笳十八拍」の最後の句に「哀情盡在胡笳曲」とあるから「胡笳曲」＝「胡笳十八拍」と見なせよう。

（19）胡震亨『唐音癸籤』（古典文學出版社、一九五七）卷十四、樂通三、琴曲、一二一頁。

(20) 劉大傑「再談《胡笳十八拍》」（『胡笳十八拍討論集』所収）一六六・一六七頁。
(21) 『全唐詩』（中華書局、一九六〇）巻百三十三、一三五七頁。
(22) 劉大傑注（20）前掲論文、一六二・一六三頁。
(23) 『全唐文新篇』（吉林文史出版社、二〇〇〇）巻五百三十一、六一七〇頁。
(24) 『雲笈七籤』（華夏出版社、一九九六）巻百十三下、紀傳部、傳、七一〇・七一一頁。
(25) たとえば、『文選』李善注に「悲憤詩」は見出せるが、「胡笳十八拍」は引用されていない。小著、第十章、注（45）參照。
(26) 『全唐詩』巻二百六十五、二九四七頁。
(27) 『全唐詩』巻二百八十三、三二二四頁。
(28) 『全唐詩』巻五百八、五七七五頁。
(29) 胡本『李善注文選』（藝文印書館、一九七九）、巻四十一、二葉右。
(30) 『文選』巻二十一、二〇葉左。
(31) 『晉書』（中華書局、一九七四）巻六十二、劉琨傳、一六九〇頁。
(32) 『全唐詩』巻百五十六、一六〇五頁。
(33) 『全唐詩』巻百六十、一六六八頁。
(34) 『全唐詩』巻百九十九、二〇五三頁。
(35) 『全唐詩』に五〇例ほど見られる。中央研究院《漢籍電子文獻・瀚典全文檢索系統》參照。
(36) 馬其昶『韓昌黎文集校注』（上海古籍出版社、一九八六）巻二、八五頁。
(37) 『樂府詩集』巻五十九、八六一頁。
(38) 劉大傑注（17）・（20）前掲論文參照。
(39) 劉大傑注（20）前掲論文、一六八頁。
(40) 胡國瑞注（5）前掲論文は、蔡琰作とされる「胡笳十八拍」は、蔡琰の騷體「悲憤詩」を敷衍・擴大したものに過ぎないと考察している。一九六～二〇三頁。

(41) 岡村貞雄「蔡琰の作品の眞僞」『古樂府の起源と繼承』（白帝社、二〇〇〇）第三章「蔡琰」に、蔡琰と劉商の「胡笳十八拍」における、母の子への愛情表現を比較し、蔡琰作と傳えられる作品の方が優れていることを論じている。一二六～一三〇頁。

(42)『全唐詩』巻三百三十三、三七二九頁。

(43)『全唐詩』巻八十四、九〇五頁。

(44)『全唐詩』巻四百八十九、五五四八頁。

(45)『全唐詩』巻七百十、八一七六頁。

(46)『全唐詩』巻八百八十一、九九六三頁。

(47) 下見隆雄『孝と母性のメカニズム』（研文出版社、一九九七）Ⅳ「母・妻・娘における母性實踐の諸相」二八一頁。

(48)『後漢書』巻八十四、列女傳、二七八一頁。

(49)『後漢書』巻八十四、列女傳、董祀妻傳注引、劉昭「幼童傳」（二八〇〇頁）等。

(50)『史通』（『史通通釋』〈上海古籍出版社、一九七八〉）巻八、人物は、「董祀妻蔡氏、載誕胡子、受辱虜庭、文詞有餘、節概不足、此則言行相乖者也。」と評する。二三八頁。

(51) 劉大傑によれば、晩唐、拍彈（身振り手振りを交えた歌唱）が流行した時代。注(20)前掲論文、一六七・一六八頁。

附章　嵇康の「述志詩」——建安文學の集成として——

はじめに

三國時代、魏の嵇康（字は叔夜、二二三〜二六二）に、「述志詩」[1]と題される詩二首がある。嵇康詩の中でもとりわけ直截に、世俗社會を超越しようとする意志の力が詠いあげられている作品である。この「述志詩」二首は、正始の詩人、嵇康という枠を越えて、後漢末三國時代に特有な詩作品の一類型として促えることができるように思われる。またそれは、正始に連接する建安文學の様々なテクストが織り込まれた作品でもある。小論では、嗣承する先行作品、さらに左思・陶淵明の詩や遊仙詩、「幽憤詩」などをも見わたしながら、以下に、建安文學の一つの集成とも見なしうる嵇康「述志詩」について探ってみたい。

一　「述志詩」第一首について

述志詩　第一首[2]

1 潛龍育神軀　潛龍は神軀を育て
濯鱗戲蘭池　鱗を濯ひて蘭池に戲る

延頸慕大庭
寢足俟皇羲
5慶雲未垂景
盤桓朝陽陂
悠悠非我匹
疇肯應俗宜
殊類難徧周
鄙議紛流離
11轗軻丁悔吝
雅志不得施
耕耨感甯越
馬席激張儀
15逝將離羣侶
杖策追洪崖
17焦鵬振六翮
羅者安所羈
浮遊太清中
更求新相知

頸を延ばして大庭を慕ひ
足を寝《やす》めて皇羲を俟つ
慶雲は未だ景を垂れず
盤桓す朝陽の陂
悠悠《ぞくじん》は我が匹に非ず
疇《たれ》か肯へて俗宜に應ぜん
殊類は徧周すること難く
鄙議は紛として流離す
轗軻は悔吝に丁り
雅志は施すを得ず
耕耨は甯越を感《うご》かし
馬席は張儀を激《ふる》はす
逝きて將に羣侶を離れ
策《むち》を杖《と》りて洪崖を追はん
焦鵬は六翮を振ひ
羅者安んぞ羈《つな》ぐ所ぞ
浮遊す太清の中
更に求む新相知

21比翼翔雲漢　翼を比べて雲漢を翔け
飲露湌瓊枝　露を飲みて瓊枝を湌ふ
多念世間人　多《た》だ念ふ　世間の人の
夙駕咸驅馳　夙に駕して咸な驅馳するを
沖靜得自然　沖靜にして自然を得れば
榮華安足爲　榮華安んぞ爲すに足らん

鍾嶸『詩品』では、嵇康詩を「託喩清遠」と評するが、「託喩」の手法の中でも目立つのが、大鳥のメタファーである。この喩詞は、『詩品』序において五言詩の秀作と認められた「叔夜雙鸞」（「贈兄秀才入軍十九首」中の五言一首）と「四言詩十一首」第八首(3)、そして「述志詩」第一首をかたち作る主要なモチーフとして描き出されている。しかし他の二首が、鸞のメタファーで一貫するのに對して、この「述志詩」第一首では、十七～二十二句目で、焦鵬が現れるほか、冒頭の四句では潛龍の形象が用いられている。この複數のメタファーそれぞれの意味するところは別にして、蘭池で身を休めつつ時をまつ潛龍から、網羅をものともせずに力強く上昇し天空を翔ける焦鵬へというイメージの變移によって、一首全體が、垂直に上向するという構圖につらぬかれている。

詩の中間部、俗人とその謀りごとの中で果たし得ぬ志を述べるのに續けて、十三～十六句目では、事に發憤して新境地を開いた甯越・張儀の故事を引く(4)。そして登仙への意欲（十五・十六句目）。俗流との訣別をきっぱりと言いきるこれらの句が、十七句以下の焦鵬の雄勁な飛翔をきわだたせている。俗間・權力による障害・憂苦を凌ぎつつ、潛龍↓失志↓登仙↓焦鵬のはばたきというぐあいに、雲漢はるかまで飛び行く力感が、第一首では一見して讀み取れよう。

冒頭の潛龍は、『周易』乾の爻辭に見えるが、その文言傳は次のように述べる。

初九曰、潛龍勿用、何謂也。子曰、龍德而隱者也。不易乎世、不成乎名、遯世无悶、不見是而无悶。樂則行之、憂則違之。確乎其不可拔、潛龍也。[5]

初九に曰く、潛龍用ふる勿かれとは、何の謂ぞや。子曰く、龍の德あって隱るる者なり。世に易へず、名を成さず、世を遯れて悶ゆるなく、是とせられざれども悶ゆるなし。樂しめば之を行ひ、憂ふれば之を違《さ》る。確乎として拔くべからざるは、潛龍なり。

潛龍勿用、陽氣潛藏。[6]

潛龍用ふる勿かれとは、陽氣潛藏するなり。

このように、時俗を超越して確固不拔の志をもち、陽氣の力を祕めた者のメタファーが潛龍であった。

十七・十八句目は、力をこめて飛びたてば、網はる者とても捕えることはできないのだと言う。嵆康の他の詩にいくつか見える「網羅」は、大鳥の自由なはばたきを遮ってしまうものという、深刻な恐れがこめられたイメージである。[7] それがここでは、逆に焦鵬の飛翔の力強さを強調する道具になっている。

このような個々の意力にみちたメタファー、そして全體の構圖から、鍾嶸『詩品』で「過ぎて峻切を爲す」と評されるような嵆康の詩の中でも、とりわけ峻烈な意志の力が喚起されうるようである。

作者嵆康に對しては、「人は以て龍章鳳姿と爲す。（人以爲龍章鳳姿。）[8]」、「會、此を以て之を憾み、是に及び文帝に言ひて曰く、嵆康は臥龍なり、と。（會以此憾之、及是、言於文帝曰、嵆康、臥龍也。）[9]」、また「鸞翮も時に鎩《そが》る有り、龍性誰か能く馴らさん。（鸞翮有時鎩、龍性誰能馴。）[10]」等と喩える見方がある。潛龍・焦鵬を作者と重ねれば、この詩の背景にその經歷、思想を顧慮すべきことは言うまでもないが、小論は、文學テクストの形成における他の諸テクストとの連關性という觀點をとりたい。

以下、嵆康「述志詩」を、それと連關するテクスト群、そして、それらを生み出した時代の流れの中において見てみたい。

二　後漢末三國時代における先行作品と飛翔のモチーフ

「龍」（一句目）、「慶雲」（五句目）の語を含めて、いまだ時を得ずに身をひそめる潛龍を描いた「述志詩」第一首の冒頭六句では、曹植の次の詩[11]がふまえられていると思われる。『曹子建集』は「言志」と題する[12]。以下便宜上「言志」と稱したい。

慶雲未時興　　慶雲　未だ時に興らず
雲龍潛作魚　　雲龍　潛みて魚と作る
神鸞失其儔　　神鸞　其の儔を失い
還從燕雀居　　還りて燕雀の居に從ふ

古代の聖王、大庭・伏羲の治世を慕い求める（三・四句目）という理想を抱きつつ、上昇力を祕めていたのが、「述志詩」第一首の潛龍だった[13]。曹植の「言志」は、斷片四句を殘すのみだが、雲龍・魚、神鸞・燕雀が價値的に對比されながら、後者の方に陷らざるをえないとする。雲龍・神鸞によって象徴される者の、時にかなわず本來の姿を全うできないという、ある抑壓狀況が讀みとれる。曹植「言志」の不遇な神鸞のイメージは、後掲「述志詩」第二首の冒頭四句で、「斥鷃は蒿林を擅ままにし、仰ぎて笑ふ神鳳の飛ぶを。坎井は蝤蛭の宅、神龜安んぞ歸する所ぞ。」と詠う神鸞の姿にも影を落としているようだ。

「述志詩」第一首の末二句は、曹丕「善哉行」の次の終部(14)をそのまま引き寫している。

……　　　　　……
衆賓飽滿歸　　衆賓　飽滿して歸り
主人苦不悉　　主人　苦しみ悉きず
比翼翔雲漢　　翼を比べて雲漢を翔けなば
羅者安所羈　　羅者の安んぞ羈ぐ所ぞ
沖靜得自然　　沖靜にして自然を得れば
榮華何足爲　　榮華何ぞ爲すに足らん

さらに、ここにあげた「比翼……」「羅者……」の句は、「述志詩」第一首の十八・二十一句目と全く同じである。「善哉行」は、はじめに宴會の闌なるさまが描かれている。そのさ中で、主人の憂愁がもたらされる。宴が閉じられ、愁苦はいよいよ盡きない。それを振り拂うように最後の四句が詠まれる。この漠然とした情調は、曹丕の同題樂府に、「……我が良馬に策《むち》うち、我が輕裘を被《き》、戴《すなは》ち馳せ戴ち驅り、聊か以て憂ひを忘れん。（……策我良馬、被我輕裘、載馳載驅、聊以忘憂。(15)）」、「……眷然と之を顧れば、我が心をして愁へしむ。嗟爾《ああなんじ》昔人、何を以て憂ひを忘れん。（……眷然顧之、使我心愁。嗟爾昔人、何以忘憂。(16)）」と詠まれるのに類似する。俗流をきっぱり否定する（七・八句目）、またそれからの謀りごとが、さかんに我が身にふりかかり、俗流の方からも否定される（九・十句目）、と述べる「述志詩」第一首の世外への希求と比べ、曹丕の方は、貴顯の「主人」の發する末四句から、そのようなつきつめた切迫感はあまり讀みとれない。「述志詩」第一首は、曹丕の詩句の字面だけ借りたようであるが、同一の句が、違う文脈の中では全く相貌を變えている。

焦鵬のはばたきを阻もうとする「羅者」の、反作用としてのイメージは、曹丕「善哉行」ではなく何晏の次の詩[17]に見えるものがより近い。

鴻鵠比翼遊　　鴻鵠は翼を比べて遊び
羣飛戲太清　　羣飛して太清に戲むる
常畏天網羅　　常に畏る天の網羅の
憂禍一旦并　　憂禍　一旦にして并ぶを
豈若集五湖　　豈に若かん　五湖に集い
順流唼浮萍　　流れに順ひて浮萍を唼むに
永寧曠中懷　　永く寧んじて中懷を曠むれば
何爲怵惕驚　　何爲れぞ怵惕して驚かん

網羅にからめとられるという恐れをいだいたままの鴻鵠の飛翔が、アイロニカルに描かれている。後半部では、湖に羽を休め、浮かび流れるままに安寧にすごしたいと願う。ここにある「網羅」は、同じように切實なイメージでありながら、「述志詩」第一首にみえる、飛翔の力強さを引き出すためのそれとはやや異なっている。しかし、何晏の方の「網羅」が表す「憂禍」は、「述志詩」で、「轗軻は悔吝に丁たり、雅志は施すを得ず。」（十一・十二句目）と述べる、恐れ[18]・失意の感情と連なるであろう。この何晏の詩は、『詩紀』では、「擬古」と題しているが、『世說新語』規箴篇の劉孝標注に引く『名士傳』では、次のような記述とともに收められている。

　是時曹爽輔政、識者慮有危機。晏有重名、與魏姻戚。內雖懷憂、而無復退也。著五言詩以言志曰……。[19]

　是の時曹爽輔政し、識る者は危機有りと慮ふ。晏は重名有り、魏と姻戚なり。內に憂ひを懷くと雖も、而れども復た退くこと無きなり。五言詩を著して以て志を言ひて曰く……。

『先秦漢魏晉南北朝詩』[20]は、何晏のこの詩を「言志詩」と題して載せているが、この『世說新語』注の『名士傳』の記載から意を用いたのであろう。以下、便宜上、この詩を『世說新語』注の記載にもとづき「言志」と稱しておく。

嵆康は、曹丕・曹植・何晏と姻戚關係にあったが、彼らの詩に見える語句やモチーフも、「述志詩」において多分に意識されていたようである。とりわけ、曹植「言志」に含意される不如意と抑壓、何晏「言志」に描かれる畏怖感や、それをもたらす社會權力における對立と逃避は、嵆康「述志詩」の趣旨と密接に關っていると考えられる。

憂患からの逃避を言う何晏の詩では表されなかった積極的な超俗への意志、それを詠いあげていたのは、後漢末の仲長統である。『後漢書』[21]は、「又た詩二編を作り、以て其の志を見はす。（又作詩二編、以見其志。）」と述べて、以下二首の詩を記載している。『古詩紀』[22]は「述志詩」と題し收載する。以下、詩題は『古詩紀』に一應從う。

　飛鳥遺跡　　飛鳥　跡を遺て

　蟬蛻亡殼　　蟬蛻　殼を亡ふ

騰蛇弃鱗　騰蛇　鱗を弃て
神龍喪角　神龍　角を喪ふ
至人能變　至人は能く變じ
達士抜俗　達士は俗より抜く
乘雲無轡　雲に乗りて轡無し
騁風無足　風に騁せて足無し
垂露成幃　垂露　幃と成し
張霄成幄　張霄　幄と成す
沆瀣當餐　沆瀣當に餐すべく
九陽代燭　九陽　燭に代へん
恆星豔珠　恆星は豔珠
朝霞潤玉　朝霞は潤玉
六合之內　六合の內
恣心所欲　心の欲する所を恣ままにせん
人事可遺　人事は遺つべし
何爲局促　何爲れぞ局促せん

天空で自由に遊ぶさまが描かれ、「達士は俗より抜け」、「人事は遺つべし」と世外への志を、はっきりと述べているが、その理念的な背景は、第二首で展開されている。

大道雖夷　大道は夷《たひ》らかなりと雖も
見幾者寡　幾を見る者は寡なし
任意無非　意に任せば非なる無く
適物無可　物に適かば可なる無し
古來繞繞　古來　繞繞として
委曲如瑣　委曲　瑣の如し
百慮何爲　百慮　何をか爲さん
至要在我　至要は我に在り
寄愁天上　愁ひを天上に寄せ
埋憂地下　憂ひを地下に埋めん
叛散五經　五經を叛散し
滅弃風雅　風雅を滅弃す
百家雜碎　百家　雜碎して
請用從火　請ふに用て火に從へん
抗志山栖　志を山栖に抗げ
游心海左　心を海左に游ばせん

元氣爲舟　　元氣　舟と爲し
微風爲柂　　微風柂《かじ》と爲さん
敖翔太清　　太清を敖翔し
縱意容冶　　意を縱ままにして容冶たらん

五經・風雅・百家などの既成の思想・觀念を全否定し、「至要は我に在り。」と斷ずる激しい主張がここにはみえる。仲長統の著作『昌言』では、舊來の價値によらない自律・獨自の思想が説かれるが、この詩の世俗をはるか見下ろす太清の高みへの飛翔の願望も、明確な理念的立場にもとづくものであることがわかる。

嵇康は、「述志詩」第二首において、「意に任せて永思すること多し。」、「何爲れぞ人事の間、自ら心をして夷《たひ》らかならざらしむるや。」と述べるが、これは仲長統の「述志詩」第一首の「人事は遺つべし、何爲れぞ局促せん。」、第二首「意に任せれば非なる無し。」をふまえていよう。さらに、嵇康は「難自然好學論」の中で、「誦諷を以て鬼語と爲し、六經を以て蕪穢と爲す。（以誦諷爲鬼語、以六經爲蕪穢。[23]）」と説いているが、これは仲長統の「五經を叛散し、風雅を滅弃せん。」という句にならったものであろう。また、「與山巨源絶交書」で端的に示されていた、「又毎に湯武を非り、周孔を薄んず。（又毎非湯武、而薄周孔。[24]）」というきっぱりとした否定の精神は、率直に自己主張する文人の目立つ後漢末から三國にいたる時代の中でも特に、仲長統の激しさに通じるものがある。太清での優遊というモチーフとともに、獨自の理念に立脚しつつ、世俗に對する反抗と超越への確たる意志を詠う仲長統の詩は、嵇康の「述志詩」に近い位置にあるように思われる。

仲長統の詩に「太清を敖翔す」とあるのは、鳥の飛翔ではないが、「霄を陵ぐ羽」をよみこんだ詩に、同じく後漢末の人で、仲長統以前の酈炎の手になる作品がある。『後漢書』は、以下二首を収載する。[25]『古詩紀』に、「見志詩」とする詩[26]題に便宜上従いたい。

大道夷且長　　大道　夷《たひ》らかにして且つ長し
窘路狹且促　　窘路　狹くして且つ促《せわ》し
脩翼無卑棲　　翼を脩めて卑きに棲む無く
遠趾不步局　　趾を遠ざけて局《せま》きに步まず
舒吾陵霄羽　　吾が霄《くも》を陵ぐ羽を舒べ
奮此千里足　　此の千里の足を奮はん
超邁絕塵驅　　超邁し塵を絕ちて驅くれば
倏忽誰能逐　　倏忽として誰か能く逐はん
賢愚豈常類　　賢愚豈に類を常にせん
稟性在淸濁　　性を稟くるは淸濁にあり
富貴有人籍　　富貴に人籍有るも
貧賤無天錄　　貧賤に天錄無し
通塞苟由己　　通塞　苟しくも己に由らば
志士不相卜　　志士は相い卜さず
陳平敖里社　　陳平　里社に敖り

韓信釣河曲　　韓信　河曲に釣す
終居天下宰　　終に天下の宰に居りて
食此萬鍾祿　　此の萬鍾の祿を食まん
德音流千載　　德音を千載に流さん
功名重山岳　　功名は山岳より重し

『後漢書』巻八十、酈炎の傳は「靈帝の時、州郡辟命するも、皆く就かず。志氣有り、詩二篇を作りて曰く……（靈帝時、州郡辟命、皆不就。有志氣、作詩二篇曰……）」(27)として、この詩を引く。定命を否定し、自らの力で積極的に功名をかち得ようと述べているからには、ここに言う鳥の飛翔は、超俗ではなく顯達の志の大きさを喩えており、嵆康「述志詩」のそれとは異なっている。しかし、同じように理想を求める雄勁な志を表した形象として、嵆康より以前では、前漢の劉邦「高鴻歌」等よりもさらにすすんだ羽撃のイメージをよむ作品として、酈炎のこの詩は注目に値する。付言すれば、この第一首の冒頭句「大道夷且長」は、仲長統「述志詩」では、「大道雖夷……」と言い返されている。仲長統は、明らかに酈炎の詩を念頭においていたのであろう。

次に第二首を見てみたい。

靈芝生河洲　　靈芝　河の洲に生じ
動搖因洪波　　動搖するは洪波に因る
蘭榮一何晚　　蘭の榮さくこと一に何ぞ晚き

嚴霜瘁其柯　　嚴霜　其の柯《えだ》を瘁らす
哀哉二芳草　　哀れなるかな　二なる芳草
不植太山阿　　太山の阿に植ゑられず
文質道所貴　　文質は道の貴ぶ所
遭時用有嘉　　時に遭ひて嘉有るを用ふ
絳灌臨衡宰　　絳と灌は衡宰に臨み
謂誼崇浮華　　誼は浮華を崇ぶと謂ふ
賢才抑不用　　賢才　抑へて用ひられず
遠投荊南沙　　遠く荊の南の沙に投《す》てらる
抱玉乘龍驥　　玉を抱きて龍驥に乘るも
不逢樂與和　　樂と和とに逢はず
安得孔仲尼　　安んぞ得ん　孔仲尼の
爲世陳四科　　世の爲に四科を陳ぶるを

不遇を暗示する興の描寫のあと、浮華の徒と誣告され、長沙に左遷された賈誼について取り上げている。さらに、賢才を見分け顯賞していく人物の不在を述べてしめくくっていることからわかるように、冒頭の靈芝、蘭に喩えられる賢人の失意が、第二首では詠われている。『後漢書』の酈炎傳は、「靈帝の時、州郡辟命するも皆《ことごと》く就かず。（靈帝時、州郡辟命、皆不就。）(28)」と記すほか、風病を患い、家庭争議の末に二十八歳で獄死したことを傳えている。その人生を凝縮するように、二首全體は、世間での榮達を念願しながら、その志が失われてしまったと言う。『後漢書』の文脈の中で「見志詩」二首をあわせ讀めば、第一首の「吾が霄を陵ぐ羽」を、希望と失意の兩面が含意される形象として見ることも不可能ではない。

このように見てくると、酈炎・何晏・曹植そして嵆康の描く飛翔には、一貫したアイロニーがあると言えよう。付言すれば、それらの飛翔における影の側面、すなわち今まさに捕縛されんとし怯える鳥の姿を詠んでいたのが、小著第二章で言及した趙壹の「窮鳥賦」であった。趙壹の描く飛翔のイメージも、酈炎以降のそれに連なると見てよいであろう。(29)

嵆康「述志詩」と酈炎「見志詩」の間に、表現上の嗣承關係は見られない。けれども、酈炎の詠む鳥の飛翔のモチーフとそのアイロニーは、嵆康そして曹植・何晏の前掲詩と深く通底しているのである。

三　建安文學の集成としての「述志詩」

嵆康の「述志詩」二首は、第一首における曹丕の詩句の無造作な引き方と同樣に、兩篇とも『莊子』、『易』の基本概念をもつ語句や『詩經』の句などが工夫なく引用されている。修辭面に限れば、「述志詩」に特に新しさはない。

內容・テーマに目を戻して、前節で考察したところをまとめれば、曹丕「善哉行」と「述志詩」は內容に關連性がなく、曹植詩「言志」からは失志不遇のメタファーを繼承する。何晏「言志」とは、網羅のイメージと俗閒・權力による壓迫を表象している點で共通している。仲長統「述志詩」からは、何晏よりさらに理念的な出世觀を受けついでいるようである。また、仲長統「述志詩」が先行作品として意識したと思われる酈炎の「見志詩」と、嵆康「述志詩」

は、飛翔と失意のモチーフにおいて通底する。

これらの、直接・間接的に嗣承關係を想定できる先行の詩作品は、端的に言えば、嵆康「述志詩」も含めていずれも、世俗社會との對立・對決を樣々なかたちで表しているという共通性がある。

それとともに、酈炎・仲長統・曹植・何晏・嵆康の上記の詩篇が、すべて後漢末から三國魏代にわたる限られた時代、すなわち、およそ建安文學と重なる作品であることに留意したい。さらにこれらは、「言志」「見志」「述志」という同様の詩題が傳えられ、あるいは先述したように、「有志氣作詩二篇」、「作詩二篇以見其志」、「著五言詩以言志」などの、詩題と關わるような史傳の記載が見えている。もとより、後代の輯本で付されるような詩題は、その由來が必ずしも明らかではない。しかし、作者の志を言う、もしくは作者の志氣によって詩を詠んだとする、このような史傳の記載や命名は、上記の作品以外、少なくとも六朝までほとんど見られないことは注目に値する[30]。

作者の「志」の表明が作品の創作動機であることを示すような命名や言及は、詩ではなく賦の方に多く見える。後漢に、崔篆「慰志賦」、馮衍「顯志賦」があり、後者はその「自論」で、「乃ち賦を作り自ら厲ます。其の篇を命《なず》けて、顯志と曰ふ（乃作賦自厲、命其篇曰顯志。[31]）」と述べている。また『漢書』巻百は、班固の「幽通賦」を引き、「幽通の賦を作り、以て命を致し、志を遂ぐ。（作幽通之賦、以致命遂志。[32]）」と記している。後漢末の劉楨には「遂志賦」があり、その後、西晉の陸機は「遂志賦」を作り、その自序で次のように述べている。「昔崔篆詩を作り、以て道を明らかにし志を述ぶ。而して馮衍又顯志賦を作り、班固は幽通賦を作る。皆相い依倣す。張衡の思玄、蔡邕の玄表、張叔の哀系は、此れ前世の言ふを得べき者なり。……豈に亦た窮達事を異にし、聲は情變を爲さんか。余作者の末に備託し、聊か復た心を用ゐん。（昔崔篆作詩、以明道述志。而馮衍又作顯志賦、班固作幽通賦。皆相依倣焉。張衡思玄、蔡邕玄表、張叔哀系、此前世之可得言者也。……豈亦窮達異事、而聲爲情變乎。余備託作者之末、聊復用心焉。[33]）」

陸機は、作者個人の「窮達」を述べた賦を制作の手本にしたと述べている。また本文で、「窮達に任せて以て逝き止まり、亦た進仕し而して退耕せん。（任窮達以逝止、亦進仕而退耕。[34]）」とも言う。このことから明確にわかるように、以上の賦は、『漢書』藝文志に言う「賢人失志之賦[35]」の流れをくむものであろう。このような、士大夫の出處進退を述べる賦は、『文選』巻十四にも「志」と類別されて四篇收められている。この系統の賦は、『文心雕龍』詮賦篇で、「賦を鋪なり。采を鋪き、文を摛べ、物を體し、志を寫すなり。（賦者、鋪也。鋪采、摛文、體物、寫志也。[36]）」と説明された中の「寫志」を旨とする作品と言えよう。さらに六朝時代には、「志」字を付した抒情小賦が少なからずあるが、いずれも士人個人の出處進退をテーマとしている[37]。

賦について言えば、「志」の字を含むタイトルや、作者の「志」を創作動機とする作品への言及によって實際に觀念されるのは、賢人失志の賦とも稱される、士人一個の窮通出處を述べるたぐいの賦である。上記の詩篇が、「述志」「見志」「言志」と題される際に、これらの賦との類比がなされたとも考えられよう[38]。屈原以來の傳統をくむ、いわゆる賢人失志の賦は、政治社會における不遇、自己の正義の主張と對立する世俗の否定を述べるが、これは「述志詩」等の前記諸篇が、社會の不公正との對立や失志、超俗への志向を詠っていることと重なっている。

一般的に言えば、このような詩と賦の近さは、知識人の詩作がいまだ賦の亞流にあった漢代の當時は、むしろ當然であった。また言うまでもなく、漢代以降の文人は、賦作のさまざまな成果を凝縮する方向で詩作に生かしている。しかしながら西晉以後、詩と賦の機能がさらに辨別されるとともに、緣情の詩が一般的となっていく一方で、賦が表現していた政治社會における士人の窮通出處のようなテーマは、しだいに詩作の題材からは外されていく。

このように見てくると、嵆康「述志詩」をはじめとする上記の詩作品を、賢人失志の賦にその淵源をもちつつ、建安文學の時代とおおむね重なる、後漢末期から三國時代に特有の一連の詩群としてくることもできよう。ただし、出處進退や、世俗社會における失志不遇を題材とした詩は、「古詩十九首」中の幾篇か、あるいは建安士人の詩にもあり、性急な類型化はつつしむべきであろう。また、酈炎以下の諸篇は、たとえば遊仙詩のように畫然とした樣式を共有しているわけではない。ただしかし、匿名の作者による「古詩十九首」等と異なり、個別の經歷を負った士人である嵆康・何晏・曹植・仲長統・酈炎らの詩が、政治・社會との對立や不遇・不安を言い、自己の信念・志を直言する筆致には、周邊の他の詩人と區別しうる緊迫した調子があるように思う。

いずれにせよ、嵆康の「述志詩」は、酈炎以下の詩篇に詠まれるモチーフや理念を集成していたと考えられる。だがここでは嗣承關係を云々するよりも、以上に見たように「述志詩」を含め、これらを後漢末三國時代に特有のある程度まとまりのある作品群としてとらえなおすべきであろう。そうであるならば、このような作品群が共有する性質は、建安文學のもつ特質の一部と言い換えることができよう。嵆康の作品については、作家の個性や思想の方に注目されがちであるが、後漢末期から三國魏代におよぶ時代性の土壤を忘れてはならないだろう。その意味では、嵆康の「述志詩」は建安文學の一集成とも言いうるのである。

四　嵆康詩評と「志」

嵆康の詩については、その「志」に注視する評價が、南朝時代に見える。『文心雕龍』は、阮籍と對比して、「正始は道を明らめ、詩に仙心を雜ふ。何晏の徒は率ね浮淺多し。唯だ嵆の志は清峻、阮の旨は遙深。（正始明道、詩雜仙心。何晏之徒、率多浮淺。唯嵆志清峻、阮旨遙深。）[39]」と評している。また江淹は、「雜體詩」三十首中において嵆康の模擬作品を作り、その副題を「言志」としている。江淹が、それぞれにつけた副題は、模擬對象詩人に對する端的な批評でもある。同じ梁朝の鍾嶸『詩品』が、「過ぎて峻切を爲し、訐直にして才を露はし、淵雅の致を傷む。（過爲峻切、訐直露才、傷淵雅之致。[40]）」と評するように、「峻切」「訐直」に「志を言う」嵆康の詩は、南朝においてやや異質なものとして捉えられていた。

さらにつけ加えれば、劉勰・江淹の評には、嵆康を「志」の人とする見かたも背後にあったのではなかろうか。嵆康は、子に與えた『家誡』において、冒頭で「人に志無きは、人に非ざるなり。但君子は心を用ひ、欲する所は準じて行へ。自ら當に其の善き者を量り、必ず議に擬りて而る後に動くべし。若し志の之く所ならば、則ち口は心と誓い、死を守りて二なる無かれ……。（人無志、非人也。但君子用心、所欲準行、自當量其善者、必擬議而後動。若志之所之、則口與心誓、守死無二……。[41]）」と述べているのをはじめ、人として志を持すべきことを強調している。その他、嵆康の詩文中には「志」の用例が多數見出せる。しかも、そのほとんどが神仙・老莊・龍化等への「志」に限られる。

これを阮籍について言えば、同じように超俗の志を述べるものの、たとえば、「詠懷詩」第四十一首では、「神僊は志と符せず。（神僊志不符。[42]）」と吐露される。阮籍の「詠懷詩」八十二首は、その一首ごとをみれば、「述志詩」を含む上述の詩群のもつ様々なモチーフが見出されよう。しかし全體としてみれば、「述志詩」等の詩群が備えるような、俗間との對立や世外への飛翔という一つの方向性は消え失せている。嵆康が「死を守りて二なる無かれ。」と言い定めた專一な「志」と、逆に方向性のままならぬ阮籍のそれとの隔たりは、「嵆志」「阮旨」という劉勰の評語の違いからも理解できよう。

鍾嶸『詩品』は、嵆康詩を「頗《や》や魏文に似る。（頗似魏文。[43]）」と評し、曹丕については、「率ね皆鄙直にして偶語の如し（率皆鄙直如偶語。[44]）」と述べている。さらに應璩は、「魏文を祖襲す。（祖襲魏文。[45]）」とされる。このような『詩品』の記述をつき合わせてみても、すでに指摘されている通り[46]、嵆康・曹丕・應璩の詩は、表現の率直さにおいて共通しているとされる。さらに『詩品』では、陶淵明詩について、應璩・左思と類比して、「其の源は應璩に出て、又左思の風力に協《かな》ふ。（其源出於應璩、又協左思風力。）(47)」と說く。陶淵明が、その「風力」に類似するという左思の詩に對しては「文は典にして以て怨、頗る清切爲り。諷諭の致を得たり。陸機より淺なりと雖も、而も潘岳より深し。（文典以怨、頗爲清切。得諷諭之致。雖淺於陸機、而深於潘岳。）(48)」と評している。左思の詩を「頗る清切」とみた『詩品』は、嵆康詩については、「過ぎて峻切」と述べている。

左思について「淺」なる詩風を捉えていることから、鍾嶸は、曹丕・應璩・嵆康・左思・陶淵明の詩に表現の率直さにおいて共通するものを見ていたであろう。それとともに、「風力」「精切」「峻切」などの性格をもつ點、嵆康・左思・陶淵明の詩作は、曹丕・應璩と區別されていたようだ。

左思・陶淵明は、修辭主義の色濃い當時の文學の主流から外れた簡勁な作風をもつ。しかし、『詩品』が、左思の作風を「頗る精切」と見なしているのに對し、「過ぎて峻切」という表現で批評していることを見ても、嵆康詩の比類ない峻烈・激切さをうかがい知ることができよう。南朝の梁代の江淹・劉勰・鍾嶸による「言志」「嵆志清峻」「峻切」という評語は、嵆康詩一般に與えられたものであるが、「述志詩」をとらえる上で參照に値しよう。

五　「述志詩」第二首について

述志詩　第二首(49)

1斥鷃擅蒿林(50)　　斥鷃　蒿林を擅ままにし
仰笑神鳳飛　　仰ぎて神鳳の飛ぶを笑ふ

坎井蝤蛭宅　　坎井は蝤蛭の宅
神龜安所歸　　神龜　安んぞ歸する所ぞ
5恨自用身拙　　恨むらくは自ら身を用ひること拙く
任意多永思　　意に任せて永思すること多し
遠實與世殊　　實を遠ざくるは世と殊なり
義譽非所希　　義譽は希ふ所に非ず
往事既已謬　　往事　既已に謬まり
來者猶可追　　來者　猶ほ追ふべし
11何爲人事閒　　何爲れぞ人事の閒に
自令心不夷　　自ら心をして夷かならざらしむるや
慷慨思古人　　慷慨して古人を思ひ
夢想見容輝　　夢想して容輝を見る
15願與知己遇　　願はくば知己と遇ひ
舒憤啓其微　　憤を舒べて其の微を啓かん
巖穴多隱逸　　巖穴に隱逸多し
輕擧求吾師　　輕擧して吾が師を求めん
晨登箕山巓　　晨に箕山の巓に登り
曰夕不知饑　　曰夕　饑うるを知らず

21玄居養營魄　　玄居して營魄を養ひ
千載長自綏　　千載　長《とこし》へに自から綏んぜん

この「述志詩」第二首は、冒頭四句で『莊子』の寓喩を用い、卑俗な世間に處しえぬことを述べ、さらに七・八句目で、物欲と榮譽を否認する信念を明かしている。

嵇康の詩が、『莊子』の思想を祖述するに終わっていないことは、九・十句目「往事は既已に謬り、來者は猶ほ追うべし」という句からわかる。この句がふまえていると思われる、『論語』微子篇は次のように述べている。「楚の狂、接輿歌ひて孔子を過ぐ。曰く、鳳よ鳳よ、何ぞ德の衰へたる。往く者は諫むべからず、來たる者は猶ほ追ふべし。已みなん已みなん。今の政に從ふ者は殆ふし、と。孔子下りて、之と言はんと欲す。趨りて之を辟け、之と言ふことを得ず。（楚狂接輿歌而過孔子。曰、鳳兮鳳兮、何德之衰。往者不可諫、來者猶可追。已而已而。今之從政者殆而。孔子下、欲與之言。趨而辟之、不得與之言。）(51)」。楚の狂人接輿が孔子に向かって、過ぎたことは諫めてもむだだが、未來はまだ正せるぞと歌いかけ、孔子に時の政治から身を引くことを勸める。

『莊子』人閒世では、『論語』のこの場面を借りながら、ことばを換えて次のように言う。「孔子楚に適く。楚の狂接輿、其の門に遊びて曰く、鳳よ鳳よ、何如ぞ德の衰えたる。來世は待つべからず、往世は追ふべからず。天下に道あらば聖人成し、天下に道なくば聖人生く。（孔子適楚。楚狂接輿遊其門曰、鳳兮鳳兮、何如德之衰也。來世不可待、往世不可追也。天下有道、聖人成焉、天下無道、聖人生焉。）(52)」。ここでは、『論語』の場面と同じように、孔子を、聖世に現れるべき瑞鳥である鳳に喩えながら、亂世にあってはその德も衰えてしまっていると嘆いている。しかしその後を、未來はあてにできず、過去は追い求めてもむだだと言い換えている。つづけて、天下に道のあるなしに關わらず、與えられた現在をどう生きるかを問題にし、さらに後の部分で、道徳規範をかざす孔子に批判を加えつつ、莊子の無用の用の思想が展開される。楚狂接輿は、『論語』の文脈では、孔子の退隱を勸めるのにすぎないのに對して、『莊子』では、より對立的に孔子の思想にアンチテーゼを投げかけている。「述志詩」第二首は、「來らん世は待つべからず、往きし世は追ふべからず」として、現在の自己を生きることを主張する『莊子』の文脈ではなく、「往者は諫むべからず、來者は猶ほ追ふべし」と言う『論語』のそれが選びとられている。

『莊子』人間世篇が、『論語』微子篇をふまえつつ、孔子的理想主義に批判を加えているとすれば、『論語』の文脈の方に從った九・十句目は、莊子理念の祖述ではない、嵆康獨自の思想の投影を見るべきであろう。福永光司は、嵆康の倫理思想に言及して「要するに彼の倫理思想は老莊哲學の『自然』を根本として展開されている。しかし、その『自然』は單なる無爲によって得られるものではなく、誠實な內省と嚴しい克己の努力によって到達される倫理的な當爲であった。この當爲の意識は、恐らく傳統的な儒教倫理の規範意識を繼承するものであろう。そしてもしこのことが大過なく言えるとするならば、嵆康の倫理思想は、傳統的な儒教倫理を老莊の哲學によって深化し淨化したものであるという見解も充分成立しうるであろう。[53]」と論じている。養生へのあくなき信念や、反體制運動に參畫しようとしたエピソード等に示される當爲・行動へのつよい意志や、理想を追求しきる姿勢からはまた、嵆康の鍛錬されたオプティミズムを認めることもできようか。[54]

「往事は旣已に謬り、來者は猶ほ追ふべし」が明言している一種のオプティミズムは、『楚辭』の次の句と比較してもわかる。「天地の無窮を惟ひ、人生の長勤を哀しむ。往者は余及ばず、來者は吾聞かず。（惟天地之無窮兮、哀人生之長勤。往者余弗及兮、來者吾不聞。[55]）」（「遠遊」）。「吾往昔の冀ふ所を怨み、來者の愁愁たるを悼む。（吾怨往昔之所冀兮、悼來者之愁愁。[56]）」（「九章」非回風）。この『楚辭』の文句は、先にあげた『莊子』の句の結構に近いが、悲觀の色が濃い。

嵆康のこのような未來に投げかけた意志は、後半部、十三句目以下では現實から反轉して、「夢想」と「輕擧」の世界に向かう。「夢想」して「古人」を思慕し、「知己」に出會って「憤りを舒べん」と願い（十三～十六句目）、「輕擧して吾が師を求めん」（十八句目）と心に期した句には、第一首で、「更に求む新相知、翼を比べて雲漢を翔け……。」と詠うのにもまして、詩人の孤獨な影がさしている。

この「輕擧」による浮動は、第一首に描かれる焦鵬の力強いはばたきとは對照的であろう。直截、峻烈に意志力が表現されていた第一首のもつ力感は、この第二首にはないようだ。さらに末部では、第一首とは異なり、遊仙の志を述べてしめくくっているが、この部分だけを見ると、いわゆる遊仙詩のモチーフと大差はない。

嵆康は、「遊仙詩」と題される詩を一首殘している。しかしそれには、遊仙へといたらしめる動機が述べられていない。少なくとも六朝までの遊仙詩では、遊仙という枠組みの中で作者の想像力を詠むのが通例で、わずかに曹植・成公綏の作品に人生短促の感慨を短く言いはさむ例が見られるだけである(57)。これは、酈炎以下の詩篇が、失志不遇や反俗を志す因由を主要な題材としていたのとは大きく異なっている。とすれば、嵆康の「述志詩」およびこれと連關する上掲の詩篇は、遊仙詩と稱される詩群と別系統と考えるべきであろう。

また、「述志詩」を「幽憤詩」と同じ、囹圄の作とする指摘もなされている。「述志詩」「幽憤詩」中にある厄難と憂虞・失意を述べるくだりを例證としての說である(58)。今、一應この指摘に從うとして、同じく失志・超俗のモチーフを含む點をとらえて、兩者を一くくりにすることはできないだろう。四言の「幽憤詩」の方は、『詩經』の長篇詩に端を發し、漢代、韋氏の四言詩、更に曹植の「責躬」へと連なる四言の敍事詩の系統をふまえている(59)。一方、「述志詩」は、前述したように、それとは異なるテクストの繼承にもとづくと考えられる。

小結

嵆康の「述志詩」を、それと連關する詩篇とともに、後漢末三國時代における類型的作品の一つとして、以上に捉えてきた。それはまた、建安文學に連なる諸テクストを引用、編集した作品でもあった。すでに見てきたように、これらの不遇と超俗、言い換えれば世俗・權力社會との對立・對決を詠う詩には、いずれも飛翔のモチーフが描かれている。酈炎の「霄を陵ぐ羽」は、世俗社會で果たすべき志の大きさを表しつつ、失意の陰りを祕めたアイロニカルな形象と言える。仲長統の「雲に乘り」「風に騁せ」る太清での飛翔は、俗閒をはるか超越した世界を描寫している。曹植が詠む「燕雀の居」にあって本來を全うできぬ「神鸞」は、時にあえぬ失意と抑壓を象徵していたと言えよう。何晏になると、「網羅」にいつ捕捉されるとも知れぬままに空を翔り遊ぶ「鴻鵠」のイメージに、權力社會における危難・彈壓への恐れがこめられていた。

後漢中後期の張衡が、「思玄賦」で、「栢舟悄悄として飛ばざるを吝む。（栢舟悄悄吝不飛。）」[60]と詠んだ後、飛翔のかたちは詩人たちによって樣々に表現されてきた。これら、後漢末以來の知識人による飛翔のイメージを集成したのが、「述志詩」中の「焦鵬」や「鸞鳳」、「輕擧」であった。とりわけ第一首の「焦鵬」には、圂圄にあって俗流にどこまでもあらがい、超越しようとする、嵆康の最後の精神の飛翔が託されている。

飛翔のモチーフをとってみても、後漢末三國時代という急激な變化の時代における、士人の精神の諸相がうかがえるようである。嵆康の志を峻烈に詠いあげた「述志詩」もまた、作者の個性による表現であるとともに、この轉換の時代にあって、體制の外に立たざるをえなかった知識人の、最も先鋭な聲の一つであったと言えよう。

注

（1）以下、嵇康のテクストは、校訂の行き届いた、戴明揚『嵇康集校注』（韓友社出版、出版年明示せず）から引用する。
（2）『嵇康集校注』巻一、三五～三七頁。
（3）詩題は、魯迅輯校『嵇康集』（中華書局香港分局、一九七四）に依る。巻一、十三葉左。『嵇康集校注』は無題。
（4）『呂氏春秋』巻二十四、博志篇は、鄙人であった甯越が、耕稼の労をいとって立身を志し學問に勵んだ故事を載せる。蘇秦が、張儀をわざと激昂させ發憤させた話は、『史記』巻七十、張儀列傳に見える。
（5）十三經注疏整理本『周易正義』（北京大學出版社、二〇〇〇）巻一、乾、文言傳、一七頁。
（6）同右、二三頁。
（7）興膳宏「嵇康の飛翔」（『中國文學報』一六、一九六二）一一頁參照。
（8）『晉書』（中華書局、一九七四）巻四十九　嵇康列傳、一三六九頁。
（9）同右、一三七三頁。
（10）胡本『李善注文選』（藝文印書館、一九七九）巻二十一、顏延之「五君詠」、十七葉左。
（11）『藝文類聚』（中文出版社、一九八〇）巻二十六、人部十「言志」四六五頁。
（12）中華書局據明刻本校刊『四部備要』所收『曹子建集』巻五、十一葉左・十二葉右。
（13）揚雄の「反離騷」にも次のように詠まれる。「懿神龍之淵潛、竢慶雲而將擧、亡春風之被離兮、孰焉知龍之所處。」（『漢書』〈中華書局、一九六二〉巻八十七上、楊雄傳、三五一八頁。）これは、屈原が退隱せずに自ら災禍を招いたことをそしる内容であるが、嵇康「述志詩」の時に遇わず身を隱した龍は、本章第一節に擧げた『易』の記述とともに、この「反離騷」をもふまえたものであろう。
（14）『宋書』（中華書局、一九七四）巻二十一、樂志、六一三頁。
（15）黄節『魏武帝文帝詩注』（商務印書館、一九六一）三六頁。

(16) 同右、三七・三八頁。
(17) 徐震堮『世説新語校箋』（中華書局、一九八四）巻中、規箴、三〇四頁。
(18) 『易』繫辭上傳に、「悔吝者憂虞之象也。」とある。『周易正義』巻七、繫辭上、三〇八頁。
(19) 注（17）前掲書、同頁。
(20) 逯欽立輯校『先秦漢魏晉南北朝詩』（中華書局、一九八三）魏詩巻八、四六八頁。
(21) 『後漢書』（中華書局、一九六五）巻四十九、仲長統列傳、一六四五・一六四六頁。
(22) 『古詩紀』（中文出版社、一九八三）巻十三、十五葉右・左。
(23) 『嵆康集校注』巻七、二六三頁。
(24) 『嵆康集校注』巻二、一二二頁。
(25) 『後漢書』巻八十、文苑列傳、酈炎傳、二六四七・二六四八頁。
(26) 『古詩紀』巻十三、十四葉左。
(27) 注（25）前掲書、二六四七頁。
(28) 同右。
(29) 趙壹が酈炎より前、蔡邕と同時代に活動した詩人であろうことは、小著、第二章「趙壹の詩賦について」において検證を試みた。
(30) その他、漢代の侯瑾「述志詩」が『初學記』に殘るが、斷片一句のみでその內容はうかがえない。「言志」という題からややずれるが、「志」字を付したものに、後漢、傅毅「迪志詩」、西晉の張華「勵志詩」、東晉の干寶「百志詩」がある。『後漢書』に收載される「迪志詩」は漢代の四言詩に傳統的な自戒詩であり、「勵志詩」は、『文選』巻十九で「勸勵」の部として收められ、李善による題注に「此詩、茂先自勸勸學。」とあることからもわかるように、學問修養に努めるべきことを詠っている。「百志詩」の現存する一首は、武功を立てんとする志を詠んでいる。便宜的に詩題に注目してみたが、それらは內容的に、小論で取り上げた酈炎・仲長統・曹植・何晏・嵆康の詩篇とは區別できよう。

（31）『後漢書』巻二十八下、馮衍傳、九八七頁。

（32）『漢書』（中華書局、一九六二）巻百、敍傳、四二一三頁。劉德の注に「陳吉凶性命、遂明己之志。」とある。

（33）劉運好『陸士衡文集校注』（鳳凰出版社、二〇〇七）巻二、一二二〇・一二二一頁。

（34）同右、一二二四頁。

（35）『漢書』巻三十、藝文志、一七五六頁。

（36）范文瀾『文心雕龍註』（商務印書館、一九六〇）巻二、詮賦第八、一三四頁。

（37）朱自清『詩言志辨』（『朱自清古典文學論文集』〈上海古籍出版社、一九八一〉所收、二二一〇頁。）は、次のように說く。「那時有馮衍的《顯志賦》、他的『自論』云、所謂『顯志』、還是自諷『自厲』、但賦的只是一己的窮通。《文選》所錄『志賦』、班固《幽通》的『致命遂志』、張衡《思玄》的『宣寄情志』、其實都是如此、張衡的《歸田賦》也只言一己的出處、文同一例。此外可稱爲『志賦』的還多、明題『志』字的也不少、梁元帝一篇簡直題爲『言志』、都是這一類。」なお、一例だけあげれば、『隋書』巻三十九、于宣敏傳には、「常以盛滿之誡、昔賢所重、每懷靜退、著述志賦、以見其志焉。」と記載されている。ただしかし、タイトル以外の文章中の「言志」などの用例をみてみると、たとえば『文選』には、「盍各言志」（巻九、班昭「東征賦」）「賦詩欲言志」（巻二十三、潘岳「悼亡詩」）「恐違孔氏各言爾志之義」（巻四十一、楊惲「報孫會宗書」）、「展詩發志」（巻四十六、王蕭「三月三日曲水詩序」）などがあるが、特に出處進退の志を述べるという意味をもつ譯ではない。

（38）漢末三國時代以外の史傳の記載では、『南史』（中華書局、一九七五）巻七十五、隱逸上、顧歡傳に、「知將終、賦詩言志曰……」（一八八〇頁）として詩が引かれているのが例外的である。小論ですでに述べたように、詩作品では「述志」などのタイトルやそれに關連した史傳の記載は、漢末三國に集中するように思われる。なお顧歡の詩は、一種の出世觀を詠むものである。また六朝より後では、李白「言志」、白居易「初除戶曹喜而言志」の兩篇が窮通出處を述べた詩であるとの指摘が、朱自清『詩言志辨』においてなされている。

（39）『文心雕龍註』巻二、明詩第六、六七頁。

（40）曹旭『詩品集注』（上海古籍出版社、一九九四）中、二一〇頁。

(41)『嵆康集校注』巻十、三一五頁。
(42)陳伯君『阮籍集校注』(中華書局、一九八七)巻下、三一七頁。
(43)『詩品集注』中、二一〇頁。
(44)同右、二〇二頁。
(45)同右、二三一頁。
(46)興膳宏「嵆康詩小論」(『中國文學報』一五、一九六一)二頁參照。
(47)『詩品集注』中、二六〇頁。
(48)同右、上、一五四・一五五頁。
(49)『嵆康集校注』巻一、三七・三八頁。
(50)同右、戴明揚の注に従い、「檀」を「擅」に改める。
(51)十三經注疏整理本『論語注疏』(北京大學出版社、二〇〇〇)微子、二八三・二八四頁。
(52)諸子集成『莊子集釋』(中華書局、一九五四)内篇、人間世、八三頁。
(53)福永光司「嵆康における自己の問題」(『東方學報』三二、一九六二)三六頁。
(54)『三國志』(中華書局、一九八二)巻二十一、王粲傳注引『世語』に「毌丘儉反、康有力、且欲起兵應之、以問山濤、濤曰不可、儉亦已敗。」とある。六〇七頁。
(55)『楚辭補注』(中文出版社、一九七九)巻五、遠遊章句、二六八・二六九頁。
(56)同右、巻四、九章章句、悲回風、二六五頁。
(57)佐竹保子「遊仙詩の系譜——曹丕から郭璞まで——」(『東北學院大學論集』(一般教育)八三・八四合併號、一九八六)參照。また、佐竹の指摘するように、郭璞「遊仙詩」には、比喩化された不遇のモチーフが見られるが、これは、鍾嶸『詩品』に、「但遊仙之作、辭多慷慨、乖遠玄宗……乃是坎壈詠懷、非列僊之趣也。」とあるように、遊仙詩の「玄宗」から外れるだろう。小論で述べたように、酈炎以下の詩では、超越のイメージなどとともに、より人間的な挫折・憧れ・世俗にまつわる感慨が詠いこめられていた。あえて類比すれば、これらは、遊仙詩の中で郭璞の作品のもつ一面に近いと言えよう。

(58) 候外盧他『中國思想通史』（一九五七、人民出版社）第三巻、一六二頁參照。

(59) 小著、第六章「曹植の四言詩について」第一節においてやや言及した。

(60) 『後漢書』巻五十九、張衡列傳、一九三八頁。

あとがき

小著は、後漢中後期から三國時代魏末にいたる百年あまりの射程において、「女性」「少年」「國家」等の側面から建安文學の再檢討を試みた。二世紀末から三世紀初めにかけての建安文學は、便宜的・習慣的な文學史區分である。小著は、その前後の時代を含め、建安文學を形成・展開論から捉えなおすことを目指した。從來、建安文學を魏晉南北朝文學の起點に置く文學史觀に對し、漢代、特に後漢文學との連續性・連關性に注目する觀點や考察は必ずしも十分ではなかった。また、建安文學に關わる「建安風骨」等、固有の批評語や概念は見直しが迫られている。したがって、建安文學內部あるいはそれに關わる批評への論及とは別に、その前後を含む文學テクストを個別に見ていく作業が必要となる。

小著は、いわゆる建安詩壇を中心とした從來の建安文學研究とは異なる立場から、詩壇外で文學的言説を發した曹操や、魏の黃初年間以後における曹植に注目した。また、前代との連續性・非連續性を際立たせることによって、建安文學の獨自性を捉えようとする觀點から、個々の作品群におけるモチーフとしての「女性」「少年」「國家」、および擔い手としての「女性」、また樣式としての四言詩に目を向けた。小著では新たな試みとして、特に「女性」「少年」という周緣的な存在に視線を巡らせている。それは、これまで中心的に位置づけられてきた後漢末期數年間の建安詩壇を、建安文學の形成・展開における一つの通過點・結節點として相對化した必然の歸結である。一部ふれる以外、曹丕や建安七子に焦點をしぼる論及がないことは小著の不備とも言えるが、その背景には以上のような立場・方法論がある。

とは言え、形成・展開論の射程において浮かび上がらせるべき建安文學の本質は、小著ではまだ十分に立ち現れていない。しかし、その實像を探る未完の作業はここに一旦終え、あえて讀者の忌憚なきご批正を仰ぐばかりである。

小著で最初に取り上げた、後漢中後期を代表する學者・作家である張衡は、民歌や俗文學への接近とともに、タブーから自由な合理精神や陰陽的世界觀を根底にした「思婦」の詩を創出した。張衡と建安文學の間に位置する趙壹の韻文は、「思賢」（賢君を思い慕う）の枠を超えた士人個人の政治社會に關わる感懷・公憤を述べる五言詩や、「鳥」のモチーフに獨自性がある。張衡・趙壹の詩賦は、社會的・儒敎的因習からの自由さ、樣式・モチーフにおいて、建安文學の先驅と位置づけられよう。しかしながら、後漢文學と建安文學をつなぐ樣々な橋梁については、依然として不明瞭な點が多く殘る。

後漢中期から書き手を女性とする作品が目立ち始める事實があるが、建安文學を形成する要因として「女性」の存在は大きい。建安時代の競作である「寡婦賦」の作者群に女性が一人含まれていることの意味、男性による同題作との相違は、建安文學の特質を探る一つの鍵となる。前後の時代を含め、中國文學における「女性」はなお開拓を要する課題であろう。

建安文學の創始者、曹操による「十二月己亥令」の「令」ジャンルにおける特異性、文學性は注視に値しよう。曹操による「書きたいことを書きたいように書く」文學の推進や、因襲の破壞という側面は、思想・歷史との關連からさらに檢討を要する。

建安最高の詩人、曹植の四言詩は、漢代までの傳統の繼承とそこからの逸脱が顯著に見られる。漢代の樣々な文學因襲・文化的傳統の創造的繼承者としての曹植は、個々の作品考察をなお進める余地があろう。また、曹植文學の「少年」モチーフは、前代のそれにさらなる詩的昇華を加え、後の文學につよい影響を與えた。曹植が生み出した「少年」等の文學的原型は、後代との對比から引き續き論及が要されよう。

建安文學の性質は、國家を超越し新しい時代を模索する點にも垣間見える。曹植は、「國家」との間に任俠的關係を假構する獨特の國家意識を表現した。王朝交代期を含め、文學に表象される國家意識は大きなテーマとしてまだ殘っている。

建安の女流詩人蔡琰の「悲憤詩」は、その眞僞が古來問われて來た。先行研究を整理しつつ考察を加えれば、「悲憤詩」は眞作の蓋然性が高まるが、ともに蔡琰作とされてきた「胡笳十八拍」との間には、眞僞の問題を越えた本質的な差異が横たわる。「蔡琰」のテクストは、唐宋にもたらされた「胡笳十八拍」作品群に至るまで大きく變容していったのである。このような、唐宋以後における建安文學の受容と變容は、更に廣く見渡していくべき問題であろう。

小著は最後に、嵆康による建安文學の繼承に言及したが、魏晉南北朝文學における建安の位置付けは依然として取り組むべき論題である。その上でさらに、「建安文學」に代わる「三國文學」という新たな枠組みも、今後考察を進めていくべき對象となるのではないか。課題は山積するが、小著をそのためのささやかな序論と位置づけたい。

小著は、東北大學に提出した博士學位論文「建安文學の形成と展開」に加筆・修正を施したものである。作成・刊行に當たっては、東北大學の佐竹保子先生に多大なご指導を賜った。先生のご訓育がなければ小著は成り立ちえなかった。ご厚恩に對し衷心より御禮申し上げたい。學位論文の審査委員、花登正宏先生・佐竹保子先生（主査）・三浦秀一先生には懇切なご指摘・ご教示を頂いた。重ねて深甚の謝意を表したい。

村上哲見先生・川合康三先生・中嶋隆藏先生は、怠惰な筆者をこれまで一貫して寛大に導いて下さった。ご鴻恩には、さらに新たな結果をもってお應えするしかないであろう。大上正美先生には、漢魏文學の研究について常日頃よりご指南と暖かな勵ましを頂いている。林田愼之助先生からは、有形無形のご教導を仰いだ。兩先生の學恩に改めて感謝申し上げたい。併せて、これまでご恩を賜った方々に重ねて深謝申し上げる。

小著は山形大學人文學部から出版助成金を受けている。職場の日々變わらぬ支援と學生有志の協力には、感謝の念が盡きない。

汲古書院には、長々とお世話になった。石坂叡志社長・三井久人營業部長・編集部の小林詔子様をはじめ、ご關係の皆樣方のご盡力に、心より御禮を申し上げたい。

二〇一一年十二月十六日

福山泰男

著者紹介

福山泰男（ふくやま　やすお）

1957年大阪市生まれ。

東北大學文學部卒業。

同大學院博士課程單位取得退學。

現在、山形大學人文學部敎授。博士（文學）。

論文に「中國古典文學中的女性書寫」（『世界文學評論』）、「曹植のアレゴリー」「曹植詩の『語り』について」（『山形大學紀要〈人文科學編〉』）他。

建安文學の研究

平成二十四年三月十六日　發行

著　者　福　山　泰　男
發行者　石　坂　叡　志
整版印刷　中臺整版
日本フィニッシュ
モリモト印刷

發行所　汲　古　書　院
〒102-0072　東京都千代田區飯田橋二―五―四
電　話〇三（三二六五）九七六四
FAX〇三（三二二二）一八四五

ISBN978－4－7629－2979－3　C3098

The Study of Chien-an Literature

by Yasuo FUKUYAMA

2012

Kyukoshoin, TOKYO

中文摘要

小著的目的以及對象和方法

漢末魏晉是王朝更替長達約一百多年的政治社會巨變期，這是文學實現大變革的時代。特別是後漢末建安年間出現、發展的建安文學，在理解的基礎上，從它對之前的漢文學的接受以及之後的魏晉文學的形成這個觀點出發，尚待研討的地方也是非常多的。

以前與建安文學相關的論文或論著，並沒有關於它在文學史區分上的通說，另外，對像“建安風骨”那樣有關建安文學性格方面的各種各樣概念的解釋的定論也沒有。基於這種研究的現狀，小著將建安文學放在新的能力和時代範圍內進行理解的同時，超越對於建安文學形成的既成的概念和批評，通過對一個個文學文本的考察，嘗試著對建安文學進行再檢討。

一直以來，建安文學不屬於漢代文學，而是作為魏晉南北朝的起點被接受的觀點是非常普遍的。把焦點放在它與漢代，尤其是與後漢之間的連續性、關聯性上的觀點或考察很難說十分到位。建安文學雖然是在對漢代的樂府、民歌和詞賦等傳統文學的繼承之上產生的，在繼承漢代文學規範的同時，建安文學形成於對傳統的脫離。但是建安文學所具有的超脫性，早在所相承的後漢時代就能找到確實的萌芽和形成狀態。關於從漢到魏的文學變化，理應直接對文學文本進行的考察，以及依據此來看待建安文學形成的足跡的課題，還有很多沒有解決。小著是從建安文學與後漢，特別是後漢中後期以來的連續性、繼承性出發，換句話說，就是從形成這個觀點出發進行的再考察。更進一步，不只是建安文學對前代的繼承以及形成方面，在後代的接受這個觀點上也進行了一些檢討。

小著從建安文學實現了文學從後漢中後期到魏晉的變容出發，把建安文學作為經過點進行理解，檢討它的這種特殊性質。

以下，本論文論及的範圍，是從後漢中後期的張衡，漢末靈帝時期的趙壹開始，到建安詩人，最後到魏末正始的嵇康。

各章的概略

在小著的第一章提到的張衡，在對後代文學的規範作用以及建安文學形成理解之上，他都是在後漢中後期不得不關註的作家。張衡在學術、政治、著述等方面都有不俗的成就，是後漢時代有代表性的學者和文人。張衡的文學，只不過是

漢代《七略》的學術世界所網羅的多樣的活動中的一種而已。因此，通過張衡，我們可以了解到後漢中後期，文學在學術、文化、政治社會中的機能以及所處的位置。

首先從張衡的七言體《四愁詩》說起，這篇作品的序描寫了張衡在官場上的挫折和憂愁，之後對它是附加的偽作進行了檢證。《四愁詩》有著非常明顯的俗體漢代歌謠中情詩的性質。這一點在西晉以後傅玄的《擬四愁詩》等仿作對《四愁詩》的接受方面上也可以明顯的看出來。

再來看作為情詩的五言詩《同聲歌》，來關註它獨特的性愛表現。《漢書》藝文誌方略技略有〈房中〉這一類，《同聲歌》超越了性的禁忌，可以窺見詩人認為性是合理的精神，作為早期的五言詩在文學史上是有意義的。

張衡有很多歌詠艷情的作品。小論表明，從一個士人創作戀愛、情愛詩歌的本質的思念，能看出《易經》的“生生”的思想，描寫男〈乾道〉與女〈坤道〉的結合的詩賦，在張衡看來，是牽涉陰陽觀的合理的表現活動中的一種。

另外，對張衡來說，文學是以《易經》為中心構思而成的《七略》全貌的一端，在漢代的學術體系中佔據重要的位置。從它的功能、價值，以及在擺脫社會儒家的舊習和禁忌上進行自由的文學創作這點上，張衡的文學，從小著個別章節看來，已經具備建安文學的個別性質。張衡的文學，可以看成是建安文學形成的先驅。

作為第一章的補充說明，小論考察了張衡當時的文學環境。張衡的《論貢舉疏》，出自《通典》，各輯本都有收錄，與約半世紀後的文人蔡邕在《宜所施行七事》中的“五事”中所列舉的上表文是同一文章。小論從兩者的時代、政治背景出發，證明了同樣的文章並非張衡，而是蔡邕的著作。蔡邕的文本是對靈帝的人才登用政策提出的反對意見。這是對當時文學重視俗語，具有輕浮傾向進行的批判，類似的主張，在與張衡有交際的王符的《潛夫論》務本中也可以發現。從王符的論可以知道，在張衡所在的時代，以寫為大衆所接受的詩為目的的作家早以活躍起來，這種傾向，在蔡邕所在的時代，已經滲透進入了宮廷中。從王符在著述裏作為問題提出的“異”、“怪”、“奇”這樣的傾向性，或者是蔡邕批判的文學思潮中可以探知後漢後期的文學所具有的，從既有的舊習產生的脫離這種傾向。張衡的詩賦，正是創作於後漢中後期這樣的文學環境之下。

第二章是關於後漢末期，士人創作抒情小賦和五言詩開始活躍，對這個韻文史的轉折點上不容忽視的作家趙壹進行的考察。小論首先，對《後漢書》趙壹傳出錯的記載進行查核，加以訂正後，推定趙壹比酈炎和孔融年長，大致和蔡邕是同時代的人物。

接著引用了趙壹的《窮鳥賦》，從用鳥的形象來表現士人自身面貌這點上，看

出了後漢文學所具有的劃時代性。趙壹的《窮鳥》與魏晉詩人們描寫出的飛翔的隱喻相關聯，在這點上也是有意義的。更進一步，舉出《刺世疾邪賦》，著眼於最後所吟詠的兩首五言詩。包括詩在內的《刺世疾邪賦》全體表達了對外戚、宦官的譏諷和對體制的極力抗拒，這種激烈的言辭，極大地遠離了當時賦的傳統。另外，這篇韻文作品的超脫性是在整篇賦的框架中吟詠《秦客》、《魯生》兩首五言詩這種形式。這明確表明，五言詩同賦一樣，已成為表達士人感懷的新的書寫方式。從這種意義上說明趙壹的詩具有與建安詩相連的先驅性。關於五言詩的形成過程，小論通過趙壹的詩賦，也明確了從抒情小賦到抒情詩的變移、派生這個新的方向。

第三章著眼於構成後漢末、建安文學要因的“女性”的存在。小論首先概觀了歷代的圖書目錄所收錄的女性作家的作品集。了解到包括建安在內的漢末魏晉是女性作家開始活躍，同時包括女訓書的傳統在內的女性的表現、言說開始自然被人關註的時代。然後看到了後漢中期的班昭，後漢後末期的徐淑這些在後漢末文學史上留下成果的女性的重要性。

女性的悲慘遭遇是建安文學非常關註的主題之一，身邊的某個具體女性成為了建安詩歌吟詠的對象。像蔡琰這樣實際存在的同時代的女性坎坷的一生，也給了對女性題材感興趣的丁廙等建安詩人很大的靈感。蔡琰的《悲憤詩》是以女性第一人稱的自傳形式，從女性的視點出發來描寫女性的非常優秀的文學文本，在建安文學作品中也是非常卓越的。另外，關於《蔡伯喈女賦》的作者丁廙，也相傳他的妻子創作過《寡婦賦》這篇作品。關於《寡婦賦》，其它保留下來的有曹丕、王粲的軼文，特別指出的是，丁廙妻子的作品水準是非常高的。

建安文學中的“女性”，不僅重要在是激發創作的主題，作為新的文學創作者，對建安文學的貢獻也是很大的。本論強調了“女性”是建安文學的重要構成部分。

第四章考察了建安詩壇中集體創作的《寡婦賦》。通過《寡婦賦》，更加具體的檢討了前章提過的建安文學中的“女性”不僅作為被表現對象，是否具有作為創作的主力在文學史上占有一席之地的可能性這個課題。丁廙妻子的《寡婦賦》與其他建安詩人的相比，作品的水準、完成度都很高。從其他男性詩人創作的《寡婦賦》中，沒有發現像丁廙妻子作品中那樣的創新，可以推測出《寡婦賦》的集體創作是即興的。可以知道比起作品水準的追求，詩人集團的會詠這件事本身是具有意義，這一在建安詩壇確立期，詩作競作的實態。

如果女性自身把“女性”作為表現對象進行創作的話，他的背景、原因是什麼呢？小論對《寡婦賦》作者的經歷、人際關系進行了考察，檢討了丁廙妻子的作品是真作的可能性。況且，一個婦人參與建安時期的文學活動的動因是什麼？

為了弄清楚這些，作為建安詩壇形成的要因，在批判的繼承先行研究之後，可知建安文學具有與儒教相對抗的價值。在儒教文本中，有“寡婦”等同於被壓抑者這個觀念。建安詩人代替儒教所回避的帶有負價值的“寡婦”，嘗試著從寡婦的視線出發吟詠其心情，從而使脱離儒家價值的桎梏這件事成為了可能。建安的詩人集團，在文學中找到了突破舊習的新生命。小論對其中產生的相對自由的價值觀、開放的文學空間本身，是女性可能參與詩壇活動的一個重要原因進行了考察。

第五章檢討時所涉及到的曹操的文章，基本上都是政治散文。進入二十世紀，魯迅指出了它的文學性。小論對占曹操散文大半的可以說是主要類型的令進行了考察。首先是《求才三令》，與其說它是新的選舉基準的發令這個政令的指示傳達文，不如說它是宣揚反儒教價值觀的“挑戰書”，它的書寫方式也脱離了一定的格式。曹操是把自己想寫的東西（＝内容）像想寫的那樣（＝書寫方式）寫了出來。

接著舉出《十二月己亥令》，相對於把它看成是向内外對曹操進行批判的群體進行辨明的政治文章的文本，更關註它的文學性。《十二月己亥令》有著簡潔的故事性，個人的感慨以及告白的文體，對讀者來說是超越政治史料的文本作品。從後漢末到三國時代進行了廣泛的言論交流，《十二月己亥令》是在這樣的背景下產生的有爭論性的文本，意識到接受者的多重性，曹操改成了隨意的書寫方式。另外，像令這樣帶有命令性、權力性的政治樣式，有自傳的表現性，是文學還原真實的個人職責的實現。曹操的文學，是遠離建安文壇活動的。在後漢末的言論鬥爭中，曹操發出令這樣的政治文本，具有多樣的文學性，小論指出它是用自由的書寫方式寫的與既成的文學樣式不同，沒有樣式規範的政治通令文，是曹操新奇的表現方式。

曹操所開創的，“想寫的東西像想寫的那樣去寫”的文學被曹植繼承。但是，相對於曹操是舊習的破壞者這一面，曹植作為漢代各種各樣文學舊習、文化傳統的富有創造性的繼承者，在魏朝成立以後更進一步推進了建安文學。

第六章，把曹植的四言詩作為論題提出，可以大致看出建安文學所具有的創造性這一面。首先對在魏黄初四年（二二三）向文帝曹丕獻呈的兩篇四言詩《責躬詩》、《應招詩》進行了考察。《責躬詩》繼承了説教性很強的漢代長篇四言詩這一官方作品的傳統，同時也吟詠了曹植個人的心裡葛藤。可以看出曹植嘗試著對既存的文學舊習加以創造這一面。同時創作的《應招詩》，與頌詞的四言詩不同，通過對連續不斷加以描寫的場面的展開，給四言詩單調的節奏帶來了快速感和躍動性。更進一步通過對《應招詩》的分析，發現了曹植沿用《詩經》的語句的時候，在改變原來的語句意思的同時，組織了新的文脈，起到了别出心裁的效果，施加了如精煉語句等令人感興趣的引用法。

最後，談到了曹植晚年因偶然的感歎而作的四言作品《朔風詩》。《朔風詩》有著四言詩獨特的簡單、直接的措辭和曲折的文脈，以及抽象、象徵的表述。這樣的寫法，與之前所述的兩篇獻呈詩有很大的不同，是曹植寫《朔風詩》有意而為的手法。在《朔風詩》中，《詩經》作為文學創造的規範、傳統也被吸收了。具有多樣的修辭、題材以及豐富的文采的曹植的四言詩，在這種詩型的歷史上達到了一個頂點。

第七章著眼于“少年”這個曹植作品中獨特的詩語。“少年”這個詞，在曹植以前的文本《史記》、《漢書》中多能看到，但這些基本上指的是遊俠少年。在兩書中所說的少年，是很明顯的“惡少年”、“輕薄少年”這樣表示負的形象的詞語。在曹植的詩歌中，像這樣形象的少年，反而被描寫成肯定的、帶有共鳴的俠義、友情、新生、生命力的美的形象。首先舉出《名都篇》，在歌詠都會的少年這個漢代樂府的傳統之上，從新的視點出發對少年進行了描寫。《名都篇》把焦點放在“都會”的“少年”身上，對永遠回歸的“少年”的日常進行了歌頌，描寫出了他美的形象。《野田黃雀行》以少年的遊俠性和友情為題材，可以讀成是從少年側面的美進行描寫的作品。《送應氏》的第一首，用了遠景、點景的手法，描寫出了少年的形象，對比了荒廢和衰亡的事物，象徵了生命力和新生。

進一步對比、觀察到陶淵明為止的文學上的少年，遊俠少年具有秩序維持者同時又是破壞者的兩面性。可以說，曹植確立了帶有這樣兩面性的“少年”這個文學上的原型。

第八章把《白馬篇》作為考察對象，談到了曹植有關國家的意識和觀念。《白馬篇》的遊俠少年具有沉醉于武藝這種個人的、遊玩性的側面和為“國難”而赴死的憂國者性格的兩面性。漢代的遊俠，可以說是國家權力的秩序破壞者，是被彈壓的對象。遊俠超越了國家和社會秩序，立足于個人的自立。與之相反，《白馬篇》後來成為南朝以後的樂府《少年行》所依據的典型。另外，放眼後代以遊俠為題材的戲曲等各種各樣的文學樣式，《白馬篇》可以說是它們的源流之一。

第九章更進一步檢討了前章稍微提到的曹植有關“國家”的特殊觀念和意識，像漢魏王朝的交替這樣，當被問到國家的自明性和正當型時，文學在這方面會給予怎樣的情念和意識的投影呢？像這樣的古代、中世轉換期的國家像和文學的關係，從曹植的文本開始探尋。

先秦已經可以看出圍繞國家的意識、觀念及其表象的萌芽，到漢代帝國成立時已在各個側面有所表現。從後漢末曹操、陳琳、蔡琰、王粲等的文學文本中可以看出，漢代這個既存的國家已經不被當做歸屬對象這種具有現實性的國家意識。

從超越國家探尋新的時代這點上，可以看出建安文學的性質。曹植具有與建安詩人這樣的新國家觀全然不同的國家意識、漢家意識。小論論述了曹植的《丹霞蔽日行》和《送應氏》、《情詩》具有挽歌的性質，曹植對傾頹、衰亡的國家與漢家在表現哀惜上是一致的。從後漢末到魏初的詩人中，像曹植這樣，把國家的衰亡等同於漢家的衰滅本身作為主要題材進行歌詠是非常特殊的。另外，如果參照《贈丁廙王粲》和歷史人物論《漢二祖優劣論》，可以看出和後漢末的其他詩人相比，曹植在現實認識上的偏差。小論還分析了從政治言說到假構的文學表像，與曹植的國家、政治相關的“國難”、“慷慨”等意識和感情。

作為魏蜀吳勢力集團共同紐帶的遊俠、任俠的習俗仍在發揮著作用。但是沒有與個人、集團相連的任俠方面的經歷的曹植，把自己的遊俠理想寄託在《白馬篇》的“遊俠兒”上，在其中包含了對國家的俠式的犧牲精神。曹植在國家經營、政治參加上的意志，通過對“遊俠”賦予新的文學意義表現了出來。曹植文學中對國家的俠義的犧牲精神，在另一方面通過“慷慨”這個詞表現了出來，小論對這個概念再次進行了檢討。曹植的“慷慨”精神，比起現實和體驗，可以說是向創造理想和虛構的表現活動而突進的意志和動因之一。曹植文學中國家意識的表象，“慷慨”精神也是作為一個背景而存在的。

“敵”的表象，在曹植的文本中也是很明顯的。曹植文本中能看到的國家意識，是建安文學帶來的新的文學表象。更進一步，曹植的國家意識，特別是為國家而“犧牲”的情念，類比近代國民國家的形成和文學的關係，曹植描寫出了一個超越時代的國家像的典型。

第十章把《後漢書》蔡琰傳所收錄的《悲憤詩》作為課題提出。關於《悲憤詩》，還有很多值得檢討的問題沒有解決，在這之前，有必要暫時通覽、檢證歷來對《悲憤詩》的研究。小論逐一對與《悲憤詩》相關的研究史和其問題點進行檢討、批判，這也是對《悲憤詩》的接受史進行考察的嘗試。

一九五零年代以後被正式化的包括真偽論在內的《悲憤詩》的論說，很難說一定是在對先行研究進行批判的繼承上發展起來的。進入一九九零年代，重新認識舊有的考察和對文本內在的文學性的探求逐漸展開。依據這些，小論對《悲憤詩》是蔡琰真作的必然性，以及在作品形成的歷史背景上作了一定的結論。

第十一章不論真作偽作，對把蔡琰作為詩的主體的文本，暫時統一成“蔡琰文本”進行了考察。《悲憤詩》和《胡笳十八拍》都是蔡琰抒發作為一女性的不幸的作品。但是兩作品在傳承文本、樣式、表現、內容、思想等各方面有很大的區別。不僅僅是歸結于真偽論，正因為顯示了各種各樣的不同這個價值，所以才有研究的必要。小論對《悲憤詩》和《胡笳十八拍》的本質的差異，《胡笳十八拍》

的形成過程，作為被《後漢書》列女傳所收載的文本《悲憤詩》的特質進行了考察。

《悲憤詩》和被看做蔡琰作品的《胡笳十八拍》在表現上的差異，從表示身心痛苦的身體、母性的表現和在華、夷二元世界中所顯示的國家意識這個觀點出發，可以捕捉它們的不同點。小論在探尋《胡笳十八拍》的形成、特徵上，對唐大曆的進士劉商所作的《胡笳十八拍》，以及北宋王安石的繼承作，更進一步到南宋末文天祥的作品嘗試著進行了驗證。這些包括被當成蔡琰作品而流傳的《胡笳十八拍》作品群，在強烈的滲透了華夷的對立和國家意識這點上，能夠理解它和《悲憤詩》很大的不同之處。

更進一步，與《悲憤詩》有著本質上的差異的《胡笳十八拍》作品群是怎樣形成的，在這個過程中，對被認為是蔡琰作的作品的真偽問題進行了整理。小論指出，劉商在繼承蔡琰作的同時，在蔡琰這個主體和其母子情的基礎上移入了自己的感情，所以可以得出作者是假托蔡琰之名而作《胡笳十八拍》的結論。

最後關注《悲憤詩》對“家”的觀念的解讀，再次考察在《後漢書》列女傳脈絡中的《悲憤詩》。蔡琰也描寫出了在儒教社會中，希求家和門戶、血族的聯繫的女性的典型形象。

蔡琰《悲憤詩》的中心主題，可以說是被俘虜到南匈奴，到回歸漢土這種強烈殘酷的體驗，以及母子離別的悲劇。另一方面，包括“蔡琰”、劉商、王安石的集句、模擬作在內的《胡笳十八拍》作品群，在這樣一女性的痛苦上，強調了在排外的蠻夷觀基礎上的國家意識。從建安文學開始發生的“蔡琰文本”的改變，是蔡琰像從一女性的悲慘遭遇變成國家悲劇的象徵。作為建安文學特質的國家意識和其表象，經過唐宋《胡笳十八拍》這一文本的改變，被繼承了下來。

附章舉出了從漢末詩人到嵇康關於“言志”的問題。與到前章為止論述的方向稍稍有些不同，作為附章在小著的末尾談到了建安文學在接受方面的問題。在這裡舉出詩人個人的精神問題的同時，也提到了在文學文本的形成上與其他諸文本的關聯性這個觀點。在這之上，把嵇康的《述志詩》放在相關聯的文本群以及產生它們的時代背景中進行了考察。

《述志詩》第一首大量引用了曹丕的《善哉行》的詩句，在內容上沒有相關性。可以估計與嵇康的《述志詩》有直接、間接的繼承關係的先行詩作品有酈炎的《見志詩》、仲長統的《述志詩》、曹植的《言志》和何晏的《言志》。不管是哪篇作品都具有用多樣的形式表現與世俗社會的對立、對決這個共通性。另外包括嵇康作品在內的以上詩篇的特點是，從後漢末到三國魏代，大體上是與建安文學相重合的作品群。另外包括這些“志”的詩題，作為抒發作者之“志”的詩在史書中被流傳了下來。在這點上，以上的詩篇可以類比抒發政治上的不得志，主張自我正

義和否定對立的世俗的《賢人失志之賦》。

從上可以看出，以嵇康的《述志詩》為主的以上的詩作品來源於賢人失志之賦，與建安文學的時代大致重合，可以概括成從後漢末到三國時代特有的詩群。如果是這樣的話，這類作品群所共有的性質也可以說成是建安文學所具有的特質的一部分吧。這就意味著嵇康的《述志詩》是建安文學的一集成。

《述志詩》的第二首涉及到了嵇康的思想、精神的問題，這首詩也是嵇康的一種樂觀精神的象徵。在末尾部分，與第一首不同，主要敘述了遊仙之志。但是，對俗情的抵抗和失意與第一首相同，《述志詩》在文學、思想上與遊仙詩處在不同的位置。

從後漢中後期的張衡以來，飛翔的形象通過詩人之手以各種形式表現了出來。特別是後漢末知識人創作的飛翔形象的集成，是《述志詩》中的“焦鵬”和“鸞鳳”、“輕舉”。從飛翔這個主題、動機也可以探知後漢末三國時代這個激變期里士人的精神。另外，在這個轉換期里，站在權力、體制之外，《述志詩》也是知識人主張個人自身的先銳的文學表現。

以上，小著從後漢中後期到三國時代魏百年多的歷史過程中，從“女性”、“少年”、“國家”、“言志”等側面嘗試著對建安文學進行了再檢討、再發現。

人名索引

タ行